偷书贼

〔澳〕马库斯·苏萨克 著

陶泽慧 译

The Book Thief

北京出版集团公司
北京十月文艺出版社

新经典文化股份有限公司
www.readinglife.com
出　品

满怀爱和敬意

献给伊丽莎白和赫尔穆特·苏萨克

目录

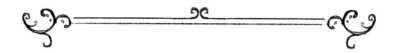

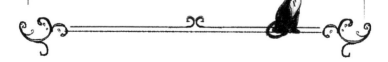

Prologue

序幕

堆积如山的废墟

我们的讲述者会介绍

他自己——那些颜色——还有偷书贼

死神与巧克力

首先注意到的是颜色。

然后才是人。

我通常是这样观察事物的。

或者说，我至少会这样尝试。

透露一个小小的事实
　　总有一天，你会死掉。

坦率地说，我很想愉快地谈论这个话题，尽管我一再声明，可多数人不相信我的口吻。请你相信我。我的确可以满心愉悦。我可以是亲切的，亲和的，亲善的。我还只算了"亲"字打头的词儿。但别以为我是个好人。我跟好人可没关系。

对于上述事实的反应
　　你会因此焦虑吗？
　　我劝你——不要害怕。

我做事最公道了。

当然了，得有个介绍。

得有个开始。

我怎么能不懂礼貌？

我可以做个得体的自我介绍，但真没什么必要。很快，你就能深入地了解我，有多快，有多深入，那要看具体情况。简单地说，总有一天，我会以最友善的姿态来到你身旁。你的灵魂会躺在我的臂弯里。一道颜色轻轻落在我的肩头。我会轻柔地将你带走。

到了那个时候，你会躺着（我发现很少有人能站着）。你将被困在自己的身躯里。也许会被什么人发现，空中会划过一声尖叫。在那以后，我便只能听到我呼吸的声音、气味的声音、脚步的声音。

可问题是，我向你走来的那个瞬间，一切的一切都是什么颜色？天空又会诉说些什么？

就我自己而言，我喜欢巧克力色的天空。深浓深浓的巧克力色。大家都说它很适合我。不过，我也试着欣赏我看到的所有颜色——光谱上的每一种颜色。差不多有十亿种风味，每一种都不尽相同，它们渐渐地消融在天空中。这景象磨平了压力的棱角，让我放松。

一套小理论

人们只在日出和日落时观察天色。

但我清楚地觉察到，每时每刻，

天空都有无数种色彩和色调的变化。

一个小时可以有数千种不同的颜色。

像蜡黄色，缀着云朵的蓝色，暗黑色。

做我这行就得留意这些。

我前面暗示过了，分心是我的救命法宝，因为它我才没有疯掉，因为它我才能应付下来，才能在岗位上坚持这么久。可麻烦的是，真有人能接替我吗？要是我到你们常去的几个度假胜地放松放松，热带风情也好，滑雪胜地也罢，真有人能接替我吗？当然，答案是没有人，这令我做出了一个慎重的决定，我要把分心当作休假。不用说，记流水账是休假，观察颜色也是休假。

然而，你可能还是要问，他干吗需要休假，他是要从什么事情上分心呢？

这就引出了我要讲的下一个话题。

就是那些被剩下来的人。

那些尚且活着的人。

我真的不忍心看这些人，但是在许多情况下，我不得不看。我故意观察色彩的变化，好让自己不去想他们，可时不时地，我还是会目睹这些被剩下的人在逐渐醒悟的恍惚中崩溃，绝望而惊愕。他们的心被刺穿。他们的肺被压瘪。

这又引出了我要在今天晚上，或者在今天，或者无论在什么时间、无论在哪种颜色中想要告诉你的故事。这个故事关于总是侥幸存活下来的人，他们可是这方面的行家。

这真的只是一个小故事，主要讲了这么几件事：

· 一个女孩
· 一些文字
· 一位拉手风琴的人
· 一些疯狂的德国人

· 一名犹太拳击手
· 以及好几桩盗窃事件

那个偷书贼，我见过三次。

铁道旁

第一次见到偷书贼时，映入我眼帘的是某种白色，白得令人目眩。

有些人可能认为白色不是一种颜色，而只是某种令人厌倦的虚无。那么现在我要告诉你，它是种颜色。白色毫无疑问是一种颜色，而且我个人认为，你们其实不想与我争辩。

请安心
如果先前被我吓到，现在也请冷静下来。

我只是危言耸听——

我并不施行暴力。我也没有恶意。

我只是生命的结束。

是的，那时天地之间是一片白色。

那种感觉就像整个世界被白雪覆盖，仿佛裹了一身白色的衣服。铁道旁有深深的脚印，雪一直没到了小腿。树木也披上了一层冰毯。

你大概料到了，有人死了。

他们不会任由他躺在地上。眼下还不成问题，但很快，前方铁道上的积雪就会被清理干净，列车需要前行。

那里有两名警卫。

有一位母亲和她的女儿。

还有一具尸体。

母亲、女孩和尸体都僵硬而沉默。

"那么，你还想让我怎么办？"

两名警卫一高一矮。先开口的总是高个子，尽管他并不管事。他看了看那位矮个子。矮个子面色红润。

"可是，"回答声传来，"我们不能就这样抛下他们，不是吗？"

高个子越来越不耐烦。"为什么不能？"

矮个子快要气炸了。他盯着高个子的下巴喊道："你这家伙是不是蠢？"他脸上的厌恶之色越来越浓重，整个人气鼓鼓的。"过来，"他一边在雪地里艰难地跋涉，一边说道，"我们得把他们三个都带回去。我们得通知下一站。"

至于我嘛，我已经犯下了最低级的错误。没法向你解释我对自己有多么失望。原来的我从来不会出错。

我仔细端详着列车车窗外白雪纷飞、令人目眩的天空，几乎把它吸进了肺腑。但是，我的心动摇了。我俯下身，对那个女孩产生了兴趣。好奇心占了上风，只要时间允许，我打算待在她身旁一直观察下去。

二十三分钟后，列车停了下来，我和他们一起下了车。

一个小小的灵魂被我抱在怀里。

我站在了稍稍靠右的位置。

神气的列车警卫二人组回身走向那位母亲和她身边的女孩，还有那具小男孩的尸体。我清楚地记得，那天我的呼吸声很沉重。警卫们路过时竟没注意到我，这让我有些吃惊。现在，在白雪的重压之下，整个世界都在下沉。

在我左边十米之外的地方，面色苍白、饥肠辘辘的女孩站在那里，满身霜雪。

她的嘴唇直打战。

她冰冷的双臂紧紧地抱在胸前。

偷书贼脸上的泪水结成了冰。

日食

第二次见到她，天地间是一片黑色，这是我反复无常的另一种极端，如果你愿意这样想的话。此时是黎明前最黑暗的时刻。

这一次我要带走一个男人，他约莫二十四岁的样子。整个场面甚至说得上有几分美感。飞机还在轰隆作响，两侧的排气口冒出阵阵浓烟。

飞机坠毁的时候在大地上划出三道深深的痕迹。它的翅膀如今就像被锯断的臂膀。这只金属小鸟再也扑腾不动了。

> 再透露点小事实
>
> 有时候我会提早到来。
>
> 我急匆匆地赶来，
>
> 有些人却会恋恋不舍，
>
> 拖得比预想的更久。

过了一会儿，浓烟终于散尽。飞机再也喷吐不出任何东西。

一个男孩抢先到场，慌乱地喘着粗气，手里好像抓着一个工具箱。他心里害怕极了，身子却缓缓靠近驾驶舱。男孩看着飞行员，想知道他是不是还活着，其实那会儿他确实还没有死亡。大约三十秒后，偷书贼也到了。

那已是好多年之后，但我当即认出了她。

她气喘吁吁的。

工具箱里有不少东西，男孩却从里边拿出一只泰迪熊。

他探身穿过破碎的挡风玻璃，把泰迪熊放在飞行员的胸膛上。微笑的泰迪熊紧紧倚靠着男人血肉模糊的残破身躯。过了几分钟，我又去碰了碰运气。这一次时机对了。

我走进驾驶舱，为他的灵魂松绑，轻轻地将它带走。

余下的只有他的身躯、渐渐散去的烟味和那只微笑的泰迪熊。

待到人们赶来，一切当然已经改头换面。地平线开始透出一抹深褐色。天空的黑色现在变得影影绰绰，随后飞快地消失了。

与之相比，那个男人却是近似骨头的颜色。他的皮肤像骷髅般惨白。身上的飞行服皱巴巴的。褐色的双眼像咖啡渍似的冰冷无光。而他头顶上斑驳的徽记，在我看来非常古怪却又很眼熟。一个鲜明的标志。

人群按照人群的方式行事。

我穿过人群时，站在四周的每一个人都在品味这份沉寂。这一小群人有的比画着杂乱的手势，有的窃窃私语，有的不自然地悄悄转身。

我回头望了一眼飞机，飞行员张开的嘴巴仿佛在微笑。

好像临终时的一个下流笑话。

又或是笑话最逗乐的最后一行。

他依然被飞行服覆盖着，而渐渐明亮起来的光线正在和天空角力。就像我带走许多灵魂时一样，当我动身离开时，眼前仿佛蹿过一道阴影，就如同日食的最后一刻，宣告又一具灵魂已经离体。

你们看到了吧，尽管我在这大千世界中看见的一切事物都离不开颜色，但我常常能在人死的一瞬间，捕捉到那个像日食一般黯然失色的时刻。

我见过几百万次了。

几百万次日食，我已经不在乎它们了。

旗帜

我最后一次见到她时，眼前是一片红色。天空像一碗沸腾的汤，有些地方好像被烧煳了。红色的汤中零星地散落着黑色的面包屑和胡椒粉。

那条街好像被油渍玷污的陈旧书页。早些时候，孩子们在那里玩跳房子。我赶到的时候还听得到回声。孩子们的脚在路面上踢踏。他们在放声大笑，然而他们的笑容像盐一样很快就消逝了。

然后，炸弹来了。

这一次，一切都太晚了。

警报声，广播里布谷鸟一样的鸣叫声，全都太晚了。

几分钟之内，炸飞的混凝土和泥土就堆成了小丘。街道像爆裂的血管。鲜血汩汩流出，直到在路上干涸。遍地都是尸体，像洪水退去后散落的浮木。

他们中的每一个人都被困住了。整整一大捆灵魂。

这是命运吗？还是厄运？

是不是厄运将他们像这样束缚在地上？

当然不是。我们可别犯傻。

这番惨象是落下来的炸弹造成的，是那些躲在云间的人把它们扔下来的。

接连好几个小时，天空都是一片司空见惯的可怕的红色。这座德国小镇被一次次地掀翻。雪花般的灰烬如此优美地飘落，你会忍不住想伸出舌头接住它们，品尝它们。可它们只会烫伤你的嘴唇，煮熟你的嘴巴。

我清楚地看到了这番景象。

我正打算离开时，看到了跪在地上的她。

碎石瓦砾如同小山，堆积在她的周围。她手里攥着一本书。

偷书贼最想做的，就是迫不及待地回到地下室，去书写，去最后读一遍她的故事。事后回想起来，我明白无误地在她脸上看到了这些想法。她渴望安全，渴望回到安全的家，可她动弹不得。再说了，地下室也已经不复存在。它融入了这片破败的风景。

再一次，我请你们相信我。

我想停下脚步，蹲下身来。

我想说："对不起，孩子。"

但是，他们不允许我这么做。

我没有蹲下，也没有开口。

我只是久久地注视着她。当她能动弹时，我跟在了她身后。

她手中的书掉了下来。

她跪倒在地。

偷书贼号啕大哭起来。

清扫工作开始后，她的书被踩了好几脚。尽管上头的命令是只清理残垣断壁，小女孩最宝贵的东西却被扔进了垃圾车。我迫不得已爬上车将它捡起来，却没想到在未来的几十年里，我会在旅途中将她的故事读上千百遍。我会注意到我们交错的那些地点，她目睹的一切和她生存下来的原因，都让我感到惊奇。我能做的也只有这些，我旁观着这一切，就像旁观那段时日里我所见所闻的一切事情。

回想起她的时候，我能看到一长串颜色，但只有遇见她时亲眼所见的那三种颜色最触动我。有时候，我会远离这三次相遇的时刻，悬在半空中打量，直到邪恶的真相因为血流成河而渐渐清晰。

那便是我看到它们拼凑成形的时刻。

三种颜色

红色：■　白色：○　黑色：卐

三种颜色重叠在一起。两笔涂成的黑色标志叠在刺眼的白色上面，最下面是像汤汁一样浓稠的红色。

是啊，我常常会想起她，我有一长排口袋，我把她的故事装在里面，准备讲给别人听。它属于我麾下一支小小的军团。每一个故事都有独到之处。每一个故事都铆足了劲试图向我证明：你们这些人类的存在，是有价值的。

这便是其中一个。

《偷书贼》。

如果你们想听，就跟我来。我给你们讲一个故事。

我会给你们讲一个了不起的故事。

Chapter 01

第一章

掘墓人手册

内容提要

希默尔街——长成一头小母猪——一位铁腕女人——

但求一吻——杰西·欧文斯——砂纸——友谊的气味——

一位重量级冠军——还有体罚中的体罚

来到希默尔街

最后一次见面。

那片红色的天空……

周围是人类酿成的惨剧，一堆堆荒谬而肮脏的瓦砾，偷书贼为什么跪在那里号啕大哭？

好些年前，故事刚开始的时候也在下雪。

有个人的生命走到了尽头。

突如其来的悲剧时刻

一列火车在高速行驶。

里面挤满了人。

一个六岁的男孩

死在了第三节车厢里。

偷书贼和弟弟正坐在去慕尼黑的火车上，他们将被送到养父母手里。当然了，我们已经知道，男孩没能活下来。

悲剧发生的经过

男孩突然开始

剧烈地咳嗽。

剧烈到那咳嗽仿佛是从天而降。

之后没过多久——一切都结束了。

咳嗽停止的时候，除了虚无的生命继续缓缓流逝，以及一次近乎无声的抽搐之外，就没有别的动静了。他的嘴唇突然抖动了一下，然后显露出一种腐败的棕色，表皮像涂料剥落急需修补的墙面。

他们的母亲仍在沉睡。

我走进火车。

我的双脚踏过杂乱的过道，我的手掌立即覆盖在他的嘴巴上。

没有人注意到我。

列车继续飞驰。

除了那个女孩。

我们现在知道，偷书贼名叫莉泽尔·梅明格，她一只眼睁着，另一只眼还在梦中，但她毫无疑问看到了，她弟弟维尔纳歪向一侧，死了。

他蓝色的双眼盯着地板。

那双眼睛却再也看不见任何东西。

醒来之前，偷书贼梦见了元首阿道夫·希特勒。梦里的她正在一个集会上聆听元首的演讲。她注视着他斑驳的白发和那撮形状完美的小胡子。她心满意足地倾听他嘴里流泻而出的话语。那些话似乎在闪闪发光。在某个安静的时刻，他甚至蹲下来对着她微笑。她回了个礼并说道："您好，我的元首，您今天好吗？"她还不太会说话，也不怎么识字，因为她没怎么上过学。至于不上学的原因，她在适当的时候自然会知道。

元首正要回答时，她醒了。

那是一九三九年一月。她九岁了，很快就要满十岁。

她的弟弟死了。

一只眼睁着。

另一只眼还在梦中。

如果梦能做完就好了，我想，但这种事情我可没法掌控。

她的另一只眼睛翕动着睁开了，她马上发现了我，这一点毫无疑问。那个时候我正跪在地上抽取他的灵魂，轻柔地把他抱在怀里。他很快就变得暖和，不过我刚抱起他的时候，男孩的灵魂柔软而寒冷，像冰激凌。他慢慢在我怀里融化了，然后彻底暖和起来。他的病痊愈了。

莉泽尔·梅明格全身僵硬，动弹不得，心里全是乱纷纷的念头。这不是真的。这不是真的。

然后，她开始摇晃他。

为什么人类在这个时候总是去摇晃他们呢？

好吧，我懂的，我懂的，我猜这跟他们的本能有关。为了阻隔真相的洪流。那一刻，她的心变得滚烫，不规律地跳动着，心跳声越来越大，越来越嘈杂。

我带着几分愚蠢，待在那里注视着他们。

然后是她的母亲。

莉泽尔以同样狂乱的动作将她摇醒。

如果你想象不出此刻的场景，就想想笨拙的沉默，想想丝丝缕缕的绝望在空中飘荡，想想火车里有人溺水窒息。

雪下个不停，轨道发生了故障，这趟前往慕尼黑的列车被迫停了下来。一个女人在号啕大哭。一个女孩木然地站在她身边。

惊恐之下，母亲打开了车厢门。

她下了车，走到雪地里，怀里抱着那具小小的尸体。

除了紧紧跟随在母亲身后，女孩还能做什么呢?

我在前面告诉过你们，两个警卫也下了车。他们在讨论接下来该怎么办，还为此争辩了一番。这情形着实令人讨厌。最后他们决定把这位母亲和她的一双儿女带到下一个镇子，在那里把事情办妥。

火车缓慢而吃力地行驶在被大雪封闭的乡间。

它艰难地进站，停在了站台边。

他们踏上站台，男孩的尸体依旧躺在母亲怀里。

他们站在那里。

男孩的身子变得越来越重。

莉泽尔不知道自己身在何处。满眼都是白色。她滞留在火车站，只能盯着身前字迹模糊的指示牌打发时间。对莉泽尔来说，这只是一座无名小镇，两天后，她的弟弟维尔纳将被埋葬在这里。参加葬礼的只有一位神父和两名瑟瑟发抖的掘墓人。

我的观察

一对列车警卫。

一对掘墓人。

可真正干起活来，

一个发号施令，另一个遵命办事。

问题是，如果第二个人

比第一个人块头大很多，会怎么样？

错误，错误。有时候，我总是一错再错。

之后的两天，我继续干我的活儿。我像往常一样满世界奔波，把灵魂放到去往永恒之地的传送带上，看着他们顺从地被送往那里。有好几次，我警告自己，得离莉泽尔·梅明格弟弟的葬礼远点儿，可我没有听从自己的忠告。

在离他们还有好几英里的地方，我就看到这一小群人僵硬地站在覆盖着白雪的荒原上。墓地于我就像好友，很快我便来到他们身旁，鞠了一躬。

两个掘墓人站在莉泽尔左边，一边搓手一边抱怨这场雪，抱怨这种天气挖墓穴有多困难，像"凿穿这些冰可真够费事的"，诸如此类。其中一个人肯定不到十四岁，是一名学徒。他走开的时候，一本黑色的书悄无声息地从他的外套口袋里滑落，他一点儿也不知道，已经走到几十步开外的地方去了。

几分钟后，莉泽尔的母亲和神父一道离开了。她向神父表达了谢意，感谢他出面主持葬礼。

然而，女孩待在原地。

她跪了下来。她等的就是这一刻。

她没法相信现实，开始刨雪。他怎么可能死了。他怎么可能死了。

他怎么可能……

不消几秒钟，冰雪刺骨的寒意已经渗进了她的皮肤。

她的手被刮出了几个血口子。

她看到自己的心在这片雪地里碎裂，裂成两瓣，在白雪之下灼烧，依旧在跳动。发现肩头搭着一只纤弱的手，她才意识到是母亲回来找她了。她被母亲硬生生地拖走。她的喉咙还在哽咽。

二十米开外有一个小东西

母亲把女孩拖走后，

她们都停下来喘着粗气。

雪地里有个什么东西，

一个四四方方的黑色物体。

只有女孩看见了。

她弯腰将它捡起，紧紧地抓在手中。

书的封皮上印着银色的书名。

母女俩手牵着手。

她们含着眼泪，道出最后一句告别，然后转身离去，又回头望了几眼。

至于我，我多待了一会儿。

我挥挥手。

没有人回应我。

母亲和女儿离开墓地，走向开往慕尼黑的下一班列车。

两个人的脸色都很苍白，身形瘦削。

两个人的嘴唇上都长着溃疡。

临近中午，莉泽尔上了火车，在火车雾蒙蒙的脏玻璃上注意到了这些。偷书贼后来写道，她们继续前行，仿佛已经历了人间的一切。

列车停靠在慕尼黑火车站，乘客们仿佛从一个被撕开的包裹里鱼贯而出。他们有着各式各样的身形，但最容易辨认的却是穷人。贫苦的人好像一直都在奔波，仿佛去往他乡能有什么希望一样。他们看不到的是，在旅途的终点，以前的老问题仍会出现，只不过换了个模样，就像一位你躲不开的亲戚。

我想她母亲显然明白这个道理。她把孩子们送到慕尼黑，并不打算把他们托付给更高的阶层，不过收养家庭显然已经找好了，不说别的，至少那个新家庭能让这一对儿女吃得好一点，接受更好的教育。

可是这个男孩——

莉泽尔确信，母亲把关于弟弟的记忆带在了身边，就扛在肩上。这时，她把男孩放在了地上，眼看着他的双脚、双腿和身体落在站台上。

她怎么还能走得动？

她如何还能动弹？

人类到底有多大的潜能，这种事我大概永远也不会明白。

她又抱起男孩继续往前走，女孩紧紧跟在她身边。

她们见了负责联络收养家庭的人，被问及为什么迟到了好些天，男孩的厄运令他们深受震动。在那个落满灰尘的小办公室里，莉泽尔缩在一旁，她母亲心事重重地坐在一张硬椅子上。

之后是一阵混乱的告别。女孩将头埋进母亲破旧的羊毛外套中。人们费了好大的力气才把她们拉开。

有座名叫莫尔辛的小镇，离慕尼黑郊区还有一段距离。那便是他们要带她去的地方，那条街叫作希默尔街（Himmel）。

翻译过来

Himmel = 天堂

给希默尔街取名的人想必善于反讽。它倒也说不上是人间地狱。当然不是。但它跟天堂也同样不搭边。

先不管这些，莉泽尔的养父母正在等她。

这一家人姓胡伯曼。

他们本以为会收养一个男孩和一个女孩，并因此得到一笔补助。谁也不愿意去告诉罗莎·胡伯曼，那个男孩在旅途中夭折了。实际上，谁也不想跟她说话。尽管她过去在收养孩子方面记录良好，但她的性格可不太招人喜欢。显然，那几个孩子都很服她的管教。

莉泽尔坐在汽车里，静静地等候抵达目的地。

这是她第一次坐汽车。

她的胃随着汽车一路颠簸。她徒劳地希望他们会迷路或改变主意。在纷繁的思绪中，她总是忍不住想念母亲，母亲还在火车站，正等着返程的列车。她浑身发抖，紧紧地裹着那件不顶用的大衣。她一定是一边啃指甲，一边等车。站台一定又长又不舒适，一道冰冷的水泥台子。返程的路上，在靠近儿子下葬的小镇时，她会留意那个地方吗？还是会沉沉睡去？

汽车继续前行，每转过一个弯，莉泽尔都害怕即将到达那可怕的终点。

那天，天空的颜色灰蒙蒙的，灰色是欧洲的颜色。

汽车的四周是一道道雨帘。

"快到了，"收养机构的海因里希女士转过身来，对她微笑，"你的新家。"

莉泽尔在雾蒙蒙的车窗玻璃上抹出一个圆，向外张望。

　　希默尔街的写照
　　街上的建筑仿佛都粘在一起，
　　大多是些神经兮兮的小房子和单元楼。
　　阴沉的雪像毛毯似的铺了一地。
　　还有衣帽架一般空荡荡的树
　　和灰蒙蒙的天。

车里还有一个男人。海因里希女士进屋的时候，他陪着女孩。他从没开口说过话。莉泽尔猜测，他待在车里是为了防止她逃跑，或者如果她给他们惹麻烦，他会强行把她架到屋子里去。可后来她真正开始惹麻烦的时候，他也只是袖手旁观。也许他是最后的撒手锏，万不得已时才会采取行动。

几分钟后，一个高大的男人走了出来。他是莉泽尔的养父汉斯·胡伯曼。他的一侧是不高不矮的海因里希女士，另一侧是矮胖的罗莎·胡伯曼，她就像一个披着大衣的小衣柜，走起路来踉踉跄跄。她几乎可以说是可爱了，却被脸扣了分，那张脸像个皱巴巴的纸板箱，摆出一副恼怒的表情，仿佛人生于她是一种忍受。她丈夫径直走过来，指间夹着一支点燃的香烟。他的烟都是自己卷的。

事情是这样的：

莉泽尔不愿意下车。

"这孩子咋回事？"罗莎·胡伯曼问道，她又重复了一遍，"这孩子咋回事？"然后她把头伸进车里，说："行了，过来吧。"

前排的座椅被扳倒了。走廊冷冷的灯光仿佛在邀请她出来。她就是不愿意动弹。

莉泽尔透过自己抹出来的圆，看到车外那位高大的男人，他指间依旧夹着香烟。烟灰从烟头上落下，在空中飘了几下，然后落到地面。整整过了十五分钟，他们才把她哄下车。说动她的是那个高大的男人。

说动她的，是他的轻声细语。

接着，她又抓着大门不放。

她死死抓着大门不愿意进去，双眼滚出一串串泪珠。街上的人开始围观，直到罗莎·胡伯曼开口咒骂，才各自散去。

> 罗莎·胡伯曼的骂人话，翻译过来是这样
> "有什么好看的，你们这些混账？"

最后，莉泽尔·梅明格小心翼翼地走进屋子。她一只手被汉斯·胡伯曼牵着，另一只手提着小手提箱。在那只手提箱里，一本黑色的小书藏在一层层叠好的衣服下面，我们都知道，那本书是一位十四岁的掘墓人在一座无名小镇弄丢的，过去的几个小时，他可能一直在找它。"我向你保证，"我想他会对工头说，"我不知道它到底去哪儿了。所有地方我都找遍了！"我相信他从来都没有怀疑过那个女孩，但它恰恰就在这里，这本黑色封皮上印着银色书名的书，被她压在了一层层衣服下面。

《掘墓人手册》

只需十二步就能

学会掘墓

巴伐利亚公墓协会出版

这是偷书贼第一次得手，从此，她将开启光辉的职业生涯。

长成一头小母猪

是的，光辉的职业生涯。

不过我要澄清一下，她隔了很长一段时间，才偷了第二本书。还有一点值得一提，第一本书是从雪地里偷来的，第二本书是从火里偷来的。而且不得不说的是，有几本是别人送她的。她一共有十四本书，不过在她的故事中举足轻重的只有十本。这十本中有六本是偷来的。余下的四本中，有一本出现在餐桌上，有两本是一个躲起来的犹太人为她创作的，最后一本则来自一个阳光和煦而昏黄的午后的馈赠。

当她写自己的故事时，她开始回想，到底是从什么时候起，这些书和文字开始从寻常之物变成了她的整个世界。是她第一次见到书房，目睹成排的书的那一天？还是马克斯·范登堡带着满怀的苦难和希特勒的《我的奋斗》，来到希默尔街的那一天？是在防空洞里读书的时候？还是在通往达豪的最后一次游行时？难道是因为《采字人》？这一转变到底发生在何时何地，她恐怕永远都找不出准确的答案。我的讲述可能有些操之过急。在所有这些事情发生之前，我们得先回到故事的开始，看看莉泽尔·梅明格在希默尔街的新生活，以及她如何变成一头小母猪的。

她刚到这里的时候，你还能看到她手上被冰雪噬咬的痕迹，以及手指上冻结成冰的血迹。她的每一寸肌肤都透露出营养不良的意味，比如说瘦如干柴的小腿、衣服架子一样的胳膊。笑对她来说很不容易，就算勉强挤出一个笑容，也总有一种忍饥挨饿的感觉。

她的头发接近德国人的金色，那双眼睛却非常危险，是深深的褐色。在那个年代的德国，谁也不希望自己有一双褐色的眼睛。这双眼睛遗传自她的父亲，但她并不知情，因为她的记忆里没有父亲的形象。关于父亲，她只知道一件事。那是一个她无法理解的标签。

一个奇怪的词

共产主义分子

在过去的几年里，这个词频频进入她的耳朵。

那时候的公寓里总是挤满了人，房间里总有人在问话。那儿就有这个词。这个奇怪的词总是在场，它躲在角落里，在黑暗中窥视。它穿着西装，穿着制服。无论走到哪里，只要有人提及她的父亲，人们就会听到这个词。她问母亲这个词是什么意思，母亲说这个词并不重要，她不必为此担心。在另一间公寓里，有一位看起来挺健康的女人用炭笔在墙上写字，打算教孩子们读书认字。莉泽尔很想问问她，这个词到底是什么意思，但她没能开口。有一天，这个女人被带走问话，从此再也没有回来。

来到莫尔辛的时候，莉泽尔隐隐约约意识到母亲这么做是为了让她活下去，但她没有因此感到宽慰。如果母亲真的爱她，为什么要把她留在别人家里。为什么？为什么？

为什么？

她其实知道答案，但那又怎么样。母亲总是生病，一直都没有钱治病。这些她都知道。可这并不意味着她必须寄人篱下。有多少次，母亲告诉她自己是爱她的，但她怎么也没法认同，因为这份爱的证据明明是抛弃。事情已成定局，她是一个没人要的瘦弱的孩子，与陌生人同住在一个陌生的地方。孤身一人。

胡伯曼一家住在希默尔街上一栋狭小的砖房里。家里统共只有几个房间、一间厨房和一个与邻居共用的厕所。房子没有阁楼，地下室用来储物。地下室不够深。在一九三九年，这还不成问题，到了一九四二年和一九四三年，问题就来了。空袭来临时，他们总得狂奔过大街，跑向更安全的避难所。

一开始，那些骂人的脏话给莉泽尔留下的印象最深。它们是如此猛烈，如此丰富。每句话里必有"Saumensch"、"Saukerl"或"Arschloch"这样的词儿。有些读者想必不了解这些词，那么我来解释一下。前缀"Sau"当然是指猪，"Sau"加上后缀"mensch"则用来责骂、斥责或是单纯地羞辱女人。后缀"kerl"（这个词读作"凯尔"）指代男人。"Arschloch"可以直接翻译成混账。这个词不分男女。混账是指所有混账的人。

第一天晚上，莉泽尔不肯洗澡，她的养母就骂她："你这头肮脏的母猪，干吗不肯脱衣服？"她特别擅长发火。实际上，你甚至可以说，罗莎·胡伯曼的脸上常年都挂着怒火。这也是她那张纸板箱一样的脸上会长那么多皱纹的原因。

刚住进新家的莉泽尔，浑身上下都焦虑得不行。这种状态下，她当然既不肯洗澡，也不愿上床睡觉。她蜷缩在盥洗室逼仄的一角，多希望墙壁能长出一副臂膀让她抓住，可是墙壁上没有臂膀，只有干透的油漆。罗莎如洪水般袭来的辱骂令她喘不上气。

"别管她了。"汉斯·胡伯曼出来调停。他轻柔的话语仿佛穿过人海来到她身边。"把她交给我。"

他走到莉泽尔身边，靠着墙坐在了地板上。地砖冷冰冰的。

"你会卷烟吗？"他问莉泽尔。于是在接下来的一个小时里，他们坐在愈发深沉的黑暗中，玩着烟叶和卷烟纸。汉斯·胡伯曼抽着那些卷好的烟。

一个小时后，莉泽尔已经卷得有模有样了，但她还是没洗澡。

关于汉斯·胡伯曼的几件事

他喜欢抽烟。

他最喜欢的其实是卷烟的过程。

他是位粉刷匠，会拉键盘式手风琴。

这项技能很有用，尤其是在冬天。

他可以在莫尔辛的酒吧里，比如诺勒酒吧

演奏音乐，赚点小钱。

他在一场世界大战里躲开了我，不过后来

又要卷入另一场世界大战（真是天命弄人），

而在这场战争中，他又成功地从我的身边逃开。

在大部分人眼里，汉斯·胡伯曼是一个没有多少存在感的人，一个平凡无奇的人。当然了，他粉刷的手艺很棒。他在音乐上也并非泛泛之辈。不过我想，你肯定也遇到过这类人，即使他们站在队伍的前列，也会消失在背景之中。尽管他总是在场，却不惹人注目，不像什么重要的人物。

你能想象得到吧，这种表象总会带来误解，让人们误以为他是个无足轻重的人。然而莉泽尔·梅明格注意到，他其实有着金子般的品格。（有时候，孩子远比呆板的大人敏锐。）她立马就看出来了。

他的一举一动。

他四周安静的气氛。

那天晚上，在那个阴冷狭小的盥洗室里，当他打开灯时，莉泽尔发现养父的眼中有一种奇异的神采，充满了善意的银色光泽，像是正在熔化的柔软的白银。莉泽尔看到这双眼睛，就立即明白，汉斯·胡伯曼是个难能可贵的人。

关于罗莎·胡伯曼的几件事

她身高五英尺一英寸，

蓬松的灰褐色头发挽成一个发髻。

为了贴补家用，她给莫尔辛

五个相对富裕的家庭洗熨衣物。

她做的饭糟透了。

她还有一种特殊的能力，几乎能激怒她遇到的每个人。

可她确实爱着莉泽尔·梅明格，

只是表达爱的方式有点古怪，

就是时不时地用木头勺子痛打她，

再骂她一顿。

在希默尔街住了两个星期后，莉泽尔才终于洗了澡，罗莎给了她一个大大的拥抱，那力道简直要把她弄伤。在差点让她窒息后，罗莎说："你这头肮脏的母猪，终于可以抱抱你了！"

几个月后，他们总算不再是胡伯曼先生和胡伯曼太太。罗莎滔滔不绝地说："莉泽尔，给我听好了。从今往后，你要管我叫妈妈。"她想了一会儿，"你是怎么叫你亲妈的？"

莉泽尔轻声答道："也叫妈妈。"

"也行，那我就是二号妈妈了。"她转头看了看丈夫。"至于那个男的，"她仿佛把一个个词儿都攥在手中，捏成一团，抛向桌子对面，"那头肮脏的蠢猪，你要叫他爸爸，听懂没有？"

"好的。"莉泽尔立即答应下来。这一家子的规矩是问话时要迅速回答。

"要说'好的，妈妈'。"罗莎纠正道，"你这头母猪，跟我说话的时候要喊我妈妈。"

此时，汉斯·胡伯曼刚刚卷好一支烟（最后一道工序是舔湿卷烟纸，把两端粘到一起）。他看了一眼莉泽尔，朝她眨了眨眼。叫他爸爸似乎是顺理成章的事。

一位铁腕女人

最初的几个月当然是最艰难的。

每天夜里，莉泽尔都会做噩梦。

梦见她弟弟的脸。

梦见他直勾勾地盯着地板。

醒来的时候，她像是在床上游泳，尖叫着，仿佛会溺死在床单里。在房间的另一头，那张为她弟弟准备的床就像一艘漂浮在黑暗中的幽灵船。当她慢慢清醒过来，它便落到地上，似乎陷入地板中。即便幻觉退去也无济于事，她通常还要尖叫好一会儿才能停下来。

噩梦大概只有一个好处，它会惊醒她的新爸爸汉斯·胡伯曼，他会走进房间安慰她，关心她。

每个夜晚，他都会坐在她身旁。最开始的几次，他什么也不做，像个陌生人那样帮她排解孤独。过了几个晚上，他开始低声对她说："嘘，我在这里，没事的。"三个星期后，他搂着她哄她入睡。信任能这么快地建立起来，主要是因为这个男人的温柔中有一股勇猛的力量，还因为他的存在。女孩从一开始就明白，在她尖叫的时候，他一定会赶来，不离不弃。

一个字典里找不到的定义

不离不弃，

一种出于信任和关爱的行为，

常常只有孩子能辨别出来。

尽管睡眼惺忪，汉斯·胡伯曼还是会坐在莉泽尔的床头，任她哭湿他的衣袖，呼吸着他身上的气味。每天凌晨两点之后，她伴着他的气味再度入眠，那其中混合着熄灭的香烟的味道、数十年的油漆味和皮肤的气味。她将它们吸入，然后呼出，接着仰头倒下。当清晨来临的时候，他总是睡在离她几米远的地方，在椅子上蜷成一团，只有平时的一半高。他从来没有睡过另一张床。莉泽尔爬下床，小心翼翼地亲亲他的脸颊，他就微笑着醒来。

有些日子里，爸爸让她回到床上等一小会儿，他把手风琴拿过来为她演奏。莉泽尔坐在床上跟着旋律哼唱，她冰冷的脚趾会激动地蜷起来。过去从来没有人为她演奏过音乐。她傻傻地笑着，看着皱纹在他的脸上、他温柔而坚毅的眼睛下方蔓延开来，直到厨房里传来咒骂声。

"给我安静点，你这头蠢猪！"

但是，爸爸还会演奏一会儿。

他会朝女孩眨眨眼，尽管有点笨拙，她也朝他眨眨眼。

有几次，为了火上浇油，他把乐器搬到厨房里，一边吃早餐一边演奏。

爸爸吃了一半的面包和果酱都扔在盘子里，面包上还留着牙印，而音乐仿佛就在莉泽尔眼前。我知道这样的表述非常奇怪，但这是她的真实感受。爸爸的右手在乳白色的琴键上游走，左手则按着键钮。（她尤其喜欢看他按那个银光闪闪的 C 大调键。）手风琴的黑色外壳上虽然有几处刮伤，但依旧光可鉴人，风箱随着手臂的挤压和拉伸吸入空气又吐出来。在这样的清晨，爸爸让手风琴活了过来。如果仔细想想，你应当能想象出那幅场景。

该如何判断一个东西有没有活过来？

你只要检查一下它有没有呼吸就行了。

事实上，手风琴的音乐声也是安全的宣告，宣告白昼已经来临。白天的时候，她不可能梦见弟弟。尽管她仍旧思念他，也常常躲在狭小的盥洗室里不出声地哭泣，但她依旧庆幸自己能醒来。在来到胡伯曼家的第一个夜晚，她就把自己和弟弟最后的联系——那本《掘墓人手册》藏到了床垫底下，时不时将它拿出来捧在手里，注视着封面上的字母，抚摸着书里的文字，尽管她并不知道这本书里写了什么。其实这本书讲什么都不要紧，重要的是它对她的意义。

这本书意味着

1. 最后一次见到弟弟。

2. 最后一次见到母亲。

有时，她会低声喊着妈妈，哪怕一个下午那么短暂的时间里，妈妈的脸庞也会在她眼前闪过一百遍。比起可怕的梦境，这不过是些微小的痛苦。噩梦来袭的时候，她在深沉的睡眠里感受到从未有过的孤独。

而且我相信，你一定已经注意到了，这个家里没有别的孩子。胡伯曼夫妇有一对儿女，不过他们都长大成人自立门户了。小汉斯在慕尼黑市区工作，特鲁迪则给人当女佣和保育员。很快，他们都将被卷入战争。一个负责造子弹，另一个则负责发射子弹。

你大概想象得到，对莉泽尔来说，上学也是一件痛苦万分的事情。

尽管这是所国立学校，却有着浓厚的天主教色彩，而莉泽尔是个路德会信徒。这个头儿就开得不太吉利。随后他们发现，她既不认识字，也不会写字。

尽管挺难为情的，她还是不得不降级，跟比她小几岁的孩子一起从字母表学起。虽然她身材纤细、面色苍白，但跟这些小孩子比起来，还是显得很庞大，她常常希望自己能再苍白一点，直接消失了倒好。

即便在家里，她也得不到太多指导。

"可别指望他给你帮忙。"妈妈直言不讳地说道，"那头蠢猪。"爸爸正习惯性地望着窗外。"他小学四年级就辍学了。"

爸爸头也不回，用平静但更为挖苦的语气回答说："那也轮不着问她。"他把烟灰弹到窗外，"她小学三年级就不上学了。"

整个家里连一本书都没有（除了她偷偷藏在床垫底下的那一本），莉泽尔只敢轻声背诵字母表，因为过不了多久，妈妈就会让她闭嘴，不要在那里喃喃自语。直到后来，她半夜做噩梦尿了床，才开启了一门额外的阅读课。他们开玩笑地叫它午夜课，尽管上课时间通常是在凌晨两点左右。很快，这样的课会越来越多。

二月中旬，莉泽尔十岁了，爸爸妈妈送给她的生日礼物是个一头金发、少了条腿的旧洋娃娃。

"我们实在找不到比它更好的礼物了。"爸爸怀着歉意说道。

"你在说什么啊？她能收到这么好的礼物，已经够幸运了。"妈妈纠正道。

汉斯摆弄着洋娃娃剩下的那条腿，莉泽尔在试穿新制服。满十岁意味着要加入希特勒青年团了，意味着可以得到一套小小的棕色制服。因为是女孩，莉泽尔加入了被称为"BDM"的低龄组。

这个缩写的含义

它的全称是 "Bund Deutscher Mädchen"，

德国少女联盟

加入组织后的头等大事，是学会行纳粹礼。然后他们会教你走正步、卷绷带、缝衣服，还要参加远足和其他类似的活动。每个星期三和星期六是指定的集会日，活动时间是下午三点到五点。

每个星期三和星期六，爸爸都会把莉泽尔送到少女联盟总部，两个小时后再过来接她。他们在路上很少说话，只是手牵着手听着彼此的脚步声，爸爸会抽上一两根烟。

爸爸唯一让她感到焦虑的地方，是他常常要出门。很多个夜晚，他走进起居室（那也是胡伯曼夫妇的卧室），从陈旧的橱柜里取出手风琴，挤过厨房来到大门口。

当他走上希默尔街时，妈妈会打开窗户大喊道："别太晚回家！"

"别大喊大叫。"他转过身这么回答。

"蠢猪！舔我的屁股去吧！我想怎么喊就怎么喊！"

她的咒骂声在街头回响，一直跟随着他传到希默尔街的尽头。他从不回头，就算回头也要先确定妻子已经离开窗前。在这样的夜晚，他手里提着手风琴盒子，走到街道的尽头，在街角迪勒太太的商店门口转身，看一眼窗边取代他的妻子出现的那个身影。他抬起瘦弱的手臂挥挥，然后转过身继续缓慢地往前走。莉泽尔再见到他时，已经是凌晨两点，他会温柔地把她从噩梦中拉出来。

小厨房里的夜晚总是毫无例外地嘈杂。罗莎·胡伯曼的嘴总是闲不住，而且一张嘴就骂个不停。她常常争辩，常常抱怨。尽管没有人真的跟她吵，但她总是抓住一切机会说个不停。她可以在厨房里与整个世界争辩，几乎每晚都喋喋不休。他们吃完饭，爸爸也出门后，莉泽尔跟罗莎待在厨房里，罗莎通常会熨熨衣服。

每星期总有那么几天，莉泽尔放学后，得跟着妈妈一起在莫尔辛走街串巷，从镇上的富人区收集需要洗涤和熨烫的衣物，并把洗好熨好的衣物送到人家家里去。那些人住在克瑙普特街、海德街，还有其他几个街区。妈妈在收衣服和送衣服时，脸上总挂着职业性的微笑，但只要客人一把门关上，她就开始诅咒这些富人迟早会因为钱和懒惰受苦。

"这群懒货，连自己的衣服都不肯洗。"她虽然这么说，却倚仗他们的懒惰过活。

她指责海德街的福格尔先生："他所有的家当都是他老爸给的。他倒好，全拿来找女人和喝酒。当然了，还拿来洗衣服。"

她每次都挨家挨户地把他们数落个遍。

福格尔先生、普法夫胡弗夫妇、海伦娜·施密特，还有魏因加特纳一家。他们都背负着某种罪过。

按照罗莎的说法，恩斯特·福格尔不仅沉迷于酒精，还好色放荡，并在这方面大把花钱，个人卫生习惯也很糟糕，总是挠着爬满虱子的头发，先舔舔手指再把钱递过来。她总结道："回家前，我一定要把这些钱先洗上一遍。"

而普法夫胡弗夫妇总是吹毛求疵。"这些衬衫上，可是连一道褶子都不能有，"罗莎模仿着他们说话的语气，"这套西装上，可是连一处都不能皱。然后他们就站在门口，当着我的面，在我眼皮子底下把衣服统统检查一遍。真是些人渣！"

魏因加特纳一家都是蠢货，家里养着一只永远在掉毛的猫。"你知不知道，把所有猫毛除干净，要花掉我多少时间？毛掉得到处都是！"

海伦娜·施密特是位有钱的寡妇。"这个老残废每天都干坐着消磨时间。她这辈子估计连一天活儿都没干过。"

然而最受罗莎鄙夷的是格兰德街八号。那是一座大房子，坐落在莫尔辛北部的一座山丘上。

第一次去那里的时候，她指给莉泽尔看。"这一栋是镇长家的房子。他是个坏蛋。他老婆整天待在家里，吝啬得连个火都不舍得生，那里面一直都冷得要命。她是个疯子。"她一字一顿地说出了这几个字："绝对，疯了。"到了大门口，她示意女孩，"你去。"

莉泽尔战战兢兢。几级台阶之上是一扇巨大的棕色前门，门上挂着黄铜门环。"什么？"

妈妈猛地推了她一把。"别跟我装糊涂，小母猪。过去。"

莉泽尔过去了。她穿过小径爬上台阶，犹豫地敲了敲门。

门开了，她首先看见的是一条浴袍。

穿浴袍的是个满眼吃惊的神色、头发蓬松的女人，以一副失败者的姿态站在莉泽尔身前。她看见了大门口的罗莎，于是递给女孩一袋脏衣服。"谢谢。"莉泽尔说道，却没得到任何回答。只有门回应了她。它关上了。

她回到大门边，妈妈说："看见了吧？这就是我要忍受的一切。这些有钱的混蛋。这些懒惰的肥猪……"

带着脏衣服离开时，莉泽尔回头望了一眼。门上的黄铜门环仿佛正盯着她看。

罗莎·胡伯曼骂完主顾们之后，通常会把矛头指向另一个她喜欢数落的对象——她的丈夫。她一边看着脏衣服和那些气派的房子，一边无休无止地说啊说。"你爸爸哪怕能干一点，"每次她们走在莫尔辛的街头，她都会向莉泽尔诉苦，"我都犯不着做这种行当。"她嗤之以鼻，"一个粉刷匠！为什么要嫁给这种混账？我娘家人当时就是这么忠告我的。"路面在她们脚下嘎吱作响。"你看看我，整天像这样走街串巷，在厨房里辛辛苦苦地干活，因为那头蠢猪从来没有正经工作。连个像样的工作都没有，只会每天晚上抱着那台可怜巴巴的手风琴去那些脏窟窿。"

"是的，妈妈。"

"你就这点反应？"妈妈的眼睛像是浅蓝色的剪纸，径直贴在她的脸上。

她们俩继续往前走。

莉泽尔提着洗衣袋。

回到家，她们把衣服放进起居室壁炉边的热水槽里洗干净，然后拿到厨房熨烫。厨房是她们干活的地方。

每天晚上，妈妈都会问她："你听到了吗？"她手里攥着在炉火上烤热的熨斗。屋子里灯光昏暗，坐在餐桌旁的莉泽尔怔怔地望着眼前闪烁的炉火。

"什么？"她总是这样回答，"听到什么？"

"是那个霍尔茨埃普费尔。"妈妈已经从座位上起身了，"那头母猪刚刚又往我们门上吐唾沫了。"

霍尔茨埃普费尔女士是他们家的邻居，她已经养成了习惯，每次路过胡伯曼家门前，都要往门上吐唾沫。前门离大门有几米远，霍尔茨埃普费尔女士吐痰的水平和精确程度着实了得。

她朝他们家吐痰，是因为她和罗莎·胡伯曼已经吵了十多年的架。谁也不知道她们原先是怎么吵起来的，恐怕连她们自己都忘了。

霍尔茨埃普费尔是个相当泼辣又爱记仇的女人。她从来没结过婚，却有两个儿子，比胡伯曼的子女稍大几岁。两个儿子都参了军，我向你们保证，在这个故事结束前，他们肯定会出来友情客串一下。

不过我也得说，在两位女士的仇视和斗争中，霍尔茨埃普费尔是个持之以恒的人。她只要路过三十三号的门前，就从不放过任何一个往门上吐痰的机会，然后还会骂一句"蠢猪"。我发现德国人有一个特点。

他们好像非常喜欢猪。

一个小问题及答案

你猜，每天晚上谁会被派去擦掉门上的痰？

没错，你猜对了。

当一个铁腕女人要你出去擦掉门上的痰时，你只能照做，尤其是她手上的铁熨斗还热着呢。

这不过是他们家的一桩家常事。

每天晚上，莉泽尔都要去外面把门擦干净，然后望着天空。通常，天空总是沉沉地悬在头顶，阴冷而沉重，滑溜而灰暗。但偶尔也有一些大胆的星星冒出头来，即便只在天上闪烁几分钟。每逢这样的夜晚，她会多待一会儿，静静地等待。

"你好，星星。"

她在等待。

等待人声从厨房里传来。

又或者星星再次消失在德国的那片天空中。

吻
（做出决定的孩子）

莫尔辛就像大多数小镇那样，住满了各种各样的人物。他们中有好些人住在希默尔街上，霍尔茨埃普费尔女士不过是其中的一个。

其他的还包括这些人：

·鲁迪·施泰纳，住在隔壁的男孩，非常崇拜美国黑人运动员杰西·欧文斯。

·迪勒太太，古板的雅利安人，街角商店的店主。

·汤米·穆勒，这个孩子的耳朵因为慢性感染动过好几次手术，脸上有一道粉红色的疤痕，很容易抽搐。

·还有一个男人，大家叫他普菲夫克斯，此人极为粗鄙，跟他比起来，罗莎·胡伯曼都可以算是文人和圣人了。

尽管在希特勒的统治下，德国的经济实现了飞速发展，但是总体说来，这条街上住的都是穷人。这座小镇仍有贫穷的一面。

我们前面说过，胡伯曼家隔壁的房子租给了施泰纳一家。施泰纳家有六个孩子，其中便有臭名远扬的鲁迪，他很快就会成为莉泽尔最好的朋友，后来更是成了她的同伙，甚至是怂恿她偷窃的教唆犯。他们俩是在街上相识的。

莉泽尔第一次洗澡的几天后，妈妈同意让她跟别的孩子一起玩了。无论刮风下雨，希默尔街上的孩子都在户外交朋友，很少去别人家里做客，因为这些房子空间局促，也没什么可玩的。此外，他们也有模有样地在街上进行最喜欢的娱乐活动——踢足球。他们有固定的球队，球门则由两个垃圾桶充当。

初来乍到的莉泽尔马上被分配到两个垃圾桶中间当守门员。（汤米·穆勒终于解放了，尽管他是希默尔街上球技最臭的人。）

一开始，比赛进行得挺顺利，但很快就出现了决定性的一幕，汤米·穆勒没防住鲁迪·施泰纳，气急败坏之下犯规放倒了他。

"怎么回事？"汤米大喊道，他的脸绝望地扭曲着，"我明明什么也没做啊？！"

鲁迪所在球队的每个孩子都获得了一次罚球的机会，现在轮到鲁迪·施泰纳对战新来的孩子——莉泽尔·梅明格。

他把球放在肮脏的雪堆上，满心以为能像平常那样一脚定乾坤。毕竟鲁迪罚球时有过连续十八次一球未失的纪录，而对面的球队已经起了内讧，要把汤米·穆勒踢出队伍。无论他们拿谁换下他，鲁迪都会进球得分。

他们还想借此机会把莉泽尔踢出球队。你大概能想象得到，她当然抗议了，而鲁迪声援了她。

"算了，算了。"他笑着说，"让她继续守门好了。"他正在摩拳擦掌。

在这条肮脏的街上，雪已经停了，他们四周布满了泥泞的脚印。鲁迪开始助跑，之后用力射门，而莉泽尔猛地扑出去，不知怎的用手肘击飞了球。她咧开嘴大笑着站起来，结果被一个雪球砸中了脸。雪球有一半是泥巴，砸在脸上又冷又疼。

"雪球的滋味怎么样？"

那个男孩大笑着跑去追球了。

"蠢猪。"莉泽尔轻声骂道。这个新家的口头禅很快就从她的嘴边冒了出来。

关于鲁迪·施泰纳的几件事

他比莉泽尔大八个月，

双腿瘦削，牙齿尖利，有一双细长的蓝眼睛

和一头柠檬色的头发。

这个施泰纳家的孩子永远都在挨饿。

希默尔街的人觉得

他有一点疯疯癫癫的。

这是因为"杰西·欧文斯事件"，尽管很少有人谈论它。

那一天晚上，他把自己涂成了炭黑色，

在当地的体育场跑百米冲刺。

不管鲁迪是不是疯疯癫癫的，他都注定要成为莉泽尔最好的朋友。砸在脸上的雪球无疑是一段长久的友谊的完美开端。

开始上学后没几天，莉泽尔就跟施泰纳一家混熟了。鲁迪的妈妈芭芭拉要他答应上学放学的时候都陪着这个新来的女孩，主要是因为她听说了雪球事件，心里多少有些愧疚。至于鲁迪，他倒是乐于听从妈妈的命令。他并不是那种和女孩划清界限的男孩。他很喜欢女孩子，也喜欢莉泽尔（自从拿雪球打中她以后）。实际上，鲁迪·施泰纳是个胆大包天的小坏蛋，幻想着哪天能跟淑女们交往。每个人的童年中都隐隐约约有这样一个少年。他不会因为同龄人都害怕接触异性，自己也跟着对女孩子产生恐惧，而且，他还是个果敢的人。这一回，鲁迪已经下定决心，要和莉泽尔·梅明格好好相处。

在上学的路上，他为莉泽尔介绍了镇上的几座标志性建筑，或者换种说法，他其实是在让弟弟妹妹闭嘴，以及哥哥姐姐让他闭嘴的间隙，向莉泽尔传递了这些信息。他感兴趣的第一处地点，是一座公寓二楼的一扇小窗户。

"汤米·穆勒就住在那里。"他意识到莉泽尔没想起汤米是谁，又说，"那个老是抽搐的家伙。他还只有五岁的时候，在那年最冷的一天，他在市场里走丢了。三个小时后，他们才找到他，可他已经冻得直挺挺的，就因为这事儿，他的耳朵老是疼得厉害。没过多久，耳朵里就全烂了，动了三四次手术，医生把他的神经搞坏了，所以他现在总是抽搐。"

莉泽尔应和道："他足球踢得很臭。"

"是最臭。"

接下来就走到了希默尔街尽头的街角商店。迪勒太太的店。

关于迪勒太太的重要提示

她有一条金科玉律。

迪勒太太是个棱角分明的女人，戴着一副厚厚的眼镜，眼里散发出凶恶的光。她之所以这样凶神恶煞，是为了吓退那些想在她店里偷东西的念头。她像个士兵一样守在店里，声音冰冷，甚至连呼吸都带着"希特勒万岁"的味道。店铺本身也冷冰冰的，里面一片白色，没有一点人情味。挤在商店旁边的那间小屋子散发着一丝严厉的气息，比希默尔街上的其他房子都更严厉一些。迪勒太太便是这种压迫感的主宰，而这是她店里售卖的唯一一件免费商品。她为商店而活，商店则为第三帝国而活。那年晚些时候，国家开始实行配给制度，但大家都知道她的柜台里有一些很难买到的东西，而她把收入都捐给了纳粹党。她座位背后的墙上挂着镶着元首照片的相框。如果你进店时没说"希特勒万岁"，那她就不会搭理你。路过商店的时候，鲁迪让莉泽尔留心看，橱窗里面有一双百毒不侵的眼睛正满怀恶意地瞪着外面。

"你进去的时候一定要说希特勒万岁，"他严厉地告诫她，"除非你想多走几步去别处买东西。"待他们走过商店，莉泽尔回头看，依然能看见那双铜铃般的眼睛纹丝不动地盯着窗户外面。

走过路口，面前的慕尼黑大街（出入莫尔辛的干道）上满是泥泞。

几列在训练的军人在大街上行进，这是常有的事。他们腰杆挺得笔直，黑靴子把雪地踩得泥泞不堪。他们都专心地正视前方。

目送士兵远去后，施泰纳家的孩子和莉泽尔又路过了几家商店的橱窗和蔚为壮观的市政厅（在几年之后，它就会被夷为平地）。有几家商店已经人去楼空，但依然贴着黄星标志①和反犹太人的标语。再远一些就是教堂了，教堂的屋顶由许多相互堆叠的瓦片铺成，直指天空。整条街就像一段长长的下水管道，一条阴冷的过道，人们在其中佝偻着行走，

①在屠杀犹太人期间，德国纳粹用黄色六角星来标记犹太人。

路面上传来双脚踩踏水洼的声音。

走到一段路上，鲁迪拉着莉泽尔跑到了前面。

他敲了敲裁缝店的窗户。

如果她看得懂牌匾的话，她本该注意到这是鲁迪爸爸的店铺。裁缝店还没开张，但店里的男人在柜台后面整理衣物。他抬起头挥了挥手。

"那是我爸爸。"鲁迪告诉她，他个头高矮不一的兄弟姐妹也很快围了上来，每个人都向父亲挥手，送去飞吻，或只是点头示意（哥哥姐姐便是如此）。然后他们继续往前走，前方是上学路上的最后一个地标。

最后一站

黄星之路。

谁也不想在这个地方停留，谁也不想多看一眼，但是大家都来过这里。它形如一条长长的断臂，几座破败不堪的房子只剩下碎裂的窗户和千疮百孔的墙壁。房门上都画着大卫星①。这些房子简直像麻风病人，是德国领土上腐烂的伤口。

"这条席勒街，"鲁迪说道，"也叫黄星之路。"

街道的另一头有几个人影在走动。透过毛毛细雨，他们的身形犹如鬼魂。不像人，倒像是某种形状，在铅灰色的云朵下飘来飘去。

"走快点，你们两个。"库尔特（施泰纳家最大的孩子）招呼他们，鲁迪和莉泽尔快步向他走去。

在学校里，鲁迪会特意在课间去找莉泽尔玩。其他人都嘲笑这个新

---

①即象征着犹太民族的六角星。

来的笨女孩，但他一点都不在乎。他一开始就打算守护她，而后来当她遇到更大的困难时，他更是坚定地站在她身旁。然而，他这么做绝非平白无故。

如果有什么事比一个男孩讨厌你更糟糕
那就是那个男孩爱上了你。

四月下旬的一天，鲁迪和莉泽尔像往常一样放学回家，到希默尔街上等小伙伴们一起踢足球。他们来得早了一点，其他孩子都还没来。他们只看到了一个人，就是那个嘴巴臭得跟下水道一样的普菲夫克斯。

"看那里。"鲁迪指了指。

普菲夫克斯的肖像
他有着病弱的体格，
长着一头白发。
他穿着一件黑雨衣，
一条棕裤子，一双破烂不堪的鞋子。
他那张嘴可真够瞧的。

"嘿，普菲夫克斯！"
远处的人影转过身来，鲁迪吹起了口哨。
与此同时，老人挺直身子，继而恶毒地咒骂起来。说实话，恶毒到这个份上也是一种才能了。没有人知道他的真名，就算知道也没人喊过他。他之所以被叫作普菲夫克斯，是因为这是吹口哨的人专用的诨名，而普菲夫克斯的确喜欢吹口哨。他总在吹《拉德斯基进行曲》，镇上的孩子会一边逗他一边模仿这个调子。这个时候，普菲夫克斯会改变惯常的走路姿态（身体前倾，笨拙的步伐跨得很大，双臂背在雨衣后面），挺直身子开始骂人。他的声音里满是怒火，任何安宁的景象都会被粗暴地打破。

莉泽尔几乎像条件反射般，跟着鲁迪一起嘲讽他。

"普菲夫克斯！"她附和道，很快就沾染了孩子们童年时的那种残酷。她的口哨吹得很糟糕，但也没时间练习了。

他一边喊叫，一边追着他们跑。一开始，他还只是骂"吃屎吧"，很快就越来越难听。起先他只骂男孩，紧接着也把怒火对准了莉泽尔。

"你这个小婊子！"他朝她吼道，咒骂声从背后恶狠狠地传来，"我怎么没见过你！"想想看，竟然有人管一个十岁的女孩叫婊子。普菲夫克斯就是这种人。大家都觉得他跟霍尔茨埃普费尔女士是绝好的一对儿。莉泽尔和鲁迪继续逃跑，他们听到的最后一句话是："你们给我回来！"但他们一直跑到了慕尼黑大街上。

"走吧，"他们能喘上气来的时候，鲁迪说，"再往前一点就到了。"

他把她带到了休贝特体育场，那里是杰西·欧文斯事件发生的地方，他们把双手插在口袋里，身前是向远方伸展的跑道。接下来能做的只有一件事。鲁迪发起了挑战。"我敢打赌，"他故意激她，"跑百米的话，你肯定跑不过我。"

莉泽尔一点也不服软。"我敢打赌，我比你快。"

"赌什么，你这个小母猪？你有钱吗？"

"当然没有，难道你有？"

"没有。"不过鲁迪有一个主意，他脑袋里恋爱的冲动在蠢蠢欲动，"如果我赢了，我就亲你一下。"他蹲下来开始卷裤腿。

莉泽尔有点警觉，但表现得很委婉。"你为什么要亲我？我这么脏。"

"我也干净不到哪里去。"鲁迪显然认为有一点点脏完全不碍事。他们两个人都有段时间没洗过澡了。

她一边看着对手瘦弱的双腿，一边考虑着。这两条腿跟自己的腿差不多粗细。她想，他不可能赢得了我。于是她认真地点了点头。就这么定了。"如果你赢了就可以亲我。但要是我赢了，我就再也不当守门员了。"

鲁迪考虑了一番。"非常公平。"他们握手成交。

天色暗了，四周雾蒙蒙的，小小的雨点开始往下掉。跑道比看起来更加泥泞。

两位运动员已准备就绪。

鲁迪向天空抛了一枚石子。这枚石子就是发令枪，等它落地的时候，他们就要开始赛跑。

"我都看不见终点在哪里。"莉泽尔抱怨道。

"难道我看得见吗？"

下落的石子陷进泥巴里。

他们并排着跑起来，互相推搡，想要超过对方。湿滑的地面在他们脚下啪啪作响，他们在离终点大概二十米的地方滑倒了。

"耶稣、马利亚和约瑟啊！"鲁迪尖叫起来，"我全身都沾上屎了。"

"这不是屎，"莉泽尔纠正他，"这是泥巴。"但她自己也不是那么确定。他们互相推搡着又向终点挪了五米。"要不我们就算平局吧。"

鲁迪咧了咧嘴，露出尖尖的牙齿，细长的蓝眼睛四下看了看。他的半边脸上都是泥巴。"如果算平局的话，我还能亲你吗？"

"想都别想。"莉泽尔站起来，掸了掸外套上的泥。

"我会想办法让你不再当守门员。"

"去你的守门员。"

回希默尔街的路上，鲁迪朝女孩发誓。"莉泽尔，总有一天，"他说道，"你会要了命地想亲我。"

但是莉泽尔知道。

她也发了誓。

只要她和鲁迪·施泰纳都还活在这人世间，她就绝不会亲吻这头可悲又肮脏的蠢猪，尤其是在这一天。现在还有更要紧的事情要解决。她低头看了看自己沾满泥巴的衣服，说出了那句显而易见的话。

"她会杀了我的。"

显然，这个她是指罗莎·胡伯曼，也就是妈妈，她差点宰了莉泽尔。挨揍的时候，耳边总是不断回响着"母猪"这个词。她差点儿把莉泽尔打成肉酱。

杰西·欧文斯事件

在莉泽尔的记忆里，她仿佛真的见过鲁迪小时候那桩令他臭名远扬的事件。不知怎么回事，她似乎总能看见鲁迪想象中的围观人群，并在其中找到自己。也许她只是喜欢想象那个场面：草地上，一个全身涂成黑色的男孩飞驰而过。

那是一九三六年的奥林匹克运动会。希特勒的运动会。

杰西·欧文斯刚刚完成四乘一百米接力赛，夺得了他的第四块金牌。但希特勒认为黑人是低等人种，拒绝同他握手，这个消息传遍了全世界。然而，即便种族偏见最深的德国人都对欧文斯的竞技水平叹为观止，他取得优异成绩的消息也不胫而走。最为他着迷的莫过于鲁迪·施泰纳。

他的家人都挤在起居室里，而他溜了出来，小心翼翼地来到厨房。他从炉子里取出几块木炭，攥在小小的手里。"万事俱备。"他露出了微笑。他准备好了。

他把炭均匀而浓重地抹在脸上，直到全身上下都被涂得漆黑，甚至连头发上都抹了一遍。

男孩看着自己映在窗玻璃上的影子，近乎疯狂地笑了起来。他穿着短裤和背心，偷了哥哥的自行车，蹬上它向休贝特体育场骑去。他口袋里还藏着几块炭，免得身上的颜色脱落。

在莉泽尔的想象中，那一晚的月亮像被缝进了天空的纹理，周围还缀着几朵云。

生锈的自行车在休贝特体育场的栅栏外猛地停下来，鲁迪翻过栅栏，在另一侧落地，小跑着冲向百米赛跑的起跑线。他甚至满怀热情地做了一组僵硬的拉伸动作，还在地上挖出一个起跑点。

他等待比赛的时刻到来，在起跑线附近踱来踱去，在黑暗的天空下全神贯注，月亮和云朵密切地注视着他。

"欧文斯看起来状态良好，"他开始解说，"这可能是他个人历史上最伟大的成就……"

他在想象中与其他运动员握手，祝他们好运，尽管他知道他们连一点机会都没有。

发令员示意他们站到起跑线上。休贝特体育场跑道两旁出现了密密麻麻的观众。他们异口同声地呼喊，高叫着他的名字，而他的名字是杰西·欧文斯。

一切都安静下来。

他赤裸的双脚紧扣土地。他能感受到脚趾缝间的泥土。

在发令员的示意下，他抬起臀部做好准备姿势，发令枪的响声划破了夜空。

在开始的三十米，差距还不是很明显，浑身涂成黑色的欧文斯很快就将脱颖而出，遥遥领先只是时间问题。

"欧文斯领先了。"男孩尖厉的声音在呐喊。他飞快地跑过空荡而笔直的跑道，直直地冲向代表奥运荣耀的雷鸣般的掌声。他甚至能感觉到当他第一个冲过终点时，终点线的带子被他的胸膛一分为二。这是地球上速度最快的人。

可是在他沿着运动场跑动庆祝胜利时，事情开始变糟了。他的父亲在人群中出现了，他像个恶魔一样站在终点线上，至少是个身穿西装的恶魔。（我们之前说过，鲁迪的父亲是位裁缝，他上街必穿西装，必打领带。可是这一次，他只在凌乱的衬衫外套了件西装而已。）

当满身漆黑的儿子一脸骄傲地跑过来，他问道："你在搞什么鬼？"周围的人群瞬间消失了。一阵微风吹来。"库尔特发现你不见人影的时候，我正坐在椅子上打瞌睡。大家都出来找你了。"

通常情况下，施泰纳先生是一个彬彬有礼的人。但在这个夏日的傍晚，发现自己的儿子全身涂成了炭黑色，这可不是什么通常情况。"这小子疯了。"他低声抱怨道。不过他承认，他一共生了六个孩子，这样的事情总是会发生的，里面总有一个会不太对劲。此时此刻，他盯着鲁迪，等着听他的解释。"怎么回事？"

鲁迪弯着腰，双手撑在膝盖上，嘴里喘着粗气。"我在扮演杰西·欧文斯。"他的回答让人觉得这是世上最理所应当的事，口吻中似乎有一种扬扬自得。"看起来是不是帅呆了？"可是当他注意到父亲的惺忪睡眼时，这种感觉立刻消失了。

"杰西·欧文斯？"施泰纳先生是那种呆板的人。他的口气很尖锐，身躯像橡树一样高大，头发则宛如碎屑。"这又是哪号人物？"

"爸爸，就是那个有魔力的黑人。"

"我先给你点黑魔法尝尝。"他伸出大拇指和食指，一把揪住了儿子的耳朵。

鲁迪疼得直咧嘴。"哎哟，疼死我了。"

"你还知道疼？"父亲更在意的是他手指上脏兮兮的炭渣。儿子全身上下简直没有一处是干净的。看在上帝的分上，连耳朵里都是黑的。"走吧。"

在回家的路上，施泰纳先生决定和男孩聊一聊政治。还要过好几年，鲁迪才会明白政治的含义，可那个时候已经太迟了，已经于事无补了。

亚力克斯·施泰纳矛盾的政治观

第一点：他是纳粹党党员，但他并不厌恶犹太人，不仇视任何民族。

第二点：当犹太店主被勒令停业时，他还是会情不自禁地有种解脱感（更糟糕的是还有一种愉悦感），因为政府的宣传告诉他，用不了多久，犹太裁缝就将像大瘟疫一样袭来，夺走他的客人。

第三点：可这难道意味着，必须彻底消灭他们吗？

第四点：他的家人。他必须尽自己所能养活他们。如果这意味着他要加入纳粹党，那么他就加入好了。

第五点：他的内心深处有个地方很痒，但他下定决心不去挠它。他害怕那里面会有可怕的东西跑出来。

他们转过几个街角，来到希默尔街上，亚力克斯说："儿子，你再也别把自己涂成黑色到处乱跑了，听见没有？"

这句话令鲁迪有些好奇，也有些困惑。月亮已经挣脱了束缚，正在空中自由地穿行。月光洒在男孩脸上，他的脸美好而朦胧，就像他此刻的思绪一样。"为什么不可以呢，爸爸？"

"因为他们会把你带走。"

"为什么呀？"

"因为你不应该变成黑人、犹太人，或者任何……不属于我们的人。"

"哪些人是犹太人啊？"

"你还记得我最老的主顾，考夫曼先生吗？我们从他那里给你买过鞋子。"

"记得。"

"嗯，他就是犹太人。"

"我完全搞不明白。难道要花钱才能当上犹太人吗？是不是需要什么证件？"

"不是的，鲁迪。"施泰纳先生一手推着自行车，一手揪着鲁迪。但他不知道该怎么把对话进行下去。他没有松开儿子的耳垂。他都忘了这码事。"就好像你是德国人，或者天主教徒。"

"噢，杰西·欧文斯是天主教徒吗？"

"我不知道！"他被自行车的脚踏板绊了一下，松开了鲁迪的耳朵。

他们沉默地走了一段路，直到鲁迪开口了："我只是希望我能像杰西·欧文斯那样，爸爸。"

这一回，施泰纳先生把手放到鲁迪头上，接着解释说："我知道，儿子，但是你有美丽的金发和一双安全的大大的蓝眼睛。你应该知足，明白吗？"

然而什么都没有弄清楚。

鲁迪并没有明白，那一晚预示了未来很多事件的发展。两年半之后，考夫曼鞋店一片狼藉，玻璃碎了一地，店里的鞋子连同鞋盒都被扔上一辆卡车运走了。

砂纸的背面

我想，人们都有一些意义非凡的决定性时刻，尤其是在他们的童年。对有些人来说，那是杰西·欧文斯事件。对另一些人来说，则是尿床后的歇斯底里。

那是在一九三九年五月下旬，那个晚上和其他夜晚没什么区别。妈妈挥舞着熨斗。爸爸出门了。莉泽尔擦干净前门，望着希默尔街的天空。

早些时候，小镇里有过一场游行。

穿着棕色衬衫的纳粹党极端分子列队走过慕尼黑大街，他们骄傲地挥舞着旗帜，高昂的脑袋仿佛撑在杆子上一样。他们高唱着《德意志高于一切》，音量在唱到歌名这一句时达到顶峰。

像往常一样，他们所到之处都响起热烈的掌声。

他们被激励着向前，去往谁也不知道的远方。

街上围观的人群中，有的人在伸直胳膊行举手礼，有的人鼓掌鼓得手疼。有的人脸庞因自豪而扭曲，像一大群"迪勒太太"聚在一起一样。也有一些不那么合群的人，比方说亚力克斯·施泰纳，他们像人形的木头那样杵着，只是义务性地鼓鼓掌。这番壮观的景象中只有两个字：臣服。

莉泽尔同爸爸和鲁迪一起站在人行道上。汉斯·胡伯曼板着一张脸。

一些重要的数字
一九三三年，百分之九十的德国人
坚定地支持阿道夫·希特勒。
也就是说只有百分之十的人例外。
汉斯·胡伯曼就属于这十分之一。
这其中是有原因的。

那天晚上，噩梦依旧缠着莉泽尔不放。一开始，她看到穿着棕色衬衫的士兵在列队行进，但很快，他们就把她引向了一列火车，那个一而再再而三出现的场景在那里等她。她的弟弟又在盯着地板。

当莉泽尔尖叫着醒来时，她立即明白这一次情况有点不一样。床单下面散发出一种温暖而恶心的气味。一开始，她想说服自己什么都没有发生，可是当爸爸靠过来抱住她的时候，她贴着他的耳朵，哭着说出了事实。

"爸爸，"她轻声说，"爸爸。"她能说的也只有这些。他大概已经闻到了那股味道。

爸爸温柔地把她从床上抱起来，到盥洗室去。几分钟后，那个瞬间就会到来。

"我们把床单换掉。"爸爸说道。当他伸手抓住床单扯下来的时候，一件东西掉了出来，"咚"的一声摔在地上。一本印着银色书名的黑色的书被抖搂出来，掉在这位高个子男人两脚之间的地板上。

他低头看了看。

他又看了看女孩，她胆怯地耸耸肩。

然后，他看了一眼书名，把它大声读了出来——《掘墓人手册》。

原来它叫这个名字，莉泽尔心想。

他们之间蔓延着一片寂静。男人、这个女孩和这本书都沉默无语。

他捡起书，用棉花般温柔的声音开口了。

一段凌晨两点的对话

"这是你的吗？"

"是的，爸爸。"

"你想读它吗？"

依然是："是的，爸爸。"

一个疲惫的笑容。

一双仿佛正在熔化的银色眼眸。

"那我们不妨读读看。"

四年后，当莉泽尔在地下室写作时，两种关于尿床往事的思绪闯进了她的脑海。首先，她觉得特别幸运的是，发现这本书的人是爸爸。（也许是因为运气，上一次洗床单的时候，罗莎让莉泽尔自己换床单。"给我动作快一点，小母猪！我们今天要忙的事可不少。"）其次，她为汉斯·胡伯曼在她的教育过程中扮演的角色感到自豪。"你可能不相信，"她写道，"教会我阅读的可不是学校，而是爸爸。人们认为他不太聪明，他的读书速度确实也挺慢的，但我很快发现，文字和写作曾经救过他的命。至少，是文字和那个教他拉手风琴的人救了他……"

"要紧的事要先做好。"那天晚上，汉斯·胡伯曼这么说道。他先洗了床单，然后把它晾起来。他回来之后说："现在，我们可以开始午夜课堂了。"

昏黄的灯光一直亮着。

莉泽尔坐在冰凉的干净床单上，又是羞愧又是兴奋。尿床的经历依然令她难堪，可她马上就能阅读了。她马上就能读这本书了。

她的心中充溢着激动之情。

一个只有十岁的读书天才的憧憬被点亮了。

要是真有这么容易就好了。

"实话实说，"爸爸一开始便解释道，"我的阅读能力并不怎么样。"

不过读得慢也无妨，说不定他慢于常人的阅读速度反倒会带来益处。因为女孩能力有限，缓慢的阅读会减少她的挫败感。

但起初，汉斯捧着这本书，多少还是有些不自在。

他挨着女孩坐在床上，背靠床头，两腿悬在床沿。他又仔细翻了一下这本书，然后把它扔在毛毯上。

"像你这样的好女孩怎么会读这种东西？"

莉泽尔又耸了一下肩。要是那个学徒读的是歌德全集或者其他大师的作品，如今出现在他们眼前的就不会是这本书了。她想解释一下。"我……当时……它被丢在雪地里，而且……"她的柔声细语从床沿落了下去，如同粉末一样在地板上消失了。

不过，爸爸知道该说些什么。爸爸总是知道该对她说些什么。

他伸手在凌乱的头发里抓了抓，说道："你要答应我一件事，莉泽尔，如果我突然死了，记得要让他们把我埋得妥妥的。"

她非常认真地点了点头。

"不能跳过第六章，也不能略过第九章的第四步。"他笑了，尿床的孩子也跟着笑了。"很好，就这么定了。我们现在开始读。"

他调整了一下坐姿，骨头像古旧的地板一样咯吱作响。"有趣的事情开始了。"

这本书被打开了，像是刮起了一阵风，这个夜晚显得更加宁静。

回顾当初的情景，莉泽尔能明确地说出当爸爸翻开《掘墓人手册》的第一页时，他到底在想些什么。他发现这本书文字的难度很大，清楚地意识到它远非一个理想的初学者读本。里面有些词连他都不认识，更别提这不甚健康的主题了。女孩却突然生出一种强烈的欲望，连她自己都有点搞不明白。在某个层面上，她也许是想确定自己的弟弟被妥善埋葬。无论背后的原因是什么，她对这本书的渴望之强烈超过了所有十岁的孩童。

第一章叫作"第一步：选择正确的工具"。在简短的引言里介绍了此后二十页中将要谈及的各种工具，作者详细罗列了各种类型的铲子、鹤嘴锄、手套等，以及恰当保养工具的必要性。这本书可是在认真谈论有关掘墓的事。

爸爸一页页翻书时，感到莉泽尔的目光一直注视着他。这双眼睛巴望着他，盼着他嘴里能蹦出几个字来，随便什么都行。

"等等，"爸爸换了个坐姿，把书递给她，"看看这一页，告诉我这里面有多少你认识的词。"

她看了看，然后撒了个谎。

"大约一半。"

"读几个给我听听。"

她当然读不出来了。他让莉泽尔指出她认识的所有单词并朗读一遍，她只能读出三个——三个最常见的德语定冠词。而这一整页纸上足足有两百个单词。

这可能比我想象的要困难。

就在那一瞬间，她察觉到了他的想法。

他站起来，又一次走出房间。

等到回来的时候，他说："我有一个更好的主意。"他手里有一支粗粗的绘画铅笔和一叠砂纸。"让我们从头开始吧。"莉泽尔找不出反对的理由。

在砂纸背面的左上角，他画了一个边长一英寸的方块，然后在里面写了一个大写的 A。在右下角，他写了一个小写的 a。到目前为止，一切顺利。

"A。"莉泽尔读道。

"什么词是 A 打头的？"

她笑着回答："Apfel（苹果）。"

他用大大的字母写下这个单词，然后在下面画了一个奇形怪状的苹果。他毕竟是个粉刷匠，又不是什么画家。他画完之后看了莉泽尔一眼，说道："接下来轮到 B 了。"

他们顺着字母表一个个写下去，莉泽尔的眼睛越睁越大。她在幼儿园学过字母表，但爸爸教得更好。这一次只有她一个学生，这一次她不再是傻大个儿。她喜欢看着爸爸的手，看他书写单词，慢慢地勾画那些粗糙的形象。

"加油，莉泽尔，"莉泽尔被难倒的时候，他说道，"有哪个词是 S 开头的。很简单。我对你可有点失望了。"

她想不出来。

"加油！"他轻声暗示她，"往妈妈那边想想。"

就在这时，那个词就像一记突如其来的耳光，在她的脑海中闪现。她露出条件反射般的笑容："Saumensch（母猪）！"她喊了出来。爸爸笑着欢呼起来，然后又闭上了嘴巴。

"嘘，我们得安静点。"但他还是笑着写下了这个词，最后依然用一幅画来收尾。

一幅典型的汉斯·胡伯曼的画作

"爸爸！"她轻声说道，"我怎么没有眼睛？"

他拍拍女孩的头发。她中了他的圈套。"笑得那么灿烂的话，"汉斯·胡伯曼说道，"还要眼睛做什么。"他抱了抱她，又看了一眼涂鸦，瞳仁里满是温暖的银色。"接下来到 T 了。"

他们学完了字母表，并复习了十几遍之后，爸爸弯下身子问："今天晚上学够了吧？"

"再学几个单词？"

他态度坚决。"足够啦。等你醒来的时候，我拉手风琴给你听。"

"谢谢，爸爸。"

"晚安。"安静而短促的笑声。"晚安，小母猪。"

"晚安，爸爸。"

他关上灯，回到椅子上坐下。莉泽尔在黑暗中睁着眼，她凝视着那些单词。

友谊的味道

午夜的课程就这样持续下去。

从接下来的几个星期一直到夏天，每次莉泽尔从噩梦中惊醒后，午夜的课程就会开始。自那以后还发生过两起尿床事件，但汉斯·胡伯曼只是重复了为她洗床单的英勇行为，然后便开始阅读、写写画画和背诵。凌晨时分，即便是低声细语也显得异常响亮。

一个星期四，刚刚过了下午三点，妈妈让莉泽尔准备一起出门去送熨好的衣物。爸爸却另有主意。

他走进厨房说："抱歉，妈妈，她今天没法跟着你去。"

妈妈正在收拾洗衣袋，她甚至懒得抬头看一眼。"谁问你的意见了，混账。我们走，莉泽尔。"

"她在读书。"爸爸说。他朝莉泽尔眨了眨眼，给她一个坚定的笑容。"同我一起。我在教她呢。我们要到安珀河的上游去，那里是我原先练手风琴的地方。"

这下她终于拿正眼瞧他了。

妈妈把衣物放到桌子上，说了一句恰到好处的嘲讽的话："你刚才说啥？"

"我觉得你应该听到我刚才说的话了，罗莎。"

"你能教她什么玩意儿？"听到这话，妈妈笑了，张口就是一句，"说得好像你自己会读书一样，你这头蠢猪。"

厨房里的人都在等待。爸爸开始反击。"我们会帮你把衣服送过去。"

"你这个肮脏的……"她住了嘴，虽然那些话已经到她嘴边上了，"天黑之前回来。"

"天黑后我们可读不了书，妈妈。"

"你说什么，小母猪？"

"没什么，妈妈。"

妈妈转身离开后，爸爸马上咧开嘴笑了，然后指指女孩。"准备好书、砂纸和铅笔，"他给她下命令，"还有手风琴！"很快，他们就带着文字、音乐和衣服走在了希默尔街上。

路过迪勒太太的店时，他们回了几次头，看妈妈是不是还在大门口盯着他们。她确实在那里，还喊道："莉泽尔，把熨好的衣服端平，别弄皱了！"

"好的，妈妈！"

又走了几步。"莉泽尔，你穿得够暖和吗？"

"你说什么？"

"肮脏的小母猪，你什么时候认真听过我说话！你穿得够暖和吗？待会儿可能会降温！"

转过弯后，爸爸弯下腰系鞋带。"莉泽尔，"他问道，"能帮我卷根烟吗？"

这是她最喜欢做的一件事。

送完熨好的衣物后，他们动身前往安珀河。这条河从小镇的一侧穿过，流向达豪集中营的方向。

河上有一座木板桥。

他们坐在离河大约三十米远的草地上，写下单词，大声朗读。黄昏来临时，汉斯拿出手风琴。莉泽尔注视着他，认真地聆听琴声，尽管那天晚上，她没有注意到爸爸演奏音乐时脸上困惑的神情。

爸爸的脸

他神情迷惘，心不在焉，

却又没有给出任何答案，

因为现在还不是时候。

他身上发生了改变。一个细微的转变。

她看到了，却没有意识到这种改变，直到后来所有的线索串联到一起。她从来没有看到过他在演奏时走神。她不知道汉斯·胡伯曼的手风琴有一个故事。在未来的年岁里，那个故事将穿着皱巴巴的衬衣，披着满是褶子的外套，在凌晨时分来到希默尔街三十三号。它会携带着一个手提箱、一本书和两个问题。这是一个故事。故事之后还有故事。故事里面夹着故事。

至于现在，对莉泽尔来说，故事里还只有汉斯·胡伯曼，而她自己享受着音乐。

她躺在青草的臂弯里。

她闭上眼，用耳朵拥抱音符。

当然，学习也并非一帆风顺。有好几次，爸爸几乎要朝她大喊大叫。"加把劲，莉泽尔，"他会这么说，"你认识这个单词，你认识的！"她总是在一切进展顺利时出岔子。

天气晴朗的时候，他们在下午来到安珀河畔学习。天气糟糕的话，就只能待在地下室了。这主要是因为妈妈。起先，他们也试过在厨房学习，却怎么也学不进去。

"罗莎。"汉斯终于忍不住打断了她的唠叨，"能不能帮个忙？"

她在炉子前抬起头。"什么忙？"

"我请求你，我央求你，能不能把嘴巴闭上，就五分钟？"

你可以想象妈妈会有什么样的反应。

最后，他们只好搬到地下室。

地下室里没有电灯，他们就带上了一盏煤油灯。渐渐地，从学校到家里，从河边到地下室，从好天气到坏天气的日子，莉泽尔学会了读书和写字。

"很快，"爸爸告诉她，"你闭着眼睛都能读那本可怕的掘墓书了。"

"那样我就能从那个全是侏儒的班里升上去了。"

她略带羞愧地说。

有一天，在地下室上课的时候，爸爸没有用砂纸（砂纸快要用完了），而是取出了一把刷子。胡伯曼家没有什么富余的物件，油漆却是管够，它将在莉泽尔的学习中派上大用场。爸爸先念一个单词，然后由莉泽尔大声把它拼出来，如果拼对了，就刷到墙上去。每过一个月，墙面就要重新粉刷一遍。一张崭新的水泥纸。

有几个晚上，在地下室上完课后，莉泽尔蹲在浴缸里洗澡，听着厨房里千篇一律的对话。

"你臭死了，"妈妈对汉斯说，"全身都是烟味和煤油的味道。"

坐在浴缸里的莉泽尔想象着那种气味，想象着它从爸爸的衣服上散发出来。那是友谊的味道，她在自己身上也能闻到。莉泽尔喜欢这个味道。她会闻着自己的胳膊微笑，一直到洗澡水慢慢冷下来。

学校里的重量级冠军

一九三九年的夏天飞逝而过，或许是因为莉泽尔把时间都用在这些事情上了：她要和鲁迪以及希默尔街上的其他孩子踢足球（这是一项全年无休的娱乐活动），和妈妈到镇子上收衣服送衣服，还要学习读书写字。仿佛夏天才开始没几天，就结束了。

那一年的下半年发生了两件事。

一九三九年九月至十一月
1. 第二次世界大战打响了。
2. 莉泽尔·梅明格成了学校里的重量级冠军。

战争爆发的那天，莫尔辛秋高气爽，我的工作量却大大增加了。

全世界都在议论开战的事。

报纸的头条都在大肆报道。

元首的声音在德国的广播里回荡。我们绝不放弃。我们绝不止息。我们会取得胜利。我们的时代已经来临。

德国发动了入侵波兰的战争，到处都聚集着聆听战争消息的人群。和德国的每一条大街一样，慕尼黑大街上也是一派战争的气象，散发着战争的气息，充斥着战争的声音。配给制度已经在几天前开始，墙上都写了，现在也正式实行了。英国和法国都对德国宣战。借用汉斯·胡伯曼的话说：有趣的事情开始了。

宣战的那一天，爸爸运气不错，有点活儿做。在回家的路上，他捡起了一张废报纸，他没有把它塞进手推车上几个油漆罐的缝隙里，而是叠起来塞到了衬衫里面。等他回到家把报纸拿出来的时候，汗水已经把油墨印在了他的皮肤上。报纸放在桌上，新闻却印在他的胸膛上，像刺青一样。在厨房昏暗的灯光下，他扯开衬衫向下看去。

"报纸都说了什么？"莉泽尔问他。她来回看着报纸和他皮肤上的黑色字迹。

"希特勒占领了波兰。"他答道，说着重重地坐到了椅子上。"德意志高于一切。"他轻声呢喃，然而他的声音里却没有一丁点爱国情怀。

那种表情又出现了——他拉手风琴时脸上的表情。

一场战争开始了。

莉泽尔很快要被卷入另一场战争。

学校重新开学近一个月后，她终于升到了和年龄相称的年级。你也许会认为这多亏了她阅读能力的提高，但事实并非如此。尽管有所进步，她读起书来仍旧磕磕绊绊。那些句子在她看来支离破碎，那些词儿也在捉弄她。她升学的主要原因是，在低年级的班上她已经成了捣蛋鬼。她会大声喧哗，把其他孩子的问题抢过来回答。有好几次，她都在走廊里接受"体罚"。

定义

体罚＝好一顿打

老师是一位修女，她将莉泽尔叫到教室门口，给她安排了一个靠边的座位，而且不许她说话。鲁迪坐在教室的另一边，朝她挥了挥手。莉泽尔也挥了挥手，绷着脸没有笑。

在家里的时候，她已经和爸爸读了不少《掘墓人手册》的内容。他们会把她不认识的词圈出来，第二天带到地下室学习。她觉得这样就够了，但这还不够。

十一月初，学校组织阶段测验。其中一项便是阅读测验。每个孩子都要站在教室前面，朗读教师指定的一个段落。那是一个晴朗而寒冷的早晨。孩子们都被太阳照得睁不开眼。死神般的玛丽亚修女的四周仿佛有一轮光晕。（说起来，我很喜欢人类想象中的冷酷的死神。我也喜欢长柄大镰刀，都是些有趣的想象。）

在洒满阳光的教室里，修女随意地喊着孩子们的名字。

"瓦尔登海姆、莱曼、施泰纳。"

他们都站起来朗读一个段落，表现各不相同。鲁迪表现得挺出色。

测验的过程中，莉泽尔怀着复杂的心情坐在座位上，既热切企盼，又担惊受怕。她迫切地想要检验一下自己，弄清楚她到底取得了多大的进步。她能通过测验吗？她能达到鲁迪以及其他同学的水平吗？

每一次，当玛丽亚修女查看名单时，莉泽尔的神经都会紧绷起来。这种感觉从胃部开始，一直蔓延上来，很快就抵达了脖子那儿，犹如粗粗的绳索一般。

汤米·穆勒勉强通过测验后，莉泽尔环视了一圈教室。其他人都读过了。只剩下她一个人了。

"非常好，"玛丽亚修女又细细看了一遍名单，点点头说道，"所有人都读过了。"

什么？

"还没有！"

教室另一边突然冒出了一个声音，它来自柠檬色头发的男孩，他在桌子底下互相撞着瘦伶伶的膝盖。他举起手说："玛丽亚修女，我想您把莉泽尔给忘了。"

玛丽亚修女。
不为所动。

她重重地把文件夹拍到面前的桌子上，不以为然地对鲁迪叹了口气，甚至有些忧郁的意味。她心里哀叹道，还要忍受鲁迪·施泰纳这种孩子到什么时候？他根本管不住自己的嘴。为什么，上帝啊，为什么？

"不必了。"她斩钉截铁地说，她挺着小腹，身体微微前倾，"我担心莉泽尔读不好，鲁迪。"老师看了看教室里的学生们，想获得他们的赞同。"她以后会读给我听。"

女孩清了清嗓子，平静地反驳道："我现在就能读给您听。"多数孩子都安静地旁观。少数几个则窃笑起来。

修女已经受够了眼前这一幕。"不，你做不到！……你在干什么？"

此时莉泽尔已经站起身，缓慢又固执地走向教室前排。她拿起书，随便翻到一页。

"那好吧，"玛丽亚修女说，"你想读，就只管读吧。"

"好的，修女。"莉泽尔飞快地扫了一眼鲁迪，然后低头细看她翻到的那一页。

当她又抬起头时，眼前的教室仿佛经历了分崩离析，又重新挤作一团。所有孩子都乱成了一锅糨糊，而在她的想象中，这是一个辉煌的时刻，她完美而流畅地读完了一整页，取得了胜利。

"加油，莉泽尔！"

鲁迪打破了沉默。

偷书贼又低头看了看书。

加油。这一次鲁迪只是比了比口型。加油，莉泽尔。

她听到身体里血液翻腾的声响。眼前所有的语句都模糊了。

白纸上的文字突然变成了另外一种语言，更糟糕的是，她的眼泪正在眼眶里打转。她连文字都看不清了。

可是太阳，那个可恶的太阳。它透过窗户（到处都是玻璃）毫不留情地直射在这个无助的女孩身上，对着她大喊大叫："你能偷书，但是你没法读书！"

她突然想到了一个办法。

她做了几个深呼吸，开始朗读，但读的不是眼前的书，而是《掘墓人手册》的内容。"第三章：遇上下雪的情况。"她已经把爸爸念诵的内容背了下来。

"遇上下雪的情况，"她读道，"你必须要有一把好铲子。你得深深地挖洞，不能偷懒。这个时候可没有捷径可走。"她又深深地吸了一口气。"当然，等到中午暖和的时候挖起来会容易一些……"

声音忽然停止了。

她手中的书被一把夺走，她听到一句话："莉泽尔，走廊！"

等待她的是一顿说不上严重的体罚。玛丽亚修女夺过她的书时，她听得到教室里同学的笑声。那些乱成一锅糨糊的同学在阳光底下咧着嘴大笑。每一个人都在笑，除了鲁迪。

课间休息时，她受到了奚落。一个名叫路德维希·施迈克尔的男孩拿着一本书走上前来。"嘿，莉泽尔，"他问道，"这个词我不太懂。你能不能读给我听听？"他笑出声来，只有十岁的孩子才能发出如此自鸣得意的笑声。"你这个蠢货。"

天上聚集起大朵大朵笨重的云，越来越多的孩子开始对她叫喊，眼看着她的怒火越烧越旺。

"别听他们胡说八道。"鲁迪建议道。

"你说得倒容易。蠢的那个人又不是你。"

课间休息快结束时，莉泽尔已经遭受了十九次侮辱。第二十次的时候，她爆发了，因为施迈克尔又来找她了。"快点，莉泽尔，"他用书戳着她的鼻子，"快帮帮我呀。"

莉泽尔立马帮了他一把。

趁他转头和别的孩子说笑时，莉泽尔站起身把书一把抢过来扔掉，又用尽全身的力气朝他裆部踢了一脚。

你应该想象得出来，路德维希·施迈克尔马上弯下了身子。倒地之前，他耳朵上又挨了一拳。他被打倒在地后，莉泽尔的攻击并没有停止。这个怒火冲天的女孩对他又抓又打又扇耳光。施迈克尔的皮肤温暖又柔软。莉泽尔的指关节和指甲尽管小小的，却出奇地硬。"你这头蠢猪，"她的声音也像是在狠狠地抓挠他，"你这个混账。你倒是把'混账'拼一遍给我听听。"

噢，天空中的云拖着步子，蠢乎乎地聚成一堆。

大朵大朵的云。

阴暗而浓密。

它们互相碰撞着，说一声抱歉，又游荡到别处。

孩子们飞快地围了上来，快得……好吧，还有什么事能比打架更吸引孩子的注意。莉泽尔对路德维希一阵拳打脚踢，孩子们的叫喊声和喝彩声此起彼伏。他们看着莉泽尔痛揍路德维希·施迈克尔，这大概是他这辈子挨过的最厉害的一顿痛打。"耶稣、马利亚和约瑟啊，"一个女孩惊声尖叫，"她这是要杀了他。"

莉泽尔并没有杀了他。

不过也差不多快杀掉他了。

真正让她停手的是汤米·穆勒那张不断抽搐的惨白的脸，他正咧着嘴大笑。肾上腺素还在莉泽尔体内狂奔，她看到汤米那副古怪的笑容，于是把他拖倒在地，也给了他一顿打。

"你要干什么？"汤米惨叫起来，他被莉泽尔扇了三四个耳光，鼻子里流出一道鲜血，她才罢手。

她双膝跪地，大口吸气，听着身下痛苦的呻吟声。她看着周围围成一圈的脸庞，宣布道："我可不是笨蛋。"

没有人敢出声反驳。

但大家回到教室，玛丽亚修女看到路德维希·施迈克尔的惨状时，战火再度燃起。首先被怀疑的是鲁迪和其他几个孩子。他们总是吵来吵去。"手。"每个男孩都被勒令伸出手，但每一双手都是干干净净的。

当莉泽尔走上前来伸出手时，玛丽亚修女低声抱怨道："我简直不敢相信，这怎么可能。"莉泽尔的手上都是路德维希·施迈克尔的血迹，此时已经开始凝固了。"去走廊。"修女下令。这是今天她第二次挨罚了。准确地说，是一个小时内的第二次。

这一次就不是轻微的体罚了，而算得上是体罚中的体罚。教鞭一次又一次落在莉泽尔的屁股上，她连着一星期都疼得没法坐下。这一次，教室里再也没有笑声，只有沉默的恐惧，孩子们都在偷偷听着。

那一天放学的时候，莉泽尔和鲁迪以及施泰纳家的其他孩子一起回家。快到希默尔街时，纷繁的思绪和一连串悲惨的往事袭上心头——朗诵《掘墓人手册》失败，家人离散，日复一日的噩梦，丢脸的一天。她伤心欲绝地蹲下来啜泣。接二连三的苦难终于把她压垮了。

鲁迪站在她身旁，低头看着她。

开始下雨了，瓢泼大雨浇在他们身上。

库尔特·施泰纳大声招呼他们，可两个人都一动不动。一个在如注的雨水中痛哭流涕，另一个在她身边静静守候。

"为什么他非死不可？"她问，可鲁迪依然什么也没做，什么也没说。

当她终于发泄完毕站起来的时候，他伸开双臂，像好哥们儿那样抱住了她，然后他们继续往前走。他没有提出亲吻她的请求，没有提任何类似的东西。也许这就是我们那么喜欢鲁迪的原因。

你可别踢我的下身。

这就是当时他的想法，但他不会告诉莉泽尔。直到四年后，他才跟她说了这句话。

至于眼下，鲁迪和莉泽尔在雨中往希默尔街走去。

他是个疯狂的人，把自己涂成黑色，并且战胜了全世界。

她是个不认得几个字的偷书贼。

不过，请你相信我，那些文字已经在路上了，它们到来的时候，莉泽尔会像攥紧云朵一样抓住它们，像拧出云中的雨一样把它们全拧出来。

Chapter 02
第二章

耸耸肩膀

阴沉的女孩

一些统计信息

偷第一本书：一九三九年一月十三日

偷第二本书：一九四〇年四月二十日

两次偷书的时间间隔：四百六十三天

如果你是个轻率的人，也许会认为莉泽尔之所以出手，是因为那一团火焰，以及随之而来的人们的呐喊。你会说，一切都是因为莉泽尔想弄懂第二本书的意思，即便到手时它仍然冒着烟，即便它灼伤了她的胸口。

然而，问题在于：

没有时间来下这种轻率的结论。

当时的状况容不得踌躇和心不在焉，因为有许多因素促成了偷书贼的第二次出手，而此次得手也是故事发展的关键所在。它给她提供了继续偷书的便利。它也给汉斯·胡伯曼带来灵感，令他想出了帮助一位犹太拳击手的办法。而且它也再一次让我明白，一个机遇引出了另一个机遇，正如危机会带来更多的危机，生命会带来更多的生命，死亡则引来更多死亡。

在某种程度上，这就是命运。

人们也许会告诉你，纳粹德国的根源是反犹主义，是狂热如魔鬼的领导人，是充满仇恨的偏执的国民，但假如德国人不那么热爱一项特别的活动——烧东西的话，这些因素也许还不至于结出如此糟糕的果实。

德国人热爱焚烧各种各样的东西，像商店、犹太教堂、国会大厦、房屋、私人物品、被杀死的人，当然，还有书。他们尤其喜欢烧书，而爱书的人就能借机弄到那些本来没有机会弄到手的书了。正如我们所知道的，有一个女孩便有这种心思，她就是莉泽尔·梅明格。她为此等待了四百六十三天，但这份等待是值得的。那个下午充斥着躁动，充斥着美丽的邪恶，还有一只血淋淋的脚踝，以及她信任的人给她的一记耳光。那个下午结束时，莉泽尔成功地偷到了《耸耸肩膀》，这也是她偷到的第二本书。那本书有蓝色的封皮，上面印着红色的书名，书名下面画了一只小巧的布谷鸟，也是红色的。回忆这段往事时，莉泽尔并不为偷书而羞耻。恰恰相反，充满她胸腔的东西更像是自豪。而愤怒和阴沉的仇恨则点燃了她偷书的欲望。那一天是元首的生日（四月二十日），当她从烟雾缭绕的灰烬中把书偷出来的时候，她身上便燃烧着阴沉的怒气。

当然了，问题是，她为什么这样做？

有什么好生气的？

在过去的四五个月里，到底发生了什么，引得她爆发了怒气？

答案要从希默尔街一直说到元首，说到她不知身在何处的生母，再说到现在。

就像大多数苦痛那样，它有一个快乐的开端。

香烟换来的快乐

一九三九年年底，莉泽尔已经适应了莫尔辛的生活。她还会做关于弟弟的噩梦，还会思念生母，但如今的生活也给了她很多慰藉。

她爱爸爸汉斯·胡伯曼，甚至也爱养母，尽管总得帮她做家务，还要忍受她粗鄙的言语。至于最好的朋友鲁迪·施泰纳，她又爱又恨，不过还有什么比这更正常呢？她也为自己在读书写字方面的进展而高兴，尽管课堂上的惨败还历历在目，但从那以后，她取得了不小的进步。所有这些事情都给她带来满足感，她的快乐就建立在这种渐渐累积起来的满足之上。

几件让人开心的事

1. 读完了《掘墓人手册》。

2. 不再惹玛丽亚修女发火。

3. 圣诞节时收到了两本书。

十二月十七日。

她清楚地记得这个日子，因为这一天离平安夜还有一个星期。

像往常一样，噩梦在睡眠中出现，汉斯·胡伯曼摇醒了她。他的手抓着她被汗浸湿的睡衣。"又梦到火车了？"他轻轻地问。

莉泽尔承认道："又梦到了。"

她一直做着深呼吸，直到情绪稳定下来，然后他们从《掘墓人手册》的第十一章读起。刚过三点，他们就读完了这一章，只剩下最后一章"尊重墓地"。爸爸银色的眼睛疲倦而浮肿，他的脸上也胡子拉碴的。他合上书，希望能用余下的夜晚补补觉。可是他没能如愿。

关灯后还没过一分钟，黑暗中就传来莉泽尔的呼唤。

"爸爸？"

他只是在喉咙里嘟囔了一声。

"你还醒着吗，爸爸？"

"呃。"

莉泽尔撑起一条胳膊。"我们能把书读完吗，求你了？"

爸爸长叹了一口气，伸手挠了挠胡须，然后灯就亮了。他翻开书，开始念："第十二章：尊重墓地。"

他们从凌晨读到了早上，爸爸一边读一边把她不理解的词圈出来，写下来。有好几次，爸爸都快睡着了，他的眼皮越来越疲倦，头也越来越沉。他每次打瞌睡，莉泽尔都察觉到了，但她既没有无私到让他去睡觉，也没有因此而生气。这个女孩面前可是有一座山峰要征服。

当屋外的天色终于破晓，他们把书读完了。最后一段是这样写的：

> 巴伐利亚公墓协会希望能通过本书，在掘墓工作、安全措施以及职责方面为您提供有用的知识。我们祝愿您在殡葬业取得成功，也希望这本书多少能派上用场。

合上书时，他们对视了一眼。爸爸发话了："我们做到了，是吧？"

莉泽尔身上半盖着毯子，正端详着手里黑色的书和那银色的书名。她点了点头，嘴巴干涩，没吃早饭的肚子也饿得很。此时她疲劳到了极点，不仅是因为攻克了手头的任务，还因为他们熬了整整一夜。

爸爸握起拳头，紧闭双眼，伸了个懒腰。这样的早晨大概不会下雨。

他们一同起身来到厨房，透过窗子上的霜和水雾，看到粉色的晨曦映照着希默尔街每家每户白雪皑皑的屋顶。

"快看外面的颜色。"爸爸说。这个男人不仅能留意到色彩，还将它说了出来，这样的人怎能不让人喜欢？

莉泽尔手里依然拿着书。当积雪由粉色变成橙色时，她的手握得更紧了。她看见一个小男孩坐在屋顶上，抬头望着天空。"他叫维尔纳。"她不自觉地脱口而出。

爸爸说："是的。"

那段时间，学校没有安排阅读测验，不过莉泽尔渐渐对自己有了信心。一天上午，她随意地拿起一本课本，想看看自己能不能顺利地读下来。她能读懂每一个词，但阅读速度仍然比同学们差了一大截。这让她意识到，从快要做成一件事到真正做成一件事，中间还需要很多努力。她还需要一些时间。

一天下午，她心痒难耐，想从教室的书架上偷本书，但是说实话，这样做会被玛丽亚修女体罚，想到这一点，莉泽尔便退缩了。除此之外，她也不想把学校的课本带回家。也许是因为十一月的失败太过惨重，让她没了兴趣，莉泽尔心里也不太确定。她只是明白心中有偷书的欲望。

课堂上，她一言不发。

即使如此，她看上去也不怎么反常。

随着冬天的来临，她已不再是玛丽亚修女的出气筒，她喜欢看着别人被勒令站到走廊上接受他们应得的"奖赏"。听别人在走廊里挣扎的声音并不怎么好玩，可一想到那个人不是自己，就算说不上是慰藉，至少也是一种解脱。

圣诞节放假的那天，莉泽尔甚至在回家前向玛丽亚修女道了一句"圣诞快乐"。她心里明白，胡伯曼家一贫如洗，赚钱的速度赶不上还债和付房租的速度，所以她并不指望能收到礼物。也许会吃得好一些吧。平安夜，她和爸爸妈妈、小汉斯，还有特鲁迪在教堂里一直坐到午夜。回到家，她惊喜地发现圣诞树下竟然摆着用报纸包着的礼物。

"这是圣诞老人送给你的。"爸爸说道，但是女孩没有上当。她顾不上掸去肩头的雪，就跑去拥抱了养父母。

拆开报纸后，她从里面拿出了两本小书。第一本是《小狗浮士德》，作者叫马托伊斯·奥特利伯格。这本书她要读上十三遍。那个平安夜，她在餐桌边读了二十页，而爸爸和小汉斯为一个她听不懂的东西起了争执。那个东西叫政治。

夜半时分，他们在床上继续读书，像过去那样把她不懂的单词圈出来，写下来。《小狗浮士德》里面还有图片，画着德国牧羊犬可爱的身形和漂亮的耳朵，这条小狗会说话，还老流口水。

第二本书是《灯塔》，作者是英格丽德·里皮施泰因，是位女作家。这本书要稍微厚一点，所以莉泽尔只读了九遍。虽然读了那么多遍，她的读书速度却没有多少长进。

过完圣诞节几天后，她向爸爸提了一个跟书有关的问题。当时他们正在厨房里吃饭。看着妈妈大口大口地喝豌豆汤，她决定把注意力转移到爸爸身上。"有件事我得问问你。"

一开始，没有任何反应。

"然后呢？"

接话的是妈妈，她嘴里还塞着食物。

"我只是想知道，你们哪来的钱给我买书？"

爸爸对着勺子狡黠地一笑。"你真想知道？"

"当然。"

爸爸从口袋里掏出剩下的配给烟叶，开始卷烟，莉泽尔等得有些着急了。

"你到底告不告诉我呀？"

爸爸笑了。"可我正把答案摆在你面前呀，孩子。"他卷完第一根烟，轻轻弹到桌子上，又开始卷第二根。"就像这样。"

这个时候，妈妈咕隆一声喝完了汤，压住一个饱嗝，替他回答说："这头蠢猪，你知道他有什么把戏吗？所有烟叶都被他卷成脏兮兮的烟，然后拿到集市上跟吉卜赛人换书。"

"八根烟换一本书。"爸爸得意地把香烟塞进嘴里，点上火，深深吸了一口，"我们要为香烟赞美上帝，对吧，妈妈？"

妈妈只是一如往常地一脸嫌恶，送上了她最常挂在嘴边的一句话。"你这头蠢猪。"

莉泽尔和爸爸相互眨了眨眼，然后喝完面前的汤。她的身边一如既往地放着一本书。不可否认，收获的答案令她满心欢喜。有多少人敢说自己的读书钱是拿香烟换来的呢？

妈妈则不太高兴，说汉斯·胡伯曼还有良心的话，应该用香烟给她换一条她想得不得了的新裙子，或是买双漂亮鞋子。"可是啥也没有……"她冲着水槽大吐苦水，"换作我过圣诞节，你宁愿把烟都抽光，是不是？还要去隔壁蹭几根。"

不过几天后，汉斯带了一盒鸡蛋回家。"抱歉呀，妈妈，"他把鸡蛋放在了桌子上，"哪里都换不到鞋子。"

妈妈没有抱怨。

她甚至在煎鸡蛋时唱起了歌，差点把它们煎煳了。香烟换来了许多快乐，胡伯曼一家度过了一段幸福的时光。

不过，这幸福的时光几个星期后就结束了。

走在小镇上的人

一开始出问题的是洗衣服的活计，情况很快变得越来越糟。

有一天，当莉泽尔跟随罗莎·胡伯曼在莫尔辛走街串巷地送衣物时，老主顾恩斯特·福格尔告诉她们，他已经没有闲钱再让罗莎给他洗衣服了。"我能怎么办呢？"他为自己开脱，"生活一天比一天艰难。战争让大家的日子都紧巴巴的。"他瞅了瞅女孩。"你抚养这个小娃娃，政府一定给你发补助吧？"

妈妈一句话都没说，这令莉泽尔感到诧异。

她身旁是一个空空的袋子。

走吧，莉泽尔。

这句话不是用嘴说的，她粗鲁地一把拖走了莉泽尔。

福格尔在前门台阶上大喊："对不住了，胡伯曼太太。"他大约五英尺九英寸高，油腻腻的刘海毫无生气地贴在前额上。

莉泽尔朝他挥了挥手。

他也挥了挥手。

妈妈开口训斥她。

"别朝那个混账挥手，"她说道，"咱们赶紧走。"

那天晚上洗澡的时候，妈妈给莉泽尔搓澡的力道大得出奇，而且一直在咒骂福格尔，还时不时地模仿他的口吻念叨："你抚养这个小娃娃，政府一定给你发补助吧……"她擦洗着莉泽尔的胸膛，恶狠狠地训斥道："你这头小母猪可不值几个钱。你可没让我赚到，知道吗？！"

莉泽尔默默地忍受着。

这件事发生后不到一星期，罗莎把莉泽尔拉进厨房。"莉泽尔，"妈妈把她摁到餐桌旁的椅子上，"反正你大半时间都在街上踢足球，还不如帮我干点正事。我们来变个花样。"

莉泽尔只是盯着自己的双手。"什么花样，妈妈？"

"从今往后，你要替我去收衣服和送衣服。派你出去，那些富人多半不好意思把咱们的活儿给退掉。如果他们问起我在哪里，你就说我生病了。这么说的时候，要摆出一副难过的表情。你本来就瘦巴巴的，脸色也够差劲，他们会同情你的。"

"可是福格尔先生没有同情我。"

"呃……"妈妈脸上显露出怒意，"其他人会同情你的。别给我打岔。"

"知道了，妈妈。"

那一刻，她的养母似乎要出言安慰她，或者拍拍她的肩膀，说声"乖，莉泽尔真乖"，然后轻轻拍她几下。

可是她没有这样做。

罗莎·胡伯曼站起身来，拿起一把木头勺子举到莉泽尔鼻子前。在她看来，这番警告很有必要。"送衣服的时候，去完一家要马上去另一家，完事后立刻拿着东西回来，还有钱，虽然也没几个钱。别去找爸爸，万一他破天荒地在干活儿呢。也不能跟那个小蠢猪鬼混，就是那个鲁迪·施泰纳。要立马给我回家，知道吗？"

"知道了，妈妈。"

"而且袋子要给我好好提着，不要甩，不要丢，不要弄皱，不要扛在肩膀上。"

"知道了，妈妈。"

"知道了，妈妈。"罗莎·胡伯曼擅长模仿，也喜欢模仿别人的腔调，

"你知道就好,小母猪。如果你不老实听话,肯定会被我发现的,你明白的,对吧?"

"知道了,妈妈。"

不断重复这两个词儿,是莉泽尔总结出来的最佳生存策略,只要照养母说的去做就行了。从那以后,莉泽尔便行走在莫尔辛街头,在贫民区和富人区之间来来往往,收衣服送衣服。这是个单调的活计,但莉泽尔从不抱怨。第一次提着袋子走在小镇上时,她转过街角走上慕尼黑大街,左看右看,然后用力抡起袋子甩了一大圈,之后赶紧检查了一遍里面的衣服。还好,衣服都没有起皱,也没有折痕。她笑了笑,向自己保证以后再也不乱甩袋子了。

总的说来,莉泽尔喜欢这份活计。虽然她分不到一分钱,但是外出干活的时候没有妈妈跟在身边,就已经是天堂了。没有指责,也没有咒骂。她再也不会因为提袋子的方式不对而挨骂,再也不会因此被路人围观。一切都如此宁静。

她也渐渐喜欢上了那些人。

· 普法夫胡弗夫妇会一面检查衣服,一面说:"不错,不错,非常棒,非常棒。"莉泽尔心想,他们是不是无论什么话都要重复一遍才行。

· 温和的海伦娜·施密特把钱递过来时,可以看出她的手因为关节炎而变形了。

· 魏因加特纳家的人出来应门时,身旁总跟着一只胡须卷曲的猫。他们给它起了个希特勒亲信的名字,管它叫小戈培尔。

·还有镇长太太赫尔曼女士,总是浑身发抖、头发蓬乱地站在她家那冷飕飕的大门口。她永远一言不发,永远形单影只。从不说话,一次都没说过。

有时，鲁迪会陪着她一起去。

"你收回来多少钱？"一天下午，他问道。天快黑了，他们绕进希默尔街，经过了街角的商店。"你有没有听说迪勒太太的店里藏着棒棒糖，只要价钱合适……"

"想都别想。"莉泽尔一如既往地把钱紧紧攥在手里，"你倒惹不上麻烦，毕竟你不用面对我妈妈。"

鲁迪耸了耸肩，说："至少值得试一试。"

一月中旬，学校把课业重心转移到书信写作上。在学过基本格式后，每位学生都要写两封信，一封写给朋友，另一封写给其他班上的某个同学。

鲁迪给莉泽尔的信是这么写的：

亲爱的小母猪：

你的球是不是还踢得像我们上次玩的时候一样臭？我希望如此。这意味着我还是能跑赢你，就像欧文斯称霸奥运会一样。

玛丽亚修女看到这封信时，友好地向他提了一个问题。

玛丽亚修女的问题
"你是不是又想去走廊上
走一趟了，施泰纳先生？"

不用说，鲁迪给出了否定的答案，于是他只好撕碎信纸重新来过。

这一次，他写给一个名叫莉泽尔的人，询问她有哪些爱好。

回到家做写信这项作业时，莉泽尔发现，无论是写给鲁迪，还是写给哪头蠢猪都太可笑了。这么做没有任何意义。于是，她问了问爸爸，他这会儿又在地下室里重新粉刷墙壁了。

他带着一股油漆的气味转过头来。"咋的，说啥？"爸爸用的是德语里最粗俗的说法，但话里的喜悦毫不含糊。

"我可以给妈妈写信吗？"

一阵停顿。

"你为什么要给她写信呢？你每天受她的气，"爸爸狡黠地笑了，"还没忍够吗？"

"不是这个妈妈。"她咽了咽口水。

"噢。"爸爸转过头去继续刷墙，"我猜可以吧。你可以寄给收养机构的那个人，让她帮你把信寄出去，就是那个带你来，又探访过几次的谁谁谁。"

"海因里希女士。"

"就是她。寄给她，也许她能寄给你妈妈。"不过他的语气并不肯定，仿佛他并没有给莉泽尔提供有用的信息。海因里希女士每次短暂来访的时候，都对她生母的消息守口如瓶。

但是莉泽尔没有刨根问底，而是选择无视心中迅速积累起来的不祥的预感，立即动笔写信。她花了三个小时，写了六次才终于满意。她把关于莫尔辛的一切都写在信里，她的爸爸和手风琴、古怪而真诚的鲁迪·施泰纳，还有罗莎·胡伯曼的各种事迹。她还解释说，自己现在识字了，也能写一点东西了，这让她非常自豪。第二天，她从厨房抽屉里找到一张邮票贴在信封上，投到迪勒太太商店前的邮筒里。然后她开始等待回信。

写信那一晚，她无意中听到汉斯和罗莎的一段对话。

"她干吗要给她妈妈写信？"妈妈说道。她的声音出奇地平静而充满关切。你大概想象得到，这让女孩极其担心。她宁愿听到他们吵架。大人们低声细语，就说明发生了什么不好的事。

"她问我的，"爸爸回答说，"我总不能说不行吧。我怎么说得出口？"

"耶稣、马利亚和约瑟啊，"妈妈的声音依旧低沉，"她应该把她忘掉。天知道她现在究竟在哪儿？天知道他们都对她做了些什么？"

莉泽尔在床上紧紧地抱住自己。她心烦意乱。

她想着妈妈，重复着罗莎·胡伯曼的疑问。

她现在究竟在哪儿？

他们都对她做了些什么？

还有，他们，究竟又是些什么人？

杳无回音的信

我们先把时间拨快，来到一九四三年九月，胡伯曼家的地下室。

十四岁的女孩正在一本黑色封皮的本子上写字。她虽然瘦，却很坚韧，已经见识过不少事情。爸爸坐在她身旁，脚边是那台手风琴。

他说："你知道吗，莉泽尔？我差点就用你妈妈的名字给你写一封回信了。"他抓了抓腿上原先打过石膏的地方。"可这种事情我做不到。我没法说服自己。"

从一月的最后几天到整个二月，莉泽尔好几次翻找信箱，都被汉斯看在眼里，他非常心疼。"太遗憾了，"他对她说，"今天还是没有，是吗？"

回过头来看，她发现自己的种种努力完全是徒劳。如果母亲真能同莉泽尔联系，早就应该找过收养机构的人了，或者直接跟她或胡伯曼夫妇联系。然而莉泽尔收不到哪怕一点点消息。

雪上加霜的是，二月中旬，海德街的老客户普法夫胡弗夫妇递给莉泽尔一封信。这两个大个子站在自家门口，一脸忧伤地看着莉泽尔。"这是给你妈妈的，"男人说着把信封递给她，"告诉她我们很抱歉，告诉她我们很抱歉。"

那个夜晚，胡伯曼家又不得安宁了。

即便莉泽尔躲到了地下室，提笔给母亲写第五封信（到目前为止，她只寄出了第一封），她还是能听到罗莎滔滔不绝的咒骂声——普法夫胡弗夫妇都是混账，还有那个惹人厌的恩斯特·福格尔。

"我诅咒这些家伙一个月尿不出尿来！"她听见妈妈高声喊道。

莉泽尔只顾自己埋头写信。

生日那天，莉泽尔没有收到任何礼物。没收到礼物是因为家里没钱了，而且那会儿，爸爸的烟叶也用光了。

"我跟你说了吧，"妈妈指着爸爸骂道，"我跟你说了吧，不要在圣诞节一口气送她两本书。可你呢。你长耳朵了吗？当然没有！"

"我知道了。"他转过头轻声对莉泽尔说，"对不起，莉泽尔。我们真的没钱了。"

莉泽尔并不介意。她没有嘀咕，没有抱怨，没有跺脚。她只是把失望咽进了肚子，在一番深思熟虑后决定冒一次险——她要送给自己一份礼物。写给母亲的信越积越多，她要把它们全部塞进一个信封，然后克扣一点洗衣费，把信寄出去。她当然得接受惩罚，很可能会在厨房里挨打，不过她绝不会喊疼。

三天后，计划付诸实践。

"怎么少了点钱？"妈妈把钱数了四遍，莉泽尔在一旁站在壁炉前。壁炉很暖和，让她的血液循环加快了速度。"怎么回事，莉泽尔？"

她撒了谎。"他们肯定是比平时少给了一点。"

"你数过了？"

她撑不住了。"我花掉了，妈妈。"

罗莎走到她身旁。这可不是个好迹象。她离木勺子已经非常近了。"你干啥了？"

莉泽尔·梅明格还没来得及回答，一把木勺子就抢了过来，就像上帝踩在她身上一样。红印子大得如同脚印，火辣辣地疼。终于结束的时候，女孩趴在地板上，抬头向妈妈解释。

莉泽尔的心剧烈地跳着，黄色的灯光照得她睁不开眼。"我用来寄信了。"

接下来，她便一头扑在了积满灰尘的地板上，感觉身上的衣服像是被剥离了似的。她突然明白了，她所做的一切都没有用，母亲永远不会回信了，她再也不会见到母亲了。这份领悟相当于第二轮惩罚。它刺痛了她，那种痛好久都没有停歇。

在她上方，罗莎的面容影影绰绰，不过很快就清晰起来，因为她那纸板箱一样的脸越靠越近。胖乎乎的她显得有些垂头丧气，手里像提着一根棍子一样提那把木勺子。她蹲下来，小声挤出几个字："对不起，莉泽尔。"

莉泽尔是多么了解她，明白妈妈向她道歉，并不是因为打了她。

莉泽尔趴在地上，趴在尘埃中，趴在昏暗的灯光下，皮肤上的红印子越扩越大，变得一块红一块白。她的呼吸平稳下来，一行黄色的眼泪淌过她的面庞。她能感受到身下的地面，感到自己的前臂、膝盖、手肘、脸颊，还有小腿都紧贴着地。

地面很冷，尤其是她脸颊贴着的那个地方，可她动弹不得。

她再也见不到母亲了。

她在餐桌底下趴了整整一个小时，一直到爸爸回家拉起手风琴。直到这时，她才坐起来，开始平复心情。

写到那个夜晚时，她觉得自己既不恨罗莎·胡伯曼，也不恨母亲。对她来说，她们都只是当时那个环境的受害者。只有那行黄色的眼泪，反复在她的思绪中闪现。她觉得，如果四下里是黑暗的，那行眼泪就会变成黑色的。

"可当时确实很黑暗。"她自言自语。

她清楚地知道当时亮着一盏灯，然而每次回想那一幕，她都要费一番力气才能想象出有光的样子。她仿佛是在黑暗中挨的打，然后在黑暗的厨房里趴在冷冰冰的地上，甚至连爸爸的音乐都染上了黑暗的色彩。

甚至是爸爸的音乐。

奇怪的是，这种思绪并没有带给她痛苦，而是给了她宽慰。

黑暗，光明。

它们有什么分别？

当偷书贼渐渐明白事情的真相，明白一切已成定局时，她的噩梦开始变得更加可怕。如果没别的办法，她至少可以做好准备。这也许便是在元首生日那天，当母亲的苦难真相大白时，尽管她既困惑又愤慨，却能做出反应的原因。

莉泽尔·梅明格准备好了。

生日快乐，希特勒先生。

祝您万寿无疆。

一九四〇年，希特勒的生日

从三月到四月，莉泽尔总是怀着绝望的心情，每天下午都要去看看信箱里有没有给她的信。尽管汉斯请来了海因里希女士，她也向胡伯曼一家解释说收养机构已经彻底跟葆拉·梅明格断了联系。可是正如你预料的，女孩不懈地坚持着每天翻找信箱，但每天都一无所获。

莫尔辛乃至整个德国正陷入为希特勒庆祝生日的迷狂中。这一年，希特勒收获了丰硕的战果，莫尔辛的纳粹党人希望庆祝仪式能更为隆重。他们将举行一次游行，要有行军、音乐、歌唱，还要点火。

当莉泽尔在莫尔辛的大街小巷收送衣物时，纳粹党人正四处收集燃料。有好些回，莉泽尔碰巧看到男男女女敞开大门，询问人们有没有正打算扔掉或者销毁的东西。爸爸拿回来的《莫尔辛快报》宣布，小镇的广场上会为庆祝元首的生日点燃大火，当地所有希特勒青年团分部都要参加活动。仪式不仅要为元首庆祝生日，还要庆祝他克敌制胜，庆祝他破除了第一次世界大战后令德国驻足不前的所有束缚。报道提出要求："那个时代的所有文化资料——报纸、海报、书、旗帜——总之是敌人用于政治宣传的所有东西，都必须上交到慕尼黑大街的纳粹党办公室。"

甚至连等待修缮的席勒街，就是那条黄星之路，都再度遭受了劫掠，但凡能烧的东西都要为了元首的荣光付之一炬。要是那些党员为了多增加一些燃料，专门印上一千份会"毒害思想"的东西（管它是书还是海报），恐怕也算不得什么怪事。

一切都准备就绪，只为迎来宏伟的四月二十日。那将是一个充斥着欢呼声和火焰的日子。

还会有人偷书。

那天上午，胡伯曼家一如寻常。

"你这头蠢猪，怎么又在盯着窗外看了？"罗莎·胡伯曼骂道，"天天如此，"她的嘴可不会停，"你这回又在看什么玩意儿？"

"哇哦。"爸爸的惊叹声透露着喜悦，垂在窗前的旗帜裹住了他的后背，"我在看一个漂亮姑娘，你真该过来看看。"他回头看了一眼，对着莉泽尔咧开嘴笑。"你跟她比真是丑死了，我不如跟她远走高飞，妈妈。"

"蠢猪！"她举着木勺子对他晃了晃。

爸爸继续看着窗外，看着那个凭空想象出来的女人，和一道由德国国旗组成的真实的长廊。

那一天，为了庆祝元首的生日，莫尔辛街头的每一扇窗户前都飘扬着旗帜。在有些地方，比如迪勒太太的商店，玻璃擦得一尘不染，旗帜崭新如初，红底带白色圆形图案的布面上，那个符号犹如璀璨的珠宝。还有些地方，旗帜只是像晾晒的衣物一样搭在窗边迎风翻滚，但姑且也算挂出来了。

早些时候，胡伯曼一家发生了一场小小的灾难。旗帜不见了。

"他们会过来抓我们的，"妈妈警告丈夫，"他们会过来抓我们，把我们都带走。"又是他们。"我们一定要找到它！"他们找了好久都没找到，爸爸差点要到地下室用废布料刷一面旗帜出来。谢天谢地，它及时出现了，它被收在橱柜里，挡在了手风琴后面。

"这台混账手风琴，挡得我看不见！"妈妈转过身来，"莉泽尔！"
女孩荣幸地把旗帜钉在了窗框上。

晚些时候，小汉斯和特鲁迪回家吃饭，每逢圣诞节和复活节，他们也会回家。现在应该更全面地介绍一下他们了。

特鲁迪也叫特鲁德尔，只比妈妈高几厘米。她几乎复制了罗莎·胡伯曼走路时那摇摇摆摆的丑态，不过其他方面显得温柔许多。她在慕尼黑的一个富裕家庭当住家女佣，很可能已经厌烦了孩子，但至少还能面带笑容地跟莉泽尔说上几句话。她嘴唇柔软，嗓音恬静。

小汉斯遗传了汉斯的眼睛和身高。可是他眼里的银光不像爸爸的那样温暖，因为那双眼睛已经属于元首了。他比汉斯更胖一些，留着金色的刺猬头，皮肤像灰白色的油漆。

他们两人一起从慕尼黑搭火车回来，没过多久，父子间的老矛盾又浮出水面。

汉斯·胡伯曼与儿子争吵的来龙去脉

在小汉斯看来，父亲代表着衰老无用的德国，

每个国家都可以骑在它头上兴风作浪，令它的人民身陷苦难。

长大后，他发现父亲有个绰号，叫"犹太人的粉刷匠"，

因为他帮犹太人粉刷房子。

之后发生了一件事，我后面会讲给你听。

那一天汉斯差点就加入了纳粹党，不过事情被他搞砸了。

大家都明白那个道理，

别人涂抹在犹太人商店墙上的脏话，

你是不能粉刷掉的。

这样的行为不利于德国，也不利于那些罪人。

"那么他们有没有让你加入？"小汉斯又提起了圣诞节时中断的那个话题。

"加入什么？"

"还用得着猜吗，纳粹党啊。"

"没有，我猜他们已经把我给忘了。"

"那你有没有再试试？你不能坐着干等，新世界可不会主动带上你。尽管你过去犯过错，可也得自己走出去，成为新世界的一部分。"

爸爸抬头看了看。"犯过错？我这辈子可犯过不少错，但没有加入纳粹党可不是我的错。他们手里还有我的申请书，你是知道的，可我不能总是盯着他们。我只是……"

这个时候，一阵猛烈的寒意袭来。

它随着气流轻快地越过窗户。它也许是来自第三帝国的微风，一路上积聚着力量。或许，它是欧洲的又一道呼吸。无论这股寒意是什么，当他们俩冰冷坚硬的眼神互相碰撞，几乎像厨房里的罐头般碰出声响时，它升腾而起。

"你从来都不关心这个国家，"小汉斯说，"从来都不够关心。"

爸爸的眼神开始变得凌厉。这还不足以阻止小汉斯。不知为什么，他把目光转向女孩。她的三本书在桌上立着，仿佛在互相交谈。莉泽尔在默默地念诵着其中一本。"还有，这孩子到底在读什么垃圾？她应该读《我的奋斗》。"

莉泽尔抬起头。

"别担心，莉泽尔，"爸爸说，"只管读你的书。他在胡说八道。"

然而，小汉斯还有话要说。他上前一步说道："任何不忠于元首的人都是在同他作对，我看得出来你是在跟他作对。你从来都是这样。"莉泽尔看着小汉斯的脸，注视着他薄薄的嘴唇和参差不齐的下排牙齿。"真可怜啊，当全国上下都在清扫垃圾复兴国家的时候，一个人怎么可以袖手旁观无所事事呢？"

特鲁迪和妈妈沉默地坐着，和莉泽尔一样害怕。空气中飘着豌豆汤的气味、煳味，还有冲突的味道。

他们都在等待下一句话。

它被儿子说出了口，只有两个字。

"懦夫！"

他把这句话甩到爸爸脸上，然后立即走出厨房，离开了家。

爸爸紧跟着来到门口，虽然知道是徒劳无益，还是朝儿子大喊："懦夫？我是个懦夫？"然后他冲出大门，不肯认输地朝儿子追过去。妈妈赶紧来到窗前，扯开国旗，打开窗户。她和特鲁迪还有莉泽尔挤作一团，看着父亲追上儿子，一把抓住了他，叫他停下来。她们什么也听不到，但是小汉斯试图挣脱的动作已经足够明显。爸爸只能看着他走远，这种光景刺痛了她们的眼睛。

"汉斯！"妈妈终于开口喊道。特鲁迪和莉泽尔都被她吓得缩了回去。"回来！"

但那个男孩已经消失了。

是的，那个男孩已经消失了，我多么希望告诉你，小汉斯·胡伯曼从此一帆风顺，然而事实并非如此。

自他以元首的名义从希默尔街消失的那一天起，他便进入了另一个故事，充满悲剧色彩地一步步走向苏联。

走向斯大林格勒。

关于斯大林格勒的几件事

1.一九四二年和一九四三年年初的每个清晨，这座城市的天空都像漂白过的床单一样白。

2.从日出到傍晚，当我穿过这座城市带走灵魂，这张床单上都会溅满鲜血，吸饱了血的床单沉重地垂向地面。

3.夜晚时分，它又会被拧干和漂白，准备迎接下一个黎明。

4.那个时候，斯大林格勒还只在白天打仗。

儿子走后，汉斯·胡伯曼在原地愣了一会儿。街道显得如此空旷。

当他回到屋里，妈妈看着他，却没有和他说话。她没有教训他，你们都知道这十分不寻常。也许她觉得汉斯已经伤透了心，毕竟他唯一的儿子骂他是个懦夫。

吃过饭后，他沉默地坐在桌前。他真的像儿子说的那样是个懦夫吗？在第一次世界大战中，他觉得自己确实是个懦夫。正因如此，他才活了下来。可是，承认心中的恐惧也是一种懦弱吗？感激自己还活着，也是一种懦弱吗？

汉斯盯着餐桌，思绪万千。

"爸爸？"莉泽尔叫道，但他没有转头。"他到底在说些什么？他说你是……那是什么意思？"

"没什么，"爸爸平静地对着餐桌说道，"他的话没啥特别的意思。忘了他，莉泽尔。"大约一分钟后，他又说道："你不是应该去作准备吗？"这一次他转过头来看着她，"你不是要去看篝火吗？"

"是的，爸爸。"

偷书贼回到房间，换上了少女联盟的制服。半小时后，他们动身前往少女联盟总部。孩子们会被分组带到小镇广场上。

大人们会在那儿演讲。

广场上将燃起篝火。

一本书要被偷走了。

百分百纯正的德国汗水

当这些德国青年向市政大厅和广场行进时，街道两旁站满了围观的人群。有几次，莉泽尔把母亲和那些困扰她的问题抛到了脑后。当人群为他们鼓掌时，她感到胸口发胀。有些孩子向父母招手，但不敢做得太明显，因为他们得到明确的指令，要径直往前走，不能向人群张望和招手。

当鲁迪所在的分部进入广场，被命令立正时，出了点差错。又是汤米·穆勒。方阵里的其他人都停下脚步，汤米却一头撞上了前面的男孩。

"蠢货！"那个男孩吐了口唾沫，转过身来。

"对不起。"汤米边说边做出道歉的样子，他的脸开始抽搐，"我没听清。"尽管这只是一段小插曲，却预示着一场麻烦即将到来，无论是汤米还是鲁迪都逃不过。

行军结束，希特勒青年团的人可以自由活动了。他们看到了为篝火准备的燃料堆，心里便蠢蠢欲动，想象着它燃烧的景象，再让他们站成方阵也是强人所难。他们齐声大喊了一句"希特勒万岁"，便四下散开。莉泽尔想找到鲁迪，可这一大群孩子解散后，到处都是他们穿着制服的身影和尖叫声，令她晕头转向。整个广场上充斥着孩子们互相呼唤的声音。

下午四点半，气温已经下降了不少。

人们开玩笑说，他们需要取暖。"这些垃圾也就派得上这种用场了。"

那些要烧的读物被手推车推进了广场。它们被倾倒在广场中央，再淋上一些闻起来发甜的东西。有些图书、纸张以及其他资料滑落下来，又被扔回燃料堆顶部。从远处看，它像一座火山，或是某种来自异域的怪物，神奇地落在小镇中央，需要尽快消灭掉才行。

它散发出来的气味飘向远处的人群。大概有一千多人站在广场上、市政大厅的台阶上，以及广场四周的屋顶上。

当莉泽尔试图挤到前排时，她听到了一阵噼里啪啦的爆裂声，她觉得篝火肯定是点燃了，可实际上没有。声音来自奔流不息的不停向前挤的人群。

他们没等我就开始了！

尽管内心深处有个声音告诉她焚书是罪过，毕竟对她来说，她的三本书可都是宝物，但她非得看看焚书的场面不可。她控制不住自己。我猜人类都喜欢看着一些微不足道的东西被毁掉。一开始是沙子堆出的城堡、纸牌砌成的房子，然后逐渐升级，这正是他们最擅长的事情。

她透过人群的缝隙看到那堆罪恶的东西仍然完好无损，总算放下了心头的担忧。人们拿棍子戳它，用油泼它，甚至朝它吐痰。它让莉泽尔想起那些备受欺侮的孩子，他们困惑而绝望，无力改变自身的命运。没有人喜欢他们。他们只能低着头，把双手插在口袋里。永远。阿门。

燃料堆上依然有零零碎碎的东西滑落下来，莉泽尔在寻找鲁迪的身影。这头蠢猪到底去哪里了？

当她抬头看时，天空正盘踞在她的头顶上。

她的四周环绕着一道由纳粹旗帜和纳粹制服组成的地平线，每次她试图越过比自己小的孩子的头顶望向前方，都会被它挡住视线。没有用的。这是一群乌合之众。你无法动摇它，无法穿透它，也无法说服它。

你只能与它一同呼吸，只能唱歌颂它的歌。你只能等候火焰升腾而起。

演讲台上出现了一个男人，他要求大家安静下来。他穿着一身耀眼的棕色制服，平整得几乎还能看到熨过的痕迹。人们开始沉默。

他的第一句话是："希特勒万岁！"

他的第一个动作是：举起手臂向元首致敬。

"今天是个美好的日子，"他继续说道，"它不仅是我们伟大元首的生日，也是我们再一次抵挡住敌人的日子。我们抵挡住了他们，不让他们进入我们的头脑……"

莉泽尔依然在往前挤。

"在过去的二十年里，乃至更久，有一种疾病在德国大地上蔓延，如今我们终于将它根除了！"他完美地表演出了满怀激情振臂高呼的劲头，告诫听众要保持警惕，要随时戒备，把试图用卑劣手段腐化祖国的阴谋诡计都揪出来破坏掉。"那些道德败坏的人！那些共产主义分子！"又是这个词。这个熟悉的词。阴暗的房间。身穿西装的男人。"那些犹太人！"

演讲进行到一半时，莉泽尔放弃了努力。"共产主义分子"这个词攫住了她，纳粹演讲余下的部分都像耳旁风一样扫过，落进人群里，她一个字也没听进去。话语如同瀑布一般倾泻。女孩仿佛踏在水面上。她想了又想。共产主义分子。

少女联盟的人告诉过她们，日耳曼人是优越的民族，然而在今天之前，他们并没有点名针对过什么人。当然，每个人都知道这不包括犹太人，他们是德意志的首要敌人。但是，共产主义分子虽然向来都要受到处罚，但这个称呼直到今天才第一次被人提起。

她非挤出人群不可。

她面前是个顶着一头金发的脑袋，两条辫子纹丝不动地搭在肩上。莉泽尔盯着它，过去那些黑暗的房间仿佛又出现在面前，母亲被逼着回答的问题，反反复复就是这一个词。

在她眼前，那些景象是那么清晰。

饥肠辘辘的母亲，消失不见的父亲。共产主义分子。

死去的弟弟。

"而如今，我们要向这堆垃圾、这堆毒瘤说再见。"

莉泽尔泛着恶心，就要找到人群出口的时候，那个穿着耀眼的棕色制服的家伙走下了演讲台。他从同伴手里接过火炬，走到那座罪孽深重、令他相形见绌的纸山前，一把火点燃了它。"希特勒万岁！"

听众也跟着高喊："希特勒万岁！"

演讲台上又走下一伙人，围在纸山四周将火拨得更旺，引来众人的阵阵掌声。声浪越过肩膀，而纯正的日耳曼汗水的气味先是克制了一会儿，然后便喷涌而出，冲刷着一个又一个角落，直到整个人群都被它淹没。那些叫喊，那些汗水，还有笑容。我们可不能忘了那些笑容。

许多滑稽的话语紧随而至，掀起了新一轮的"希特勒万岁"。看到这样拥挤的场面，我忍不住会想，有没有人被戳瞎了眼睛、弄伤了胳膊，或是扭了手腕。你可能只是在错误的时间转向了错误的方向，或者离另一个人稍微近了一点点。也许确实有人受了伤，不过我只能告诉你，并没有人在这里失去生命，至少没有人失去肉体的生命。当然了，待到事情全部结束，我要带走四千万人，不过这有点扯远了。请允许我继续回到那天的篝火旁边。

橘红色的火焰朝着人群摇摆，吞没了那些纸张和文字。燃烧的词从句子当中挣脱开来，化成了灰烬。

在摇曳的热气对面，棕色衬衫和"卐"字符号手牵着手。你看不到任何人影，只有制服和符号。

鸟儿在人们头顶拍打着翅膀。

它们打着转，仿佛被火光吸引，直到受不了那股灼热才飞走。或者是因为人类的狂热？当然，这些热浪什么也不是。

她试图逃离时，一个声音喊住了她。

"莉泽尔！"

声音穿过人群传来，被她认了出来。那不是鲁迪的声音，但她听得出那是谁。

她转身循着声音找过去，找到了与它相称的那张脸。哎哟，不好。是路德维希·施迈克尔。他倒没有像她预想的那样嘲笑她，甚至连话都说不出口。他只是用力把她拉到身旁，指了指自己的脚踝。它被激动的乌合之众挤伤了，深色的血隐隐地从袜子里透出来。在杂乱的金发下面，他的脸上挂着无助的表情，就像一头动物。倒不是一只灯光下的鹿。没有那么特别，没有那么确切。他就像一头在同类的混战中受了伤的动物，很快就要被践踏至死。

她想办法把他扶起来拖出人群。那儿有新鲜的空气。

他们蹒跚地来到教堂一侧的台阶上。这里有些喘息的空间，他们终于松了口气，在这儿休息。

施迈克尔用嘴艰难地呼吸着。吸进一口气，吐出一口气。

他坐下来握着脚踝，抬头寻找莉泽尔·梅明格的脸。"谢谢。"他与其说是对着她的眼睛，不如说是对着她的嘴说的。又是几声喘息。"还有……"他们都回想起学校里的闹剧和打斗。"我很抱歉,至于原因,你知道的。"

莉泽尔又听到了那个词。

共产主义分子。

不过,她选择把注意力集中在路德维希·施迈克尔身上。"我也很抱歉。"

然后,他们俩都全神贯注地呼吸,因为再也没有别的事可做,也没有别的话可说了。他们的恩怨已经告一段落。

路德维希·施迈克尔脚踝上的血迹向四周晕开。

那个词在女孩心头挥之不去。

在他们左侧,人们像迎接英雄一样,为火焰和燃烧着的书欢呼。

偷盗之门

她还待在台阶上等爸爸,看着书的残骸和四处飘散的灰烬。一切都那么悲伤。那橘色和红色的余烬像被丢弃的棒棒糖,大多数人都已经走了。她看见迪勒太太心满意足地离开,也看到满头白发的普菲夫克斯身穿纳粹制服,踏着那双破烂的鞋子,吹着胜利的口哨离去。现在只有清洁工在这儿忙碌,很快,谁也不会记得这一切曾经发生过。

但你能闻到它的味道。

"你在做什么呢?"

汉斯·胡伯曼来到教堂的台阶跟前。

"嗨,爸爸。"

"你不是应该在市政大厅前头吗?"

"对不起，爸爸。"

他坐在她身旁的水泥台阶上，身形顿时矮了一半。他伸手撩起莉泽尔的一缕头发，轻柔地将它拨到耳后。"莉泽尔，出什么事啦？"

她沉默了好一会儿。她正忙着计算，尽管心中已经知道答案。

一道简单的加法

共产主义分子＋盛大的篝火＋一堆杳无回音的信＋

母亲受的苦＋弟弟的夭折＝元首

元首。

在她第一次给母亲写信的那个夜晚，胡伯曼夫妇提到的"他们"正是元首。她明知道答案，却依然不得不问。

"我妈妈是共产主义分子吗？"她盯着汉斯，直截了当地问，"在我来这里之前，她总是受到各种质问。"

汉斯稍稍向前挪了挪，这是他要撒谎的征兆。"我不知道，我从来没见过她。"

"她是不是被元首带走了？"

这个问题把他们俩都吓了一跳，爸爸不安地站起身来。他望了望那些穿着棕色衬衫用铁锹铲灰的人。他听着他们挥舞铁锹的声音，又一个谎言在他嘴里成形，但他没法说出口。他说："是啊，我想大概是吧。"

"我就知道。"莉泽尔硬生生地吐出这句话，几乎能感受到怒气在嘶嘶作响，在她腹中滚烫地搅动。"我恨元首，"她说，"我恨他。"

汉斯·胡伯曼有什么反应？

他做了什么？他说了什么？

他有没有听从内心的愿望，弯下腰拥抱自己的养女？他有没有对她说，那些降临在她身上、她母亲身上，还有她弟弟身上的厄运令他难过？

并没有。

他紧紧地闭上眼，然后又睁开。他狠狠地扇了莉泽尔·梅明格一记耳光。

"永远都不许说这种话！"他的声音不大，却非常刺耳。

女孩颤抖着跌坐到台阶上，而他坐在她身旁，双手掩面。在旁人看来，这个高个子只是精疲力竭地瘫坐在教堂的台阶上，但事实并非如此。当时，莉泽尔并不知她的养父汉斯·胡伯曼正经历着德国公民一生中最危险的进退两难的困境。而且不止当时，在将近一年的时间里，他都为此而困扰。

"爸爸？"

她的声音中迸出了惊讶。她不知所措，想要逃跑，却什么也做不了。爸爸放下了手，他决心继续说下去。

"你可以在家里说这种话，"他说着，一脸严肃地看着莉泽尔，"但绝对不能在大街上、在学校里、在少女联盟里说这种话，永远都不行！"他站起来，肩膀一用力就把她举了起来，晃了晃她，"听明白没有？"

莉泽尔的眼睛瞪得大大的，她顺从地点了点头。

实际上，这一幕是未来的预演，那一年的下半年，在十一月的一个清晨，汉斯·胡伯曼最害怕的事情将降临到希默尔街上。

"那好，"他把她放到地上，"现在，我们来试试……"爸爸笔直地站在最低一级台阶上，高高地抬起手臂，呈四十五度角。"希特勒万岁。"

莉泽尔起身，同样举起手臂。她怀着极大的痛苦重复了一遍。"希特勒万岁。"这一幕可真够瞧的，一个十一岁的女孩，站在教堂的台阶上，一边忍住眼泪，一边向元首致敬。在她爸爸的身后，那些人正对着火堆黑暗的灰烬又铲又敲。

"我们还是朋友吗？"

大约一刻钟后，爸爸抛出了橄榄枝，他的手掌上放着他刚拿到的卷烟纸和烟叶。

莉泽尔一句话也没说，脸色阴沉地伸手接过来，把烟卷好。

他们并肩坐了好一会儿。

烟雾爬上爸爸的肩头。

再过十分钟，偷盗之门将打开一道缝隙，莉泽尔·梅明格会把它再拉大一点，然后挤进去。

两个问题

大门会不会在她身后关上？

还是说，它会善良到让她

全身而退？

莉泽尔将会发现，一名技艺高超的小偷需要具备很多品质。

动作要隐蔽，胆子要大，速度要快。

然而最重要的，却是一种具有决定性的品质。

运气。

事实上。

忘了那十分钟吧。

偷盗之门已然开启。

火之书

夜色一点点地吞噬着天空，抽完烟后，汉斯·胡伯曼和莉泽尔步行回家。他们得先经过篝火才能走出广场，穿过一条小路便是慕尼黑大街。但是他们并没有走出多远。

一位叫沃尔夫冈·埃德尔的中年木匠喊住了他们。纳粹这次盛会的演讲台便是他搭建的，而现在，他正要拆掉它。"汉斯·胡伯曼？"他鬓角很长，一直长到嘴边，声音很阴沉，"汉西！"

"嘿，沃尔法尔。"汉斯答道。女孩被介绍了一番，双方互致了一个举手礼。"好样的，莉泽尔。"

一开始，莉泽尔待在两个大人身旁。他们的话断断续续地向她飘来，但她并没有留心去听。

"最近忙不忙啊？"

"不太忙，现在日子紧巴多了。原因你也知道，而且不是纳粹党员的话，日子还更难过。"

"可你跟我说过要加入纳粹党啊，汉西。"

"我试过，可是我犯了错误，我估计他们还在考虑。"

莉泽尔慢慢地向堆积如山的灰烬走去。它像一块磁铁，像一头怪物。肉眼凡胎绝对抵挡不了它的诱惑，它跟黄星之路拥有同样的魔力。

她原先就迫切地想看看纸山燃烧的场面，现在更是无法将目光移开。而且离开了大人，她也不必保持安全的距离。火堆将她吸引过去，她开始围着它打转。

头顶的天空中，夜幕已经一如往常地降临，但是远方的山腰上还有一道隐隐约约的光。

"小心点，孩子。"一个身穿制服的人一面把灰烬铲到推车上，一面对她说道。

有几个黑影在市政大厅附近的灯光下交谈，大约是在庆贺焚书活动的成功。莉泽尔只能听到模糊的谈话声，但听不清任何词句。

她看着人们从火堆的四周开始铲起，好让顶上的灰烬塌下来。他们在火堆和卡车之间来来回回，运了三趟之后就只剩底下一点点了，里面幸存下来的东西露了出来。

那些东西
半面红旗，两张宣传犹太诗人的海报，
三本书，一块木标牌，
上面写着一些希伯来文字。

也许因为它们被打湿了。也许因为火势没能持续多久，没有烧到这些深埋在底部的东西。无论出于什么原因，它们在灰烬中挤作一团，仿佛在颤抖。这些苟活下来的东西。

"三本书。"莉泽尔轻轻说道，她看着人们的背影。

"加把劲，"其中一个人说，"动作快点行不行，我快饿扁了。"

他们向卡车走去。

三本书从灰烬堆中探出头。

莉泽尔走上前去。

当她站到那堆灰烬旁边时，热气依然令她感到温暖。她伸出手，被热气烫了一下，不过再次伸出手时，她已经对速度有了把握。她一把抓住离她最近的那本书。它有蓝色的封面，边角烧焦了，但余下的部分依旧完好。

它的封面摸起来像是镶了几百根丝线。红色的书名嵌在纤维的纹理之中。莉泽尔没时间细看，只认出一个单词：肩。其他的根本来不及看，何况还有一个问题。它在冒烟。

她攥着书快步离开时，封面冒出了烟。她低着头，每走一步神经都愈发绷紧。背后传来声音时，她一共走了十四步。

那个声音突然从背后跳出来。

"嘿！"

她差一点就跑回去把书扔到灰烬上，但她做不到。她唯一能做的动作就是转过身。

"有些东西没烧干净！"一个负责收尾的人说道。他并没有朝女孩喊话，他的脸朝向市政大厅的方向。

"那就再烧一遍！"回答传过来，"看着它们烧干净！"

"我估计它们是湿的。"

"耶稣、马利亚和约瑟啊，难道我每件事都得亲力亲为吗？"一阵脚步声传来。是镇长，他在纳粹制服外面套了一件黑外套。他没注意到不远处有个一动不动的女孩。

一个发现
庭院里立着
一座偷书贼的雕像……
主人公还没出名，就先有了雕像，
你不觉得这很少见吗？

她悬着的心落了地。

被人无视的喜悦之情。

书已经冷却下来，可以塞进制服了。起先，她觉得胸口的书很温暖。可当她迈开步子时，它开始变烫。

等她回到爸爸和沃尔夫冈·埃德尔身旁时，这本书仿佛着了火，开始灼烧她的胸口。

两个男人把目光投向她。

她笑了笑。

当笑意从她的唇间消退时，她立即觉察到某种东西。或者更准确地说，是某个人。她被人监视了，绝对是这样。这种感觉传遍全身，而当她鼓起勇气看向市政大厅旁的那几个身影时，她的感觉得到了印证。在那堆灰烬旁边，几米开外站着另一个人，莉泽尔意识到两件事。

她发现的两件事

1.那个黑影的身份，以及……

2.她目睹了发生的一切。

那个黑影的双手插在外套口袋里。

她有一头蓬松的头发。

如果能看到她的脸，那么上面应该挂着受伤的表情。

"该死的。"莉泽尔说道，音量只够她自己听到。

"准备好回家了没？"

在这个蕴藏着巨大危机的时刻，爸爸跟沃尔夫冈·埃德尔道别，打算陪莉泽尔回家。

"准备好了。"她答道。

他们动身离开案发现场，她怀里灼烧的书已经烫得她生疼了。《耸耸肩膀》紧紧地贴在她的胸口上。

当他们经过市政大厅前那些危险的身影时，偷书贼显得有些畏缩。

"出什么事啦？"爸爸问。

"没什么事。"

然而，确实出了好些事：

莉泽尔的领口正往外冒烟。

她的脖子上已经冒出一圈项链似的热汗。

在她的衬衫下面，那本书正一口一口地噬咬她。

Chapter 03
第三章

我的奋斗

内容提要

回家路上

《我的奋斗》。

元首亲笔撰写的书。

它是莉泽尔·梅明格收获的第三本重要的书。只不过，这本书不是偷来的。那一天，她从每天必做的噩梦中惊醒，又再次入睡，一小时后，这本书出现在希默尔街三十三号。

有些人会说，她能拥有这本书简直是个奇迹。

这趟旅程始自篝火之夜，始自回家路上。

那一天，在返回希默尔街的路上，走到一半时，莉泽尔再也忍受不住。她俯身掏出那本冒烟的书，困窘地在两手之间抛来抛去。

当书终于冷却下来，他们俩都注视着它，等待对方先开口。

爸爸问："这叫怎么回事？"

他伸出手拿过《耸耸肩膀》。不必解释，书显然是女孩从火堆里偷来的。这本书又湿又热，又蓝又红，让人尴尬极了。汉斯·胡伯曼打开它，翻到第三十八页和三十九页那儿。"又来一本？"

莉泽尔揉了揉胸口。

是啊。

又来一本。

"看样子,"爸爸提议道,"以后不需要用香烟换书了,是不是?你偷书的速度可比我存烟买书的速度快多了。"

莉泽尔一句话也没说。也许这是她第一次意识到,偷东西只要被抓到就无可抵赖、无法辩驳。

爸爸仔细看了看书名,大约在想这本书到底能给德国人民的心智带来怎样的威胁。他把书还给莉泽尔。他知道了。

"耶稣、马利亚和约瑟啊。"他一字一顿地慢慢吐出这句话。

偷书贼忍不住了。"怎么了,爸爸?怎么回事?"

"本该如此。"

就像大多数突然醒悟的人一样,汉斯·胡伯曼陷入了突如其来的麻痹之中。接下来的话既没有办法喊出口,也没有办法从牙缝里挤出来。即使说出口,也只是在重复刚刚说过的话而已。

"本该如此。"

这一次,他的声音就像一只砸在桌子上的拳头。

这个男人明白了什么。他像赛跑一样,在头脑里飞快地把它从头到尾过了一遍,但这对莉泽尔来说还太遥远,她在求他。"快告诉我,爸爸,这是什么书?"她现在最担心汉斯会把这件事告诉妈妈,就像人们通常会做的那样。"你会告诉她吗?"

"你说什么?"

"我说,你会告诉妈妈吗?"

汉斯·胡伯曼依旧望着高渺遥远的地方。"告诉她什么?"

她举起了书。"这本书。"她挥舞着书,仿佛在挥舞一把枪。

爸爸有点困惑。"我为什么要告诉她?"

她讨厌这样的问题。它们迫使她承认丑陋的真相，迫使她显露出自己肮脏的、偷盗的本质。"因为我又偷书了。"

爸爸蹲下来摸了摸她的头。他粗糙修长的手指抚摸着她的头发，说道："当然不会了，莉泽尔，你放心吧。"

"那么你打算怎么办呢？"

这才是关键的问题。

在慕尼黑大街稀薄的空气里，汉斯·胡伯曼到底要做出怎样的壮举？

在我告诉你之前，我觉得我们应该先看看在作决定前，他到底看到了什么东西。

爸爸眼前一闪而过的画面

一开始，他看到的是女孩的书：

《掘墓人手册》《小狗浮士德》《灯塔》。

现在又有了《耸耸肩膀》。

接下来，他看到了厨房里经常在桌边读书的女孩，

还有瞪着那些书的喜怒无常的小汉斯。

他说："这孩子到底在读什么垃圾？"

汉斯的儿子把问题重复了三遍，

之后，他给女孩推荐了适合她阅读的书。

"听好了，莉泽尔。"爸爸用手臂环住她，领着她继续向前走，"这本书是我们俩的秘密。我们可以像读其他书那样，在晚上或者在地下室里读它，可你得答应我一件事。"

"什么事都行，爸爸。"

夜晚柔和又宁静。万物都在倾听。"如果哪一天，我需要你帮我保

守一个秘密，你要答应我。"

"我答应你。"

"好。现在我们抓紧回家。再晚一点儿，妈妈就会宰了我们俩，我们可不想这样，是不是？以后可不能再偷书了，好吗？"

莉泽尔咧开嘴笑了。

不过有一件事情她直到后来才知道，不出几天，养父用几根香烟换来一本书，这本书不是给她的。他敲响了莫尔辛纳粹党党部办公室的大门，想要碰碰运气，询问自己申请入党的事。讨论过这件事之后，他交出最后一点零钱和十来支烟。作为回报，他得到了一本二手的《我的奋斗》。

"祝你读得愉快。"一位纳粹党党员说。

"谢谢你。"汉斯点点头。

走到大街上，他依然能听到办公室里的说话声。其中一个声音尤其清晰。"他的申请永远都通不过，"这个声音说道，"就算买一百本《我的奋斗》都没门。"一众声音都表示赞同。

汉斯右手拿着书，想着该去哪里赚点邮资，想着近期没有香烟可抽的日子，以及给了他这个绝妙主意的养女。

"谢谢你。"

他又说了一遍，引得一个路人过来问他在说什么。

汉斯像平时那样友善地答道："没什么，我的朋友，我什么也没说。希特勒万岁。"他走在慕尼黑大街上，手里抓着元首写的书。

在那一刻，汉斯·胡伯曼心中必定百感交集，因为这个主意不仅有莉泽尔的功劳，也有儿子的功劳。他是否已经开始担心再也见不到儿子了？从另一个角度来说，他也在享受这个绝妙的主意，暂且不敢设想它的危险、荒谬和可能引发的后果。就目前来说，有这个主意就够了。它无懈可击，尽管要实现它就是另一回事了。不过，眼下我们让他先享受一下这个主意带来的快乐。

先给他七个月的时间。

然后我们会回来找他。

噢，我们会回来的。

镇长的书房

希默尔街三十三号很快就要发生一件大事，而莉泽尔对此还一无所知。借用人类的老生常谈，女孩还有更紧要的事要处理：

她偷了一本书。

有个人看到了。

偷书贼有所反应。正常的人类都会有所反应。

担忧，更准确地说是妄想，无时无刻不在纠缠着她。偷窃会让人们，尤其是孩子沉溺于这种情绪中。他们会想象出各式各样的被逮到的情景。随便举几个例子：人们会从巷子里跳出来抓住你；学校里的老师会突然发现你犯下的每一桩罪行；每一次关门声响起，每一片叶子落地，都可能会有警察现身敲响大门。

对莉泽尔来说，这种妄想已经成了对她偷书的惩罚，去镇长家送衣物也成了一种惩罚。所以你肯定可以想象，提着衣服出门的时候，她绝对不是因为粗心大意才漏过了格兰德街上的那栋房子。她去了患关节炎的海伦娜·施密特家，拜访了爱猫如命的魏因加特纳，却偏偏忘了那栋属于"Bürgermeister"海因茨·赫尔曼和他夫人伊尔莎的宅邸。

迅速翻译一下

Bürgermeister = 镇长

第一次，她把失误归咎于自己的疏忽，如果让我听到这个借口，我都会觉得它太过牵强，那栋豪宅坐落在山顶上，俯瞰整座小镇，谁能把它给忘了呢。当她重新出发却再次空手而归的时候，她撒谎说那里没人在家。

"没人在家？"妈妈的话里藏着疑虑，让她手痒地想去拿木头勺子打人。她朝莉泽尔挥了挥勺子，说："现在再给我去一趟，如果不带着脏衣服回来，你就别回家了。"

"真的吗？"

莉泽尔把妈妈的话告诉鲁迪，他的反应便是这样。"你要不要跟我一起远走高飞？"

"我们会饿死的。"

"反正我现在也饿得够呛！"他们都笑了。

"不行，"她说，"我必须得去一趟。"

他们就像平时那样向镇上走去。鲁迪总想装绅士，提议由他来扛袋子，但每一次都被莉泽尔拒绝。如果鲁迪把它举过头顶乱甩一气，挨骂的只会是莉泽尔，因此她只能靠自己来保障袋子的周全。其他人都有可能乱拿乱甩，或者用哪怕最轻微的方式虐待它，这种险不值得冒。再说了，如果她让鲁迪帮忙扛袋子，他可能会要求莉泽尔用亲吻回报他，这种交易可不行。此外，她已习惯了袋子的重量。每走一百来步，她就将袋子换到另一边的肩膀上。

莉泽尔走在左边，鲁迪走在右边。大部分时间都是鲁迪在说话，从希默尔街上最近的足球赛讲到他爸爸店里的活计，或是想到什么就讲什么。莉泽尔试着倾听，却没法集中注意力。她只能听到内心的恐惧在耳边嗡鸣，随着他们靠近格兰德街而变得愈发响亮。

"你在干什么？我们不是到了吗？"

莉泽尔只好点了点头，因为她想悄无声息地走过这座房子，好再拖延点时间。

"好了，去吧。"男孩催促她。莫尔辛的天越来越黑。寒意从地底下蔓延上来。"赶紧去啊，小母猪。"他待在大门口。

穿过小径之后，再爬八级台阶就来到了房子的前门。这扇庞大的门像一个怪物。莉泽尔对着黄铜门环皱起了眉头。

"你在磨蹭什么？"鲁迪大喊。

莉泽尔转身面对着街道。她还有没有办法，哪怕是任何办法，来逃避这件事？她能不能再编个故事、再撒个谎来应付妈妈？

"我们时间不多啦。"远处又传来鲁迪的声音，"你到底在磨蹭什么？"

"能不能闭上你的臭嘴？"莉泽尔发出的这句呐喊却像是悄悄话。

"你说什么？"

"我说闭嘴，你这头蠢猪。"

说完，她转头面向前门，抬起了黄铜门环，缓缓地敲了三下。门的另一侧传来脚步声。

一开始，她只是盯着手上的洗衣袋，不敢抬头看镇长太太。她递过衣服时，女人拉开束口绳检查了一遍，然后把钱递给她。接着这位从不对她说话的镇长太太只是披着睡袍站在那里，蓬松的头发扎成一条短短的马尾。一阵风吹过，仿佛是某具看不见的尸体发出的呼吸。莉泽尔鼓起勇气看着她，她依然一句话也不说，脸上没有责备的神情，只有绝对的距离感。她越过莉泽尔扫了男孩一眼，然后点了点头，退回屋子关上了门。

莉泽尔面对着眼前高耸的木门，呆呆地站了好一会儿。

"嘿，小母猪！"没有回应。"莉泽尔！"

莉泽尔回过头来。

小心翼翼地。

她先是慎而又慎地倒退了几步，在心里合计。

也许那个女人并没有看到她偷书。当时的天色已经很晚了。也许有的时候，看似直视你的人实际上在看别的东西，又或者只是在做白日梦。无论答案是什么，莉泽尔都不想继续分析下去。她侥幸逃脱了，这就够了。

她转身用正常的步伐走完余下的台阶，最后三级一蹦而下。

"我们走吧，蠢猪。"她甚至轻松地笑了起来。十一岁的时候，妄想具有强大的力量。十一岁的时候，解脱也格外令人欣喜。

给这份欣喜泼点冷水

莉泽尔以为自己侥幸逃脱了。

但其实镇长太太都看在眼里。

她只是在等待恰当的时机。

几个星期过去了。

希默尔街上还在举行足球赛。

每天凌晨两三点从噩梦中醒来后，他们就开始读《耸耸肩膀》，或者下午到地下室读。

莉泽尔再次拜访了镇长家，平安无事。

一切都很美好。

直到……

当莉泽尔来到镇长家，而鲁迪却不在她身旁时，时机总算成熟了。那一天，莉泽尔上门去收衣服。

镇长太太打开门，却不像平日那样手里拎着袋子。她跨到一侧，惨白的胳膊一伸，示意女孩进屋。

"我只是过来拿衣服。"莉泽尔吓得血色全无，差点在台阶上碎成一片一片的。

那一天，女人第一次开口对她说话了。她伸出冰冷的手指说："等一下。"她确定女孩已经平静下来，便转身快步走进屋里。

"谢天谢地，"莉泽尔松了口气，"她去拿东西了。"东西自然是指脏衣服。

然而女人回来时，手里拿的根本不是衣服。

她羸弱的身姿中有种令人难以置信的坚定，她手里抱着一摞书，从肚脐一直摞到胸口。在这扇犹如怪物的大门前，她的身形是如此脆弱。轻盈的长睫毛流露出细微的表情。这是一种暗示。

过来看看，这种暗示在如此诉说。

莉泽尔心想，她铁定是要折磨我。她会把我领进家门，然后生起炉火，把我连同书一起扔进去。或者把我锁进地下室，不给我饭吃。

出于某种原因，大概还是因为书的诱惑，她发现自己还是顺从地进了屋。鞋子踩在地板上咯吱作响，令她有些畏缩，尤其是一块旧地板的呻吟声吓得她停住了脚步。镇长太太没有迟疑，她只是回头看了一眼便继续向前走，最后来到一扇栗色的木门前。这时，她的脸上露出询问的神情。

你准备好了吗？

莉泽尔略微仰起脖子，仿佛能看穿挡在眼前的木门。显然，这是打开它的暗示。

"耶稣、马利亚……"

她大声说了出来，这句话弥漫在这间满是书和冰冷空气的房间里。到处都是书！每一面墙上都装着满满当当却一尘不染的书架，几乎看不见四周的墙壁，眼前只有黑色、红色、灰色和其他颜色的书脊，上面印着大小不同、字体各异的文字。这是莉泽尔·梅明格有生以来见过的最美好的事物。

她惊奇的脸上绽开了笑容。

世界上竟然还有这样的房间。

她试图用手臂遮挡笑容，却发现这么做没有任何意义。她能感觉到镇长太太的目光在她身上游走，当莉泽尔转过头看她时，镇长太太的目光落在了她的脸上。

沉默比她想象得还要久。它就像一条橡皮筋，正在不断延展，渴望崩断。女孩打破了沉默。

"我可以吗？"

这几个字在空旷无垠的木地板上回荡，那些书都在遥远的彼端。

女人点了点头。

是啊，你可以。

于是整个房间不断缩小，小到偷书贼只需走上几步就可以碰触到书架。她先用手背抚过第一个书架，倾听着指甲擦过每本书的书脊的声音。那听起来就像一种乐器在演奏，或是跑动的足音。然后她用上两只手，让它们在书架上赛跑，跑过一个又一个书架。她开心地笑了。她不禁发出声音，高呼起来。最终，她停下脚步站在房间中央，一再地看看书架，又看看手指，如此反复了好久好久。

她到底摸到了多少本书？

她又感受到了多少本？

她又走上前去重复了一遍先前的动作，这一次更加缓慢，手心朝前，用手掌体会每本书之间的缝隙。这种感觉像魔法，像美的体验，像枝形吊灯洒下的明亮光线。有好几次，她差点禁不住诱惑，想把书从书架上抽出来，却不敢打搅它们的安宁。它们太完美了。

她向左侧看去，发现那个女人正站在一张巨大的书桌旁，身前依旧抱着那摞书。她扭曲的姿态中透出一种喜悦。一丝笑从她的嘴角浮起，似乎僵在了那里。

"你是不是想让我……"

莉泽尔没有把话说完，而是用实际行动结束了自己的疑问，她走过去，动作轻柔地从女人手里接过书。然后，她来到窗边，把书塞进书架的空当里。寒意正从窗子打开的缝隙中汩汩而入。

她想过把窗户关上，但考虑再三后决定放弃。这可不是她的家，而且这微妙的处境也容不得打搅。于是她回到镇长太太身边，女人脸上的笑容现在看起来像一处瘀伤，两条纤瘦的胳膊垂在身子两侧，就像女孩的胳膊一样。

现在该怎么办？

尴尬之情油然而生。莉泽尔飞快地向满墙的书投去最后一眼。那句话在她嘴边打转，最后还是脱口而出。"我该走了。"

莉泽尔犹豫再三才走出书房。

她在玄关等了几分钟，但那女人没有出来。她回到书房门口，发现镇长太太正坐在桌边，茫然地打量着一本书。她决定不再打扰，回到玄关拾起了要洗的衣服。

这一次，她打算避开那块陈旧的地板，于是靠着左边的墙走过了长长的走廊。当她关上门时，黄铜门环发出的声音在耳中鸣响，她伸手抚了抚那扇木门。"该走了。"她对自己说道。

回家路上，她开始头晕目眩。

满屋子的书，惊愕，以及脆弱的女人，都犹如一种超现实的体验。她依然能在四周的建筑上空看到那一幕的幻影，宛如一出话剧。也许，爸爸想出《我的奋斗》的主意时，也有这样的体验。无论莉泽尔把目光投向哪里，总能看见镇长太太和她手里的那摞书。她走过每一个街角，都能听到手指划过书架的声响。她看见那扇窗户略微打开的缝隙，还有吊灯柔美的光线。她看见自己退出房间，却没有说一句谢谢。

很快，她渐渐回复的冷静转变成困扰和自我厌恶。她开始指责自己。

"你什么都没说。"她快步前行，用力摇着脑袋，"没有一句再见。没有一句谢谢。没有一句这是我见过的最美的景象。什么都没说！"虽然她是个偷书贼，但这并不意味着她是个不懂礼数的人，也不意味着她不能彬彬有礼。

她走了好久好久，不住地同优柔寡断的内心搏斗。

来到慕尼黑大街上时，这番搏斗总算有了结果。

看清那张写着"施泰纳裁缝店"的招牌时，她立即转身往回跑。

这一次，她没有任何犹豫。

她砰砰地敲响大门，黄铜门环的回声穿透巨大的木门。

该死！

来开门的不是镇长太太，而是镇长本人。莉泽尔急急忙忙的，没有注意到门前的街上停着一辆汽车。

这位留着髭须、穿着黑西装的男人问："你有什么事？"

莉泽尔什么也说不出口。现在还不行。她弯下腰，喘不过气来。幸好她多少恢复过来的时候，那女人也来到了门前。伊尔莎·赫尔曼站在丈夫身后一侧。

"我忘了。"莉泽尔说。她举了举洗衣袋，转头面对镇长太太。尽管呼吸沉重，她还是透过镇长和门框间的缝隙，对女人说出了她想说的话。她依然喘不上气，所以每次只能断断续续地说出几个字。"我忘了……我的意思是……我只是想，"她说道，"说声谢谢。"

镇长太太又现出忧伤的笑容。她走到丈夫身边微弱地点了点头，过了一会儿就把门关上了。

莉泽尔等了大约一分钟才离开。

她在台阶上露出了微笑。

奋斗者入场

现在，我们换一幕场景。

我的朋友，前面的日子都太舒坦了，你不觉得吗？不如先忘掉莫尔辛一两分钟，怎么样？

这对我们有好处。

对这个故事也很重要。

我们稍微走远点，来到一间秘密储藏室，里面有东西要看。

带你参观苦难

在你左边，或是在你右边，

甚至或许就在你的正前方，

有一间小黑屋。

里面坐着一个犹太人。

他是国家的弃儿。他饿得要命。

他很害怕。

请你——不要把脸转开。

在西北方一百多英里外，在远离偷书贼、镇长太太以及希默尔街的斯图加特，有一个人正坐在黑暗中。他们觉得这是最佳的藏身之所。黑暗中的犹太人没有那么容易被发现。

他坐在手提箱上等待着。已经过去多少天了？

他饿了几个星期，肚子里空空如也，唯一的食物就是自己污浊的呼吸。外面偶尔会飘过几句说话声，有时候，他真希望他们能敲敲门，打开这扇门，把他拖出去，扔到让他难以承受的阳光下。而现在，他只能坐在手提箱上，双手托着下巴，手肘灼烧着他的大腿。

他也有睡眠，被饥饿纠缠的睡眠，令人恼火的半睡半醒，以及地板施予的惩罚。

不要理会发痒的脚。

不要挠脚底。

不要动来动去。

无论如何，要让一切都保持原样。也许很快就可以离开。光线像一把枪，向双眼发射着弹药。也许就要到时间了，所以醒来吧。现在就醒来，该死的！醒来！

门打开又关上，一个身影蹲在他身旁。肮脏的气流扬起他冰冷的衣摆，拍打在他的手上。一个声音随之响起。

"马克斯，"它低声说道，"马克斯，醒醒。"

他的双眼没有像正常人的那样对外部刺激做出反应。没有扑闪，没有眨眼，没有突然圆睁。这些动作只有从噩梦中醒来时才会有，却不会在你醒来后要进入另一场噩梦时出现。他的眼睛没有这些动作，而是挣扎着将自己撑开了，从黑暗进入昏暗中。他的身体做出了反应，肩膀向上抬起，伸出一只手臂想抓住空气。

那个声音让他镇静下来。"抱歉，拖了这么久。我感觉那些人已经在监视我了，而且制作身份证用的时间也比我预想得要久，不过……"声音停顿了一下，"现在，它是你的了。质量算不上多好，但应该足够帮你抵达目的地。"他蹲下来，朝箱子摆了摆手。他的另一只手里拿着一个又平又沉的东西。"快点，起来。"马克斯顺从地站起来，挠了挠身子。他感觉到骨头紧绷起来。"证件就在里面。"那个人递来一本书，"你最好把地图和路线说明也塞进去。书里还有一把钥匙，粘在内封上。"他尽可能不出声地打开箱子，像安置炸药一般把书放进去。"我过几天就回来。"

他留给马克斯一只小口袋，里面装着面包、肥肉和三根小胡萝卜。口袋旁边是一瓶水。他并没有道歉。"我尽力了。"

门打开，又关上了。

他又是孤身一人。

四周的声响立即朝他涌来。

当他孤身一人时，周遭的黑暗变得如此嘈杂。他的任何动作都会带来弄皱东西的声音。他感觉自己似乎穿着一件纸做的西装。

还有食物。

马克斯将面包分成三份，把其中两份放在一旁。他一门心思地啃着这块面包，强迫它穿过干涩的喉咙。肥肉又冷又硬，难以下咽。但他大口大口地吞咽，把它送进肚子。

然后是胡萝卜。

他再次把两根胡萝卜放在一旁，狼吞虎咽地吃掉第三根。咀嚼的声响大得出奇。大概连元首本人都能听见他咀嚼这些橙色碎屑的声音。每一口都几乎要崩碎他的牙齿。喝水的时候，他几乎以为自己把牙齿吞了下去。他决定下一次要先喝水。

后来，回声终于离他远去，他鼓起勇气检查牙齿，发现每一颗都完好无损，总算松了口气。他想笑一笑，却没能笑出来。他只能想象自己长着一嘴碎裂的牙齿的温顺模样。接下来的好几个小时，他还时不时地确认牙齿是否还在。

他打开手提箱拿出书。

黑暗中，他看不清书名，擦亮火柴又太冒险。

当他终于开口，发出的是低沉的声音。

"求求你，"他说，"求求你。"

他在向一个未曾谋面的人诉说。除却一些重要的细节，他还知道这个人叫汉斯·胡伯曼。他再次向这位遥远的陌生人诉说起来。他在恳求。

"求求你。"

夏天的要素

你应该明白了吧。

你应该很清楚一九四〇年底，会有什么事情降临在希默尔街上。

我知道。

你知道。

然而，莉泽尔·梅明格无法被归入我们这类人。

对偷书贼来说，那年的夏天是一段单纯的时光。它由四种主要元素，或者说四种要素组成。时不时地，她会猜想到底哪一种要素的力量最强大。

"被提名的分别是……"

1. 每天晚上阅读《耸耸肩膀》，并且不断进步。

2. 在镇长家书房的地板上读书。

3. 在希默尔街上踢足球。

4. 除了书，还有其他东西可以偷。

她觉得《耸耸肩膀》是本很棒的书。每天夜里，从噩梦中平复过来后，她很快就为可以醒来、可以读书感到喜悦。"我们来读上几页？"爸爸问她，莉泽尔便点点头。有时候，他们会在地下室里用第二天下午的时间读完整整一章。

纳粹当局不喜欢这本书的原因显而易见。主人公是个犹太人，书里对他的描写也很正面。这绝对不可原谅。他是个有钱人，厌倦了让生命白白流逝的生活。他说的这种生活，就是对身边的一切麻烦和喜悦都耸耸肩膀，不去计较。

那一年的初夏，莉泽尔和爸爸在书中缓慢前行。主人公到阿姆斯特丹出差，雪花颤抖着飘落。莉泽尔喜欢这个表述：颤抖的雪花。她告诉汉斯·胡伯曼，雪花落下来的时候确实是这个样子。他们一起坐在床上，爸爸半睡半醒，女孩则清醒异常。

有时，她看着爸爸睡着的模样，觉得他既熟悉又陌生。她常常听到妈妈跟他争论，说他活儿太少，或者沮丧地说起汉斯去探望儿子，结果发现年轻人已经离开了住处，很有可能已经赶赴战场。

这种时候，女孩会对他说："睡个好觉，爸爸。"然后绕过他下床关灯。

我前面已经说过，夏天的第二个要素是镇长家的书房。

那到底是怎样一个场景呢，我们可以把目光投向六月末一个凉爽的日子。毫不夸张地说，鲁迪已经气得冒烟了。

莉泽尔·梅明格竟然说，今天她想独自去送衣物，她以为她是谁啊？他都愿意陪她在街上走了，她还有什么不知足的？

"不要抱怨了，蠢猪。"她训斥他，"我只是觉得，不能因为我让你错过比赛。"

他回头瞧了一眼。"好吧，既然你都这么说了，"他微微一笑，"那你赶紧送衣服去吧。"然后他转头跑开，加入了球队。走到希默尔街的尽头，莉泽尔回过头来，看到鲁迪正站在靠近她这一边的球门前，在朝她挥手。

"蠢猪。"她笑了。当莉泽尔也抬起手时，她心里明明白白地知道，他肯定也在叫她小母猪。对十一岁的孩子来说，我想这已经算是爱了。

她开始奔跑，奔向格兰德街和镇长家的宅邸。

她这样匆匆忙忙的，当然会汗流浃背，还会气喘吁吁。

但她能把时间省出来读书。

镇长太太已经是第四次让女孩进书房了，她坐在书桌旁什么也不做，只是打量着满屋子的书。第二次拜访时，她允许莉泽尔从书架上取书，莉泽尔翻了一本又一本，胳膊下夹着书，手里的书也越堆越高。

这一次，莉泽尔坐在书房中央，感到四周有些阴冷，肚子也发出抱怨声，但那个沉默而忧郁的女人没有任何反应。今天，她又穿着浴袍，尽管好几次把目光投向女孩，却不会停留太久。她通常更关注她身边的某样东西，某个不见了的东西。窗户大敞着，变成了一个四四方方的口子，时不时有阵阵寒风汹涌而来。

莉泽尔坐在地板上。书散落在四周。

四十分钟后，她起身离开。每一本书都各归其位。

"再见，赫尔曼太太。"道别的话总是突如其来，"谢谢您。"女人把洗衣钱付给她，她便告辞了。她每一个动作都精打细算，然后跑回了家。

随着夏天的到来，书房变得越来越温暖，在每个送衣服或取衣服的日子，书房的地板也不再那么硌人。莉泽尔会在身边放一小摞书，每一本都读上几段，背诵那些不认识的单词，回家后再向爸爸求教。后来，长大后的莉泽尔回过头来写下这段关于读书的回忆时，她已经不记得那些书名了。一个都不记得。如果偷走它们的话，她会更深刻地将它们留存在记忆里。

不过还是有一些东西在她的记忆中打下了烙印，一本绘本的封面内侧写着一个字迹歪斜的名字。

一个男孩的名字

约翰·赫尔曼

莉泽尔咬着嘴唇默默不语，但她压抑不住心中的好奇。她坐在地板上，转头对身穿浴袍的女人提出了一个问题："约翰·赫尔曼是谁？"

女人看着莉泽尔的身侧，目光落在女孩膝盖附近。

莉泽尔道了歉。"对不起，我不该问这种事情……"她声音越来越低。

女人的面庞毫无动静，却不知怎的说出话来。"他已经不在这个世界上了，"她解释道，"他是我的……"

回忆的片段

哦，对，我当然还记得他。

当时的天空阴郁而深沉，宛若流沙。

一个年轻人被铁丝网裹着，

像一顶巨大的荆棘花冠。

我把他解开，抬他出来。

我们从高高的空中一同下沉，直到膝盖陷进沙中。

那只是一个普通的日子，在一九一八年。

"且不说其他的，"她说，"他应该是活活冻死的。"她摸了摸自己的手，然后重复了一遍。"他应该是活活冻死的，我非常确定。"

像镇长太太这样的人，全世界有千千万万。我敢保证你肯定在哪里见过她。在故事里，在诗歌里，在你喜欢的电影里。她们无处不在，所以自然也会出现在这里，自然也会出现在德国小镇的一座秀丽的山丘上。在这里受的苦并不比其他地方受的少。

问题在于，伊尔莎·赫尔曼毅然决定将受难转变成自己的胜利。当苦难不愿意放过她的时候，她就俯首称臣，她就拥抱苦难。

她本可以开枪自杀，或是把自己抓得面目全非，或是沉溺于其他的自残行为，但她没有，她可能做出了最屡弱的选择，连糟糕的天气都承受不住。莉泽尔都看在眼里，夏天的时候，她会祈祷天气凉爽而湿润。多半时间，她都待在最舒适的地方。

那一天，莉泽尔在告辞时神不宁地说出了三个字。它们压在她的肩头，摇摇晃晃，又被她笨手笨脚地摔在伊尔莎·赫尔曼面前。女孩挣扎了一番，再也扛不住它们的重量，只好让它们掉下来。它们就这样一起落在了地上，庞大、笨重又吵闹。

三个大字
对不起

而镇长太太又一次看着莉泽尔身旁的空间，一脸茫然。

"有什么好对不起的？"她问道，不过她的反问有些迟疑。女孩早已走出书房，到了大门口那边。莉泽尔听见这句话时停了一下，却决定不再回头，而是静悄悄地走出房子，下了台阶。她将莫尔辛纳入眼底，然后匆匆地消失在这座小镇的风景中，她同情了镇长太太好一阵子。

莉泽尔有时候想，自己也许不该打搅这个女人，但伊尔莎·赫尔曼引起了她的兴趣，那些书的吸引力也强大无比。曾经，文字令莉泽尔束手无策，可如今她坐在地板上，而镇长太太坐在丈夫的书桌前，她总能体会到一种与生俱来的力量。每一次，当她破译了一个新词或是读通一个句子，这种感受就会浮上心头。

她是一个女孩。

生活在纳粹德国。

发现文字的力量是多么美妙的一件事。

几个月后，当镇长太太不让她再来时，她便释放出了这种新获得的力量，那种感觉又是多么糟糕（却又多么爽快）。怜悯之情竟然如此迅速地弃她而去，它竟然如此迅速变成了一种截然不同的感情……

不过现在是一九四〇年的夏天，她还无法预见未来。她目睹的只是一位伴着一屋子书的悲伤女人，而她喜欢拜访这个女人。仅此而已。那年夏天，这便是她生活中的第二个部分。

谢天谢地，第三个部分相对轻松一些——希默尔街的足球赛。

请允许我向你展示一幅画面：

一条硌脚的路。

男孩们沉重的呼吸。

大声喊出的话语："这里！传过来！臭球！"

足球在粗糙的路面上弹跳。

所有这些景象都出现在希默尔街上，而随着盛夏来临，还出现了道歉的声音。

道歉的是莉泽尔·梅明格。

接受道歉的是汤米·穆勒。

七月初，莉泽尔终于让汤米相信，自己不会杀了他。自从去年十一月挨了一顿痛打后，汤米一直不敢靠近她。在希默尔街上踢足球的时候，汤米也总是离她远远的。有一次，他一边抽搐一边悄悄告诉鲁迪："你怎么知道她什么时候会发神经呢？"

我得帮莉泽尔说句公道话，她从头到尾都试图安抚他，跟他讲和。连路德维希·施迈克尔都跟她和解了，她却没法跟无辜受牵连的汤米·穆勒言归于好，这令她格外难过。每次看到她，汤米还是一副畏畏缩缩的样子。

“那天我怎么可能搞清楚你是在嘲笑我，还是在对我笑？”她一遍又一遍地问他。

有几次她甚至主动顶替他当了守门员。可是到最后，所有队员都巴不得让汤米回到球门前。

“当你的守门员去！”一个叫哈拉尔德·莫伦豪尔的男孩最后给他下命令。他眼看着就要进球得分了，却被汤米绊倒在地，大骂道：“你这个没用的东西。”要不是因为他们是同一个队的，他肯定要给自己判一个点球了。

莉泽尔重新上场后总是针对鲁迪。他们会互相较劲，互相嘲讽，还试图铲倒对方。鲁迪有时候会现场解说：“这回，她肯定过不了人，这头愚蠢的小母猪，只会挠别人的屁股。她一点希望都没有。”看起来，他很喜欢说莉泽尔只会挠人屁股。这也算是童年的一大乐趣。

还有一项乐趣，自然就是偷东西了。这是一九四〇年夏天的第四个部分。

说句公道话，鲁迪和莉泽尔有许多共同爱好，但令他们的友谊固若金汤的却是盗窃。它源自一次机会，被一种无可逃避的力量驱使：鲁迪的饥饿感。这个男孩的胃口永远填不满。

本来配给制度就够糟糕了，近来鲁迪父亲的生意也不景气（少了犹太竞争者，但也少了犹太顾客）。他们一家只能省吃俭用。就像希默尔街上的其他居民那样，他们必须拿东西换吃的。莉泽尔本想从家里拿点食物给他，可胡伯曼家的东西也不够吃。妈妈通常会熬豌豆汤。每到星期天的晚上，她便熬上一大锅，可不是只吃一两次，而是要一直吃到下个星期六。然后又到了星期天，她会再熬一大锅。每天吃的都是豌豆汤、面包，有时还有一点点土豆和肉。吃完就算，不能加餐，也不能喊饿。

起先，他们通过各种事情转移注意力，试图忘掉饥饿。

如果他们在街上踢足球，鲁迪就不会觉得饿。或者他们可以从他哥哥姐姐那里借来自行车，要么骑到亚力克斯·施泰纳的店铺，要么趁莉泽尔的爸爸哪天有活干，去他干活的地方。汉斯·胡伯曼坐在他们身旁，在夕阳的余晖中讲笑话逗他们乐。

炎热的天气终于来临，在安珀河里学游泳成了另一个转移注意力的办法。河水还稍微有些凉意，但他们还是下了水。

"快过来，"鲁迪哄她过来，"来这边。这里没那么深。"她看不到跟前有一个大坑，一脚下去直接沉到底。狗刨式救了她的命，不过喝了一肚子水，她也差不多快呛死了。

"你这头蠢猪。"她终于趴在岸上的时候，狠狠地咒骂着他。

鲁迪跟她保持着距离，他可见识过路德维希·施迈克尔的下场。"你现在学会游泳了，不是吗？"

可她并不高兴。她转身离开，头发贴在侧脸上，鼻子里淌着鼻涕。

他朝着她的背影喊道："我教你学会游泳，是不是该赏我个吻？"

"蠢猪！"

真是个厚脸皮的家伙！

这些办法最终都于事无补。

令人郁闷的豌豆汤和鲁迪的饥饿终于迫使他们走上了偷窃之路。他们跟着一群大孩子从农夫的果园里偷水果。这帮水果小偷。踢完足球赛后，莉泽尔和鲁迪都从善于观察中得到了好处。他们坐在鲁迪家门口的台阶上，注意到弗里茨·哈默（一个比他们年纪大的孩子）竟然在吃苹果。这种在七八月间成熟的克拉尔苹果在他手里显得十分诱人。而他鼓鼓的外套口袋里可能还塞着三四个。他们走上前去。

"你是从哪儿弄来的？"鲁迪问道。

那男孩一开始只是咧了咧嘴。"嘘。"然后，他从口袋里掏出一个苹果抛了过来。"只准看，"他警告他们，"不准吃。"

后来，他们又看到了那个男孩。天气已经挺热了，可他依旧穿着那件外套。于是，他们紧跟在他身后，来到了安珀河上游。那里接近莉泽尔刚开始学习阅读时，有时和爸爸一起读书的地方。

五个男孩等在那里。有的又高又瘦，有的又瘦又小。

当时，莫尔辛有不少这样的团伙，成员中连六岁的小孩都有。这个小团伙的老大也就十五岁，这位好说话的罪犯叫阿图尔·贝格。他四下打量了一番，注意到后面站着两个十一岁的孩子。"怎么回事？"他问道。

"我快饿死了。"鲁迪回答。

"他身手很快。"莉泽尔说。

贝格望着她。"我可不记得问过你的意见。"他已经像个小伙子了，脖子纤长，青春痘正成群结队地在脸上集结。"不过我挺喜欢你的。"这个伶牙俐齿的小伙子向他们抛出了橄榄枝。"安德尔，这不是揍了你弟弟的那个家伙吗？"坏事总能传千里。一顿痛打的影响力显然跨越了年龄的分界线。

另一个又瘦又小的男孩转过头来。他长着一头蓬松的金发，脸色白得像雪。"我看是她。"

鲁迪出言证实了这一点："是她。"

安迪·施迈克尔走上前来，上上下下地打量着她，他的表情从一脸思索变成开怀大笑。"干得漂亮，孩子。"他甚至用力地拍了拍她的后背，碰到了她的肩胛骨，"要换作是我，非得用鞭子抽他不成。"

阿图尔把话题转移到鲁迪身上："你就是那个杰西·欧文斯，对吧？"

鲁迪点了点头。

"很显然，"阿图尔说，"你是个傻子，不过和我们如出一辙地傻。来吧。"

他们入伙了。

到达田地时，莉泽尔和鲁迪各分到一条麻袋。阿图尔·贝格抓着自己的麻袋，用手捋了捋柔顺的头发。"你们俩以前偷过东西吗？"

"当然了，"鲁迪信誓旦旦地说，"一直都偷。"但是他的话没什么说服力。

莉泽尔说得就明确多了。"我偷过两本书。"这番话引得阿图尔连笑三声，笑得青春痘都移位了。

"书又不能拿来吃，甜心。"

果园里的苹果树排成歪歪斜斜的几行，他们打量了一番。阿图尔·贝格下达了指令。"第一，"他说，"不要卡在围栏上。如果你卡在围栏上被逮到，没有人会帮你。明白吗？"大家要么点点头，要么回答明白了。"第二，一个人上树，一个人在树下。得有人捡苹果。"他搓了搓手，很是享受发号施令的感觉。"第三，如果看到有人过来，你就大声喊，声音要大到能把死人都喊醒，然后咱们就逃跑。明白了吗？"

"明白了。"孩子们像合唱队一样齐声呐喊。

两位初次登场的苹果小偷说着悄悄话

"莉泽尔，你确定吗？还干不干？"

"看看那些铁丝网，鲁迪，太高了。"

"别啊，看好了，你把麻袋甩到铁丝网上去。看见没？就跟他们一样。"

"好吧。"

"赶紧跟上！"

"我不行！"她犹豫不决，"鲁迪，我……"

"快点，小母猪！"

他把莉泽尔推上了篱笆，把空麻袋扔过铁丝网，然后他们都爬过了篱笆，朝着其他人的背影跑去。鲁迪爬上了最近的一棵树，开始向下扔苹果。莉泽尔站在树下，把苹果装进麻袋。等到两条麻袋都装满后，另一个问题出现了。

"我们怎么爬回去？"

当他们看到阿图尔·贝格的时候，答案自动浮现在眼前。他尽可能地靠近篱笆桩。"桩子那儿的铁丝更牢固一些。"鲁迪明白了。他把麻袋从篱笆上扔了过去，让莉泽尔先爬出去，然后再跳到她身边，地上都是从麻袋里滚出来的苹果。

他们旁边就是阿图尔·贝格的长腿，他正饶有兴致地看着他们。

"还不赖，"声音从头顶上落了下来，"非常不赖。"

他们回到河边，藏进了树林中，贝格收走了麻袋，分给莉泽尔和鲁迪十二个苹果。

"干得漂亮。"这是他对这次行动的最终评价。

那天下午，莉泽尔和鲁迪在回家前用半个小时各自吃了六个苹果。一开始，跟家人分享水果的想法也在他们的脑袋里盘旋过，但这么做有相当大的风险。他们可不想跟家人解释这些水果是从哪里弄来的。莉泽尔甚至想过，只告诉爸爸的话也许不会有事，但是她也不希望被爸爸误解，让他以为自家的孩子有盗窃的癖好。所以她也吃了个精光。

在莉泽尔学会游泳的河堤上，他们狼吞虎咽地吃下了所有的苹果。他们从来没体验过这样的奢侈，也知道可能会撑得犯恶心。

不过他们还是吃光了。

"小母猪！"那天晚上，妈妈责骂她，"你怎么吐得这么厉害？"

"也许是因为豌豆汤。"莉泽尔搪塞道。

"说得没错。"爸爸附和着，他又靠在了窗边，"肯定是因为豌豆汤。我自己都有点犯恶心。"

"谁问你了，蠢猪？"很快，她又回头质问起莉泽尔："喂？到底是什么玩意儿？到底是什么玩意儿，你这头肮脏的猪？"

不过莉泽尔一句话也没说。

那是苹果啊，她在心里快乐地回答。那是苹果啊，她又一次吐了起来。

雅利安店主

他们站在迪勒太太的商店外面，靠在刷成白色的墙壁上。

莉泽尔·梅明格的嘴里含着一根棒棒糖。

太阳直射着她的眼睛。

尽管有这么多不便之处，她还是能说话，能吵架。

莉泽尔和鲁迪的另一段对话

"快点，小母猪，已经舔了十口了。"

"哪里十口了，才八口，我还剩两口。"

"那就动作快一点。我和你说过，

我们最好弄把刀子，把它切成两半……

行了，已经两口了。"

"好，给你。别给我整个儿吞了。"

"我难道是傻瓜吗？"

一阵短暂的沉默。

"味道棒极了，是不是？"

"当然了，小母猪。"

在八月，夏天的末尾，他们在地上捡到了一芬尼。多么令人激动。

它躺在送衣物的路上，锈迹斑斑地埋在尘土中。一枚腐朽而孤独的硬币。

"快看那边！"

鲁迪猛地扑过去。激动万分的他们急忙来到迪勒太太的商店，甚至没想过一芬尼可能什么都买不了。他们推开店门，站在这位雅利安店主面前，她用鄙夷的目光打量着他们。

"我等着呢。"她说。她的头发绑在脑后，黑色连衣裙绷在身上。相框里的元首肖像在墙上俯视着他们。

"希特勒万岁。"鲁迪带头说道。

"希特勒万岁。"她回答道，在柜台后面挺直了身子。"你呢？"她把目光投向莉泽尔，女孩也立即喊了声"希特勒万岁"。

鲁迪麻利地从口袋里掏出那枚硬币，稳稳当当地摆在柜台上。他透过迪勒太太的眼镜盯着她的双眼，说道："请给我两人份的棒棒糖。"

迪勒太太笑了。她的牙齿仿佛在嘴里打架，她出人意料的和蔼也让鲁迪和莉泽尔笑了起来，尽管没笑多久。

她弯下腰寻找了一番，然后又起身冲着他们俩。"拿去，"她说着，把一根棒棒糖扔在了柜台上，"自己分成两人份吧。"

出去之后，他们拆掉包装纸，试着把它咬成两半。可是棒棒糖像玻璃一样，实在太硬了，连鲁迪那副野兽般的牙齿都咬不动。于是，他们只好轮流把它舔完。鲁迪舔十口，莉泽尔舔十口，如此往复。

舔到一半时，鲁迪露出那染了棒棒糖颜色的牙齿，宣布道："这就是美好的生活。"莉泽尔并没有提出异议。等到他们吃完，两个人的牙齿都染上了夸张的红色。回家路上，他们提醒对方要全神贯注地看着路，说不定还能捡到一枚硬币呢。

当然，他们一无所获。这样的好运一年也碰不上两次，更何况是在一个下午。

他们一边在希默尔街上走，一边开心地扫视着路面，牙齿和舌头依然是红的。

这真是个美好的日子，连纳粹德国也成了一个令人惊奇的地方。

奋斗者 续篇

现在，我们将故事快进到一个寒冷的奋斗之夜。至于偷书贼，稍后我们会让她赶上来。

那是十一月三日，火车车厢的地板紧紧贴着他的脚底。他把《我的奋斗》捧在身前，认真阅读。这是他的救世主。汗水从他手心里沁出来，指纹留在了书上。

偷书贼的成果

官方出版

《我的奋斗》

阿道夫·希特勒著

在马克斯·范登堡身后，斯图加特这座城市满脸嘲弄地张开双臂。

他在那里不受欢迎，他也努力不回头看，此时并不新鲜的面包正在他胃里消化。有好几次，他调整坐姿，看着寥寥无几的灯火在眼前一闪而过，然后彻底消失。

要表现得骄傲一些，他建议自己，可千万不能露怯。认真读书。面带微笑。这是一本伟大的书，这是你读过的最伟大的书。无视坐在你对面的那个女人，反正她已经睡着了。加油，马克斯，离目的地只有几个小时了。

他们说好了过几天会再来那间黑屋子看他，实际上却整整过了一个半星期才来。下一次又要过一个星期，然后又是一个星期，直到他对时间的流逝失去了感觉。后来，他们将他转移到另一处藏身地，也是一间狭小的储藏室，不过里面有照明，还有更多的食物和来访。然而，时间已经所剩无几。

"我很快就要离开了，"他的朋友瓦尔特·库格勒告诉他，"你也知道是怎么回事——得去参军。"

"我很难过，瓦尔特。"

瓦尔特·库格勒是马克斯从小到大的朋友，他把手搭在这个犹太人肩上。"还不算太糟。"他直视着那双犹太人的眼睛，"说不定我会和你遇到一样的事。"

那是他们最后一次见面。角落里放着瓦尔特送来的最后一个包裹，这一次还有一张火车票。瓦尔特打开了《我的奋斗》，把火车票和随书买来的地图一起夹在书里。"第十三页，"他笑着说，"说不定能撞上好运，对吧？"

"祝你好运。"两个人拥抱在一起。

大门关上之后，马克斯打开书仔细查看火车票。从斯图加特到慕尼黑，再到帕辛。两天后的夜里就要发车，正好能赶上去莫尔辛的车。到达目的地后，他就只能步行了。他把地图对折再对折，图上的内容已经印在了他的脑海里。钥匙依旧粘在书的内封上。

他静静坐了半个小时，然后走到包裹旁边，打开了它。除了食物，里面还有几样东西。

瓦尔特·库格勒的礼物还包括哪些东西
一把小剃刀。
一把勺子——最接近镜子的一样东西。
剃须膏。
一把剪刀。

当他离开的时候，储藏室已经空无一物，只剩下空荡荡的地板。
"再见。"他轻声说道。
他看到的最后一样东西是墙根的一小团毛发。
再见。

他把脸刮得干干净净，将头发偏分，梳得整整齐齐，像个改头换面的新人一样走出了那栋建筑。事实上，他像个德国人那样走了出去。等一等，他就是个德国人。或者更确切地说，他曾经是个德国人。
他的胃跟触电一样，同时翻腾着恶心和饱胀的感觉。
他走向火车站。
他出示了火车票和身份证，而现在，他坐在一列火车的一节车厢里，暴露在危机的聚光灯下。

"证件。"

这是他最害怕听见的一句话。

在站台上被拦住就够糟糕的了。他心里明白，再来一遍的话，自己绝对扛不住。

颤抖的双手。

负罪的气味，不，是恶臭。

他真的再也无法忍受了。

幸运的是，检查很快就结束了，只是查验车票。现在只剩下窗外的小镇风光、一簇簇的灯光和车厢对面鼾声不止的女人。

大半的路途中，他都把头埋在书里，绝不东张西望。

他口中念念有词。

奇怪的是，他翻过一页又一页，读了一章又一章，从头到尾念叨的只有两个词。

Mein Kampf。《我的奋斗》。

反反复复都是这个书名，随着火车哐当哐当的声响，从一个德国小镇驶向下一个德国小镇。

《我的奋斗》。

竟然是它救了他的性命。

恶作剧专家

你可能会说，莉泽尔·梅明格的日子要好过得多。跟马克斯·范登堡相比，她的日子当然好过得多，虽然弟弟死在了她的怀里，虽然母亲抛弃了她。

但即便如此，也好过当一个犹太人。

在马克斯即将到来的那段时间里，他们又失去了一位客户，这一次是魏因加特纳一家。必不可少的咒骂又一次在厨房里爆发。莉泽尔安慰自己，至少还剩下两家客户，其中便有镇长、镇长太太，还有书。

说到其他的活动，莉泽尔依旧和鲁迪·施泰纳到处捣蛋。我甚至想说，他们调皮捣蛋的花样越来越高明了。

他们渴望证明自身的价值，拓宽盗窃的领域，于是又跟着阿图尔·贝格和他的朋友们作了几回案。他们从这家农场偷来土豆，从那家农场偷来洋葱。然而最伟大的胜利，却是由他们两个人完成的。

我们早先已经见证过了，在镇子里晃荡有一个好处，有可能在地上捡到意外收获。另一个好处则是可以观察各式各样的人，尤其是那些一直重复同一件事的人。

他们的同学奥托·施图尔姆便是这样的人。每个星期五下午，他都骑着自行车去教堂给神父们运送货物。

他们足足观察了一个月，随着天气渐渐转凉，在十月一个霜寒凛冽的星期五，鲁迪突然决定，奥托的货送不成了。

"那些肥头大耳的神父啊，"他们在镇子里游荡时，鲁迪解释道，"即便一个星期不吃东西也不碍事。"

莉泽尔只能同意。首先，她不是天主教徒。其次，她也饿得要命。她像往常那样拎着衣服。鲁迪提着两桶冷水，或者用他的话说，那是两桶未来的冰。

快到下午两点的时候，鲁迪动手了。

他毫不犹豫地将水泼在奥托要骑车经过的一处街角上。

莉泽尔只能随他去。

一开始，她心里有些内疚，但这个计划太完美了，或者说不可能更完美了。每个星期五，刚过下午两点，奥托·施图尔姆就会出现在慕尼黑大街上，他的自行车车把上挂着篮子，篮子里放着农产品。但在这个特别的星期五，他只能骑到这里为止。

路面和往常一样冰冷，但是鲁迪在路上额外加了一层冰。他忍不住坏笑，笑容在他脸上一滑而过。

"快点，"他说，"藏到那边的灌木丛里去。"

大约十五分钟后，这个残忍的计划结出了果实。

灌木丛中的鲁迪指了指远处。"他在那里。"

奥托转弯的时候，迟钝得像只羔羊。

他的自行车马上失去了控制，在冰面上滑倒了，而他摔了个脸朝地。

他趴在那里一动不动，鲁迪惊慌地看着莉泽尔。"被钉在十字架上的基督啊。"他说，"我觉得我们可能把他害死了！"他慢慢地爬出灌木丛，拿起篮子准备开溜。

"他还有气吗？"莉泽尔在街的另一头远远地问道。

"不知道啊。"鲁迪抓着篮子说，他有点手足无措。

他们远远地站在山脚下，看着奥托从地上爬起来。他挠了挠头，又抓了抓胯下，四处寻找篮子的踪影。

"蠢货。"鲁迪咧开嘴笑着说，他们检查了手中的战利品。有面包、摔碎的鸡蛋，还有一块大家伙——熏肉。鲁迪把鼻子凑到这条肥美的火腿上，得意地吸了口气。"真是美妙。"

尽管他们很想保守这次胜利的秘密，但是对阿图尔·贝格的忠心却占了上风。他们来到坎弗街上阿图尔那寒碜的住处，把战利品展示给他看。阿图尔一点儿也不吝惜赞美的言辞。

"你们从哪儿偷的？"

鲁迪做出了回答："奥托·施图尔姆那儿。"

"好啊，"他点了点头，"不管他是谁，我都要谢谢他。"他回到屋子里，拿出一把切面包的刀、一口煎锅和一件外套。三个小偷走到公寓楼的门口。"我们把其他人都喊来。"当他们走到公寓外面时，阿图尔·贝格宣布，"我们也许是罪犯，但可不是不讲义气的人。"他像偷书贼那样，也在某处画了一条界线。

几扇门被敲响。有人朝着街道上方的公寓窗户大声喊了几个名字。很快，阿图尔·贝格的水果盗窃团就集结完毕，向安珀河边走去。他们来到河对岸的空地上生起火，把摔碎的鸡蛋打到锅里，把面包和熏肉切成片。他们挥动着小刀和双手，将奥托·施图尔姆的货物一扫而空。眼见之处没有一个神父。

差不多吃完的时候，大家为如何处理篮子的问题起了争执。大部分男孩想将它付之一炬。弗里茨·哈默和安迪·施迈克尔却想留下它。但阿图尔·贝格突然摆出一副谦谦君子的姿态，他有个更好的主意。

"你们两个，"他对鲁迪和莉泽尔说，"也许可以把篮子还给那个叫施图尔姆的家伙。要我说，我们应该把篮子还给那个可怜的杂种。"

"哎哟，得了吧，阿图尔。"

"我可不想听这种话，安迪。"

"耶稣基督啊。"

"他也不想听。"

大家都笑了，鲁迪·施泰纳捡起篮子。"我把它带回去，挂到他家的信箱上。"

他刚走出二十米，女孩就追了上来。尽管回家太晚会挨骂，但莉泽尔明白，她得陪着鲁迪去小镇另一头施图尔姆家的农场。

很长一段时间里，他们只顾走路，一言不发。

"你觉得愧疚吗？"莉泽尔终于问道。此时他们已经走在了回家的路上。

"为什么愧疚？"

"你知道我在说什么。"

"我当然愧疚，可我现在不饿了呀，我敢说，他这会儿也没饿着。你也别担心，少个人送吃的，那些神父也不会缺吃少喝。"

"可是他在地上摔得那么惨。"

"别再跟我提这件事了。"但鲁迪·施泰纳还是忍不住笑了。在未来的年岁里，他只会施舍面包，不会再偷盗面包，这大概又证明了人类有多么自相矛盾。那么多的善心，那么多的恶意，只要加点水和一下就行了。

喜忧参半的小胜利才刚刚过去五天，阿图尔·贝格又一次出现了，邀请他们参加下一次偷盗行动。那是一个星期三，他们正走在放学的路上，突然在慕尼黑大街上撞见了他。他已经穿上了希特勒青年团的制服。"明天下午我们要再干一场。你们有兴趣吗？"

他们喜不自禁地问道："去哪里？"

"土豆田。"

二十四小时后，莉泽尔和鲁迪又一次勇敢地翻过铁丝网，将麻袋装得满满当当。

但是撤退的时候，麻烦来了。

"上帝啊！"阿图尔大喊。"农夫来啦！"这是他的第二句话，充满了恐惧，仿佛他已经受到了袭击。他张大嘴巴喊出了一个词，那个词儿是"斧头"。

果不其然，等他们转过头来，农夫已经高举着那件武器向他们跑来了。

这伙人都朝篱笆跑去，想爬过去。鲁迪离得最远，飞快地追赶其他同伙，却不免还是落在了后面。当他想把腿抽上来的时候，发现自己被卡住了。

"嘿！"

被卡住的人发出了喊声。

盗窃团伙停下脚步。

莉泽尔本能地跑了回来。

"快跑！"阿图尔大喊。他的声音变得愈发遥远，仿佛还没出口就被吞下去了。

白色的天空下，其他人都跑开了。

莉泽尔来到篱笆边，开始拉扯他的裤子。鲁迪的眼睛因为恐惧睁得大大的。"快点，"他说，"他就要来了。"

他们还能听到那些渐行渐远的脚步声，这时候，一只手突如其来地抓住了铁丝，将它从鲁迪·施泰纳的裤子上解开。铁丝网上留下一块布，但是男孩可以脱身了。

"赶紧下来。"阿图尔告诉他们。没过多久，农夫就赶来了，一边咒骂，一边喘着粗气。他手里的斧子耷拉在腿边。这个被抢劫的人大声呼喊着，说的都是些废话。

"我会把你们都抓起来！我会找到你们！我会弄清你们都是谁！"

阿图尔·贝格这个时候回答了。

"我的名字叫欧文斯！"他大步跑开，追上了莉泽尔和鲁迪，"杰西·欧文斯！"

当他们来到安全的地方，坐下来拼命往肺里吸气时，阿图尔·贝格走了过来。鲁迪并不想看到他。"我们所有人都遇到过这种情况。"阿图尔说道，他觉察到了鲁迪的失望。他是在撒谎吗？他们无法确定，也永远都搞不清。

几个星期后，阿图尔·贝格搬到科隆去了。

此前，在莉泽尔去送衣服的路上，他们还见过他一次。那是在慕尼黑大街旁的一条小巷子里，贝格递给莉泽尔一个棕色的纸袋，里面装着一把栗子。他得意地笑着说："我在烘焙行业也有熟人。"贝格告诉他们自己要走了，他那张长满青春痘的脸上挤出了离别的笑容，还伸手摸了摸他们俩的头。"这些东西可不能一口气吃完。"从此以后，他们再也没见过阿图尔·贝格。

不过，我可以告诉你，我绝对还见过他。

　　　向仍在人间的阿图尔·贝格致以微小的敬意

　　　　　科隆腐朽的天空泛着黄色，

　　　　　　　边缘不住地剥落。

　　　　　　他倚坐在墙边，

　　　　　怀里抱着一个孩子。他的妹妹。

　　　　当她停止呼吸时，他陪伴在她身边，

　　　　　我能感觉到，他会一直抱着她，

　　　　他的口袋里装着两个偷来的苹果。

这一次他们学聪明了。他们各吃了一颗栗子，然后挨家挨户地把余下的栗子给卖了。

"如果您有多余的芬尼，"莉泽尔在每家人的门口说道，"我这里有栗子卖。"他们赚到了十六枚硬币。

"现在，"鲁迪咧开嘴笑了，"该报仇雪恨了。"

那天下午，他们回到迪勒太太的店里，说过希特勒万岁后，便等在柜台前。

"又是两人份的棒棒糖？"她露出笑容，他们俩点了点头。硬币哗啦啦地撒在柜台上，迪勒太太的笑容有些僵硬。

"是的，迪勒太太，"他们齐声说道，"请给我们两人份的棒棒糖。"

相框里的元首似乎都在为他们感到骄傲。

可是胜利过后，暴风雨即将来临。

奋斗者 终章

恶作剧到此为止，但奋斗不会停歇。我一面讲述莉泽尔·梅明格的故事，一面讲述马克斯·范登堡的遭遇。很快我就会让他们相遇。请再给我几页的时间。

奋斗者的故事。

如果他们今晚杀掉他，那么他还能作为一个活生生的人死去。

火车已经离他远去，那个打鼾的女人很可能在车厢里缩成一团，安稳地睡着一路前行。如今，马克斯要想活下来，还得匆匆赶路。眼前是一段长长的路，头脑里是繁杂的思绪，还有疑虑。

他循着脑海里的地图，从帕辛来到了莫尔辛。当他看到这个小镇时，天色已经晚了。他的腿疼得厉害，但他已经接近了目的地，这个世界上最危险的地方，如今已经触手可及。

正像地图上说的那样，他找到了慕尼黑大街，沿着人行道走着。

一切仿佛都凝固了。

一盏盏闪烁的街灯。

阴沉沉的建筑物。

市政大厅像一个身形与年龄不相称的青年人，笨拙地矗立在眼前。而教堂随着他上移的目光，消失在黑暗的夜空中。

周围的一切都注视着他。

他止不住地颤抖。

他警告自己："要睁大眼睛。"

（德国的孩子睁大双眼是为了留意地上的钱币。德国的犹太人睁大眼睛是为了逃避追捕。）

为了继续让数字十三帮他交好运，他用这个数字数着自己的步数。就走十三步，他告诉自己。加油，再走十三步就行了。他估计走了九十个十三步，才终于站在了希默尔街的拐角处。

他的一只手提着行李箱。

另一只手仍然抓着《我的奋斗》。

两只手中的东西都很沉重，两只手都沁出了细密的汗珠。

现在，他转身拐进希默尔街，向三十三号走去，他克制着想笑的冲动，克制着想啜泣的冲动，甚至不敢去想象前方等候自己的是一个安全的地方。他提醒自己，已经没有时间去拥抱希望了。当然了，他几乎碰触到了它。他感到希望近在咫尺。可他还不能确认，还是得想清楚，如果在最后一瞬间被逮捕，或者等候在屋里的不是那个接应的人，自己该怎么办。

当然了，罪恶感也挥之不去。

他怎么能这么做？

他怎么能敲开陌生人的大门，要求他们为自己冒生命危险？他怎么可以这么自私？

三十三号。

他凝视着这座房子，而它似乎也在打量着他。

这座房子看起来很暗淡，几乎病快快的，外面拦着一扇大铁门和一扇布满痰迹的棕色木门。

他从口袋里掏出了钥匙。钥匙没有光泽，只是暗沉无力地躺在他手里。他突然紧紧攥住它，妄想它会变形，从指缝中挤出来。但它没有。这块金属依旧坚硬而平坦，上面的齿痕依旧完整，他把手都攥疼了。

于是，奋斗者缓缓地向前靠了过去，脸颊抵在木门上，把钥匙插进门里。

Chapter 04

第四章

俯视我的人

内容提要

手风琴手——信守承诺的人——好女孩——

犹太拳击手——罗莎的怒火——教诲——

睡梦中的人——交换噩梦——还有来自地下室的书页

手风琴手

（汉斯·胡伯曼的秘密生活）

厨房里站着一个年轻人。他手里紧紧攥着一把钥匙，好像它正在掌心里生锈。他既没说"你好"或是"请帮帮我"，也没说其他我们以为他会说的话。他提出了两个问题。

第一个问题

"你是汉斯·胡伯曼吗？"

第二个问题

"你还拉手风琴吗？"

年轻人惴惴不安地看着面前的人，他的声音仿佛将他掏空了，仿佛从黑暗中传来的话语便是他仅剩的东西。

爸爸吓了一跳，警觉起来，走上前去。

他对着厨房低声说道："我当然还拉手风琴。"

这要追溯到好多年前，那还是第一次世界大战的时候。

这些战争都稀奇古怪的。

战争中充斥着鲜血和暴力，也充斥着稀奇古怪的故事。"我说的都是真的，"人们会发牢骚，"我不管你相不相信。反正是那只狐狸救了我的命。"又或者是，"我两旁的人都死了，只有我还站在那里，只有我的眉间没有弹孔。为什么是我呢？为什么是我，而不是他们？"

汉斯·胡伯曼的故事和这些有点类似。在偷书贼笔下发现这段故事时，我意识到，在那段时间里，我有好几次都同他擦身而过，不过我们也没有相约要见面。我嘛，有太多事要忙。至于汉斯，我觉得他在尽全力避开我。

我们第一次靠近彼此的时候，汉斯还只有二十二岁，正和法国人打仗。在他们那个排里，多数年轻人都渴望上前线。汉斯对此却没有那么热衷。这一路的仗打下来，我带走了他们中的好些人，但你可以说，汉斯从来都没有靠近我的手心。要么是他运气太好，要么是他应该活下去，又或许他有拼命要活下去的理由吧。

行军打仗时，他从不走在最前头或最后头，不论奔跑时还是缓行时，他都待在中间。他的枪法不好也不坏，没有坏到惹长官生气，也没有好到被选入首当其冲地向我奔来的那群人。

> 一句简短但值得铭记的忠告
> 这么多年来，我见过很多年轻人，
> 他们以为自己在向着其他人
> 冲锋陷阵。事实并非如此。
> 他们在向着我冲锋陷阵。

他在战场上坚持了六个月，一直行军到法国，在那里发生了一件奇怪的事情（至少表面上是如此），挽救了他的性命。我们不妨换位思考，在无聊的战争中，一桩奇怪的小事也可以意义非凡。

总的来说，自从他参军的那一刻起，这场战争就不断地令他震惊。它就像一部连续剧。日复一日，日复一日，每一天都是：

子弹的交锋。

长眠不醒的人们。

全世界最下流的笑话。

腋窝和裤管里挥之不去的冷汗，就像一个充满恶意的朋友。

他最喜欢打扑克牌，其次是几种棋类游戏，不过他的牌技和棋艺都很糟糕。此外还有音乐。永远都有音乐。

教会他拉手风琴的人叫埃里克·范登堡，是个比他大一岁的德国犹太人。他们俩渐渐成了好朋友，这大概是因为两人都不喜欢战斗。比起在雪地和泥地里翻滚，他们更喜欢卷香烟。比起发射子弹，他们更喜欢掷骰子。于是，他们俩在赌博、抽烟、音乐，以及共同的求生欲望的基础上建立起了牢固的友谊。唯一的问题是不久之后，埃里克·范登堡在一座杂草丛生的山丘上被打成了筛子。他双眼圆睁，手上的婚戒被偷走了。我把他的灵魂收拢起来铲走，然后我们便缓缓地离开。那一天的地平线现出牛奶的颜色，冰冷而新鲜的乳白色倾泻在遍地的尸体上。

埃里克·范登堡的遗物只是几件个人物品，以及布满他指纹的手风琴。除了乐器之外，所有东西都被送回了家。手风琴太大了，不方便运输。它几乎像在自责一样，躺在范登堡位于大本营的临时床铺上，被转交给他的朋友汉斯·胡伯曼。胡伯曼是那场战役里唯一的幸存者。

他是这样幸存下来的
那一天，他没有上战场。

他要为此感谢范登堡。更准确地说，是要感谢埃里克·范登堡和中士的牙刷。

那一天上午，在奔赴战场之前，中士斯蒂芬·施耐德来到休息区，让每一个人都注意听他讲话。他很幽默，也擅长搞恶作剧，所以非常受大家欢迎。但最重要的是，他从来不会畏缩地跟在士兵后头，总是带头冲锋陷阵。

有时候，他会来到休息区跟大家说，"谁的老家是帕辛"或者"谁数学比较好"，在决定汉斯·胡伯曼命运的那一天，则是"谁的字写得比较好"。

自从第一次上当以后，再也没有人主动回答。第一天，一位名叫菲利普·施林克的年轻士兵骄傲地站起来，热心地回答说："是的，长官，我老家是帕辛。"于是，他手里突然多了一把牙刷，然后被命令去打扫厕所。

所以你当然会明白，当中士询问谁的字写得最漂亮时，没有谁肯上前承认。他们觉得，落到头上的差事要么是一次全面的卫生检查，要么是给某位古怪的中士刷沾满粪便的靴子。

"给我快点。"施耐德用开玩笑的语气说道。他的头发油光锃亮，虽然头顶总有一小撮不羁的乱发像哨兵一样竖着。"你们这帮一无是处的杂种，怎么也有一个能把字写好吧？"

远方传来战火的喧嚣。

它催促着他们做出反应。

"想清楚了，"施耐德说，"这次的活计跟平时不同。要忙一个上午，或者更久。"他忍不住笑了。"施林克打扫厕所的时候，你们这帮家伙都在打扑克。不过这一次你们可是要上战场了。"

性命或是尊严。

他显然希望手下有个士兵能有点脑子，选择保住自己的性命。

埃里克·范登堡和汉斯·胡伯曼对视了一眼。如果哪个人敢在这个时候上前一步，那么从今往后，排里的其他人会让他的日子过得像人间地狱。没有人喜欢懦夫。但是，如果用提名的方式来选这个人的话……

依然没人上前一步，但此时有一个声音从队列中飘了出来，飘到中士身边，飘到他脚下，等候发落。它说："汉斯·胡伯曼，长官。"这个声音来自埃里克·范登堡。他显然认为，他的好朋友不应该在今天死掉。

中士快步上前，在士兵中间的通道上走来走去。

"谁说的？"

斯蒂芬·施耐德是个急性子，无论说话、走路还是做事都火急火燎。他在两排士兵中间来回踱步，而汉斯则静静地等待消息公布。也许哪个护士生病了，需要人手帮忙给伤员受感染的四肢换绷带。也许有一千个装了死亡通知的信封需要舔了封好，寄送给死者家属。

这时候，那个声音又一次响起，还有几个声音在附和。"胡伯曼。"它们应声说道。埃里克甚至说："他的字无可挑剔，长官，无可挑剔。"

"那就这么定了，"中士的脸上浮现出隐约的笑容，"胡伯曼。你来。"

这位身材瘦长的年轻士兵走上前来，询问他的任务是什么。

中士叹了口气："上尉需要人手帮他写信。他手指头有严重的风湿病，也可能是关节炎。这几十封信，由你来替他写。"

这样的安排可容不得他争辩，毕竟施林克可是要去打扫厕所，而另外一个普夫勒格差点因为舔信封送了命。他的舌头都被染蓝了。

"好的，长官。"汉斯点了点头，事情就这么定了。他字写得好不好还很难说，但是他觉得自己至少很幸运。他尽力写好每一封信的同时，其他人都上了战场。

没有一个人活着回来。

这是汉斯·胡伯曼第一次从我手里侥幸逃脱，在第一次世界大战中。

他第二次侥幸逃脱，将发生在一九四三年的埃森市。

两次大战，两次逃脱。

一次他风华正茂，一次他人到中年。

能让我上两次当的人可不多。

整场战争中，他都把手风琴带在身边。

回国后，他在斯图加特找到了埃里克·范登堡的家人，范登堡的妻子说，手风琴就送给他好了。她和丈夫一样曾经是手风琴教师，家里还有几台，而胡伯曼手里那一台最令她触景伤情。其他的手风琴已经足够她回忆了。

"我的手风琴就是他教的。"汉斯告诉她，好像这番话能帮得上什么忙一样。

也许它还真的起了作用，因为这个伤心欲绝的女人问他能不能为她弹奏一首曲子。当他按着琴键，生疏地演奏《蓝色多瑙河》时，她无声地哭泣着。这是她丈夫最爱的曲子。

"你知道吗，"汉斯向她解释道，"他救了我的命。"房间里光线微弱，空气也很滞重。"他……如果你有任何事情需要我帮忙的话……"他从桌上递过一页纸，上面写着他的姓名和地址。"我是个粉刷匠。可以免费帮你刷屋子，随便什么时候都可以。"尽管他想要报答她，但也清楚这于事无补。

女人接过纸，没过多久，一个孩子跑进来坐到了她腿上。

"这是我儿子马克斯。"女人说道，但男孩太过年幼，也太害羞，什么话也没说。他很纤弱，长着柔软的头发，还有一双睫毛浓密的深色眼睛，他看着这位陌生人在气氛凝重的房间里又演奏了一首曲子。他时而看看拉手风琴的男人，时而看看哭泣的妈妈。与从前不一样的音符让她双眼湿润。她是如此悲伤。

汉斯离开了这户人家。

"你从来没告诉过我，"他对死去的埃里克·范登堡和斯图加特的地平线说道，"你从来没告诉过我，你还有个儿子。"

在这段令人叹息的短暂探访后，汉斯回到慕尼黑，以为自己再也不会见到他们。他还不知道，他将会给他们雪中送炭一般的帮助，只是这种帮助并不是粉刷房子，而且要等到二十年后。

他先休整了几个星期，然后开张做起了粉刷匠。天气温暖的日子里，他会卖力地工作，即使是在冬天，他也常常对罗莎说，虽然工作不会太多，但时不时地还是能接到活儿。

他们就这样生活了十多年。

小汉斯和特鲁迪先后降生。他们从小就常去工地看爸爸，帮爸爸清洗刷子，把油漆抹到墙上。

当希特勒在一九三三年上台后，他的粉刷事业受到了一点影响。汉斯没有像大多数人那样加入纳粹党。他做出这个决定经过了深思熟虑。

汉斯·胡伯曼的思考过程

他没受过良好教育，对政治也不太感兴趣，

尽管如此，他是个追求公正的人。

一位犹太人救过他的命，这件事他永远不会忘。

纳粹党这样仇视犹太人，所以他不能加入。

此外，跟亚力克斯·施泰纳一样，

他最忠实的客户里也有不少犹太人。

就像很多犹太人那样，他不认为这种仇恨会持续多久，

他不愿对希特勒的观念亦步亦趋。

从方方面面来说，这都是一个灾难性的决定。

对犹太人的迫害开始之后，汉斯的活儿变得越来越少。起初还不是太糟糕，但没过多久，客户就飞快地流失。看来，许多客户都因为纳粹嚣张的气焰离他而去了。

有一天，汉斯在慕尼黑大街上遇见一位老主顾——赫伯特·博林格。这个来自汉堡的家伙顶着皮球一样的啤酒肚，操着一口标准的德语。汉斯上前跟他打招呼。一开始，博林格只顾低头看着地面，当他抬头与粉刷匠对视时，明显能感觉到汉斯的问题着实令他尴尬。他怎么问得出这种问题呢？

"到底怎么回事，赫伯特？我手头的客户跑得飞快，数都数不过来。"

博林格不再畏畏缩缩。他挺直腰杆，用提问的方式说出了事实的真相。"我说，汉斯，你是党员吗？"

"什么党员？"

其实汉斯·胡伯曼心里清楚对方指的是什么。

"得了吧，汉西，"博林格坚持道，"别逼我把话挑明了。"

高个子粉刷匠跟他挥手道别，继续向前走。

一年又一年过去了，全国上下的犹太人被肆意恫吓着。一九三七年春天，汉斯·胡伯曼终于屈服了。他在经过一番咨询后申请加入纳粹党。

向慕尼黑大街上的纳粹党总部提交申请表格后，汉斯在克莱曼服装店门口目睹了四名男子向商店扔砖头的场面。那是莫尔辛少数几家仍旧在营业的犹太商店。商店里，一个小个子男人正一边结结巴巴地说话，一边清扫地面，把脚底下的玻璃踩得吱嘎作响。门上涂着一颗深黄色的星星。"肮脏的犹太人"这几个字写得歪歪斜斜的，每一笔的边缘都参差不齐。店里渐渐没了动静。

汉斯走近了些，把头探进去。"需要帮忙吗？"

克莱曼先生抬起头。他无力地抓着一把扫帚。"不用了，汉斯。你走吧。"汉斯去年才给乔尔·克莱曼粉刷过房子。他还记得克莱曼先生的三个孩子。他脑海里还能映出他们的面容，却怎么也想不起他们的名字。

"我明天再过来，"他说，"帮你把门重新刷一遍。"

他确实这么做了。

这是他犯下的第二个错误。

第一个错误发生在店铺刚刚遇袭之后。

他回到了刚刚离开的那个地方，握起拳头重重地叩在纳粹党总部的大门上和窗户上。玻璃瑟瑟发抖，但是无人应声。所有人都收拾好东西回家了。最后一个出门的人都已经沿着慕尼黑大街走出去好远。可是当他听到玻璃的战栗声时，他注意到了粉刷匠。

他回到办公室，问汉斯要干什么。

"我不想入党了。"汉斯声明道。

男人大为震惊。"为什么不入？"

汉斯看着自己右手的指节，把想说的话咽了下去。他已经尝到了自己犯下的错误的滋味，就像嘴里被塞了一块金属片。"当我没说。"他转身回家。

几句话从他身后传了过来。

"你好好考虑考虑，胡伯曼先生，然后再把你的决定告诉我们。"

他并没有告诉他们。

次日上午，他遵守了承诺，比平日起得早了一些，但还不够早。克莱曼服装店的大门上仍然沾着露水。汉斯把它擦干。他几乎把油漆调得和原来的颜色一模一样，然后把门完完整整地刷了一遍。

没想到，大清早却有一个男人从这里走过。

"希特勒万岁！"他说道。

"希特勒万岁！"汉斯回应道。

三件重要的小事

1. 从他身边走过的男人是罗尔夫·费舍尔，

莫尔辛数一数二的纳粹分子。

2. 十六个小时之内，大门会重新涂上侮辱性的标语。

3. 汉斯·胡伯曼并没有获准加入纳粹党，至今也没有。

在接下来的一年里，汉斯会庆幸自己没有正式收回入党申请书。许多人都立即入了党，可他却受到怀疑，被列入了等候批准的名单里。

一九三八年末的"水晶之夜"①令犹太人遭到彻底的清除,盖世太保也来到了胡伯曼家。他们搜查了房屋,没有发现任何可疑的人或东西,汉斯·胡伯曼还算幸运——他们没有把他带走。

令他得救的,很可能是人们知道他至少在等候申请被批准。正因如此,人们才容忍了他,虽然他们依旧不支持他的粉刷事业。

然后,我们就要讲到他的另一位救星。

要说有什么东西令他免遭流放之苦,那多半就是手风琴了。粉刷匠在慕尼黑遍地都是,随便哪里都找得到,可是被埃里克·范登堡指点过几次后,再加上汉斯将近二十年坚持不懈的练习,莫尔辛再也找不出哪个手风琴手有他这样独特的风格了。他的技艺并不完美,演奏出的乐音却很温暖。即便弹错了,也别有一番风味。

必要的时候,他也会说"希特勒万岁"。在重大的日子里,他也会挂起纳粹旗帜。至少表面上没出什么问题。

然后,在一九三九年六月十六日(如今看来,这个日子就像黏合剂),就在莉泽尔来到希默尔街半年后,一件事情将无可逆转地改变汉斯·胡伯曼的人生。

那一天他总算有点活儿可干。

那天上午七点整,他走出家门。

他身后拖着装油漆的车,完全没有察觉到自己被人跟踪了。

当他抵达施工地点,一位陌生的年轻人凑了上来。年轻人身材高大,一头金发,表情严肃。

两人都看着对方,来人问道:

"请问您是汉斯·胡伯曼吗?"

---

①指 1938 年 11 月 9 日至 10 日凌晨,希特勒青年团、盖世太保和党卫军袭击德国各地的犹太人的事件,标志着纳粹对犹太人有组织的屠杀的开始。

汉斯点了一下头。他正伸手去拿油漆刷。"是的，是我。"

"您不会碰巧是位手风琴手吧？"

听到这句话，汉斯停了下来，把油漆刷放回原处，再次点点头。

陌生人揉了揉下巴，四下看了看，然后压低声音，却依旧清晰地说道："您是不是一个信守承诺的人？"

汉斯取出两个油漆罐，请他坐下。在接受邀请之前，年轻人伸出手自我介绍："我姓库格勒，名叫瓦尔特。我从斯图加特来。"

他们坐下来低声聊了大概十五分钟，约好晚上再见面。

好女孩

一九四〇年十一月，当马克斯·范登堡踏入希默尔街三十三号的厨房时，他二十四岁。全身上下的衣服重重地压着他，他的疲劳已经到达极限，仿佛身体再发一次痒就能令他崩溃。他浑身发抖地站在门口，几乎要摔倒。

"你还拉手风琴吗？"

当然，这个问题实际上是："你还会帮我吗？"

莉泽尔的爸爸打开前门，小心翼翼地查看街道两侧，然后回到屋里。他的判断是"外面没有人"。

这个犹太人——马克斯·范登堡闭上双眼，一点一点地放松下来，终于有了安全感。虽然他的确信毫无根据，他还是坦然接受了。

汉斯检查了窗帘，确保它拉得严严实实，没有一丝缝隙。在他忙活的时候，马克斯再也扛不住了。他蹲在地上，紧握双拳。

黑暗轻抚着他。

他的手指上还留着行李箱、钥匙、《我的奋斗》以及侥幸活命的味道。

直到他抬起头来，走廊昏暗的灯光才映入他的眼底。他注意到一个身穿睡衣的女孩站在那里，她目睹了这一切。

"爸爸？"

马克斯站了起来，他就像一根点燃的火柴。黑暗弥漫开来，将他包围。

"这里一切都很好，莉泽尔。"爸爸说，"回床上睡觉吧。"

她犹豫了一会儿，然后往回走。中途，她停下来偷偷瞄了一眼厨房里的陌生人，认出桌上有一本书的轮廓。

"别怕，"她听到爸爸轻声说道，"她是个好女孩。"

在接下来的一个小时里，好女孩清醒地躺在床上，听着厨房里安静的对话。

一张万能牌即将登场。

犹太拳击手简史

马克斯·范登堡生于一九一六年。

他在斯图加特长大。

在他还小的时候，他无可救药地爱上了拳击。

还只有十一岁，瘦得像根扫帚杆子时，他就打了人生中的第一个回合。

文策尔·格鲁伯是他的第一位对手。

这个姓格鲁伯的孩子一副利嘴，头发像金属丝一样打着卷。为了抢占运动场，他们非得打上一架不可，两人都不想多争辩一句。

他们像拳击冠军那样动起手来。

却只打了一分钟。

在他们下手越来越狠的时候，一位家长出手干涉。两个男孩被揪着领子拉开了。

马克斯的嘴角流下一道鲜血。

他尝了尝，味道好极了。

拳击手在他家那一带可是个稀罕的职业。就算真的与人发生争执，他们也不会用拳头还以颜色。在那个年代，人们说犹太人宁愿选择忍受。他们面对辱骂并不还嘴，只是凭借努力爬到高处。很显然，并非所有犹太人都是如此。

在他两岁时，他的父亲死了，在一座杂草丛生的山丘上被打成了筛子。

在他九岁时，他的母亲彻底破产。她卖掉了那间兼作公寓的音乐教室，搬到舅舅家过日子。他在那里和六个表兄妹一起长大，他们虽然总是和他打架，惹他生气，却发自内心地爱护他。大表哥艾萨克可以说是他的拳击教练，因为马克斯几乎每天晚上都会被他揍一顿。

当他十三岁时，他的舅舅也死了，苦难再次降临。

异类不会频繁出现，舅舅不像马克斯那样鲁莽。他是那种默默工作，只为换取微薄报酬的人。他并不富有，不爱与人往来，把一切都奉献给了家庭。他的死因是胃里长了个东西，像保龄球那么大。

像别的家庭一样，家人围绕在他的床边，看着他向命运低头。

然而，马克斯·范登堡却在悲伤和丧恸之间生出些许失望之情，他甚至有些恼火。现在的他已经是个小伙子了，有一对坚硬的拳头、一双被人打得瘀青的眼睛和一颗疼痛的牙齿。亲眼看着舅舅在床上逐渐失去活力，他下定决心，自己绝不能这样死去。

这个男人的脸上写着接受命运。

他脸色蜡黄，面容安宁，尽管他的头颅有那么刚烈的轮廓——下巴的线条像延伸出好几英里远，还有凸出的颧骨和深陷的眼窝。他的脸那么宁静，男孩忍不住想问他几个问题。

为什么不抵抗命运的安排？他想知道。

坚持活下去的意志又去了哪里？

当然了，十三岁的他太血气方刚，从未和像我这样的存在正面交锋过。

他和家人围在床边，看着这个男人死去，看着他平静地从生过渡到死。灰色和橘色的光透过窗户照射进来，那是夏天里皮肤的颜色。舅舅彻底停止呼吸时，犹如松了口气。

"当死神过来抓我的时候，"男孩发誓，"他会被我迎头痛击。"

说实话，我喜欢他的血性和愚蠢的勇敢。

是啊。

我特别喜欢。

从那以后，他开始更频繁地练拳。他的死党和死对头会在斯蒂伯街的老地方碰头，然后在渐渐暗下去的天色中打上一架。典型的日耳曼人，古怪的犹太人，还有来自东方的男孩，都可以成为对手。什么都不如痛快地打上一架更能排解少年的血气。就连死对头，也差点儿就能成为朋友。

他很享受关系牢固的小圈子，也喜欢未知的事物。

未知让人苦乐参半：

要么赢，要么输。

那是一种在胃里不断翻腾，直到再也无法忍耐的感受。唯一的解药就是踏步向前，挥拳出击。马克斯可不是那种只有想法没有行动的男孩。

如今回首过去，他最喜欢其中一场比赛，那是和一个高大结实的孩子瓦尔特·库格勒的第五次较量。他们都是十五岁。之前，瓦尔特和他交手的四次都赢了，不过这一次，马克斯觉得情况和以往不一样了。他的身体里流淌着新的血液——胜利的血液，令他既害怕又兴奋。

和往常一样，旁观者围成圆圈，将他们俩围在中间。地面肮脏不堪。旁观者的脸上洋溢着笑容，肮脏的手指缝里攥着钱，喝彩声和挑衅声都充满了活力，除此以外什么也听不见。

上帝啊，这里充溢着欢乐和恐惧，充溢着如此耀眼的骚乱。

两位斗士都为这一刻紧张得透不过气来，脸上的表情也因为巨大的压力变得极为夸张。两人都睁大了眼睛，全神贯注地盯着对方。

对峙了大概一分钟后，他们开始靠近，气氛更加剑拔弩张。这毕竟只是一场街头拳击赛，并不是旷日持久的荣誉之战。他们耗不起一整天的时间。

"上啊！马克斯！"一个朋友喊道，话语之间没有停顿，没有喘息，"上啊，马克西，塔克西！这回你能揍扁他！犹太小子，你能揍扁他！揍扁他！揍扁他！"

马克斯头发耷拉着，鼻青脸肿，双眼凹陷，比对手矮了不止一头。他打架的手段非常粗野，整个人趴下去往前顶，用快拳不停地攻击库格勒的脸。对手显然更强壮更有技巧，他身板挺直，左右开弓，不时击中马克斯的脸颊和下巴。

马克斯攻势不断。

尽管挨了不少重拳，但是他仍然向前进攻。鲜血染红了他的嘴唇，很快就在牙齿上凝结。

当他被击倒在地时，围观的孩子们爆发出巨大的吼声。输赢差点就要见分晓了。

马克斯站了起来。

又被击倒两次之后，他改变策略，引诱瓦尔特·库格勒靠近自己，进入自己的攻击范围。库格勒不小心中计，马克斯便用力朝他的脸挥出一记敏锐的短拳。这一拳正中目标，重重地打在对手的鼻子上。

库格勒突然两眼一花，摇晃着后退，马克斯则抓住机会。他快步跟进，从右侧再次出拳，打得对手露出破绽，肋骨上挨了一拳。最后，一记命中下巴的右拳彻底击败了他。瓦尔特·库格勒躺在地上，金发上沾满灰尘，双腿呈 V 字形大大地张开。虽然他并没有哭，晶莹的眼泪却在脸上流淌。那眼泪纯粹是被打出来的。

人群开始倒数。

他们倒数是为了以防万一。四周充斥着人声和数数的声音。

按照惯例，打完架后，输的人要举起赢家的手。当库格勒终于站起来后，他闷闷不乐地走向马克斯·范登堡，将他的臂膀高高地举向天空。

"谢谢。"马克斯对他说。

库格勒则奉上警告："下一次我要杀了你。"

此后的几年里，马克斯·范登堡和瓦尔特·库格勒一共交手过十三次。自从第一次落败后，瓦尔特一直在找机会复仇，而马克斯也想重现自己的光荣时刻。最后的结果是瓦尔特十胜三负。

他们一直打到十七岁，那一年是一九三三年。夹杂着恨意的惺惺相惜转变成真挚的友谊，打架的冲动也已经离他们而去。两个人都开始上班，直到一九三五年，马克斯和其他犹太人都被耶德曼机械厂解雇了。《纽伦堡法案》不久前刚刚颁布，犹太人已经被悉数剥夺了德国公民的身份，他们也不能和日耳曼人通婚。

有一天，他们在过去打架的街角碰面，瓦尔特说："上帝啊，感觉都过去好久了，是不是？那个时候还没有这么多狂热的事情。"他略带讽刺地拍了拍马克斯袖子上的星星，"我们再也不会像过去那样打架了。"

马克斯并不同意。"不，我们还能打架。你不可以娶犹太姑娘，但是法律并没有禁止你殴打犹太人。"

瓦尔特笑了。"如果你打赢了，法律也许还会奖赏你。"

接下来的那几年，他们最多只是偶尔见上一面。马克斯和其他犹太人一样不断受到排挤，反复被人践踏，瓦尔特则销声匿迹，似乎在一家印刷厂努力工作。

如果你是个好奇的人，那么好吧，那些年马克斯也遇到过几个女孩。一个名叫塔妮娅，另一个叫希尔迪。但两段感情都不长久，这都是时代的错，一切都没有定数，压力也越来越大。马克斯得拼命找工作。他能给这些女孩子带来什么呢？到了一九三八年，犹太人已经想象不出日子还能糟糕到什么地步了。

接着就到了十一月九日的水晶之夜。许多玻璃被砸碎的那一夜。

许多犹太同胞因为这起事件而遇难，但它却成了马克斯·范登堡逃跑的契机。那一年，他二十二岁。

只要有叩响犹太人家门和店门的声音响起，随之而来的就是彻底的洗劫和破坏。马克斯和母亲、舅妈、表兄妹及他们的孩子一起挤在客厅里。

"开门！"

一家人面面相觑。大家都想分头躲进各自的房间，然而恐惧真是世界上最奇怪的东西。他们竟然都没有走开。

声音再次传来。"开门！"

艾萨克起身向大门走去。门板仿佛有了生命，还在因为刚刚的敲打嗡嗡作响。他回头看了看家人，他们的脸上都挂着赤裸裸的恐惧，然后他拧开了门锁。

不出所料，眼前是一个穿着制服的纳粹分子。

"绝对不行。"

这是马克斯的第一反应。

他抓着母亲的手，也抓着表妹萨拉的手。"我绝对不会离开。除非大家一起走，否则我也不走。"

他在撒谎。

当家人把他推向门口时，他悄悄松了口气，然而得救的感受在他心里煎熬，仿佛他做了一件污秽不堪的事。得救使他由衷地高兴，这种感觉令他作呕。他怎么可以这样？他怎么可以这样？

可是他真的这样做了。

"什么也别带，"瓦尔特告诉他，"只要人跟我走就行了。别的都由我来安排。"

"马克斯。"说话的是他母亲。

她从抽屉里取出一张陈旧的纸片，塞进了他的夹克口袋。"假如走投无路……"她最后一次抓着他的臂弯，"这将是你最后的希望。"

他看着母亲苍老的面容，重重地亲吻了她的双唇。

其他的家人也纷纷与马克斯告别，给他塞了些钱和一些值钱的小物件，瓦尔特用力拉了他一把。"快点儿，现在外面乱得很，我们得趁机离开。"

他们头也不回地离开了。

这件事一直在折磨着他。

如果在离开公寓时，他能回头看一眼，心中的愧疚也不会如此沉重。他最后连道别的话都没有说一句。

没有依依不舍的眼神。

就这样离开了。

接下来的两年里，他始终藏身于一间储藏室，就在瓦尔特前些年干活的一栋大楼里。食物总是匮乏的，空气中仿佛飘浮着猜疑的气息。附近有钱的犹太人都举家离开。没钱的犹太人也试图迁走，但很少有人成功。马克斯的家人就属于后者。为避免引起怀疑，瓦尔特只是偶尔才去探望他们。一天下午，当他登门拜访的时候，开门的却是另外的人。

马克斯听到这个消息时，感到身体好像被拧成了一团，像一张错误百出的书页，像一堆垃圾。

然而每一天，他都在厌恶和庆幸中鞭策自己，开解自己。他疲惫不堪，但好在没有崩溃。

一九三九年过半，马克斯躲藏了六个月之后，他们觉得应该改变行动策略了。他们查看了马克斯抛弃家人时母亲交给他的那张纸片——是的，他是抛弃了家人，而不只是离开。对于他的得救，他一直有种怪异的感觉。他确实是这样看待自己的行为的。我们已经知道那张纸片上写的是什么了。

一个名字，一处地址

汉斯·胡伯曼

莫尔辛镇希默尔街三十三号

"情况越来越糟，"瓦尔特告诉马克斯，"这个节骨眼上，他们随时都可能发现我们的秘密。"他们在黑暗中弯着腰说话，"我们不知道未来会发生什么。我可能会被抓住。你也许得靠自己找到那个地方。我不敢向任何人寻求帮助。他们没准会背叛我。"只有一个办法。"我得去那里找这个人。如果他已经成了纳粹分子——这很有可能——我就转身离开。至少我们可以死心了，对吧？"

马克斯把所有的钱都拿出来给他当路费。几天后，瓦尔特终于回来了，他们拥抱过后，马克斯屏住了呼吸。"怎么样？"

瓦尔特点了点头。"他挺好的，还在拉你妈妈跟你说过的那台手风琴，也就是你父亲那台琴。他没有加入纳粹党，还给了我一点钱。"在这个阶段，汉斯·胡伯曼的形象还只是一个轮廓。"他很穷，已经结婚了，还有个孩子。"

最后一句话引起了马克斯的警惕。"孩子多大了？"

"十岁。你不可能事事都称心如意。"

"好吧。小孩子的嘴巴可不紧。"

"至少目前来说，我们挺幸运的。"

他们沉默地坐了一会儿。马克斯打破了平静。

"他肯定已经开始讨厌我了，是不是？"

"我不这么认为。他还给了我钱，对吧？他也说了，承诺永远是承诺。"

一个星期后，他们收到一封信。汉斯告诉瓦尔特·库格勒，只要帮得上忙，他会尽可能地多寄点东西。信里有一张莫尔辛镇和整个慕尼黑市的地图，详细地标出了从帕辛（从这个火车站出发更稳当）到他家门口的步行线路。信中最后一句话的意味很明确。

万事小心。

一九四〇年五月中旬，汉斯寄来了《我的奋斗》，内封上还粘着一把钥匙。

马克斯认定汉斯绝对是个天才，但他一想到要一路潜藏着前往慕尼黑，还是不禁打了个哆嗦。旅程中会有太多的变数，和别的有类似经历的人一样，他显然不希望出这趟远门。

然而事情总是不遂人愿。

尤其是在纳粹德国。

时间继续飞逝。战争愈演愈烈。

马克斯仍然在另一间空屋子里躲着。

直到迎来无可避免的抉择。

瓦尔特要被派往波兰，继续加强德国人对波兰人和犹太人的统治。这两类臣民的处境都差不多。行动的时刻终于还是到了。

行动的时刻终于还是到了，马克斯来到慕尼黑，抵达莫尔辛。现在他坐在一个陌生人的厨房里，渴望得到帮助，并准备承受他自认为应该承受的谴责。

汉斯·胡伯曼跟他握了握手，做了自我介绍。

他在黑暗中给马克斯煮了一杯咖啡。

女孩已经离开好久，可还有别的脚步声正在靠近门口。那张"万能牌”到了。

黑暗中，三个人都是如此孤独。他们互相看着对方，只有那个女人开口说话了。

罗莎的怒火

莉泽尔已经迷迷糊糊地快要睡着了，就在此时，罗莎·胡伯曼那标志性的声音飘进厨房。她被吵醒了。

“到底是怎么回事？”

莉泽尔的好奇心被勾了起来，尤其是想到罗莎可能会愤怒地来上一通长篇大论。厨房里传来清晰的走动声和拖拽椅子的声音。

被好奇心苦苦折磨了十分钟后，莉泽尔起身来到了走廊上，然而眼前的景象却出乎她的意料，因为罗莎·胡伯曼正站在马克斯·范登堡背后，看着他大口地吞下难喝的豌豆汤。烛台立在餐桌上，烛光闪烁。

妈妈表情严肃。

她的脸上挂着担忧的神色。

然而，她的脸上也透露出胜利的神采。虽然那不是从刀口下救人的胜利，反倒更像是：“看见没？至少他没有抱怨汤难喝。”她看着那碗汤和那个狼吞虎咽的犹太人。

她再次开口时，问的是他还要不要再喝一点。

马克斯拒绝了，他冲到水槽边开始呕吐。他的后背抽搐着，双臂撑开，手指抓着水槽的金属边缘。

“耶稣、马利亚和约瑟啊，”罗莎喃喃道，“到底还是难喝吗？”

马克斯转过身来道歉。似乎是因为胃酸的侵蚀，他的声音十分轻微。“对不起，我想我是吃得太多了。你知道，我的胃很久以来都……它可能一下子吸收不了这么多……"

"让开。"罗莎给他下达了命令。她开始清理水槽。

等她清理完，发现年轻人依旧坐在餐桌旁，情绪极为低落。汉斯则坐在他对面，双手紧握，胳膊撑在桌面上。

走廊里的莉泽尔能看到陌生人那张憔悴的脸，还有他身后，妈妈脸上那关心则乱的神情。

她看着她的养父母。

他们为何都变得如此陌生？

莉泽尔听到的教诲

汉斯和罗莎·胡伯曼到底是哪种人？这不是一个容易回答的问题。和善的人？不知天高地厚的人？心智有问题的人？

他们的处境倒是更清楚明白。

汉斯和罗莎·胡伯曼的处境
真的非常棘手。

事实上，棘手得令人害怕。

在纳粹主义诞生的国度，当一个犹太人在凌晨时分出现在你家中，很可能会给你带来极度的不安。焦虑、怀疑、妄想。每一种情绪都各司其职，令你怀疑自己很快就要遭遇厄运。恐惧是如此显而易见，无情地从双眼里流露出来。

不过令我惊讶的是，尽管这意蕴丰富的恐惧在黑暗中闪烁，胡伯曼夫妇却把这些非理性的情绪压制在心底。

妈妈命令莉泽尔回房间去。

"上床睡觉去，小母猪。"她的声音平静而坚定，极不寻常。

几分钟后，爸爸进了房间，掀开那张空床上的被子。

"还好吗，莉泽尔？"

"很好，爸爸。"

"正像你看见的那样，我们家来客人了。"黑暗中，她只能依稀辨认出汉斯·胡伯曼高大的身形。"今晚他会睡在这儿。"

"好的，爸爸。"

几分钟后，马克斯·范登堡像一个不透光的物体，悄无声息地进入房间。他似乎没有呼吸，也没有动静。然而，他不知怎的一下子从走廊来到床前，钻进了被窝。

"还好吗？"

又是爸爸的声音，不过这一次他问的是马克斯。

回答从马克斯的嘴里飘出来，像天花板上的污渍一样模糊不清。大概是他的羞耻感在作祟。"很好，谢谢你。"当爸爸来到莉泽尔床边，坐到他惯常的座位上时，马克斯重复了一遍："谢谢你。"

又过了一个小时，莉泽尔才睡着。

她睡得又沉又久。

第二天上午八点半，一只手将她摇醒。

手的那头传来声音，告诉她不必去上学了。他们帮她请了病假。

她彻底清醒过来之后，看着对面床上的陌生人。毛毯一端露出一丛蓬乱的头发，此外便全无声响，仿佛他练就了能悄无声息地睡觉的本领。她小心翼翼地经过他身旁，跟着爸爸来到走廊。

有史以来第一次，厨房和妈妈都静悄悄的。那是一种困惑的沉默，不过只持续了几分钟，莉泽尔总算松了口气。

桌上摆着食物，厨房里回荡着吞咽食物的声响。

妈妈宣布了今天第一要紧的事。她靠在桌子上说："听好了，莉泽尔。爸爸今天要告诉你一件事。"看来是很严肃的事情，她甚至没有骂莉泽尔是头母猪。这番话中流露出克制的语气。"他会找你谈话，你要认真听。听明白没有？"

女孩还在吞咽食物。

"听明白没有，小母猪？"

这样就好多了。女孩点了点头。

当她回卧室拿衣服的时候，对面床上的人翻了个身，蜷曲起来。他不再是一根直直的木头，而是变作一个Z字形，顶住小床的两个对角，歪歪扭扭的。

这一次，她借着疲惫的灯光看见了他的脸。他张着嘴，皮肤和蛋壳一个颜色，下巴上冒出了胡须，两只扁平的耳朵看起来很硬。他还有个奇形怪状的小鼻子。

"莉泽尔！"

她转过身来。

"动作快点！"

她朝盥洗室大步走去。

换好衣服来到走廊后，她意识到自己并不用出门。爸爸正站在地下室的入口，脸上依稀浮现出笑容。他点亮煤油灯，招呼她下去。

地下室依旧堆满了防尘布，散发着油漆的气味，爸爸让她放松一些。

油漆写成的单词浮现在被煤油灯照亮的墙上，已经被她悉数掌握。"我得告诉你一些事情。"

莉泽尔坐在一堆一米高的防尘布上，爸爸坐在一个十五升装的油漆罐上。他搜肠刮肚，寻找着正确的措辞。想好之后，他揉了揉眼睛，站起身说了起来。

"莉泽尔，"他轻声说，"因为我从来没想过会发生这样的事情，所以一直没告诉过你。那些关于我，关于楼上那个男人的故事。"他在地下室里来回踱步。煤油灯放大了他的影子，将他变成了一个在墙上来回走动的巨人。

当他停下脚步的时候，他的影子躲在背后，在暗中观察。总有人在暗中观察。

"我的手风琴背后有一个很长的故事，你不知道吧？"他说道，故事便从这里开始。

他讲起了第一次世界大战，以及他和埃里克·范登堡的故事，接着是探望这位士兵的遗孀的往事。"那一天进房间来的男孩就是楼上这个人。明白了吗？"

偷书贼静静地坐着，聆听汉斯·胡伯曼的故事。整整一个钟头才讲到关键的部分，其中包含着一个显而易见又十分重要的誓言。

"莉泽尔，你必须听好了。"爸爸握住她的手，把她拉了起来。

他们面对着墙壁。

墙上是黑暗的影子，还有以前练习时写下的单词。

他用力握着她的手指。

"你还记得元首生日那天，我们一起从篝火堆旁回家的那个夜晚吗？

还记不记得你答应我的事？"

女孩表示自己记得。她对着墙壁说："我答应帮你保守一个秘密。"

"正是如此。"两个人影牵起了手，那些涂在墙上的文字散落在他们周围，有的落在他们肩头，有的趴在他们头顶上，有的悬在他们的胳膊上。"莉泽尔，如果你不小心泄露了楼上那个人的消息，我们就会惹上大麻烦。"他的话拿捏得当，既吓住了她，又安慰着她，让她冷静下来。他小心地一句句讲给她听，同时用闪着金属光泽的眼睛仔细观察着她，目光中既有绝望也有平和。"最起码，我和妈妈都会被人带走。"汉斯显然担心让莉泽尔受了太多的惊吓，但是他估量了一下风险，觉得哪怕这样做是错的，让她受惊过度，也好过没有强调到位。必须保证女孩绝不会泄露消息。

快讲完的时候，汉斯·胡伯曼看着莉泽尔·梅明格，确定她仍在注意听。

他给她列举了可能导致的后果。

"如果你向任何人透露了这个人的事情……"

她的老师。

鲁迪。

不管是谁都无关紧要。

重要的是，所有人都可能因此受到惩罚。

"如果这样，"他说，"我会收走你所有的书，然后把它们烧掉。"这番话多么无情。"我会把它们扔到炉子里，或者壁炉里。"现在的他就像一位暴君，但这么做很有必要。"明白吗？"

这威胁精准又利落，她几乎被吓破了胆。

泪水涌上了她的眼眶。

"明白了，爸爸。"

"然后，"他必须态度坚决，必须绷紧那根弦，"他们会把你从我身边带走。这是你想要的结果吗？"

她已经开始哭了。"不要。"

"那就好，"他更加用力地握住她的手，"他们会把楼上的那个人带走，也许还会带走我和妈妈，而我们永远永远都不能回来了。"

他的话起了作用。

女孩止不住地啜泣，爸爸很想把她搂进怀里，紧紧地拥抱她。但他不能这么做。他只能蹲下来，直直地看着她的双眼，说出了到目前为止最平静的一句话："你明白我的意思了吗？"

女孩点了点头。她哭过之后，现在精疲力竭。她的爸爸在充满油漆味的空气里，在煤油灯的灯光中拥抱了她。

"我明白的，爸爸，我明白。"

她把头埋在他的怀里，发出闷闷的声音。他们拥抱了几分钟，莉泽尔抽抽噎噎，而爸爸揉着她的后背。

从地下室出来的时候，他们发现妈妈正独自坐在厨房里沉思。看到他们时，妈妈注意到莉泽尔脸上的泪痕，起身招呼她过去。她把女孩揽入怀中，用略显粗鲁的动作拥抱她。"你还好吗，小母猪？"

她并不要求女孩回答。

一切都很好。

但一切也很糟糕。

睡梦中的人

马克斯·范登堡足足睡了三天三夜。

有好几次，莉泽尔去看他睡觉的样子。她时不时地想看看他还有没有呼吸。到了第三天，这种行为已经变成一种牵挂。不过她现在可以从嘴唇的翕动、愈发茂密的胡须，以及因为做梦而微微晃动的发梢中读出生命的迹象了。

站在他身旁，她常常害怕他会突然醒来，睁开双眼，发现她正在窥视。她可能会被当场抓获，这种感受既折磨着她，又令她心潮澎湃。她惧怕它，却又欢迎它。只有妈妈喊她时，她才能挪动双腿。一想到他醒来的时候自己不在他身边，莉泽尔就感到既宽慰又有点失落。

在这场马拉松式的睡眠的尾声，他有几次开口说话。

他口中喃喃念诵着几个名字。一份名单。

艾萨克。露特舅妈。萨拉。妈妈。瓦尔特。希特勒。

家人。朋友。敌人。

他们似乎和他躺在一起。有一回，他仿佛在跟自己斗争。"不行。"他轻声说，这句话一直重复了七次，"不行。"

在观察的过程中，莉泽尔发现这个陌生人与自己有很多相似之处。他们来到希默尔街时情绪都很激动。他们都做噩梦。

终于醒来的时候，他感到晕头转向。他先是睁开眼睛，接着张开嘴巴，直挺挺地坐起来。

"咦！"

这个声音从他嘴里逸出来。

他抬起头，看到了一个女孩颠倒的脸，她正在俯身看他。一阵焦躁和陌生感涌上心头，他苦苦搜索记忆，想要破译当前所处的场所和时间。几秒钟后，他挠了挠脑袋（挠得沙沙响），然后看着她。他的动作断断续续，刚刚张开的双眼湿润而深邃，眸色浓暗阴沉。

莉泽尔条件反射般地向后退。

但她的动作太慢了。

陌生人伸手握住了她的前臂，这只手还带着被窝里的温度。

"求求你。"

他的声音也攫住了她，仿佛也有指甲一般，嵌进她的肉里。

"爸爸！"女孩大声喊道。

"求求你！"男人低声恳求。

外面已近傍晚，阴沉的天色泛着微光，只有色泽浑浊的光线穿过窗帘照进房间。如果你天性乐观，不妨把它想象成古铜色。

爸爸进来时，先是在门口驻足，看着马克斯·范登堡不肯放开的手指和他那张绝望的面孔。两者都紧紧抓着莉泽尔的臂膀。"看来你们俩已经认识了。"他说。

马克斯的手指开始冷静下来。

交换噩梦

马克斯·范登堡发誓再也不会在莉泽尔的房间里睡觉了。第一天夜里，他都在想些什么呢？这个问题令他羞愧难当。

他是这么为自己辩解的，那天他刚刚抵达，整个人都不知所措，才使得这样的事情发生。地下室才是他唯一的归宿，不管那里多么孤独和寒冷。他是个犹太人，如果他有什么注定的去处，必然是地下室或者这类隐蔽的求生之地。

"太抱歉了，"他在通往地下室的台阶上对汉斯和罗莎说，"从今往后，我就待在地底下。你们不会听到动静。我不会发出任何声音的。"

汉斯和罗莎都沉浸在自身绝望的处境中，没有提出异议，甚至没有提到地下室的寒冷。他们把毯子搬下去，给煤油灯灌上燃料。罗莎坦白地说，吃的东西不会很充足，马克斯赶忙说，他吃没人吃的剩饭就行。

"不，不，"罗莎向他保证，"我们会尽力而为，多给你些东西吃。"

他们还把床垫从莉泽尔房间的空床上搬到地下室，然后盖上防尘布，真是个完美的交易。

汉斯和马克斯把床垫搬到台阶下，在床垫周围用防尘布竖起了三面墙。防尘布足够长，能把三角形的入口遮得严严实实。如果马克斯想出来透口气，光凭自己的力量也能轻松地把它们挪走。

爸爸很愧疚。"这地方的条件实在太寒碜了。"

"总比什么都没有的好，"马克斯让汉斯放宽心，"比我想的好多了，谢谢你。"

汉斯又巧妙地摆上了几个油漆罐，此时这个临时寓所看起来的确像个随意堆在角落里的垃圾堆。问题是任何人只要拿走几个罐子，拉开一两块防尘布，就能发现里面的犹太人。

"希望不会露馅吧。"他说。

"肯定不会。"马克斯钻了进去。然后他又重复了一遍："谢谢你。"

谢谢你。

对马克斯·范登堡而言，这是他说得出口的最可怜的两句话中的一句，另一句是"对不起"。愧疚感折磨着他，这两句话常常脱口而出。

在最初那段清醒的时间，他有多少次想要走出地下室，甚至离开这间房子？肯定有几百次吧。

尽管每一次，都只是一阵刺痛内心的冲动。

却让他的心情变得更加糟糕。

他想出去，上帝啊，他多么想出去（或者至少希望这么想），可是他明白自己不会这么做。就像那天他伪装出一副忠诚的面孔，却离开了斯图加特的家。

要活下去。

生存就是生存。

代价是愧疚和耻辱。

他住在地下室的最初几天，莉泽尔没有去看过他。她否认他的存在，包括他沙沙作响的头发，他冰冷光滑的手指。

以及他遭受的折磨。

妈妈和爸爸。

他们两个人的神色是那么严肃，还有许多悬而未决的问题。

他们考虑过，能不能给他换个地方。

"可是该换到哪里呢？"

没有答案。

在这种处境下，他们没有可以信赖的朋友，两个人束手无策。马克斯·范登堡哪里都去不了。至于汉斯和罗莎，莉泽尔从来没见过他们如此频繁地对视，也没见过他们如此凝重的眼神。

他们每天把食物送下去，还给马克斯准备了一个方便用的空油漆罐。而汉斯会小心翼翼地处理掉罐子里的东西。如果当天他接到了更多的粉刷活儿，他做这事儿时甚至是充满希望的。罗莎给他送了几桶热水，让他洗澡。这个犹太人脏得不行。

每当莉泽尔出门时，屋外十一月的冷空气都雷打不动地扑面而来。

绵绵细雨下个不停。

路上落满枯叶。

很快就要轮到偷书贼拜访地下室了。这是爸爸和妈妈的命令。

她犹犹豫豫地踩着台阶走下去，知道自己不用说任何话。她的脚步声就足以将他唤醒。

她站在地下室的中央等着，感觉像置身于一片广阔的田野，在昏暗的世界中心看着太阳西沉，落到一大摞收割完毕的防尘布后面。

马克斯钻出来的时候，手里拿着《我的奋斗》。来到他们家后，他想把书还给汉斯·胡伯曼，胡伯曼说不用了，不妨将它留在身边。

手里端着食物的莉泽尔自然是目不转睛地盯着它。这本书她在少女联盟见过几次，却从来没有读过，也没有在集会中直接使用过。时常有人提及它的伟大，也有人允诺，再过几年，等她升入高一级的希特勒青年团分部，就有机会学习这本书了。

马克斯循着她的目光，也端详起这本书来。

"那是……"她轻声说道。

她的话莫名其妙地停顿了，仿佛在她的嘴里卡住、打了结。

犹太人把脑袋靠近了一些，问道："你说什么？"

她把豌豆汤递给他，转身便上了楼，红着脸急匆匆地走了，觉得自己像个笨蛋一样。

"那是一本好书吗？"

她在盥洗室里对着小镜子练习想要说出口的话。她的身边还留着尿味，因为在她下去之前，马克斯刚刚用过油漆罐。好臭啊，她想。

别人的尿味都比自己的难闻。

日子就这样一天天过去。

每天晚上，在沉沉睡去之前，她会听到厨房里爸爸和妈妈讨论的声音，说着他们都做了什么，现在正在做什么，接下来需要做什么。与此同时，马克斯的身影始终在她身旁盘旋。他的脸上永远带着忧伤而又充满感激的表情，双眼总是雾蒙蒙的。

只有一次，厨房里爆发出争执的声音。

是爸爸在喊。

"我知道！"

他的声音中夹杂着愤怒，但很快就变成了轻声细语。

"我必须继续干下去，至少一个星期要去几次。我不能一直待在家里。我们需要钱，而且如果我不拉琴，他们会起疑心的。他们会想知道我为什么不拉了。上个星期，我跟他们说你生病了，现在我们得恢复到以前的状态才行。"

问题就出在这里。

人生已经彻彻底底地发生了改变，可他们必须假装一切如常，仿佛什么都没发生过。

想象一下被人扇了一巴掌还要面带微笑的感觉，再想想一天二十四小时都要这么做的感觉。

这就是藏匿犹太人的代价。

几个星期过去了，如果说时间的飞逝没有带来别的什么，至少胡伯曼一家已经在重重逆境中接受了发生的一切——这一切都是战争、承诺，以及那台键盘式手风琴带来的后果。在仅仅半年时间里，胡伯曼夫妇失去了儿子，却换来了一个极其危险的替补者。

最令莉泽尔震惊的是妈妈身上出现的变化。无论是她给每个人分食物时的不偏不倚，还是她那张原本总是骂个不停的嘴如今的沉默，甚至是那张总板着的脸上流露的温柔表情，都清清楚楚地证明了一件事：

罗莎·胡伯曼的一个特点
她是个擅长应对危机的女人。

马克斯来到希默尔街一个月后，连有关节炎的海伦娜·施密特也不再花钱洗衣服了。妈妈也只是坐在餐桌旁，平静地把碗递给莉泽尔，说："今晚的汤可好喝了。"

那碗汤其实特别难喝。

每天早晨莉泽尔去上学的时候，或是她到街上踢球的日子，或是在她出门去跑仅剩的几单洗衣生意的时候，罗莎都会小声告诉她："记好了，莉泽尔……"她指指女孩的嘴，此外便不再说什么，莉泽尔点点头，她便说："好女孩，小母猪，那么出门去吧。"

无论是爸爸还是妈妈说得都没错，她现在是个好女孩了。不管去哪儿，她都守口如瓶。秘密深深地埋在她的心底。

她像过去一样，和鲁迪在小镇里晃荡，听他叽叽喳喳说个不停。有时候，他们也会聊聊希特勒青年团里的事情，鲁迪第一次提了弗朗茨·道伊彻，一个施虐成性的小头目。如果没有谈论道伊彻的乖张，他通常会吹嘘自己刚刚打破的纪录，绘声绘色地讲起最近在希默尔街足球赛中的进球。

"我知道，"莉泽尔解释说，"当时我就在那儿啊。"

"那又怎样？"

"所以我都看到了，蠢猪。"

"我怎么知道？我只知道你当时很可能正趴在地上，舔着我进球时踢飞的泥巴。"

也许正是鲁迪的蠢话、柠檬色的头发，以及他的骄傲自大，才让莉泽尔一直保持清醒。

他身上充满了自信，仿佛人生不过是个笑话，只有无穷无尽的射门、恶作剧，以及毫无意义的喋喋不休。

此外还有镇长太太，以及在她丈夫的书房里读书的时光。现在那里变得很冷，每去一次就要冷上一分，可莉泽尔依然忍不住要去。她会选出一摞书，每一本都读上几页，直到一天下午，她拿起一本书就再也放不下来。这本书叫《吹口哨的人》。她一下子就被它吸引住了，因为她常常在希默尔街上见到一个吹口哨的人——普菲夫克斯。莉泽尔还记得他穿着外套弓着背的身影。元首生日那天，她还在篝火旁见过他。

书里的第一个桥段是谋杀。有人在维也纳的大街上遇刺身亡，离史蒂芬大教堂不远。

《吹口哨的人》中的一小段

她躺在血泊中，担惊受怕，

她的耳朵里回响着一段奇怪的旋律。

她想起那把刀子，刺进她的身体又拔出，

还有笑容。吹口哨的人

永远都会笑着逃跑，

遁入漆黑的谋杀之夜……

莉泽尔不知道令她浑身发抖的到底是文字，还是敞开的窗户。每一次到镇长家取衣服或者送衣服，她读上三页后就会开始打战，但不会持续下去。

马克斯·范登堡也同样没法再忍受地下室了。他没有抱怨，他没有抱怨的权利，但他能察觉到自己的身体正在阴冷的环境中渐渐垮掉。他之所以得到拯救，都是因为读书和写作，以及一本叫《耸耸肩膀》的书。

"莉泽尔，"有天晚上，汉斯说，"过来。"

自从马克斯来了，莉泽尔和爸爸的阅读练习课就中断了很久。他显然认为现在应该复课了。"过来，"他告诉莉泽尔，"我可不想让你松懈下来。拿本书过来。《耸耸肩膀》好不好？"

然而令莉泽尔不安的是，当她拿着书回来时，爸爸却示意她跟着自己到他们从前的教室——地下室去。

"可是爸爸，"她试图告诉他，"我们没法……"

"什么？难道地下室有个怪物不成？"

当时已是十二月初，天气寒冷。每往下走一级台阶，地下室就显得更加冰冷。

"太冷了，爸爸。"

"以前你可从来不介意的。"

"是啊，以前可没有这么冷……"

来到地下室后，爸爸轻声问马克斯："我们能不能借用一下煤油灯？"

空气中弥漫着胆怯的意味，防尘布和油漆罐被挪开了，煤油灯从里面递了出来，递到汉斯手上。汉斯看着火苗摇了摇头，随后说了一句话："简直疯了，不是吗？"里面伸出来的手正要把防尘布恢复原样，汉斯握住了它："你也出来吧，马克斯。"

防尘布被缓缓地移向两旁，马克斯憔悴的脸和瘦弱的身体出现了。他站在昏黄的灯光中，整个人像着了魔一样瑟瑟发抖。

汉斯抓着他的手臂，把他拉了过来。

"耶稣、马利亚和约瑟啊，你不能一直待在地下。你会冻死的。"他转过身。"莉泽尔，把浴缸放满水，别太烫。温水就行。"

莉泽尔跑上楼去。

"耶稣、马利亚和约瑟啊。"

跑到走廊时，这句话又钻到她耳朵里。

当他进入狭窄的浴室时，莉泽尔站在门口偷听，想象温水化成蒸汽，温暖他冰山一般的身体。妈妈和爸爸在既是卧室又是起居室的房间里吵得十分激烈，走廊墙壁的另一侧传来他们压低了的声音。

"他会死在地下室里的，我向你保证。"

"可要是有人到家里来怎么办？"

"不会的，他只在晚上出来。白天的时候，我们门户大开，光明磊落。我们平时让他进这个房间，不是厨房。最好是能避开前门。"

一阵沉默。

然后妈妈说："好吧……你说得对。"

"如果我们要在犹太人身上押宝，"爸爸很快又说，"至少要押在一个活着的犹太人身上吧？"从那以后，一套新的日常生活模式诞生了。

每天晚上，爸爸和妈妈的房间生起炉火，马克斯会静静地出现。他坐在角落里，蜷缩成一团，一脸迷茫，既为他人的善意和生存的磨难而困惑，更为这温暖的火光而困惑。

窗帘拉得严严实实，火焰悄然而逝，化作灰烬，而他躺在地板上睡觉，脑袋枕在垫子上。

每到清晨，他又返回地下室。

一个无声无息的人。

一只犹太老鼠，又钻回他的洞里。

圣诞节裹挟着危机的气息而来。不出所料，小汉斯没有回家（这既是一件幸事，也令人感到失望），但是特鲁迪像往常一样回来了，幸运的是，大家相安无事。

相安无事的含义
马克斯待在地下室里。

特鲁迪来了又走了，

没有起任何疑心。

他们认为，尽管特鲁迪为人温和，但并不能完全信任她。

"我们只能相信那些不得不信任的人，"爸爸宣布，"就是我们三个人。"

他们给马克斯多送了一些食物，向他表示抱歉，毕竟这不是他的宗教节日，只不过是一种仪式罢了。

他没有抱怨。

他哪里有理由抱怨呢?

他解释说，他生在犹太家庭，身上流着犹太人的血，可是现在犹太人不再仅仅是一个标签，而是厄运的标志。

他也趁这个机会说自己为胡伯曼的儿子没有回家而遗憾。爸爸回答说，这样的事情不在他们的掌控之中。"毕竟，"他说，"你自己也明白，年轻人本质上就是孩子，而孩子有时候有固执的权利。"

他们的对话都是点到为止。

最开始的几个星期，马克斯总是一言不发地坐在炉火前。如今，他每个星期都能好好地洗个澡，莉泽尔注意到他的头发不再像鸟窝，而是像一团羽毛，轻巧地垂下来。她在这个陌生人面前还是有些害羞，便悄悄告诉了爸爸。

"他的头发像羽毛一样。"

"什么？"炉火的噼啪声把话声掩盖了。

"我是说，"她凑近了些，再次轻声说道，"他的头发像羽毛一样……"

汉斯·胡伯曼看了她一眼，点头表示赞同。我敢说，他肯定希望自己的眼睛能像女孩那样敏锐。他们没注意到，马克斯的耳朵没有错过哪怕一个字。

他有时会带着《我的奋斗》在炉火旁阅读，任由热浪烤着书页。他第三次带书上来的时候，莉泽尔终于鼓起勇气问了个问题。

"那是一本好书吗？"

他抬起头，手指握成拳头，然后又恢复原状。怒火平息之后，他对着她笑了笑，撩了撩额前羽毛般的刘海，又任它们垂挂在眼前。"这是有史以来最好的一本书。"他看了爸爸一眼，然后把目光收回女孩身上，"它救了我的命。"

女孩靠近了一些，盘起了腿，安静地问道："怎么救的？"

于是，起居室里每天都有了一段讲故事的时间。讲述的音量刚好只能让对方听清。一个犹太拳击手谜团一般的生活在他们眼前拼接成形。

有时候，马克斯·范登堡的声音里透露出幽默，虽然本质上更像是一种摩擦，像一块小石头在大岩石上轻柔地摩擦。有些地方讲得深刻，有些地方浅尝辄止，有些地方突然中断。最为深刻的是悔恨，他每次自责或开玩笑之后，都要把讲述中断好久。

在马克斯·范登堡的讲述中，听者最频繁的反馈是一句"被钉在十字架上的基督啊"，通常还会紧跟着提出问题。

诸如此类的问题

你在那个屋子里待了多久？

瓦尔特·库格勒现在在哪儿？

你知道家里人现在的境况吗？

火车上那个打鼾的女人要去哪里？

十负三胜！那你干吗还要和他打个不停？

当莉泽尔回顾往事时，起居室里那些夜晚是她最清晰的一段回忆。她还记得映在马克斯那张苍白的脸上的火光，甚至还能品尝到他话语中的温情。他把自己的求生经历一段接一段地讲了出来，仿佛都是从他身上切割下来，又装在盘子里端上来的。

"我太自私了。"

说出这番话时，他用双臂挡住了脸。"把家人扔在身后，自己来到这里，置你们于危险之中……"他倾诉着自己所有的过往，言语中满是恳求的意味。他的脸上充满了懊悔与忧伤。"对不起。你们相信我吗？真对不起，真对不起，真……"

他的手臂碰到了火焰，立即缩了回来。

他们都沉默地看着他，爸爸起身靠近他，坐到他身旁。

"你是不是烫到胳膊了？"

一天晚上，汉斯、马克斯和莉泽尔坐在炉火前。妈妈在厨房里。马克斯又在读《我的奋斗》。

"你知道吗？"汉斯说，他的身子向炉火靠了靠，"莉泽尔实际上是个喜欢读书的孩子。"马克斯放下书。"你可能并不知道，她和你有许多共同点。"爸爸确认了一下罗莎不在身旁。"她也喜欢跟人打架。"

"爸爸！"

靠坐在墙边的莉泽尔尽管快十二岁了，却依然瘦得跟杆子一样，她气坏了："我从来没打过架！"

"嘘。"爸爸笑了。他朝她挥了挥手，示意她压低音量，又歪了歪身子，这一次靠向了女孩。"是吗？那你痛打路德维希·施迈克尔那次是怎么回事？"

"我从来没……"她语塞了，再怎么否认都无济于事，"这件事你是怎么知道的？"

"我在诺勒酒吧遇见了他爸爸。"

莉泽尔难为情地用双手捂着脸。把手放下来后，她提出了一个关键的问题："你有没有告诉妈妈？"

"你在开玩笑吗？"他朝马克斯眨了眨眼，轻声对女孩说，"你还活着，不是吗？"

那天晚上也是爸爸时隔几个月之后再一次在家里拉手风琴。他拉了大约有半个小时，突然向马克斯提出了一个问题。

"你学过吗？"

角落里的那张脸庞注视着火焰。"我学过。"中间停顿了好一会儿，

201

他又说，"只学到九岁为止。那一年，我妈妈卖掉了音乐教室，不再授课。她只留下了一台手风琴，后来我抵触学琴，她就放弃教我了。我太傻了。"

"不，"爸爸说，"你那时候还是个孩子。"

夜里，莉泽尔·梅明格和马克斯·范登堡还会展现出另一个相似之处。他们睡在各自的房间里，都会做噩梦，然后从梦中醒来，一个在汗湿的床单上发出尖叫声，另一个则在炉火旁喘着粗气。

有时候，莉泽尔和爸爸读到半夜三更，会听到马克斯醒来的声音。爸爸说："他跟你一样会做噩梦。"听过他的故事之后，就算她无法确知每天晚上拜访他的噩梦具体是什么样子，也能猜到马克斯大概会梦见什么。于是有一次，莉泽尔被马克斯声音中的焦躁触动，决定下床看看。

她安静地穿过走廊来到起居室，那也是马克斯的卧室。

"马克斯？"

她睡眼惺忪，发出朦胧的低语。

一开始没有任何回答，但他很快坐起身，在黑暗中摸索。

爸爸还在莉泽尔的房间里睡觉，女孩和马克斯分别坐在炉火两侧。妈妈的鼾声很大。她折腾出来的声响和火车上那个打鼾的女人不相上下。

炉火已经燃烧殆尽，只余下一场烟的葬礼，火已经死亡，烟即将死去。在这个特别的凌晨，房子里流淌着两种声音。

交换噩梦

女孩："告诉我。你的噩梦里都有什么？"

犹太人："……我梦见自己转过身，挥手道别。"

女孩："我也总是做噩梦。"

犹太人："你都会梦见什么？"

女孩："一列火车，还有我死去的弟弟。"

犹太人："你弟弟？"

女孩："他死在了来这里的路上。"

女孩和犹太人一起说道："这样啊———是啊。"

如果说在这个小小的突破之后，他们俩再也不做噩梦了，那将是何等的好事。可这件好事并没有变成现实。噩梦还是像往日那样不请自到，就好比听说你最强的对手受伤或者生病了，但忽然发现他出现在比赛现场，与其他人一起做热身运动，准备上场。噩梦还像一列在夜间抵达的列车，停靠在黑暗的站台旁，车头后面用绳索连着一长串记忆，它们彼此碰撞，颠簸不已。

唯一的变化是，莉泽尔告诉爸爸她已经长大了，可以独自应对那些噩梦。听到这些话时，爸爸有种受伤的感觉，但他总是明白在这种场合该如何回答才最恰当。

"太棒了，感谢上帝，"他勉强笑了笑，"至少我现在能睡个好觉了。那张椅子可把我折磨得够呛。"他伸手搂住女孩，他们一同走进厨房。

随着时间的流逝，希默尔街上呈现出两个截然不同的世界，一个位于三十三号里面，另一个则在它的外面。划分两个世界的诀窍就是让它们泾渭分明。

莉泽尔正渐渐学会怎样更好地利用外面的世界。一天下午，她提着空空的洗衣袋走在回家的路上，注意到一个垃圾桶上冒出了一份报纸。那是一份周刊《莫尔辛快报》。她捡起报纸带回家，拿给马克斯看。"我觉得，"她告诉他，"你可能想要做点填字游戏打发时间。"

马克斯很感激她，为了不让这份好意白费，他用几个小时从头读到尾，并把填字游戏拿给她看，他全部填好了，只差一个词。

"这个可恶的第十七列。"他说。

一九四一年二月，在莉泽尔十二岁生日那天，她又收到一本旧书，心里很是感恩。书名叫《泥人》，主人公是一对怪异的父子。她拥抱了妈妈和爸爸，马克斯则尴尬地站在角落里。

"祝你生日快乐。"他的笑容很虚弱，"祝你生日快乐。"他把双手插在口袋里。"我真不知道，不然我也能送你点礼物。"真是公然说谎。他哪有什么礼物可送呢，也许《我的奋斗》除外，但是他怎能送这种东西给一个德国女孩，这就像绵羊把屠刀送到屠夫手里。

一阵令人不安的沉默。

她拥抱完妈妈和爸爸了。

马克斯显得十分孤独。

莉泽尔咽了一口唾沫。

然后，她走过去拥抱了他。"谢谢你，马克斯。"

起先他只是静静地站着，可是随着她将他抱住，他的双手也渐渐抬起来，温柔地搭在她的肩上。

到了后来，她才读懂马克斯·范登堡脸上无助的表情。她还会发现，他正是在这一刻决心要给她一点回报。我常常会想象他整夜无眠地躺着，思索着自己到底能送她什么礼物的场景。

最后，他把礼物呈现在了纸上，就在一个星期之后。

凌晨时分，在走下水泥台阶，回到他现在称作"家"的地方之前，他把礼物送给了她。

地下室的书页

整整一个星期，爸爸妈妈无论如何都不让莉泽尔接近地下室，为此还包揽了给马克斯送三餐的差事。

"不行，小母猪。"每次她主动要求去送饭时，妈妈都这么回答，而且总能找出新的借口，"你干吗不能在这儿做点有用的事情呢，比如把衣服熨完？你以为扛着衣服走街串巷就够辛苦了？试试动手熨衣服吧！"当你有个尖酸刻薄的坏名声时，私底下其实可以借此做很多好事。罗莎便是活生生的例子。

在那个星期，马克斯从《我的奋斗》里裁下好多张纸，把它们都刷成了白色。然后，他在地下室两面墙之间拉起一条绳子，用夹子把那些纸晾起来。等它们晾干后，困难的步骤才刚刚开始。他的文化程度足够过活，但离作家和画家还差得远。尽管如此，他还是字斟句酌，直到能毫无差错地表述出来。到了这个时候，他才在那些因为油漆晾干而变得凹凸不平的纸上，提笔写下故事。他用的工具是一支黑色的小油漆刷。

《俯视我的人》

他估算了一下，需要十三张纸，于是他总共准备了四十张，至少多出了两倍，这样就不怕出错了。他先在《莫尔辛快报》上练习，把笨拙原始的技艺提高到能让人接受的水平。在创作的过程中，他总能听到女孩的轻声细语。"他的头发，"她的话反反复复地响起，"像羽毛一样。"

画完故事之后，他用小刀给纸张打孔，然后用绳子把它们装订起来。最后的成果是一本十三页的小册子，就像这样——

All my life,
I've been scared

of men standing over me.

我这一生，都害怕那些俯视我的人。

I suppose my first standover
man was my father,

but he vanished
before I could remember him.

我想第一个俯视我的人是我的父亲，但在我记事前他就消失不见了。

For some reason, when I was a boy, I liked to fight. A lot of the time, I lost. Another boy, sometimes with blood falling from his nose, would be standing over me.

还是个孩子的时候，不知道是怎么回事，我喜欢跟人打架。我常常会落败。另一个男孩虽然有时鼻子会流出鲜血，却高高在上地俯视着我。

Many years later, I needed to hide. I tried not to sleep because I was afraid of who might be there when I woke up.

But I was lucky. It was always my friend.

许多年后，我不得不东躲西藏。我努力不让自己睡着，因为我害怕等醒来时，俯视着我的也许是个坏人。不过我很幸运。醒来时，出现的总是我的朋友。

When I was hiding, I dreamed of a certain man. The hardest was when I travelled to find him.

东躲西藏的时候，我总会梦见一个人。我寻找他的旅途中危险重重。

Out of sheer luck and so many footsteps, I made it.

纯粹是凭借着运气，我走了很远的路，找到了他。

I slept there for a long time.
Three days, they told me...
and what did I find when
I woke up? Not a man, but
someone else, standing over me.

我在那里睡了好久好久。他们告诉我，整整睡了三天……我醒来时会有什么发现呢？不是那个特别的人，而是另一个人，站在身旁俯视着我。

As time passed by,
the girl and I realised
we had things in common.

TRAIN
DREAMS
FISTS

日子一天天过去，女孩和我都意识到我们俩有很多共同点，比如火车、噩梦、拳头。

But there is one strange thing.

The girl says I look like something else.

不过有一件怪事。女孩说我看上去像别的东西。

Now I live in a basement.
Bad dreams still live in
my sleep.
   One night, after my usual
nightmare, a shadow stood above
me. She said, "Tell me what you
dream of." So I did.

如今，我住在地下室里。噩梦仍会闯入我的睡眠。有一天晚上，在惯常
的噩梦之后，一个影子站在一旁俯视着我。她说："告诉我，你都梦见了什么。"
我告诉了她。

In return, she explained
what her own dreams
were made of.

作为回报，她也把自己在梦中的经历告诉了我。

Now I think we are friends, this girl and me. On her birthday, it was she who gave a gift – to me.

It makes me understand that the best standover man I've ever known is not a man at all...

现在，我觉得女孩和我已经是朋友了。在她生日那天，我却收到了一份她送的礼物。它让我明白，我遇见的最好的俯视我的人，原来是一个女孩。

珍贵的、珍贵的、珍贵的、珍贵的、阳光、水、活动、阳光、阳光

二月底的某一天，当莉泽尔在凌晨时分醒来，一个身影闪进她的卧室。这是典型的马克斯作风，他总是尽可能地让自己变成一个悄无声息的幽灵。

莉泽尔把目光投向黑暗中，只能模糊地看到有人向她走过来。

"嗯？"

没有回应。

他走到床边，把小册子放在地板上，摆在她的袜子旁。他没有发出任何声响，只有近乎静默的脚步声。小册子微微地发出了一点声响，有一页弯着压在了地板上。

"喂？"

这一次，总算有了回应。

她无法分辨话语到底来自哪个方向。重要的是它们来到了她的跟前，低低地飘到了她的床边。

"一份迟到的生日礼物。明天早上再看。晚安。"

在这之后，她时睡时醒，分不清是不是梦见马克斯到房间里来了。

当晨曦降临，她醒来一翻身，便看到小册子正静静地躺在地板上。她伸手捡起它，聆听着纸张在她刚刚苏醒的手里发出清脆的声音。

我这一生，都害怕那些俯视我的人……

书页在她的翻动下发出声响，仿佛里边的故事带着静电。

他们告诉我，整整睡了三天……我醒来时会有什么发现呢？

这些从《我的奋斗》中裁下来的纸被一页页翻动，原先的文字在油漆底下似乎要窒息了。

　　　　它让我明白，我遇见过的最好的俯视我的人……

莉泽尔把马克斯·范登堡的礼物来来回回读了三遍，每读一次都会注意到一处特别的笔触，或是一个独特的词。读完第三遍，她静悄悄地爬下床，走到爸爸和妈妈的卧室里。炉火旁边的位置上并没有人。

她想了想，意识到应该去他打造小册子的作坊感谢他，这样才更有诚意，更加得体。

她走上通往地下室的台阶，似乎看到墙上浮现出一幅照片，里面有一个在静静地微笑的秘密。

虽然只有几步路，莉泽尔却走了好久才来到掩护着马克斯·范登堡的层层防尘布和油漆罐旁。她揭开了墙边的防尘布，露出一条能看清里面的缝隙。

她最先看到的是他的肩膀，她缓慢而艰难地将手伸进狭长的缝隙，搭在他的肩膀上。他的衣服冷冰冰的。他还没醒。

她能感觉到他的呼吸和肩膀微弱的起伏。她端详了一会儿，然后坐下来，倚靠在身后的墙上。

这令人昏昏欲睡的空气仿佛也沁入了她的身体。

学习读书写字时涂在墙上的巨大单词，此时显得参差不齐，它们既可爱又充满孩子气。这些文字静静地看着女孩和东躲西藏的犹太人都睡着了，小手搭在他的肩膀上。

他们在呼吸。

德国人和犹太人的肺都在呼吸。

至于那本《俯视我的人》，它心满意足地躺在墙根发愣，像是莉泽尔·梅明格脚上一处美妙的刺痒。

Chapter 05

第五章

吹口哨的人

内容提要

漂流之书——赌徒——小幽灵——两次理发——

鲁迪的青春——输家与涂鸦——《吹口哨的人》和鞋子——

干了三件蠢事——还有一个受到惊吓的双腿冻僵的男孩

漂流之书

（上）

一本书顺着安珀河漂流而下。

一个男孩跳进河奋力追赶，用右手将它捞起来。他咧开嘴大笑。

十二月，他站在齐腰深的冰冷的河水中。

"换你一个吻怎么样，小母猪？"他说。

周围的空气很清新，却冷得可恶，河水更是冰冷刺骨，从男孩的脚趾一直没到屁股。

换你一个吻怎么样？

换你一个吻怎么样？

可怜的鲁迪。

关于鲁迪·施泰纳的一则小小预告

他本不该那样死去。

你也许会看到，他的手指仍然攥着湿透的书页边缘。你也许会看到，他金色的刘海正瑟瑟发抖。你可能会像我一样，预感那天鲁迪会因为体温过低而死去，但他并没有死。这些回忆只是提醒着我，两年后，他本不该遭受厄运的打击。

带走鲁迪这样的孩子，是一种残忍的劫掠，他有那么旺盛的生命力，还有那么长的人生等着他去经历。然而不知何故，我相信在他过世的那个夜晚，他应该会喜欢那堆触目惊心的瓦砾和那片无垠的天空。如果能看见偷书贼趴在他毫无生气的躯体旁，他应该会哭泣、会翻滚、会微笑。看到她亲吻自己沾满尘土、被炸弹炸伤的双唇，他会很开心。

是的，我无比确信。

我的心在黑暗中跳动，在我黑暗的内心，我无比确信，他肯定会喜爱这一切。

你看到了吗？

死神也有一颗心。

赌徒
（一枚七个面的骰子）

当然，我有些失礼。我透露了结局，尽管不是整本书的，也是一段重要的情节。我提前讲了两件事，是因为我没兴趣故弄玄虚。那只会令我生出无聊和厌恶之情。我知道故事会走向何方，你们也知道。真正令我愤慨，令我困惑，又引起我的兴趣，并让我震惊的，是把我们推向前方的阴谋。

还有很多事要考虑。

还有很多故事要讲。

当然了，还有一本名叫《吹口哨的人》的书，我们得谈谈它，以及它是如何在一九四一年圣诞节前，顺着安珀河漂流而下的。我们首先要把它的来龙去脉讲清楚，你是不是也这么认为？

那就这么决定了。

我们先从它说起。

故事是从一场赌博开始的。藏匿犹太人跟掷骰子没什么两样，胡伯曼家的生活已经成了一场豪赌。

⊙ 理发：一九四一年四月中旬

生活至少在努力地重归常态。汉斯和罗莎·胡伯曼在起居室里争执，虽然动静比过去小多了。莉泽尔仍然是个旁观者。

争执起因于前一天晚上，汉斯和马克斯坐在地下室里，与油漆罐、墙上的单词和防尘布为伴。马克斯问，能不能让罗莎给他理个发。他说："头发已经长到开始遮眼睛了。"

汉斯回答说："我来想想办法。"

此时的罗莎正翻箱倒柜。她扔给身处垃圾堆中的爸爸一句话："那把该死的剪刀到哪里去了？"

"不是在下面那个抽屉里吗？"

"我已经翻过那个抽屉了。"

"也许你没看仔细。"

"我难道是瞎子吗？"她抬起头大喊，"莉泽尔！"

"我就在这儿。"

汉斯打了个哆嗦。"该死的，你这个婆娘差点把我吼聋了，就不能小声点吗？"

"给我安静点，蠢猪。"罗莎继续翻箱倒柜，继续问女孩："莉泽尔，剪刀在哪里？"可莉泽尔也不知道。"小母猪，你真是屁用没有，是不是？"

"别把她也扯进来。"

绑着发箍的女人和银色眼睛的男人又来来回回地斗了几句嘴，最后罗莎哐的一声关上抽屉。

"要是给他剪得乱七八糟，我可不管。"

"乱七八糟？"爸爸已经气得想要拔自己的头发，但他的声音突然轻得让人几乎听不见，"难道还会有人看见他不成？"他还想开口说话，却被悄然出现的马克斯·范登堡分了神，马克斯正腼腆地站在地下室门口。他拿着自己的剪刀走了过来，没有递给汉斯或罗莎，而是交到十二岁的女孩手里。她是眼下最冷静的选择。他的嘴唇颤抖了一会儿，然后说道："你能帮我吗？"

莉泽尔接过剪刀。它有些地方锈迹斑斑，有些地方则光亮如新。她转头看看爸爸，看到他点头同意，便跟着马克斯去了地下室。

犹太人坐在油漆罐上，脖子上围着一张不大的防尘布。"剪得再乱七八糟都没关系。"

爸爸坐在台阶上。

莉泽尔抓起了马克斯·范登堡的第一缕头发。

当她剪下一缕缕羽毛般的头发时，剪刀发出的声响令她有些好奇。那不是头发被剪断的声响，而是两块金属刀片相互碾磨的声音。

头发剪完后，有些地方剪得太短了，有些地方则剪得歪歪曲曲。女孩把剪下的头发收集起来拿上楼，把它们全部扔进火炉中。她擦亮一根火柴，看着一撮撮头发枯萎蜷曲，化为橙色和红色的火焰。

马克斯又出现在了门口，不过这一次他没有走出地下室。"谢谢你，莉泽尔。"

他的嗓音高亢又沙哑，里面藏着一抹笑容。

他说完便立刻消失，回到了地底下。

"我家地下室里有个犹太人。"

"我家地下室里，有个犹太人。"

莉泽尔·梅明格坐在镇长家书房的地板上，仿佛听到了这句话。她身旁有一袋待洗的脏衣服，还有镇长太太幽灵般的身影，她忧心忡忡地坐在书桌前。莉泽尔面前是她正在阅读的《吹口哨的人》，翻到了第二十二页和第二十三页。她抬起头，想象着自己走上前，动作轻柔地把头发拨到一侧，轻声对着女人耳语：

"我家地下室里有个犹太人。"

书在她膝头颤抖，秘密则在她的嘴边。它似乎想让自己舒服些，盘起了腿。

"我该回家了。"这是她真正说出口的话。她的双手在发抖，虽然远处有一缕阳光，虽然温柔的微风跨过了敞开的窗户，带来了木屑一般的雨丝。

当莉泽尔把书放回原位，女人也从椅子上起身，走了过来。每次告别的时候都是这样。她伸出手，又把那本书抽了出来，一圈圈悲伤的皱纹仿佛在一瞬间显得更深了。

她想把书送给女孩。

莉泽尔往后退了一步。

"不。"她说，"谢谢您。我家里的书够多了。下次吧。我正在和爸爸重读一本书。我跟您提起过，就是那天晚上我从火里偷出来的那本书。"

镇长太太点点头。要说莉泽尔·梅明格这个人的特点，那就是她绝不是一个随便出手偷书的人。只有当她觉得非偷不可的时候，她才会出手。目前来说，她已经有足够多的书了。她已经把《泥人》从头到尾读了四遍，并享受着与《耸耸肩膀》的久别重逢。每晚睡觉前，她还会打开那本安全掘墓指南，里面夹着那一本《俯视我的人》。她默念着文字，抚摸着画上的鸟儿，缓缓地翻动微微作响的书页。

"再见，赫尔曼太太。"

她从书房出来，走过铺着木地板的大厅，出了巨大的前门。出于习惯，她在台阶上静静站了片刻，看着下方莫尔辛的风景。那天下午，小镇笼罩着黄色的雾气，雾气像抚摸宠物一样轻抚着一座座屋顶，街道笼罩在雾气中，仿佛泡在浴盆里。

偷书贼走下台阶，来到慕尼黑大街，在打着伞的男男女女之间穿梭。这个浑身淋湿的女孩毫不避讳地翻着垃圾桶，像上了发条似的。

"在这儿！"

她在昏黄的雾气中开怀大笑、手舞足蹈，从垃圾桶中掏出了一张皱巴巴的报纸。尽管头版和末版上的油墨已像黑色的眼泪般洇开，她还是将它整整齐齐地对折好，夹在腋下。几个月以来，每个星期四她都会这么做。

现在，每星期送衣服的日子只剩下了星期四，幸好这样的日子总能提供一些奖赏。每一次，当她找到一份《莫尔辛快报》或者别的能读的东西，莉泽尔都无法抑制心里那胜利的快感。找到报纸的日子都是好日子。如果那张报纸上的填字游戏还没人做过，那一天就妙不可言。她会回到家，关上门，然后把报纸送给地下室的马克斯·范登堡。

"有填字游戏？"他会问。

"没做过的。"

"太棒了。"

犹太人笑着收下报纸，在地下室昏暗的灯光下开始读。在他专注地读报，完成填字游戏，然后从头到尾重读一遍的时间里，莉泽尔就在一旁看着他。

随着天气转暖，马克斯开始整天待在地下室里。白天，地下室大门敞开，好让走廊里的一小束阳光照到他。门厅的采光并不充足，但是现在情况特殊，有总好过没有。有微弱的阳光总好过不见天日，而且他们也需要精打细算。煤油虽然还没有短缺到危险的程度，但省着用总是长远之计。

莉泽尔通常都坐在几块防尘布上。马克斯做填字游戏时，她会自顾自地读点书。他们隔着几米远，很少说话，唯一的声响只有翻书的声音。她常常在上学时把书留给马克斯看。汉斯·胡伯曼和埃里克·范登堡曾经因为音乐结下友谊，马克斯和莉泽尔则是默默地通过文字成了朋友。

"嗨，马克斯。"

"嗨，莉泽尔。"

打过招呼，两人便坐下来读书。

有时候，她会打量他。在她看来，他的模样大致可以形容为像幅暗淡的画。米黄色的皮肤。每只眼睛里都有一洼沼泽。他的呼吸就像个逃犯，没有声息却充满绝望。只有起伏的胸膛证明他依旧是个活生生的人。

更多的时候，莉泽尔会闭上眼，让马克斯考考她总是拼错的单词，而每当她没记住的时候，她都要咒骂它们，然后站起身把这些单词刷到墙上，一连重复十几遍。马克斯·范登堡和莉泽尔·梅明格一同呼吸着油漆和水泥的气味。

"再见，马克斯。"

"再见，莉泽尔。"

上床之后，莉泽尔躺在那里，想象着地下室里马克斯的样子。在她的想象中，他连睡觉时都全副武装，鞋子也不脱，以防万一需要逃跑，入睡后甚至还睁着一只眼睛。

⊡ 天气播报员：五月中旬

大门打开的同时，传来莉泽尔欢呼雀跃的声音。

在希默尔街上，她的球队以六比一的比分让鲁迪那支队尝到了惨败的滋味，她得意扬扬地冲进厨房，告诉爸爸妈妈她进球的壮举，然后又冲进地下室，把进球的每一个细节都讲给马克斯听。犹太人放下报纸认真聆听，与女孩一同开怀大笑。

当进球的故事讲完后，两人沉默了几分钟，马克斯缓缓地抬起头。"能帮我个忙吗，莉泽尔？"

女孩依旧沉浸在希默尔街上的胜利的喜悦中。她从防尘布上跳下来，尽管没有开口，但举动已经不言自明，她愿意效劳。

"虽然进球的故事很精彩，"他说，"但我不知道上面的世界现在是什么天气。我不知道你是在烈日下，还是在乌云密布的天空下进球的。"他用手挠着剪得短短的头发，而他湿润的双眼渴求着世上最简单的事情。"你能不能上去一趟，再回来给我讲讲上面的天气？"

莉泽尔自然飞快地跑上台阶。她在离沾满痰渍的前门几英尺的地方打转，观察着天空。

回到地下室，她告诉了他外边的情形。

"今天的天空很蓝，马克斯，有一溜细长的云，像绳子一样伸展开来。在它的一端，太阳就像一个黄色的窟窿……"

马克斯突然间明白，只有孩子才能为他播送这样的天气播报。他用刷子在墙上画出一条长长的绳子，在绳子末端画出一轮湿漉漉的黄太阳，仿佛能一跃而入。他在绳子般的云上画出两个人物，一个瘦削的女孩，一个憔悴的犹太人，他们张开手臂，向那个湿漉漉的太阳走去。在画的下方，他写下一句话。

马克斯·范登堡写在墙上的话
那是一个星期一，他们沿着一条绳索，
朝太阳走去。

⚃ 拳击手：五月末

马克斯·范登堡只有无穷无尽的时间和冰冷的水泥地可供消磨。

每一分钟都很残忍。

每一小时都是惩罚。

在他清醒的每一分钟里，头上都有只时间的手，毫不犹豫地拧绞着他。它微笑着，压榨着他，让他活下去。允许一个人活下去竟然可以包藏这么大的恶意。

每天至少一次，汉斯·胡伯曼会踏过地下室的台阶，下来陪马克斯聊聊天。罗莎偶尔会给他送来一小块面包。然而，只有当莉泽尔下来的时候，马克斯才能重新对生活生出兴趣。一开始，他试图抵制这种感受。可是女孩每次出现都带来一段天气播报，要么是纯净的蓝色天空，要么是四四方方的云朵，要么是突然钻出云层的太阳，仿佛上帝吃多了以后坐下来喘息，他这种感受开始越来越难以抵制。

当他孤身一人时，他会感觉自己在消失。他所有的衣服，从裤子到羊毛衫，到如今仿佛正像水一样从他身上一点点流逝的外套，无论它们一开始是什么颜色，现在都已经变成了灰色。他常常会查看自己的皮肤有没有剥落，因为他总觉得自己在融化。

他需要一系列新鲜的活动。排在第一位的便是运动。他从俯卧撑做起，先是肚子朝下趴在冰冷的地面上，然后把自己撑起来。他感到两侧的肘关节都在咯嗒作响，担心心脏会从胸口跳出来，悲哀地落到地上。当他还是个生活在斯图加特的少年时，他能一口气做五十个俯卧撑。而现在，二十四岁的他比往日轻了大约十五磅，只能勉强做十个。一星期后，他每次能做十六个俯卧撑和二十二个仰卧起坐，并重复三次了。锻炼完毕，他便靠在墙上，感受着齿根处跳动的脉搏，身旁是那些油漆罐朋友。他的肌肉像蛋糕一样。

好几次，他心生怀疑——这样逼迫自己到底值不值得？有时候，当他的心跳平复，身体机能恢复时，他会熄灭煤油灯，安静地站在地下室的黑暗中。

他二十四岁了，但仍然喜欢幻想。

"蓝色的角落里，"他安静地解说道，"是世界冠军，雅利安名将——元首。"他吸了口气，转过身，"红色的角落里，则是獐头鼠目的犹太挑战者——马克斯·范登堡。"

他周围的一切似乎都变成了现实。

白色的灯光洒在拳击台上，也照亮了观众。他们都在低语，发出奇妙的声音。为什么每个人都同时有那么多话要说？拳击台本身无可挑剔。完美的台面，可爱的围绳。甚至连围绳的每根纤维都完美无瑕，在令人紧张的白色灯光下熠熠生辉。房间里充斥着香烟和啤酒的气味。

阿道夫·希特勒和他的同僚站在拳击台对面的角落。他披着红白两色的长袍，背后印着一个黑色的卐字，双腿从袍底伸出，胡须紧紧贴在脸上。话语从教练戈培尔的嘴中传出，飘进他的耳朵。他边笑边换腿跳着热身。当播音员列举他的成就，引来狂热的观众如雷般的掌声时，他的笑声最为洪亮。"他从来没有败绩，"拳击场老板宣布，"击败了众多犹太人，粉碎了任何威胁德意志理想的人！元首先生，"他最后说道，"我们向您致敬！"人们高呼："万岁！"

当大家都安静下来后，挑战者登场了。

拳击场老板转向马克斯，挑战者孤零零地站在属于他的角落里。没有长袍在身，没有团队助阵。只有一位形单影只的犹太青年，气息污浊，胸膛裸露，四肢疲乏。他的拳击短裤当然是灰色的。他也换着腿跳动着热身，但动作幅度很小，从而尽可能地保存体力。为了让体重达标，他在运动场里挥洒了许多汗水。

"这位挑战者，"拳击场老板拖长声音，"有着——"为了造势，他停顿了一下，"犹太血统。"人群就像食尸鬼，发出惊讶的声音。"体重有……"

此后的话便听不清了。台下的辱骂声盖过了台上的话语，而马克斯则看着对手褪下长袍，来到场地中央。他听着规则，并和马克斯握手。

"你好，希特勒先生。"马克斯点头示意，但元首只是向他露出一口黄牙，然后又闭上了嘴。

"先生们。"穿着黑裤子和蓝衬衫的裁判员开口说道。他健壮的脖子上绑着领结。"首先，我们希望看到一场光明磊落的战斗。"现在他转向元首。"当然了，除非希特勒先生开始出现败迹。一旦发生这种情况，无论您动用什么卑鄙的策略，就算把这块犹太臭肉碾成碎片、压进台面，我都会睁一只眼闭一只眼。"他毕恭毕敬地点头。"您听明白了吗？"

元首说出了第一句话："完全明白。"

裁判员给马克斯下了一道警告："至于你，犹太朋友，如果我是你，我出手会非常谨慎，真的非常谨慎。"然后他们退回到各自的角落里。

短暂的沉默紧跟而来。

铃声响起。

腿脚笨拙、身形瘦削的元首率先发难，他冲向马克斯挥出一拳，实实在在地击中了马克斯的脸。人群欢呼雀跃，铃声还回荡在他们耳际，而他们心满意足的笑容几乎要跨过围绳飞过来了。希特勒的拳头飞向马克斯的脸庞，砸在他的嘴唇、鼻子和下巴上，热气也从元首的嘴里喷薄而出，然而马克斯甚至还没能从那个角落里走出来。为了抵挡进攻，他抬起双手，可元首随即将目标转向他的肋骨、他的肾、他的肺。噢，那双眼睛，元首的那双眼睛。它们有着如此美丽的棕色，就像犹太人的眼睛一样，其中流露的意志是如此坚定，当马克斯在接连袭来的拳击手套间瞥见那双眼睛时，也为这神采感到惊诧。

比赛只有一个回合，然而持续了好几个钟头，从头到尾几乎没有任何变化。

元首对那个沙袋般的犹太人拳脚相加。

犹太人的血溅得到处都是。

鲜血流淌到台面上，犹如苍白天空中红色的雨云。

最后，马克斯的膝盖开始弯曲，他的颧骨在无声地哀号，而元首喜悦的脸越来越模糊，越来越模糊，直到筋疲力尽的犹太人被击溃，扑通一声倒在地上。

首先是一声咆哮。

然后是沉默。

裁判员开始倒数，他有一口金牙和茂盛的鼻毛。

慢慢地，犹太人马克斯·范登堡站起身，挺起胸膛。他用颤抖的声音发出了邀请。"来啊，元首。"他说。而这一次，阿道夫·希特勒向他发起进攻时，马克斯侧身避开，让对方一头扎进角落里。马克斯狠狠地揍了他七拳，每一拳都瞄准同一个部位。

他的胡子。

第七拳没有命中目标，而是击中了元首的下颚。突然间，元首撞到围绳上，朝前倒去，膝盖跪地。这一次没有倒数。裁判缩回了角落，观众都坐了回去，喝起了啤酒。跪在地上的元首检查自己是否出了血，他从右向左捋直了头发。当他站起来时，数千名观众都再次开始为他欢呼，他缓缓向前走去，做出一个极其怪异的举动。他背朝着犹太人，脱下了拳击手套。

人群不知所措。

"他投降了。"有人低语，但转瞬之间，阿道夫·希特勒已经站到了围绳上，面朝观众席发表演讲。

"我的日耳曼同胞们，"他呼喊道，"今天晚上你们都看到了，对不对？"他胸膛裸露，眼里闪烁着胜利的光芒，指着马克斯说，"你们看到了，挡在我们面前的这个民族比我们想象得更加邪恶、更加强大。你们是不是都看到了？"

他们回答："是的，元首。"

"你们看见了，这些敌人已经想方设法用卑鄙的手段突破了我们的铠甲，他们这样明目张胆，难道我们不该愤而起身，与他们战斗？"这些话语是真实可见的，像珠宝一样从他嘴里掉落。"看看他！好好看看。"他们向沾满鲜血的马克斯·范登堡投去目光。"就在我们说话的时候，他已经用阴谋诡计混到了你的邻里之间。他已经搬到了你隔壁。他和他全家都会入侵你的家园，很快就要夺走你的一切。他……"元首厌恶地瞥了他一眼，"他很快就要夺走你的一切，他不再站在你家杂货店的柜台前，而是坐在柜台后面，抽着烟斗。不知不觉间，你只能拿着微薄的薪水给他干活，而他的口袋却沉甸甸的，连路都走不动了。你会袖手旁观，让他的阴谋得逞吗？你会支持从前的领袖，把土地拱手让给别人，然后被他们用低廉的价格卖掉？你会站在那儿什么都不做吗？还是说——"他爬上了更高的一层围绳，"你会登上这个拳击台，与我并肩作战？"

马克斯瑟瑟发抖。恐惧在他胃里翻腾。

阿道夫·希特勒结束了演讲。"你会爬上这个拳击台，与我并肩作战，击败这个敌人吗？"

在希默尔街三十三号的地下室里，马克斯·范登堡仍能感受到所有德国人高举的拳头。他们一个个登上拳击台，将他打倒。他们令他流血，让他受难。几百万人涌上来——直到他最后一次倒地，抱着双腿，缩成一团⋯⋯

他看着下一个穿过围绳登上拳击台的人。那是一个女孩，当她缓缓地走过台面，他注意到她左边的脸颊上挂着一滴眼泪。她的右手抓着一份报纸。

"填字游戏，"她温柔地说，"还没人做过。"她把报纸递给他。

黑暗。

现在除了黑暗一无所有。

只有地下室，只有这个犹太人。

☺ 新的梦：几天后

那是一个下午，莉泽尔走下地下室的台阶。马克斯的俯卧撑正做到一半。

她看了一会儿，马克斯并没有察觉，当她坐到他身旁时，他才站起来靠在墙上。"我有没有告诉过你，"他问莉泽尔，"最近我在做一个新的梦？"

莉泽尔挪了挪身子，好看到他的脸。

"可是我清醒的时候还在做这个梦。"他把手伸向了暗淡无光的煤油灯，"有时候，我会灭掉灯，然后就开始等候。"

"等什么？"

马克斯纠正道："不是等什么，是等一个人。"

莉泽尔沉默了一小会儿。这样的对话是需要些时间来铺垫的。"那么你在等谁？"

马克斯没有动。"元首。"他老老实实地说，"这也是我最近锻炼身体的原因。"

"俯卧撑？"

"对。"他走向水泥台阶，"每天晚上，我都在黑暗中等候元首，他会走下台阶，他走下来，然后我们打上几个小时。"

莉泽尔现在站了起来。"谁赢了呢？"

一开始，他打算回答说没有人赢，接着，他注意到身旁的油漆罐、防尘布，以及越堆越高的报纸。他注视着墙上的单词、长长的云朵和小人儿。

"我赢了。"他说。

他仿佛抚平了她的手掌，把话塞进她手里，又把她的手掌合上。

在德国慕尼黑的地底下，有两个人在地下室里说话。这听起来像是一个笑话的开头：

"地下室里有一个犹太人和一个德国人……"

然而，这可不是一个笑话。

粉刷匠：六月初

马克斯还有一项工程，《我的奋斗》还剩下不少。每一页都被小心地裁下来，铺到地板上，刷上一层油漆。然后，马克斯把它们挂起来晾干，再塞回书里。有一天，莉泽尔放学回到家，她发现马克斯、罗莎以及爸爸都忙着给书页刷油漆。好几页纸已经用夹子固定在长长的绳索上，《俯视我的人》大概就是这么做出来的吧。

三个人同时抬起头开口了。

"嗨，莉泽尔。"

"过来拿刷子，莉泽尔。"

"也该回来了，小母猪。你在哪里磨蹭了这么久？"

当她也动手刷起油漆，莉泽尔循着马克斯的解释，想象着他和元首搏斗的场面。

> 地下室狂想，一九四一年六月
>
> 殴打完马克斯，人们纷纷爬出围绳，
>
> 留下马克斯和元首为生存而搏斗，
>
> 两人都被对方打得撞上了台阶。
>
> 元首的胡须上沾着血迹，
>
> 头顶右侧的头缝儿处也有血迹。
>
> "来啊，元首。"犹太人说道。
>
> 他示意对方放马过来。"来啊，元首。"

当狂想逐渐退却，她也刷完了手头的第一页，爸爸朝她眨了眨眼。妈妈骂她太浪费油漆。马克斯仔仔细细地查看每一张纸，也许正在构思下一个故事。几个月后，当他写完新的故事，配上插图，他还会把封皮刷白，换上一个新名字。

那天下午，在希默尔街三十三号的秘密地下室，胡伯曼夫妇、莉泽尔·梅明格和马克斯·范登堡为《采字人》备好了纸。

当粉刷匠的感觉可真好。

▦ 摊牌：六月二十四日

在德国人侵苏联两天后，在英国人与苏联人并肩作战的三天前，殷子掷出了第七面。

七点。

你掷出骰子，看着它出现，突然意识到这根本不是一枚寻常的骰子。你宣称这只不过是运气不好，但其实你心里明白，这一面终将到来。你把它拿进屋子，连桌子都能从你的呼吸中闻出它的味道。从一开始，这个犹太人就从你的口袋里探出头来，弄脏你西装的翻领。掷出骰子的那一瞬间，你就明白会掷出七点，它终将给你带来伤害。它现在落地了，充满奇迹又满怀仇恨地盯着你的双眼，你试图移开视线，它已经开始噬咬你的胸口。

只不过是运气不好。

你曾经这样以为。

这无关紧要。

你曾经强迫自己这么认为，因为在内心深处，你知道运气的这一小小转变，预示着命运将彻底改写。你藏匿了一个犹太人，要因之付出代价。不管以什么样的形式，但总要付出代价。

即便事后回想起来，莉泽尔仍会告诉自己，那其实不是什么大不了的事。也许是因为躲在地下室里写故事时，她已经经历了太多太多。在当时的形势下，镇长和他太太取消洗衣业务其实跟坏运气毫无关系，跟藏匿犹太人也没有任何联系。它真实的原因是战争。而在当时，他们以为客户纷纷弃他们而去，是为了惩罚他们的所作所为。

这段故事的开始其实比二十四日早一个星期。莉泽尔像往常那样为马克斯·范登堡四处搜罗报纸。她打开慕尼黑大街旁的一个垃圾桶，取出报纸夹在腋下。她把报纸交给马克斯。他读第一遍时突然看了她一眼，指着头版上的一张照片说："你是不是在给这个人洗衣服？"

莉泽尔从墙边走过来。她原本站在马克斯的画作——绳子似的云朵和湿漉漉的太阳旁边，正要把"争吵"这个词写上六遍。马克斯递给她报纸，她确认了一下。"确实是他。"

于是，她读了新闻报道，文章引述了镇长海因茨·赫尔曼的讲话，说尽管战争取得了顺利的进展，但是莫尔辛的人民应该像所有有责任感的德国人那样，为可能到来的困难时期做好准备。"你永远都不知道，"他声称，"我们的敌人在想些什么，或者打算如何削弱我们的力量。"

一个星期后，镇长的讲话结出了可恶的果实。莉泽尔像往常那样来到格兰德街，坐在镇长书房的地板上阅读《吹口哨的人》。在莉泽尔起身告别之前，镇长太太并没有表现出任何异常的迹象（或者坦率地说，没有任何额外的暗示）。

而这一次，她将《吹口哨的人》塞到莉泽尔手中时，坚持要女孩收下它。"请收下吧。"她的语气近乎央求，握着书的力度显得坚定又谨慎。"收下吧。请收下吧。"

莉泽尔被她怪异的举止触动了，不忍心再让她失望。于是，这本灰色封皮、内页泛黄的书便到了她手中，跟着她一起穿过走廊。当她准备询问有什么衣服要洗时，身穿浴袍的镇长太太终于投来悲伤的眼神。她打开抽屉柜，取出一个信封。她的喉咙由于长期不开口显得有点笨拙，磕磕巴巴挤出了一句话。"很抱歉，这是给你妈妈的。"

莉泽尔屏住了呼吸。

她突然感到，双脚在鞋子里是那么空荡荡。有什么东西在她的喉咙里蠢蠢欲动。她浑身颤抖。终于伸手接过信封时，她注意到书房里挂钟走动的声响。她悲伤地意识到，挂钟发出的声音和嘀嘀嗒嗒全然不同，更像是有人在有节奏地用锤子敲击地面。那是坟墓的声音。真希望我的坟墓已经准备好了，莉泽尔这么想着，因为在这个瞬间，她只想去死。其他人取消业务并没给她带来太多伤害，至少还有镇长，还有他的书房，还有她与镇长太太的默契。他们是最后的客户，也是最后的希望，但这希望突然就没了。这一次，感觉像是遭受了巨大的背叛。

她该如何面对妈妈？

对罗莎来说，这些收入尽管微薄，却也能派上很多用场。可以多买一把面粉，多买一块肥肉。

这么对待莉泽尔，伊尔莎·赫尔曼自己也难过得要死。从她把浴袍裹得更紧一点的动作中，莉泽尔可以看出她的心思。悲伤带来的笨拙令她无法动弹。但很显然，她希望这一切能尽快过去。"回去告诉你妈妈……"她再度开口，努力让声音恢复正常，一个句子被她分成两句来说，"我们很抱歉。"她开始将女孩领向门口。

莉泽尔感到肩膀在隐隐作痛，那是被彻底拒绝的痛。

就这样吗？她在心里问道。你就这么一脚把我踢开了？

她动作缓慢地捡起空袋子，挪向门口。走出前门，她转过身，在这一天里倒数第二次面对镇长太太。她怀着近乎野蛮的自尊心，注视着镇长太太的双眼。"非常感谢。"她说。伊尔莎·赫尔曼则回了个徒劳的、疲惫的微笑。

"如果还想过来读书，"女人在撒谎（至少惊诧而难过的女孩认为这是一个谎言），"我们依旧欢迎你。"

此时的莉泽尔惊讶于门厅的宽敞。这里怎么会这么宽敞？只是为了进出方便而已，干吗留出那么多空间？如果鲁迪在场，肯定会骂她是个白痴，留出那么多空间，才能把他们的东西都搬进去啊。

"再见。"女孩说，然后大门带着浓烈的悲伤，缓缓关闭。

莉泽尔没有离开。

她在台阶上坐了好久，从这里眺望着莫尔辛。天气不冷不热，小镇清澈而宁静。莫尔辛仿佛被塞到了一个玻璃罐里。

她打开信。在信中，海因茨·赫尔曼镇长用外交辞令般的语言，解释了他为什么不再需要罗莎·胡伯曼的洗衣业务。最主要的原因，他解释道，是如果他在建议大家为困难时期做好准备的同时，自己却依旧享受这样奢侈的服务，那他就成了伪君子。

她终于起身，走在回家的路上。看到慕尼黑大街上那块"施泰纳裁缝店"的招牌时，她的情绪再度爆发出来。伤心已经离她而去，取而代之的是怒火。"那个混蛋镇长，"她低声咒骂，"那个可悲的女人。"困难时期来临，才更应该保住罗莎的饭碗，可他们却炒了她的鱿鱼。从今往后，他们总算要像普通人那样，像穷人那样，自己洗涤和熨烫那些该死的衣服了。

她手里紧紧握着《吹口哨的人》。

"你之所以送我书，"她喃喃自语，"是因为可怜我，为了让你自己好受一些……"可是在此之前，镇长太太就想把书送给女孩了。不过到了这个份上，这件事已经无关紧要。

她像过去那样转身返回格兰德街八号。她想拔腿奔跑，但忍住了，这么做是为了保存足够的体力说话。

来到镇长的宅邸，她失望地发现镇长并不在家。没有汽车停在路旁，这也许是件好事。因为在这个穷人与富人势不两立的时刻，如果它好端端地停在那里，她也说不上来自己会对它做出什么事。

她一步两级地跨上台阶，来到门前，敲门的力度令她的手背隐隐作痛。但是她很享受这细微的疼痛。

这么快就再次见面，镇长太太显然也很惊讶。她蓬乱的头发还有点湿意，注意到莉泽尔原来那苍白的面容上挂着怒意时，她的皱纹变得更深了。她张开嘴，却没说任何话，这倒是方便了莉泽尔，因为女孩有很多话要说。

"你以为，"她说，"你用这本书就可以收买我吗？"她的声音尽管在颤抖，却让这个女人哑口无言。强烈的愤怒令她焦躁，但她还是奋力说了下去。她越说越激动，直到不得不抬手擦去眼角的泪花。"你以为把这本该死的书送给我，你就能安坐在豪宅里，让我回去告诉妈妈，我们失去了最后一位客户，而一切就相安无事了吗？"

镇长太太的双臂垂了下来。

她满脸都是失落的神色。

可是莉泽尔丝毫没有退让。她直视着女人的眼睛继续怒斥。

"你和你丈夫，在这里高枕无忧。"此时的她充满恶意。这番恶意远远超乎她的想象。

语言的伤害。

是的，这是语言的暴行。

直到如今，她才发现自己原来掌握了这些话。她搜刮出这些词句，向伊尔莎·赫尔曼抛去。

"是时候了，"她告诉女人，"轮到你们自己洗那些臭不可闻的衣服了。该轮到你面对儿子已经死了的事实了。他被人杀了。早在二十年前，他就被人掐死了，被砍成了碎片！还是说，他是被活活冻死的？不管是怎么死的，反正他死了！他已经死了，而你只能可怜兮兮地坐在家里发抖，承受所有痛苦。你以为只有你一个人伤心难过吗？"

就在此刻。

她的弟弟出现在她身旁。

他轻声劝她住嘴，可他也死了，他的话不值得再听。

他死在一列火车上。

他们把他埋在雪地里。

莉泽尔瞥了他一眼，但她还没法停下来。还不是时候。

"这本书，"她继续说道，男孩被一把推下台阶，摔在地上，"我不想要。"这几句话的语气已经缓和了许多，但言辞依旧锋利。她把《吹口哨的人》扔到女人的拖鞋前，听到它落在水泥地上发出啪的一声。"我不想要你这可怜的书……"

眼下，她把话说出了口，陷入了沉默。

她的喉咙里已经空空荡荡，再也无话可说。

她的弟弟抱着膝盖消失了。

在一段挫败的沉寂之后，镇长太太向前挪了几步，捡起书。她看上去深受打击，但这回不是通过疲惫的微笑表现出来的。莉泽尔都看在眼里。血从她的鼻子里渗出来，舔舐着她的嘴唇。她的眼眶已经发黑，皮肤表面生出一道道新的伤口。这些全都是话语造成的，全都是莉泽尔的话造成的。

伊尔莎·赫尔曼拿着书，行尸走肉般地站起身，她试图道歉，却什么都没有说出口。

甩我一巴掌，莉泽尔想。来啊，甩我一巴掌。

伊尔莎·赫尔曼没有打她。她只是向后退去，退回到那座漂亮房子污浊的空气中。而莉泽尔再一次被一个人扔在外面，她站在台阶上不肯离去。她害怕转身，因为她心里明白，只要一转身，装着莫尔辛的玻璃罐就会碎裂，而她会为此感到高兴。

最后，她又把信读了一遍，走到大门口时，她把它紧紧捏成一团，朝前门扔去，仿佛那是一块石头。我并不知道偷书贼在期待什么，但纸团击中了厚实的木门，弹回到台阶上，滚到她脚下。

"可恶，"她说着一脚把它踢到草坪上，"废物。"

回家路上，她想象着，当下一次大雨降临，令修补好的罩着莫尔辛的玻璃罐再次倾覆时，这个纸团会有怎样的命运。她仿佛能看到纸上的字母一个接着一个融化掉，直到什么都不剩。只剩下纸，只剩下泥土。

很不走运，莉泽尔进门的时候，罗莎正在厨房里。"怎么回事？"她问，"衣服呢？"

"今天没有要洗的衣服。"莉泽尔告诉她。

罗莎走到餐桌旁，坐下来。她明白是怎么回事。突然间，她苍老了许多。莉泽尔想象着，如果她解开妈妈的发髻，让头发垂落在肩头，会是一幅怎样的景象。那大概就像一条灰色的毛巾。

"你都在那里干了些什么，你这头小母猪？"这句话里只有麻木。她已经没有了往日的刻毒。

"是我的错，"莉泽尔回答，"完全是我的错。我骂了镇长太太，让她别再为死去的儿子哭哭啼啼。我说她真是个可悲的人。于是他们炒了你的鱿鱼。"她来到木勺子前，抓起一大把，摆到罗莎面前。"随便怎么打我都行。"

罗莎举起一把木勺子，却没有落下来。"我不相信你说的话。"

莉泽尔在难过和迷茫之间挣扎。这一次，她拼命地想挨一耳光，居然求之不得。"都是我的错。"

"不是你的错。"妈妈说，她甚至起身抚摸着莉泽尔很久没有洗过的油油的头发。"我很清楚，这些话你说不出口。"

"可我说了。"

"好吧，你说了。"

莉泽尔离开厨房时，能听到把木勺子放回金属罐时发出的清脆声响。但等她进了卧室，木勺子却连同罐子一起被扔到了地板上。

后来，她走入地下室，黑暗中的马克斯大概正在同元首打拳击。

"马克斯！"昏暗的灯光亮起，像一枚红色的硬币飘浮在角落里。"你能教我做俯卧撑吗？"

马克斯把动作要领演示给她看，偶尔也会帮她抬起身子。别看莉泽尔一副骨瘦如柴的样子，其实她很结实，能轻松地撑起自己的身体。她没有数自己能做多少个，但是那天晚上，在地下室的微光里，偷书贼做了好多个俯卧撑，够她肌肉酸痛好些天了。即便马克斯劝她停下，说她已经运动过量，她依旧在做。

夜里，她跟爸爸一起在床上读书，汉斯觉察到有什么事不太对劲。整整一个月里，这是他第一次坐在她身旁，却发现她怎么也无法平复心情。汉斯·胡伯曼总是知道该说什么话，该待到什么时候，以及该在什么时候让她睡觉。也许只有在莉泽尔这方面，他才是个真正的专家。

"是不是因为洗衣服的事儿？"他问。

莉泽尔摇了摇脑袋。

爸爸已经好些天没刮过胡子了，每过两三分钟，他都要搓一搓杂草丛生的下巴。在莉泽尔面前，他银色的眼睛总是平静无波，散发着暖意。

当读书声渐渐停下来，爸爸也睡着了。莉泽尔终于说出了她一直想说的话。"爸爸，"她轻声呢喃，"我觉得我要下地狱了。"

她的双腿温热，膝盖却是凉的。

她记起从前尿床的夜晚，爸爸总是帮她清洗床单，教她认字母表。现在，他的呼吸声从毛毯上方飘过来，她亲了亲他杂草丛生的脸颊。

"你该刮胡子了。"她说。

"你不会下地狱的。"爸爸答道。

她定定地注视着他的脸庞，然后躺下来靠在他身旁。他们一起在慕尼黑，某种意义上又是在德国这枚骰子的第七面上，酣然入睡。

鲁迪的青春

到最后，她必然会给他一个吻。

他明白该如何行动。

鲁迪·施泰纳的肖像画，一九四一年七月
他脸上挂着一条条泥痕。
领带像一根钟摆，但早已停止摆动。
被光照亮的柠檬色头发凌乱不堪，
脸上挂着悲伤而怪诞的笑容。

他站在离台阶几米远的地方，满怀信心、极为快乐地说话。

"全都是扯淡。"他宣布。

全都是扯淡。

一九四一年上半年，莉泽尔忙着藏匿马克斯·范登堡、偷报纸和对镇长太太放狠话，鲁迪则在希特勒青年团忍耐着一种全新的生活。从二月初开始，每一场集会都让他元气大伤。汤米·穆勒常常和他结伴回家，情形也和他差不多。麻烦之处有三个。

三重难题

1. 汤米·穆勒的耳朵。

2. 弗朗茨·道伊彻——希特勒青年团愤怒的头头。

3. 鲁迪爱管闲事。

如果六年前，在慕尼黑历史上最冷的那一天，汤米·穆勒不曾走失七个小时就好了。列队前进的时候，他感染的耳朵和受了损伤的神经总是给希特勒青年团添乱，可以肯定的是，这不是什么好事。

一开始，人们只是渐渐对他感到不满，可是几个月后，汤米成了希特勒青年团头头的眼中钉，尤其是碰上列队前进的时候。还记得去年希特勒的生日吗？那阵子，汤米的耳朵感染得尤其严重，严重到彻底影响了他的听力。列队前进时，他听不清头头喊出的指令。无论是在市政大厅里还是在户外，无论路上有积雪、烂泥还是下着雨，都没什么区别。

列队前进的目标之一，当然是让所有人在同一时间立定。

"元首只想听到所有人啪的一声立定，"头头告诉他们，"每个人都团结起来。大家要合为一体！"

然后就轮到汤米了。

我感觉他左耳的问题比较严重。当"立定！"的尖啸声穿透所有人的耳膜，只有汤米一点都没有觉察，还在滑稽地向前迈步。他可以用一眨眼的工夫就把一列纵队搅成一锅粥。

在七月初一个特别的星期六，下午三点半刚过，汤米反反复复地在队列中出错，弗朗茨·道伊彻（最极端的纳粹青年才会叫这种名字[①]）彻底受够了。

"你这个蠢货！"他浓密的金发直抖，冲着汤米劈头盖脸地骂道，"你这蠢猴子，在搞什么鬼？"

汤米胆怯地往后撤，左脸开始猛烈地抽搐，竟然现出喜悦的神色。他不仅面露胜利的笑容，仿佛还摆出一副乐于迎战的姿态。弗朗茨·道伊彻可不会容忍这个。他浅色的瞳仁狠狠地瞪着汤米。

"怎么？"他问道，"你还有话要说？"

汤米的抽搐变得越来越频繁，越来越猛烈。

"你是在嘲讽我吗？"

"万岁……"汤米嘴角抽搐，绝望地试图争取旁人的支持，但是"希特勒"这个词却怎么也说不出口。

就在此时，鲁迪挺身而出。他面对着弗朗茨·道伊彻，看着他的眼睛。"他有点毛病，长官……"

"我看得出来。"

"他耳朵有毛病，"鲁迪抢着把话说完，"他没法……"

"行了，"道伊彻搓着双手，"你们两个，都给我去操场上跑六圈。"他们服从命令，却跑得慢吞吞。"快点！"道伊彻的怒吼在身后追赶着他们。

六圈跑完后，处罚仍在继续，他们还要做几组跑动、卧倒、起立、再卧倒的动作。漫长的十五分钟后，他们终于做到了最后一组动作。

鲁迪低下头。

一摊歪歪扭扭的泥水在对着他微笑。

---

①道伊彻，即 Deutscher，在德语中指日耳曼人。

它仿佛在问：你以为你在看什么？

"卧倒！"弗朗茨命令道。

鲁迪跳过那摊泥水，趴到地上。

"起立！"弗朗茨笑了，"退后一步。"他们遵命行事。"卧倒！"

弗朗茨的意思再清楚不过，而这一次，鲁迪屈服了。他屏住呼吸，朝着泥水趴下去。当他趴在湿漉漉的泥巴里时，处罚才终于结束。

"非常感谢，两位绅士。"弗朗茨·道伊彻彬彬有礼地说道。

鲁迪爬起来，掏了掏耳朵里的泥，瞥了一眼汤米。

汤米闭着眼睛，他在抽搐。

那一天，当他们回到希默尔街，莉泽尔仍旧穿着少女联盟的制服，正在和一群小孩玩跳房子。她用余光看到了两个朝她走来的忧郁的人，其中一个招呼她过去。

他们来到施泰纳家门口的台阶上，这栋房子就像一个混凝土做的鞋盒。鲁迪将一整天的遭遇讲给她听。

十分钟后，莉泽尔坐了下来。

十一分钟后，坐在她身旁的汤米开口说道："都是我的错。"可是鲁迪摆摆手，欲言又止，但也没能笑出来。他用手指搓掉脸上的一道泥。汤米又开口了："都是我的……"这一次，鲁迪打断了他的话。

"汤米，求你了。"鲁迪脸上挂着一种奇特的心满意足的神情。莉泽尔从来没见过有谁像鲁迪这样，既可怜兮兮又活力四射。"别说话了，你就老老实实坐着，随你怎么抽搐，或者干点别的也成。"他继续讲下去。

他来回踱步。

他扯了扯领带。

一句句话朝她飞来，落在水泥台阶上某个地方。

"那个道伊彻，"他兴致高涨地总结道，"他针对我们，对吧，汤米？"

汤米一边抽搐一边点头。"都是因为我。"

"汤米，我是怎么说的？"

"你指哪一句？"

"就现在这句！给我安静点！"

"好吧，鲁迪。"

又过了一会儿，汤米孤零零地回家后，鲁迪换了另一种看起来很巧妙的新策略。

装可怜。

他在台阶上仔细查看制服上已经干了的泥，然后一脸绝望地看着莉泽尔的脸。"来一个怎么样，小母猪？"

"来一个什么？"

"你懂的……"

莉泽尔的反应一如往常。

"蠢猪。"她大笑着说，然后转身回家去了。虽然满身泥巴的鲁迪确实可怜兮兮的，但想换一个莉泽尔的吻就是另一回事了。

鲁迪站在台阶上，伸手挠着头发，脸上挂着悲伤的笑容，对着她大喊："总有一天，总有那么一天的，莉泽尔！"

仅仅两年之后，即便在凌晨时分，莉泽尔在地下室里写作时也时常心头一痛，想去隔壁看望他。她也意识到，大概就是希特勒青年团那些阴郁的日子，孕育出了鲁迪和她自己犯罪的欲望。

毕竟雨水丰沛，夏天如期而至。克拉尔苹果开始成熟了。还有很多偷窃的伟业要去完成。

输家

在鲁迪和莉泽尔看来，偷东西肯定是人多势众才安全。安迪·施迈克尔邀请他们去河边碰头。偷水果的行动很快就要排上日程。

"现在，你变成头头了？"鲁迪问道，但是安迪摇了摇头，因为失落而垂头丧气。显然，他想当头头却没能得逞。

"不是我，"他的声音失去了寻常的冷酷，带着点不确定，"头头另有其人。"

阿图尔·贝格的继任者

他有被风吹过一般的头发和阴郁的眼睛，

他就是一个流氓，

他只是因为享受而偷窃，

没有什么特别的理由。

他的名字叫维克托·切梅尔。

维克托·切梅尔和偷盗行当的大多数人不同，他家庭富足、应有尽有。他住在莫尔辛的富人区，家里的别墅建在高地上，当年把里边的犹太人赶出去时曾彻底地消过毒。他有的是钱，有的是香烟。可是，他还想要更多的东西。

他躺在草地上，四周围着一帮男孩。他声称："想多要点东西可算不得犯罪。""想多要点东西是德国人的根本权利。我们的元首是怎么说的？"他自问自答，"我们必须拿走理应属于我们的东西。"

维克托·切梅尔这等喜欢夸夸其谈的青年在德国随处可见。不幸的是，他也有一定的领导才能，一种让别人"跟我来"的魅力，所以总是出风头的那个。

当莉泽尔和鲁迪来到河边时，她听到维克托在问别人："你一直吹嘘的那两头迷途羔羊到底在哪里？都已经四点十分了。"

"我的表可还没到呢。"鲁迪说道。

维克托·切梅尔手肘一撑，坐起身来。"你哪来的手表？"

"我要是买得起表，还用得着来这里吗？"

新头头已经坐了起来，他笑了，露出一排整齐的白牙。然后，他把注意力转移到女孩身上。"这个小婊子是谁？"莉泽尔对这类脏话已经习以为常，只是盯着他雾蒙蒙的眼睛。

"去年，"她一样样说给他听，"我起码偷了三百个苹果和几十个土豆。铁丝网根本难不倒我，我从来都不会拖后腿。"

"真的？"

"当然，"她神态坚定、毫不退缩，"我们只要一点点，给我和我朋友留十来个苹果就行。"

"我觉得这点要求还是能办到的。"维克托点燃一根香烟，送到嘴边。他故意把烟喷到莉泽尔脸上。

莉泽尔忍住没有咳嗽。

除了头头换了以外，整个小组和去年如出一辙。莉泽尔心里也嘀咕过，为什么其他男孩没有自告奋勇地出来带领大家。可是扫视过每个人的脸，她才意识到这些人都不合适。他们偷起东西来都太大胆，必须得有人出来指挥他们。他们喜欢被人指挥，而维克托·切梅尔刚好喜欢发号施令。一个愿打一个愿挨。

有一段时间，莉泽尔很怀念阿图尔·贝格，常常希望他能回来。可是如果连他也要服从切梅尔的领导呢？已经无所谓了。莉泽尔心里十分清楚阿图尔·贝格骨子里并不专横，而他们的新头头却比他专横上百倍。去年，阿图尔·贝格让她明白，如果她困在树上，虽然他嘴上说着让大家快跑，却会回来救她。而今年，她马上就意识到，维克托·切梅尔会头也不回地跑开。

他站在那里看着这个瘦高的男孩和看似营养不良的女孩。"这么说来，你们想和我一起去偷？"

他们又不会有什么损失。于是，他们点点头。

他走上前来，揪住鲁迪的头发。"我要亲耳听到你的回答。"

"肯定想。"鲁迪说完，维克托才松开了他的刘海。

"还有你呢？"

"当然想了。"莉泽尔身手敏捷，躲过了同样的待遇。

维克托笑了。他碾灭香烟，深深吸了口气，挠了挠胸口。"我的绅士们，还有我的小婊子们，现在该出发去买东西了。"

这一伙人向前走时，莉泽尔和鲁迪像往常一样，走在最后面。

"你喜欢他吗？"鲁迪压低嗓门说道。

"难道你喜欢？"

鲁迪停了片刻。"我觉得他根本是个混账。"

"我也这么觉得。"

那些人在他们前边越走越远。

"快点，"鲁迪说，"我们落在后头了。"

走了几英里，他们到达了第一座农场，眼前的景象让他们大吃一惊。他们原以为果树上会挂满果实，然而这些树看上去很病弱，每根枝条上只各啬地挂着几个苹果。后面那个农场也没什么两样。也许是因为收成不好，也许是他们没有把握好时机。

傍晚时分，大家开始分赃。莉泽尔和鲁迪只分到一个小得可怜的苹果。那天的收获本来就糟糕透顶，而维克托·切梅尔给他们的分成又格外吝啬。

"你管这点东西叫什么？"鲁迪手里举着苹果问道。

维克托甚至都没有回头。"它看起来像什么？"这句话越过他的肩头飘过来。

"就一个烂苹果？"

"接好了。"一个被啃了一半的苹果向他们飞来，却掉在了地上，被啃过的那一面陷在泥里。"这个也归你了。"

鲁迪大为光火。"去你妈的。我们走了十英里，可不是为了这可怜巴巴的一个半苹果，是不是，莉泽尔？"

莉泽尔没有回答。

她没有时间回答，因为她还没来得及开口，维克托·切梅尔就骑到了鲁迪身上。他用膝盖压住鲁迪的胳膊，双手掐着他的喉咙。在维克托的逼迫下，安迪·施迈克尔把地上的苹果捡了起来。

"你弄疼他了。"莉泽尔说。

"有吗？"维克托又露出笑容。莉泽尔讨厌他的笑。

"他没有弄疼我。"鲁迪挤出一句话，他的脸都憋红了，鼻子里淌出血来。

又压了一会儿，维克托才放过了鲁迪，从他身上下来，大摇大摆地走了几步，说："起来吧，孩子。"鲁迪聪明地照办了。

维克托又晃荡着走过来，与鲁迪对视。他伸手轻轻地揉了揉鲁迪的胳膊，给了他一个坏笑和一句轻轻的忠告。"下一次，你要是不想让鼻子里的血变成喷泉，那么我建议你离我们远一点，小朋友。"他看了一眼莉泽尔，"别忘了带上这个小骚货。"

所有人都一动不动。

"怎么，你们在磨蹭什么？"

莉泽尔牵起鲁迪的手，拉着他离开，鲁迪却回过头往维克托·切梅尔的脚下吐了一口带血的唾沫。它引来了一句最后的警告。

> **维克托·切梅尔给鲁迪·施泰纳的警告**
> "我的朋友，总有一天你要为此付出代价。"

不管你有多讨厌维克托·切梅尔，但他确实有耐心，还有一副好记性。大约五个月后，他才将警告变成现实。

涂鸦

如果说一九四一年的夏天是在鲁迪和莉泽尔的四周堆积起来的，那么它也将在马克斯·范登堡的生命中留下文字和色彩。在地下室里最孤独的时刻，马克斯感到文字在他四周堆积。各种想象喷涌而出，有时还会从他的手上倾洒出来。

他手头有一小批工具：

一本漆成白色的书。

一大把铅笔。

满脑袋的奇思妙想。

他像编织谜语一样将它们拼凑成形。

一开始，马克斯只打算写自己的故事。

他打算写下自己遭遇的变故，正是它们将他引向希默尔街的地下室，可是从他笔尖流淌出来的却不是这个故事。马克斯的流亡创造出了一个完全不同的故事，里面全是杂乱无章的思绪，他选择照单全收，因为它们有着真实的触感。比起他写给家人，写给瓦尔特·库格勒的信（他心里明白，这些信永远都寄不出去），这些思绪反倒显得更为真实。那些被亵渎的《我的奋斗》的书页，如今一页页地变成了涂鸦，其中描绘的事件将他过往的人生彻底重写。有些涂鸦只要画几分钟，有些要画上几小时。他下定决心，等到故事画完，等到莉泽尔足够成熟，等到一切荒诞不经都已经结束，他要把它送给莉泽尔。

自从在第一页漆过的纸上动笔后，他始终保守着这个秘密。他常常将它放在手边，连睡觉时都不松手。

一天下午，马克斯做完俯卧撑和仰卧起坐，靠在地下室的墙上睡着了。莉泽尔下来后，发现那本书正靠在他身旁，斜倚在他的大腿上。她按捺不住好奇心，俯身将它捡起。她以为马克斯会醒来，但是他没有，他的脑袋和肩膀依旧安稳地靠在墙上，呼吸声只是依稀可闻，微弱的鼻息时进时出。莉泽尔打开书，随手翻开几页……

这些画把莉泽尔吓了一跳，她赶忙将书放回原位，让它靠在马克斯的大腿上。

一个声音令她汗毛倒竖。

"非常感谢。"那个声音说。当她循着声音的来路，把目光投向它的主人时，犹太人的嘴唇上闪现出心满意足的模样。

"我的天哪，"莉泽尔喘着粗气，"你吓着我了，马克斯。"

他回到睡眠中，女孩则带着同样的思绪走上台阶。

你吓着我了，马克斯。

Not the Führer— the conductor!

他不是元首，而是指挥！

多么美好的一天……

《吹口哨的人》和鞋子

夏去秋来，生活还是老样子。鲁迪竭尽全力地在希特勒青年团生存下来。马克斯还在做俯卧撑，画他的涂鸦。莉泽尔继续搜罗报纸，还在地下室的墙上刷上了新的生词。

值得一提的是，每个重复的日子都至少有一处偏差的地方，总有一天会彻底脱离轨道，或者翻到新的一页。鲁迪和那片刚刚施过肥的运动场将成为决定性因素。

十月末，一切如常。一个满身是泥的男孩走在希默尔街上。他本该在几分钟后就回到家中。他本该对家人撒谎，说自己在希特勒青年团分部接受了额外的训练。他的父母本来甚至该听他讲讲发生了什么好笑的事。但他没这么做。

这一天，鲁迪笑不出来，也没力气撒谎。

在这个不同寻常的星期三，莉泽尔定睛一看，发现鲁迪·施泰纳竟然光着上半身，而且还火冒三丈。

"怎么回事？"她问步履沉重地走过身边的鲁迪。

他转过身，递来衬衫。"闻闻看。"他说。

"什么？"

"你聋了吗？我说闻闻看。"

莉泽尔不情愿地俯下身，闻了闻这件可怕的棕色衣裳。"耶稣、马利亚和约瑟啊，这是……"

男孩点了点头。"我下巴上也有。下巴上！没吞下去算我运气好！"

"耶稣、马利亚和约瑟啊！"

"希特勒青年团的操场刚刚施过肥，"他忍着恶心猜测道，"我觉得应该是牛粪。"

"那个叫什么的，就是那个道伊彻，他知道操场施过肥吗？"

"他说他不知道，可是他明明在笑。"

"耶稣、马利亚和……"

"你能不能别念叨个不停?！"

此时的鲁迪急需一场胜利。他已经在和维克托·切梅尔的对决中落败了。不断地忍受着希特勒青年团里的磨难，他只想要一场小小的胜利，他决心要赢得这场胜利。

他继续走在回家的路上，踏上水泥台阶时，他改变了主意，果断地回头对着女孩。

他小心翼翼地轻声说道："你知道什么事情能给我加油鼓劲吗？"

莉泽尔向后一缩。"如果你认为，我会在这种情况下给你……"

他看上去似乎对她有些失望。"不是，我不是这个意思。"他叹了口气，向前走了一步，"是另外一件事。"他想了一会儿，几乎不着痕迹地抬起头，"你看看我现在的样子，脏兮兮的，浑身散发着牛粪味或者狗屎味，随你怎么看，我还跟平常一样饿得不行。"他停顿了一下。"我需要一场胜利，莉泽尔。没有半句假话。"

莉泽尔怎么能不知道。

虽然他臭气熏天，她还是走上前来。

偷东西。

他们必须偷点什么。

不。

他们必须把什么东西偷回来。随便什么都行，只要尽快就好。

"这一次就你和我，"鲁迪提议道，"不跟着切梅尔，也不带施迈克尔。

就你和我。"

女孩抵挡不住诱惑。

她手痒了，心跳加速，嘴角也在同一时间浮现出笑容。"听起来很棒啊。"

"那么就说定了。"尽管鲁迪试图隐藏兴奋，但沾着粪肥的脸上还是露出了笑容。"明天怎么样？"

莉泽尔点点头。"就明天。"

他们的计划非常完美，除了有一个瑕疵。

他们不知道该从哪儿开始。

水果已经摘光了。鲁迪瞧不上洋葱和土豆，此外他们还决心不去打奥托·施图尔姆和他家农产品的主意。干一票已经恶贯满盈，干两票就丧尽天良了。

"所以我们到底该偷什么？"鲁迪问。

"我怎么知道？偷东西是你的主意，不是吗？"

"可你总不能一点脑筋都不动啊。不能什么事都由我来操心。"

"你根本就没动过脑子……"

他们一边吵嘴一边在小镇里游荡。来到郊外，他们看到了最近的几个农场，以及形如瘦弱的雕塑的果树。树枝干枯凄凉，除了枝杈和空荡荡的天空外便一无所有。

鲁迪吐了口唾沫。

他们穿过莫尔辛小镇往回走，一路上提出了各种方案。

"去偷迪勒太太的商店怎么样？"

"那我们该怎么对付她？"

"也许我们只要说完'希特勒万岁'，就算偷了东西也不会有事。"

在慕尼黑大街上游荡了一个小时后，白日终于走到尽头，而他们已经快要放弃了。"一点用都没有，"鲁迪说道，"我越来越饿了。老天啊，我快饿死了。"他向前走了十几步，然后停下脚步回过头来。"你怎么回事？"原来莉泽尔站在原地不动了，她一脸恍然大悟的表情。

为什么之前就没想到呢？

"怎么了？"鲁迪越来越不耐烦，"小母猪，你是怎么回事？"

此时此刻，莉泽尔还在犹豫。她能把自己的想法付诸实践吗？她真的可以这样复仇吗？她对那个人的仇视真有这样深？

她突然调头走向相反的方向。当鲁迪追上来时，她稍微放慢脚步，试图让自己想得更为透彻。毕竟，她已经有负罪感了。湿漉漉的土壤中，种子已经萌芽，开出一朵黑色的花。她掂量了一番，自己真的可以承受良心的谴责吗？在一个十字路口，她停下了脚步。

"我知道一个地方。"

他们穿过河流，爬上山丘。

来到格兰德街，两旁的景色尽收眼底。每座豪宅的前门都闪闪发亮，屋顶的瓦片像假发一样齐齐整整，墙面和窗户都修得很漂亮，烟囱里冒着烟圈。

鲁迪停下脚步。"你说的地方是镇长家？"

莉泽尔一脸严肃地点点头，之后是一阵停顿。"他们炒了我妈妈的鱿鱼。"

他们走向镇长的宅邸，鲁迪问到底有什么本事可以进去，但莉泽尔心里有数。"我自有办法。"她答道。可是，当他们来到房子的另一侧，找到书房的窗户时，莉泽尔着实吃了一惊。窗户关得严严实实。

"怎么办？"鲁迪问道。

莉泽尔慢慢转过身，然后匆匆跑开了。"看来今天不行。"她说道。鲁迪大笑起来。

"我就知道，"他追了上来，"我就知道，你这头肮脏的小母猪。就算拿到钥匙，你还是进不去。"

"少跟我来这套，"她加快步伐，并不理会鲁迪的玩笑，"我们只不过要等待恰当的时机。"其实看到窗户紧闭时，她心里闪过一丝欣喜，但决定不予理睬。为什么，莉泽尔？她自问道。当他们炒了妈妈的鱿鱼时，你为什么要恶言相向？你为什么就不能闭上你那张大嘴巴？因为你心里很清楚，自从你对镇长太太大喊大叫之后，如今她已经彻底洗心革面。也许她已改过自新，重新振作起来。也许她再也不会在豪宅里瑟瑟发抖，而这扇窗户再也不会打开了……你这头愚蠢的小母猪。

可是，一个星期后，在他们俩第五次爬上莫尔辛那座山丘时，窗户打开了。

窗户敞开了一条小缝，只容微风进入。

但一条小缝就够了。

鲁迪先停下脚步。他用手背敲了敲莉泽尔的肩胛骨。"那扇窗户，"他小声说，"是不是开着？"他的渴求从语气中流露出来，像只手臂一样落在莉泽尔的肩头。

"当然了。"她答道。

而她的心竟变得如此火热。

之前的每一次，当他们发现窗户关得严丝合缝时，莉泽尔表面的失望掩盖了内心汹涌的解脱感。她能厚着脸皮爬进去吗？她爬进去到底是为了谁，又是为了什么？为了鲁迪？为了找东西吃？

都不是，那令人厌烦的真相是——

其实她根本不在乎食物。至于鲁迪，无论她多么排斥这个念头，鲁迪也不是计划里的主角。她想要书，想要《吹口哨的人》。她无法忍受自己从一个孤独悲哀的老女人手里接过那本书。可要是把它偷到手，就相对容易接受了。往歪里想，偷到它跟赢到它也没什么两样。

房子里的灯光忽明忽暗。

他们两个被这座完美无瑕的大房子吸引。一堆主意在他们的脑子里打转。

"你饿吗？"鲁迪问。

莉泽尔回答："快饿疯了。"她饥饿是因为一本书。

"快看，楼上亮起了一盏灯。"

"我看到了。"

"还是很饿，小母猪？"

他们的笑声散发出紧张的意味，接下来就要决定谁进屋，而谁又留在外边放风。作为男人，鲁迪认为应该由他发起进攻，但更熟悉地形的人显然是莉泽尔。只有她进过这个房间，只有她了解窗户另一头的情况。

她当仁不让地说道："当然是我进去。"

莉泽尔闭上了眼，紧紧地闭着。

她强迫自己在记忆中搜寻镇长和他太太的身影。她看着自己渐渐和伊尔莎·赫尔曼成了朋友，又对自己强调这段友谊已被自己掐灭和抛弃。这么做真的奏效了。她开始厌恶他们。

侦察过街道后，他们静悄悄地穿过了院子。

现在，他们已经来到窗户下面。两个人的呼吸声变得很粗重。

"喂，"鲁迪建议说，"把鞋子留在外边，你的动静会小一点。"

莉泽尔没有出声反对，她解开破旧的黑鞋带，把鞋子脱在地上。她站起身，鲁迪轻轻打开窗户，宽度刚够莉泽尔爬进去。窗户打开时发出的声音像一架低空飞行的飞机从头顶呼啸而过。

莉泽尔爬到窗棂上，扭动身体钻进窗户。双脚落在木地板上发出的声响远超她的预想，她才承认脱掉鞋子确实是个好主意。她的脚底生生地撞到地板上，疼痛在袜子里蔓延开来。

书房还是以前的模样。

灰尘飞扬、光线昏暗，莉泽尔把怀念的感触先丢到一旁。她向前挪动，好让眼睛适应房间里的光线。

"里面什么情况？"窗外传来鲁迪刺耳的低语，可是莉泽尔冲他摆摆手，示意他保持安静。

"吃的，"他提醒她，"去找吃的，有香烟也行。"

可是她的脑袋里完全装不进这两样东西。在镇长的书房里，她又一次置身书的海洋，它们五彩斑斓、内容各异，书脊上印着银色或金色的书名，她觉得自己到家了。她可以闻到纸张的油墨味。她几乎能品尝到那些堆砌在四周的文字的味道。她明白自己想要的是哪一本，知道它确切的位置，可是她来到通常放着《吹口哨的人》的那个书架前，它却不在那里。它的位置上只有一条窄窄的缝隙。

她听到脚步声从楼上传来。

"那盏灯！"鲁迪小声的提醒飘进了敞开的窗户，"灭掉了。"

"见鬼！"

"他们下楼了。"

这个瞬间显然无比漫长，然后她在电光石火间做出了一个永恒的决定。她的双眼在房间里扫视了一圈，看到《吹口哨的人》正耐心地躺在镇长的书桌上。

"快走。"鲁迪警告她。但莉泽尔镇定地走到书桌前，拿起书，小心翼翼地出来。她先把头探出窗户，然后双脚落地，疼痛再次弥漫开来，这一次来自脚踝。

"加油，"鲁迪给她鼓劲，"快跑，快跑！"

等到他们跑过街角，拐进通往河流和慕尼黑大街的那条路时，莉泽尔停下来，弯着腰恢复体力。她垂下身子，空气仿佛在她的嘴里冻结了，心跳声在耳边怦怦响。

鲁迪跟她一模一样。

他转过头，看见她夹在腋下的书，勉强开口说道："怎么——"他好不容易才说出话来，"是本书？"

黑暗已经彻底笼罩大地。莉泽尔喘着气，喉咙里的空气逐渐解冻。"我尽力了，可那里除了书什么也没有。"

莉泽尔并不走运，鲁迪嗅出了其中的猫腻。这是谎言。他扬起头，说出了他觉察到的真相："你进去本来就不是为了偷吃的，对不对？你偷到了你想要的……"

莉泽尔身子一挺，打了个激灵，她突然意识到另一件事情。

鞋子。

她的双眼扫过鲁迪的双脚，然后是双手，接着又扫过了他周围的地面。

"怎么了？"他问，"怎么回事？"

"蠢猪，"她骂道，"我的鞋子去哪儿了？"鲁迪的脸变得煞白，这彻底证实了她的疑虑。"它们还在房子那边，是不是？"

鲁迪拼命地四下寻找，不肯承认现实，希望能在身旁找到那双鞋子。

他想象着自己将鞋子捡起来了，希望这一切都是真的，可是哪里都找不到那双鞋。如今那双鞋正躺在格兰德街八号的墙根下，已经毫无用处，甚至可能给他们招来灾祸。

"你这个白痴！"他掴了自己一耳光，骂了一句。他羞愧地低下头，看到莉泽尔令人郁闷地只穿着袜子，很快做了决定，要弥补自己的过错。他诚恳地说了句"等我一会儿"，然后扭头跑向街角。

"别被逮到了。"莉泽尔在他身后喊道，可是他没有听见。

鲁迪离开之后，每一分钟都过得很慢。

四周已经一片漆黑，莉泽尔心里明白，等她回到家，一顿体罚肯定是免不了的。"快一点。"她喃喃自语，可鲁迪仍旧不见踪影。她开始想象着警笛声从远方响起，越来越近，然后停下来。

他仍旧不见踪影。

直到她踩着肮脏潮湿的袜子来到两条街道的岔路口时，才看到鲁迪的身影。他大步流星地向她走来，高高昂着头，一脸胜利的表情。他紧咬着牙关，脸上泛着笑容，鞋子在他手里晃荡。"它们差点要了我的命，"他说，"但我还是拿到了。"他们过了河，鲁迪把鞋子交到莉泽尔手里，她把鞋子扔在了地上。

她坐在地上，抬头看着自己最好的朋友。"谢谢。"她说。

鲁迪鞠了个躬。"这是我的荣幸。"他又想得寸进尺。"我猜，如果为了这件事想亲你一下，恐怕也不能如愿吧？"

"为了拿回本来就是你丢下的鞋子？"

"有道理。"他抬起手，一边走路一边继续说个没完，莉泽尔尽量不去理会他。她只听到了最后一句话："反正我也不想亲你，你的嘴巴臭得跟鞋子一样。"

"你真恶心。"她告诉他，希望他没注意到，一丝还未成形的笑意滑过了她的嘴角。

回到希默尔街上，鲁迪夺过书，借着路灯读出了书名，却不知道这本书要讲些什么。

莉泽尔恍恍惚惚地回答说："讲了一个谋杀犯的故事。"

"就讲了这么点东西？"

"还讲了一个想要抓他的警察。"

鲁迪把书还了回去。"说到这个，我觉得等我们回家的时候，我们也会被宰掉的，尤其是你。"

"为什么是我？"

"你懂的，你妈妈啊。"

"她怎么了？"莉泽尔突然开始行使每个家庭成员都拥有的权利。责怪、抱怨或者批评自家人都是理所应当的事，却不允许外人这么做。这种时候，你必须吹胡子瞪眼，显示出你对家人的忠诚。"她有什么做得不对的地方吗？"

鲁迪退却了。"对不起，小母猪。我不是故意说她坏话。"

即便是在晚上，莉泽尔依然发觉鲁迪已经长大了。他的脸在变长，金黄的头发变得暗沉，衬得五官似乎也变了样子。但是有一样东西不曾改变。那就是谁也不可能一直生他的气。

"今天晚上，你家里有没有好吃的东西？"他问道。

"估计没有。"

"我家也是。可惜书不能拿来吃。阿图尔·贝格曾经说过这句话，记不记得？"

在余下的路途中，他们回忆着过去的美好时光，莉泽尔时不时低头看看《吹口哨的人》，看看它灰色的封皮和黑色的书名。

在他们各自回家前，鲁迪停了片刻，说："再见，小母猪。"他大笑起来。"晚安，偷书贼。"

这是莉泽尔第一次被冠以这个头衔，她发现自己竟然非常喜欢它。我们都知道，她过去也偷过几本书，但是在一九四一年十月末，"偷书贼"成了她的正式称号。那天晚上，莉泽尔·梅明格正式成为偷书贼。

鲁迪·施泰纳干了三件蠢事

鲁迪·施泰纳真是个怪才

1. 他从当地的马默杂货店偷了个头最大的土豆。

2. 在慕尼黑大街与弗朗茨·道伊彻较量。

3. 再也不参加希特勒青年团的集会。

鲁迪干出的第一件蠢事是因为贪婪。那是在一九四一年十一月中旬，一个典型的沉闷的下午。

一开始，他很聪明地在拿着配给券的女人堆里穿梭，要我说，他还真有点犯罪的天赋。他几乎没有引起任何人的注意。

毫不惹眼的他拿起了土豆堆里最大的一个，而它早就被队伍里的好几个人相中了。他们眼看着这个十三岁的男孩抬起手，一把拿走了它。一群体格魁梧的德国女人齐声揪出了这个小贼，托马斯·马默大发雷霆地冲了过来。

"想偷我家的土豆？"他叫道。

鲁迪双手捧着土豆（他一只手实在拿不住），而女人们已经像一群摔跤手似的将他团团包围。他必须说些花言巧语替自己开脱。

"我们一家子。"鲁迪解释道。一行清澈的液体适时地从他的鼻子里流出来。他故意不将它擦掉。"我们已经饿得不行了。我妹妹需要一件新外套。她最后一件衣服被人偷了。"

马默可不是傻瓜。他揪着鲁迪的衣领说："难道你打算用土豆给她做件衣服吗？"

"不是的，先生。"他歪着头，只能看到马默先生的一只眼睛。马默是个强壮得像水桶的男人，两只小眼睛犹如弹孔一样深邃。他的牙齿密集地挤在一起，像一群看足球赛的观众。"三个星期前，我们把所有配给券都拿去换外套了，现在已经吃不上饭了。"

杂货店老板一只手抓着鲁迪，另一只手抓着土豆。他朝妻子喊出了那个令鲁迪闻风丧胆的词。"报警。"

"别，"鲁迪央求道，"求您了。"后来他告诉莉泽尔，他心里一点都不害怕。不过我很确定，在那个时候，他的心跳得要炸裂了。"别报警，求您了，别报警。"

"报警。"尽管男孩奋力挣扎，在空中扭动，但是马默不为所动。

那天排队的长龙中还有一名老师，林克先生。学校里有些老师既不是神父也不是修女，林克老师便属于这个群体。鲁迪注意到了他，便盯着他的双眼向他求助。

"林克先生，"这是他最后的机会，"林克先生，求求你告诉他，告诉他我有多么穷。"

杂货店主用询问的眼神看着老师。

林克先生上前一步说道："是的，马默先生。这个男孩一贫如洗。

他家住在希默尔街。"说到这里，那群气势汹汹的女人开始交头接耳，她们明白希默尔街绝不是莫尔辛田园牧歌生活的象征。它是个相当出名的贫民区。"他有八个兄弟姐妹。"

八个!

鲁迪必须忍住笑意，因为他还没有洗脱罪名。至少他让老师替自己撒谎了。他竟然给施泰纳一家添了三个孩子。

"他常常不吃早饭就来学校读书。"

那群女人又在窃窃私语。他还在添油加醋。

"难道你的意思是，他应该偷我的土豆？"

"还是最大的那个!"某个女人脱口而出。

"不要嚷嚷，梅茨太太。"马默提醒她，她马上住口了。

起先，所有注意力都集中在鲁迪和他的后颈上，之后又在男孩、土豆和马默（从最好看的到最难看的）之间来回转移，杂货店主到底为什么放过了鲁迪，大概到最后也无人知晓吧。

是因为男孩可怜吗？

是因为林克先生的威严吗？

还是因为烦人的梅茨太太？

无论出于什么原因，马默把土豆扔回土豆堆上，把鲁迪拽出商店，用穿着靴子的右脚用力踹了他一下，说道："别让我再看到你。"

鲁迪站在外头，看着马默回到柜台，招呼下一位顾客，同时不忘含沙射影地挖苦他。"您想要哪个土豆呢？"他一边说着，一边留意鲁迪的动向。

对于鲁迪来说，还有另一场失败在等着他。

第二件蠢事的危险程度不亚于第一件，但原因有所不同。在这次冲突之后，鲁迪会收获一个乌青的眼圈、受伤的肋部和一个新发型。

汤米·穆勒又在希特勒青年团的集会上惹了麻烦，弗朗茨·道伊彻则等着鲁迪出手管闲事，他果然不用等太久。

鲁迪和汤米又双双受罚，其他人则回到教室学习战术。在冷风中绕圈跑时，他们能透过窗户看到温暖的教室里人头攒动。即便当他们归队，刁难也没有结束。鲁迪蹲在墙角，在窗户边揩去袖口的泥巴，这时，弗朗茨拿出希特勒青年团里最常见的问题，对他开火。

"我们的元首阿道夫·希特勒的生日是哪一天？"

鲁迪抬起头。"对不起，你说什么？"

他又问了一遍，而愚蠢的鲁迪·施泰纳明明知道答案是一八八九年四月二十日，回答的却是基督的生日。他甚至画蛇添足地补充说伯利恒是他的出生地。

弗朗茨开始搓手。

这是一个非常糟糕的征兆。

他走过去，命令鲁迪再出去多跑几圈。

鲁迪独自在操场上奋战，每跑完一圈，都要回答同样的问题，元首的生日到底是哪一天。他足足跑了七圈才说出正确的答案。

最大的麻烦出现在集会的几天后。

鲁迪在慕尼黑大街的人行道上撞见了道伊彻和他的几个朋友，他突发奇想地想朝道伊彻扔石头。你也许想问，这家伙到底在想些什么。答案当然是他根本没动过脑筋。他大约会说，自己在行使上帝赋予他的做蠢事的权利。也许真是这样，或者是他一看到弗朗茨·道伊彻，就生出了自我毁灭的欲望。

石头砸中了目标的脊梁骨，不过力道没有鲁迪预想的那么重。弗朗茨·道伊彻转过身来，似乎很高兴地发现使坏的人竟然是鲁迪，而鲁迪身旁站着莉泽尔、汤米，还有汤米的妹妹克里斯蒂娜。

"赶快跑吧。"莉泽尔催促他，可是鲁迪没有动。

"现在可不是在希特勒青年团。"他告诉莉泽尔。那些大孩子已经围了上来。莉泽尔和抽搐的汤米，还有纤弱的克里斯蒂娜也没有从朋友的身旁走开。

"施泰纳先生。"弗朗茨叫了一声，接着就抓起鲁迪，将他摔在人行道上。

鲁迪站起来，却只是进一步点燃了弗朗茨的怒火。他再次将鲁迪摔倒在地，并用膝盖顶住他的胸膛。

可鲁迪还是站了起来，那群大男孩开始嘲笑他们的朋友。这对鲁迪来说绝不是什么好消息。"你就不能给他点苦头吃吗？"个子最高的那个发话了。他的双眼像天空一般碧蓝而冷峻，这种激将法正中弗朗茨的下怀。他决心要把鲁迪击倒在地，让他再也爬不起来。

人群在他们四周聚集起来，鲁迪挥拳向弗朗茨·道伊彻的腹部猛攻，却一下都没打中。与此同时，他的左眼眶挨了一拳，火辣辣地疼起来。他眼冒金星，倒地之后才明白自己的处境。同一个部位随即又挨了一记拳头，他能感到眼睛旁边的瘀伤变得又青又黄又紫。这令人爽快的疼痛竟有三层色彩。

越聚越多的看热闹的人不怀好意地盯着鲁迪，想看他究竟能不能再站起来。他没能站起来。这一次，他躺在冰冷潮湿的地上，感觉凉意透过衣服渗进来，弥漫到全身，又散发了出去。

金星还在他眼中闪烁，当弗朗茨拿着一把崭新的折刀逼近他时，他没能反应过来，等注意到时已经太晚了，弗朗茨正要俯下身用刀割他的头发。

"住手！"莉泽尔出言阻止，却被那个高个子拉了回来。在她听来，他的声音低沉又老练。

"别担心，"他向她保证，"他不会真的下狠手，他没那个胆子。"

但他错了。

弗朗茨跪下来，靠近鲁迪身旁，一边轻声说话。

"我们元首的生日是哪天？"每一个字都清清楚楚地灌进他的耳朵。"说啊，鲁迪，他的生日是哪天？如果你答得上来，我就放过你，别害怕。"

那么鲁迪呢？

他会如何作答？

他到底会谨慎地掂量着回答，还是在愚蠢的泥潭中越陷越深？

他面带微笑，盯着弗朗茨·道伊彻淡蓝色的双眼，做出了回答："复活节后的星期一。"

话音刚落，小折刀就划过他的头发。在莉泽尔的这段人生里，这是第二次理发。给犹太人理发用的是生锈的剪刀。而她最好的朋友是被一把闪闪发光的小刀削去了头发。她明白没人会为这样的理发花钱。

对鲁迪来说，到目前为止，他已经吞过泥巴，泡过粪肥，被一位潜在的犯罪分子殴打，如今又在慕尼黑大街上公然受辱，这将是压垮骆驼的最后一根稻草。

他的刘海几乎被剃得干干净净，几乎每一刀下来，都有一撮苦苦支撑的头发被彻底割断。随着一把把头发落地，鲁迪龇牙咧嘴，他乌青的眼圈跳动着，胸腔中闪过痛楚。

"一八八九年，四月二十日！"弗朗茨训斥他。他带着一帮兄弟离开，人群也渐渐散去，只留下莉泽尔、汤米和克里斯蒂娜还陪在他们的朋友身边。

鲁迪一声不响地躺在地上，躺在升腾的潮气中。

如今只剩下第三件蠢事了，逃避希特勒青年团的集会。

他没有立即逃避，这只是为了做给道伊彻看，证明他不是因为害怕道伊彻才缺席的。可是几个星期后，鲁迪便再也不参加活动了。

他骄傲地穿着制服，大步离开希默尔街，身旁跟着忠实的臣民汤米。

他们不再参加希特勒青年团的集会，而是走出小镇，沿着安珀河一路闲逛。他们踩着石子，将巨大的石块推入水中，就这样整天无所事事。他一定要把衣服弄得够脏，至少要在青年团的第一封信寄来前骗过妈妈。那封信寄到的时候，他听到厨房里传来可怕的呼唤声。

一开始，父母威胁他。他没有屈从。

他们改为央求他，他还是拒绝了。

到最后，组织给鲁迪一个机会，让他换到另一个分部，才终于令他步入"正轨"。谢天谢地，要是他继续缺席，施泰纳一家就要因此被罚款了。他哥哥库尔特前去询问，能不能让鲁迪加入专门教授飞机与飞行知识的航空分部。他们基本上只造得出飞机模型，但那里至少没有弗朗茨·道伊彻。鲁迪应允下来，汤米也随之加入那个分部。在他这一生中，唯独这一件蠢事带来了良好的结果。

在新分部里，但凡被问及那个大名鼎鼎的关于元首的问题，鲁迪都会微笑着回答："一八八九年四月二十日。"然后，他会悄声告诉汤米一个不同的日期，比方说贝多芬的生日、莫扎特的生日，或是施特劳斯的生日。他们在学校里学过这些作曲家的生平，鲁迪虽然是个大笨蛋，却在这方面成绩优异。

漂流之书

（下）

十二月初，鲁迪·施泰纳终于以出人意料的方式迎来了胜利。

那一天既寒冷又安静，快要下雪了。

放学后，鲁迪和莉泽尔在亚力克斯·施泰纳的裁缝店门口稍微休息了一下，继续往家走，却在街角遇见了鲁迪的"老朋友"弗朗茨·道伊彻。那段日子里，莉泽尔总是随身带着《吹口哨的人》。她喜欢把它捧在手里，摩挲它那光滑的书脊和粗糙的纸张。首先注意到道伊彻的是莉泽尔。

"快看。"她指了指。道伊彻正同另一个希特勒青年团的头头一起，慢悠悠地向他们走来。

鲁迪吓得往后缩了缩。他眼睛上的旧伤似乎在隐隐作痛。"这一次就算了，"他扫视着街道，"如果走教堂那条路，我们可以沿着河边再绕回来。"

莉泽尔不再言语，只是跟着他。他们成功地避开了鲁迪的克星，直接走了另一条路。

可是他们没有想到。

一群吞云吐雾的人正从桥上走过来，其实他们完全可能是其他人，却偏偏又不是。当两伙人认出对方时，想回头已经来不及了。

"哎哟，不好，被他们看见了。"

维克托·切梅尔笑了。

他的语气亲切又和蔼，但意味着此时的他反而十分危险。"哟，我说是谁呢，这不是鲁迪·施泰纳和他的小婊子吗？"他们擦身而过，维克托从莉泽尔手中一把夺过了《吹口哨的人》。"瞧瞧啊,我们在看什么书?"

"这是我们俩的事情,"鲁迪试图跟他理论,"跟她没有半点关系。快点还给她。"

"《吹口哨的人》,"他把话头转向莉泽尔,"好看吗?"

她清了清嗓子说:"还不赖。"可她的双眼背叛了她,流露出忧心忡忡的神色。因为此时她知道了,维克托·切梅尔打算将这本书当作筹码。

"我跟你这么说吧,"他说,"给我五十马克,我就把书还给你。"

"五十马克!"说话的是安迪·施迈克尔,"得了吧,维克托,这么多钱够买一千本书了。"

"我让你说话了吗?"

安迪不再作声。他的嘴巴仿佛砰的一下闭上了。

莉泽尔故作镇静。"你要就只管拿去好了,反正我已经读过了。"

"故事的结局是什么?"

该死的。她还没有读到结尾。

她的犹豫立即被维克托·切梅尔察觉了。

鲁迪赶忙帮腔。"得了吧,维克托,不要抓着她不放。我才是你的眼中钉。你随便让我做什么都行。"

那个大孩子高举着书,重重地将他推到一旁。看来鲁迪说得不对。

"你错了,"他说,"是我随便想做什么都行。"说完,他走向河边,其他人急忙跟在他身后,连走带跑。有的人出声抱怨,有的人则煽风点火。

一切发生得如此迅速,又如此随意。等候着鲁迪的是问题,是嘲弄,是一个故作友好的声音。

"你告诉我,"维克托说道,"上一届柏林奥运会的铁饼冠军是谁?"

他转身面对自己那伙人，开始活动手臂。"到底是谁啊？去他妈的，就在我嘴边，是个美国人对不对？是叫卡彭特，还是……"

鲁迪说："求你了！"

河水泛起浪花。

维克托·切梅尔抬起手在空中抡了几圈。

他松开手时，书高高地飞了出去。封面掀了起来，书页摇曳着飞离了岸边。它画出一道陡峭的抛物线，仿佛被吸进了河里，撞上水面时发出啪的一声，然后顺着水流漂向下游。

维克托摇了摇头。"高度差了点，扔得不够漂亮。"他的脸上又绽开笑容。"不过也足够赢这一轮了，是吧？"

莉泽尔和鲁迪扭头就走，他们俩可没打算干站着让他们嘲笑。

尤其是鲁迪，他已经沿着河岸飞奔起来，搜寻着那本书的下落。

"你找到了吗？"莉泽尔大喊。

鲁迪一路狂奔。

他沿着河边追，指给她看书的位置。"在那里！"他停下来指了指，接着又开始跑，想跑到它前面去。没过多久，他脱下外套跳入水中，向河中央走去。

莉泽尔放缓脚步，每一步的痛苦都被她看在眼里。河水寒冷刺骨。

走近后，她看到书从他身旁漂过，不过他迅速赶上了。他伸出手，抓住了湿透的纸壳和书页。"《吹口哨的人》！"男孩大声喊道。那一天，从安珀河顺流而下的书仅此一本，但他仍然觉得应该大声宣布一下。

还有一件特别有趣的事情，鲁迪手里举着书，站在寒冷刺骨的河水里，没有立即上岸。他在水里站了一分多钟。他从来没有向莉泽尔解释过，但我想她很清楚，这里面有两层意思。

鲁迪·施泰纳不顾寒冷的动机

1. 在经历几个月的失败后，

这是他唯一可以欢庆成功的时刻。

2. 这无私的举动给了他一个绝佳的借口，

向莉泽尔索取一个吻。

她怎么可能拒绝呢？

"换你一个吻怎么样，小母猪？"

他在齐腰深的河水里站了片刻，然后爬上岸把书递给她。他的裤子贴在腿上，可是他没有停下脚步。事实上，我认为他在害怕。鲁迪·施泰纳其实害怕偷书贼的吻。他心心念念了那么久。他肯定爱得无比深沉，深沉到再也无法索取她的亲吻，最后长眠地下都没有得到。

Chapter 06

第六章

送梦人

内容提要

死神日记——雪人——十三份礼物——下一本书——

关于犹太尸体的噩梦——报纸般的天空——不速之客——

男孩的笑——还有献给被毒气杀害的人的最后一吻

死神日记：一九四二年

那是值得铭记的一年，就像公元七十九年，就像一三四六年，[①] 就像许许多多其他重要的年份。别老觉得我随身带着把镰刀，真该死。我需要的是扫帚或拖把。我也需要休个假。

> 一个小小的真相
>
> 我可没有带着镰刀。
>
> 只有在天冷的时候，我才披上一件带兜帽的黑色长袍。
>
> 我的脸可不像骷髅头，
>
> 你可没法大老远就把我认出来。
>
> 你想知道我实际上长什么样？
>
> 我来帮帮你。在我继续讲故事的时候，
>
> 你去找面镜子照照就行了。

我这么唠唠叨叨地跟你说着我自己、我的旅行，以及我在一九四二

---

① 公元 79 年，维苏威火山喷发，摧毁了庞贝古城。公元 1346 年，黑死病在克里米亚半岛爆发。

年的见闻，实在是有点任性。而另一方面，你们是人类呀，应该明白什么叫自恋。但问题的关键在于，我这么解释当时的见闻实在是事出有因。这一年的许多事情将深深地影响莉泽尔·梅明格。它们更为彻底地将希默尔街卷入战争，也顺路把我拉了过去。

那一年我不得不来回奔波，从波兰到苏联到非洲，最后再回来。你也许会说，无论是哪一年，我都得来回奔波，可是我得说，人类有时候总会把事情做得过火。他们制造了更多的尸体和出窍的灵魂。这种事情靠几枚炸弹、几间毒气室或是几声遥远的枪声就能办到。如果这些手段没能把事情办妥，至少也能让人类流离失所，我所到之处都是无家可归的人。当我行走在满目疮痍的城市里，他们常常跟在我身后，求我将他们带走，根本没发觉我已经忙昏了头。"你的死期终究会到来。"我说服了他们，努力不回头张望。有时候，我希望自己可以对他们说："没看到我已经忙不过来了吗？"可我从没这样说过。工作时，我只会在心里抱怨。那些年里，尸体和灵魂的数量不仅仅是上升了，而是在成倍地增加。

缩略版的一九四二年的花名册

1. 绝望的犹太人：我们一同坐在屋顶上，靠在冒烟的烟囱旁，他们的灵魂伏在我的大腿上。

2. 苏联士兵：他们身上的弹药很少，得依靠那些倒下的人剩下的子弹。

3. 法国海岸上那些泡烂的尸体，它们被冲到了礁石和沙滩上。

我可以继续罗列下去，不过我觉得就现在来说，三个例子已经足够了。这三个例子足够让你品尝到那苦涩的味道，而这正证明了我的存在。

那么多人。

那么多的颜色。

他们不断刺激着我，扰乱着我的记忆。我看着他们一具具地堆叠起来，堆成了山。空气闻起来像塑料，地平线就像凝胶。天空也像是人造的，充满尖刺，四处破漏，还飘着煤黑色的柔软的云，像搏动着的黑暗之心。

然后。

死神来了。

他在这其中穿行。

表面上镇定自若、毫不动摇。

内心却不安、迷惘又饱受摧残。

他们都说战争是死神最好的朋友，但我必须纠正这个观点。于我而言，战争就像一个新老板，对我提出不可能完成的要求。他会站在你的肩头，反反复复无休无止地说："快做完，快做完。"你只能拼命干活。你只能拼命把活干完。而这位老板却不知感激，他只会要求更多。

我也常常试图回忆，那段时间里我还看到了哪些散落的美好。我在故事的仓库里仔细翻找。

说实话，我现在找到了一个。

我想，这个故事，你已经知晓了前半部分，如果你继续跟我来，我就告诉你后半部分。我会向你展示偷书贼余下的故事。

不知不觉中，她在等候着我刚刚提过的许多事情发生，不过，她也在等候着你。

她把许多雪运到了地下室。

捧在手里的结成霜晶的水几乎能让所有人绽开笑容，却不能让他们忘却悲伤。

于是，她来了。

雪人

对莉泽尔·梅明格来说，一九四二年年初的日子可以这样总结：

她十三岁了，胸部仍旧平坦，初潮还没有来。地下室里的年轻人如今睡在她的床上。

问与答
马克斯·范登堡
为什么会睡在莉泽尔的床上？
因为他病了。

大家意见不一，罗莎·胡伯曼认为病根早在去年圣诞节就种下了。去年的十二月二十四日，他们饥寒交迫，不过这也有个很大的好处，没有人会长时间来家里做客。与此同时，小汉斯正和苏联人作战，依旧拒绝和家里人来往。特鲁迪只能在圣诞节前的那个周末回家待几个小时。节日期间，她得和雇主一家出门去。对不同阶层的德国人来说，圣诞节的过法完全不一样。

在平安夜，莉泽尔双手捧着雪，将它作为礼物送给马克斯。"闭上眼睛，"她说道，"伸出你的双手。"交接仪式刚完成，马克斯就颤抖了一下，还笑了笑，可是他仍旧没有睁开双眼。他只是小口尝了尝雪，让它在唇间融化。

"这是今天的天气播报？"

莉泽尔站在他身旁。她轻柔地抓住他的胳膊。

他又把手抬到嘴边。"谢谢你，莉泽尔。"

最棒的圣诞节便从这一刻开始。他们没有大餐，也没有礼物，但是地下室里堆起了一个雪人。

运完第一捧雪后，莉泽尔先是检查了一遍，确定屋外没人，然后把能找到的所有水桶和罐子都搬了出来。她用覆盖着希默尔街这个小小世界的冰和雪装满了它们，把它们抱进屋，运到地下室去。

她先朝马克斯扔了一个雪球，报应果然来得很快，她的肚子上也立即中了一招。汉斯·胡伯曼沿着阶梯走进地下室时，也遭到了马克斯的攻击。

"坏蛋！"爸爸喊了一声，"莉泽尔，给我也弄点雪来。要一大桶！"那一瞬间，他们几乎忘掉了外面的世界，虽然没有再大喊大叫，却忍不住要发出咻咻的笑声。他们只不过是普通人，在屋子里开心地打雪仗的普通人。

爸爸扫了一眼装满雪的罐子。"剩下的能拿来做什么？"

"堆雪人，"莉泽尔答道，"我们一定要堆个雪人。"

爸爸大声叫着罗莎。

那个一如往常的声音从遥远的地方传了过来。"又怎么了，蠢猪？"

"到下面来，行不行？"

当她现身时，汉斯·胡伯曼冒着生命危险，朝妻子抛出一个精彩绝伦的雪球。可惜没有击中目标，雪球在墙上撞得粉碎，妈妈因此有了一口气骂上很久很久的借口。终于骂够以后，她走下来帮忙，甚至还拿来纽扣，做成了雪人的眼睛和鼻子，又用几条细绳让雪人露出微笑。最后他们还给这个只有半米高的雪人戴上了一条围巾和一顶帽子。

"这是个小矮人。"马克斯说道。

"它要是化了该怎么办呢？"莉泽尔问。

答案在罗莎手里。"你要负责把水拖干净，小母猪，得快点儿。"

爸爸表示反对。"它不会化的。"他搓了搓手，哈了口气，"这底下简直是个冰窖。"

它最后还是融化了，不过每个人心里依旧有个雪人立在那儿。那个平安夜，雪人陪着他们安然入睡。手风琴的音乐停留在他们的耳畔，雪人的身影留在他们的眼底。至于莉泽尔，当她告别炉火旁的马克斯时，他最后说的话还回响在她的耳际。

马克斯·范登堡的圣诞祝福

"我常常希望这样的生活能尽早结束，莉泽尔，

可就在这个时候，你手里捧着雪人，

走下了地下室的台阶。"

不幸的是，那天晚上，马克斯的健康状况急转直下。早期的迹象并不惹人注意，只是挥之不去的寒意，不停出汗的双手。与元首的拳击赛越来越频繁地浮现在他眼前。当他再也无法用俯卧撑和仰卧起坐温暖身子时，他终于开始担心自己的情况了。虽然坐在炉火边，马克斯却觉察不到丝毫健康的感觉。他日渐消瘦，锻炼也难以为继，他扑倒在地，脸颊贴在地下室阴冷的地上。

马克斯勉强支撑着，挺过了一月，可是到了二月初，他的状况更加令人担忧。他每天都要睡到上午，奋力挣扎才能在炉火边醒来，而且嘴巴歪斜，颧骨开始浮肿。他们问的时候，他总是回答自己并无大碍。

二月中旬，离莉泽尔满十三岁还有几天，马克斯在炉火旁摇摇欲坠，差点跌入火堆。

"汉斯。"他发出微弱的声音，面庞看起来在抽搐。他腿一软，一头撞在了手风琴盒上。

一把木汤勺立刻落在了汤里，罗莎·胡伯曼来到他身旁。她捧起马克斯的脸，朝着房间另一头的莉泽尔大喊："别光站着，拿几条毯子出来。铺在你床上。还有你！"轮到爸爸了。"帮我把他抬起来，抬到莉泽尔那屋去。动作麻利点！"

爸爸脸上挂着关切的神情，眨巴着灰色的眼睛，他只靠自己的力气就把马克斯抬了起来。马克斯轻得像个孩子。"不能让他睡在这儿，睡我们的床吗？"

罗莎已经考虑到了这个问题。"不行。我们的房间白天必须拉开窗帘，否则容易让人起疑心。"

"有道理。"汉斯把他抬了出去。

莉泽尔手里抱着毯子，看着这一切。

他无力的双脚和耷拉下来的头发经过走廊。一只鞋从他脚上掉了下来。

"别愣着啊。"

妈妈摇摇摆摆地跟在他们身后。

马克斯被放到了床上，莉泽尔把毯子盖在他身上，紧紧裹住了他。

"妈妈？"莉泽尔说不出别的话来了。

"怎么了？"罗莎箍得很紧实的发髻让人望而生畏，而且随着她重复这个问题，那个发髻似乎越箍越紧了。"怎么了，莉泽尔？"

莉泽尔走近几步，害怕听到答案。"他还活着吗？"

那个绾着圆发髻的脑袋点了点。

然后，罗莎转过头来很有把握地说道："现在给我听好，莉泽尔。我既然让这个小伙子住到咱家来，就不会眼睁睁地让他死掉。明白吗？"

莉泽尔点了点头。

"现在，你先出去吧。"

来到大厅里，爸爸给了她一个拥抱。

她特别需要这个拥抱。

夜里，她听到了汉斯和罗莎的对话。罗莎让她睡在他们的房间里，他们把床垫从地下室搬上来，铺在床边的地板上。（他们也曾担心床垫有没有被病毒感染，但最后还是打消了疑虑。马克斯并不是因为感染病毒才病倒的，所以他们把它搬了上来，换上新床单。）

妈妈以为女孩已经睡着了，于是说出了她的看法。

"那个天杀的雪人，"她小声说着，"我敢说，肯定是那个雪人埋下了病根，满地的雪水让那下面更冷了。"

爸爸的思考更有哲理。"罗莎，是阿道夫埋下的病根，"他从床上坐起来说，"我们夜里最好多留意他。"

那天夜里，马克斯被探望了七次。

探望马克斯·范登堡的得分表

汉斯·胡伯曼：两分

罗莎·胡伯曼：两分

莉泽尔·梅明格：三分

到了早晨，莉泽尔从地下室取来马克斯的涂鸦书，放在床头柜上。去年，她因为偷看这本书而备感自责，所以这回出于尊重，她一页也没有翻开。

爸爸进房间时，她没有转头，而是面对着墙壁和马克斯·范登堡说话。"我到底在干什么，非要把雪弄到地下室去？"她问道，"都是因为这个他才生病的，对不对，爸爸？"她双手紧握，仿佛在祈祷。"我为什么非要堆雪人呢？"

爸爸的语气一如既往地坚定。"莉泽尔，"他说，"你没有错。"

她久久地坐在他身旁，看着他在睡梦中颤抖。

"别死啊，"她轻声地说，"求你了，马克斯，千万别死。"

他是第二个在她眼前融化的雪人，只是这个雪人有所不同，有自相矛盾的地方。

他的身子越冷，就融化得越快。

十三份礼物

时光仿佛又回到了马克斯刚到家里来的那一天。

他羽毛般的头发又变回细细的树枝的样子，光滑的脸又变得粗糙。但莉泽尔拿到了她想要的证据，他还活着。

最初几天，她坐在他身旁对他说话。在她生日那天，她告诉马克斯，如果他能醒过来，厨房里有个巨大的蛋糕在等着他。

可是他没能醒来。

厨房里也没有蛋糕。

深夜的选段

很久以后，我突然察觉，那段时间里，

我其实拜访过希默尔街三十三号。

那个时候，女孩恰好不在，因为我只看到了那个卧病在床的人。

我跪在床边，准备将手伸到毯子底下。

他突然死灰复燃，传来一股强大的力量，抗拒我的力量。

我收回手，眼前还有许多工作要做，

在这个昏暗的房间里被打败，也不是什么坏事。

在离开之前，我甚至闭上眼，体会到一阵转瞬即逝的平静。

第五天，马克斯睁开双眼醒了一小会儿，大家都为此感到激动。他看到的是罗莎·胡伯曼，那必然是一个吓人的大特写，因为她正把一大碗汤往他嘴边送。"吞下去，"她说，"别多想，只管吞下去。"莉泽尔从妈妈手里接过碗，还想看看马克斯的脸，视线却被妈妈的后背挡得严严实实。

"他还醒着吗？"

罗莎转过身来，答案不言自明。

差不多一个星期后，马克斯再次醒了过来，这一回，莉泽尔和爸爸都在房间里。他们俩都注视着床上的马克斯，突然间，他发出微弱的呻吟声。爸爸向前一跃，从椅子上弹了起来。

"睁开眼啊，"莉泽尔急促地说，"别再睡过去了，马克斯，别再睡了。"

马克斯看了她一眼，却没有认出她是谁。在他眼里，莉泽尔仿佛是一个谜。然后他又失去了意识。

"爸爸，怎么回事？"

汉斯又坐回椅子上。

后来，爸爸建议莉泽尔可以给马克斯读读书。"你可以的，莉泽尔，你现在已经读得很顺畅了，虽然我们搞不明白你那些书到底是从哪里来的。"

"我跟你说过了，爸爸，是学校里的一位修女送给我的。"

爸爸举起手来，假装自己被说服了。"我知道，我知道。"他重重地叹了一口气。"只不过……"他慢慢地斟词酌句，"别被人逮到。"给出这个建议的人可偷偷藏着一个犹太人。

从那天起，莉泽尔开始把《吹口哨的人》大声读给马克斯听。可是整个过程并不顺利，好些页都粘在了一块儿，莉泽尔只好不停地跳过这些章节。书还没有干透。即便如此，她也努力读下去，读到了接近全书四分之三的地方。这本书整整有三百九十六页。

在外面的世界里，莉泽尔每天放学都急匆匆地赶回家，希望马克斯能好起来。"他醒了没？他吃过饭了没？"

"你给我出去，"妈妈求她说，"你怎么话那么多，都快把我的胃烧穿了。出去。我的天哪，到外面踢球去。"

"好的，妈妈。"她正准备打开门，又说，"如果他醒了，你可得过来喊我回家，行吗？随便编点什么借口。你可以大喊大叫，就跟我又做错了事一样。你也可以骂我。谁也不会怀疑，别担心。"

即便是罗莎，听了这番话也忍不住笑起来。她用手背打了一下莉泽尔的屁股，说她小小年纪就敢这么跟妈妈说话，小心挨上一顿打。"记得要进球，"妈妈威胁道，"否则就别给我回家。"

"当然，妈妈。"

"还来，那就给我进俩球，小母猪。"

"好的，妈妈。"

"别再回嘴了！"

莉泽尔想了想，然后跑到街上，到湿滑泥泞的路上和鲁迪踢球去了。

"该分出胜负了，你这个只会挠屁股的家伙。"他们一边争抢足球，一边像往常那样欢迎她的到来，"你最近上哪儿去了？"

半个小时后，一辆汽车破天荒地驶过希默尔街，压坏了足球，给莉泽尔奉上了送给马克斯·范登堡的第一份礼物。孩子们发现足球彻底报废，全都扫兴地回家了，把可怜的足球留在满是水洼的冰冷的路上。莉泽尔和鲁迪仍然蹲在它的尸身旁。球的一侧破了个大洞，像一张大嘴。

"你想要吗？"莉泽尔问。

鲁迪耸了耸肩。"这么破烂的球，我要它有什么用？现在它肯定打不进气了，是吧？"

"你到底想不想要？"

"不要。"

鲁迪小心地用脚碰了碰球，仿佛那是一头死去的动物，或者说是一头可能已经死掉的动物。

当鲁迪也要回家时，莉泽尔捡起球，把它夹在腋下。她突然听到鲁迪在大喊。"嘿，小母猪。"她没有回答。"小母猪！"

她轻柔地回答："干吗？"

"我还有一辆没有轮子的自行车，你想要就只管拿去。"

"自行车就留给你自己吧。"

她在街上听到的最后的声响，便是那头蠢猪的笑声。这个鲁迪·施泰纳。

回家后，她来到卧室，把球拿到马克斯身边，将它放在床尾。

"对不起，"她说，"礼物很寒酸。不过等你醒过来，我会给你讲讲它的故事。我要告诉你，那是你能想象的最灰暗的午后，足球被一辆没有开灯的汽车碾过，司机从汽车里出来，对我们大喊大叫。然后，他还问了路。这个人也真是没心没肺……"

快醒醒！她想大声尖叫。

或者把他摇醒。

但她什么也没做。

莉泽尔只能看着足球，看着它被踢得破破烂烂的表皮，这是她送出的第一份礼物。

第二份到第五份礼物

一条丝带，一颗松果。

一枚纽扣，一块石头。

足球给她带来了灵感。

如今，上学和放学的路上，莉泽尔都在四处张望，看看有没有什么被别人扔掉的东西能拿来送给那位将死之人。一开始，她也弄不懂自己为什么这么郑重其事。这些毫无价值的小物件如何能给人带来慰藉？阴沟里的一条丝带，街上的一颗松果，教室墙根下的一枚随意扔在那里的纽扣，河床上的一块光滑的圆石头。虽然这些东西没什么价值，但至少能展现出她的关切，而且当马克斯醒来的时候，这些东西也可以充当他们俩的谈资。

独自一人时，她便会排练这些对话。

"这都是什么？"马克斯会问，"这些垃圾都是什么？"

"垃圾？"她脑海中的自己正坐在床沿，"这些可不是垃圾，马克斯。你能醒过来，靠的就是它们。"

第六份到第九份礼物
一根羽毛，两份报纸。
一张糖果包装纸，一朵云。

那根美丽的羽毛夹在慕尼黑大街教堂的门铰链上。它扭扭捏捏地探出头，莉泽尔急忙赶去营救。它左边的纤维已经被梳理平整了，右边则凹凸不平，呈尖细的锯齿状。除此之外，我也不知道该怎么形容它。

报纸来自冰冷的垃圾桶深处（说过很多次了）。她还在学校附近，发现了那张压得扁平、褪尽了颜色的糖果包装纸，把糖纸对着阳光高高举起，可以看到上面印着各色的鞋印。

然后是云。

你如何能把一小片天空送给别人呢？

二月底的一天，她走过慕尼黑大街，看到一朵巨大的云像一头怪物一样掠过山顶。它爬上山峰，遮住了太阳，变成了一头有灰色心脏的白色野兽，正虎视眈眈地盯着小镇。

"快看那边！"她对爸爸说。

汉斯扬起头，说出了一件他觉得理所当然的事情："莉泽尔，你应该把它送给马克斯。试试看，能不能像其他礼物那样，把它也摆到床头柜上。"

莉泽尔像看疯子一样看着他。"可是，怎么才能做到呢？"

他用指关节轻轻敲了敲她的脑袋瓜。"把它记在心里，然后写下来送给他。"

"……它就像一头巨大的白色野兽，来自山的那一边。"又一次守在床头时，莉泽尔这样讲述道。

又修改和补充了几次，莉泽尔终于觉得满意了。她想象着自己从毯子上把云朵交到他手里的情景，然后把这些文字写在纸片上，用一块石头压住。

第十份到第十三份礼物
一个玩具兵。一片神奇的叶子。
一本读完的《吹口哨的人》。
一层厚厚的哀愁。

玩具兵埋在土里，离汤米·穆勒家不远。它身上布满伤痕，曾被人踩来踩去，可是对莉泽尔来说，这就足够了。虽然伤痕累累，但它还能立起来。

叶子是一片枫叶，落在水桶和羽毛掸子之间，莉泽尔是在学校杂物间里发现它的。门轻轻地开着一条缝。枫叶又干又脆，就像烤熟的面包，叶片表面像是有山峦和低谷。不知为什么，这片叶子竟来到学校的走廊上，飘进了杂物间。它像是一颗带着柄的星星。莉泽尔闪进来，将它捏在指间捻弄。

她没像送其他礼物那样，将叶子摆在床头柜上，而是将叶子别在紧闭的窗帘上，《吹口哨的人》还剩下最后三十四页没有读。

那天下午，她没有吃饭，也没上厕所，连一口水也没喝。那一天在学校里，她发誓今天要读完这本书。马克斯会听她朗读。他会醒过来。

爸爸坐在墙角的地板上，像以往那样无所事事。幸运的是，他很快就要背起手风琴去诺勒酒吧打工了。他把下巴枕在膝盖上，听着自己好不容易从字母表教起的女孩在骄傲地朗读。她正把这本书最后那些骇人的词句读给马克斯·范登堡听。

《吹口哨的人》的结尾

那天清晨，维也纳的空气在列车车窗上凝成水雾。当人们毫无觉察地照常去上班时，一位杀手正哼着他喜欢的曲调。他买了票，礼貌地向售票员和同行乘客问好。他甚至把座位让给了一位年长的女士，并和一位高谈美国赛马的赌徒相谈甚欢。不管怎么说，吹口哨的人喜欢闲聊。他总是与人闲聊，骗得好感和信任。就算是杀人的时候，转动刀子折磨他们的时候，他也和他们聊天。没有人和他聊天时，他才吹口哨，所以他总在杀人后吹口哨……

"所以你觉得，赛道对七号有利，是吗？"

"当然。"赌徒咧开嘴笑起来。他已然开始信任这个吹口哨的人了。"他会赶超上来，击败他们所有人！"他的喊声甚至盖过了列车的轰鸣。

"你愿意这么想也成。"吹口哨的人露出坏笑，他想知道，人们到底何时才会在那辆崭新的宝马车里发现这个巡视员的尸体。

"耶稣、马利亚和约瑟啊！"爸爸简直不敢相信自己的耳朵，"修女怎么会给你这种书？"他站起身走过来，吻了吻她的额头，"待会儿见，莉泽尔，他们可在等着我呢。"

"待会儿见，爸爸。"

"莉泽尔！"

她没有理会。

"过来吃点东西！"

这一次，她答应了。"我来了，妈妈。"这番话实际上是说给马克斯听的，她走上前，把读完的书和其他东西一起放在床头柜上。站在床沿，她无法压抑心底的呼声。"快醒过来啊，马克斯。"她轻声低语，连妈妈来到她身后的脚步声也没能阻止她悄悄地哭泣，没能阻止她流下的咸咸的泪水落在马克斯·范登堡脸上。

妈妈抱住她。她的臂膀环绕着她。

"我明白。"她说。

她明白。

新鲜空气、过去的噩梦，以及该怎么处理犹太人的尸体

在安珀河畔，莉泽尔刚刚告诉鲁迪，她想再去镇长家拿一本书。读完《吹口哨的人》后，她已经在马克斯床边读了好几遍《俯视我的人》，每读一次只消花上几分钟。她还尝试过朗读《耸耸肩膀》，甚至读《掘墓人手册》，可感觉都不太对。我想要一本新书，她想。

"上一本你读完没有？"

"当然读完了。"

鲁迪往河里扔了一枚石子。"有意思吗？"

"当然有意思。"

"当然读完了，当然有意思。"他想再从河岸上挖出一块石头，却划伤了手指。

"这是报应。"

"小母猪。"

当一个人只能用母猪、蠢猪或混账这样的词儿来回嘴时，你就明白

自己已经占了上风。

万事俱备，只差下手。那是三月初一个阴沉的午后，气温刚刚超过零度，却比零下十度更让人不舒服。街上没有几个行人。雨点像铅笔屑一样落下来。

"去不去？"

"我们骑车过去，"鲁迪说，"你可以从我家借一辆。"

这一次，鲁迪想让莉泽尔在外面放风。"今天该轮到我了。"他说道。他们的手冻得冰凉，都快和车把融为一体了。

莉泽尔的脑子转得飞快。"我觉得你不该进去，鲁迪。那个房间里遍地是杂物，而且光线很暗。像你这样的白痴肯定会被绊倒，撞上什么东西。"

"真是感激不尽。"鲁迪来了兴致，已经听不进她的话了。

"窗台也特别高，远远超过你的想象。"

"你的意思是觉得我不行？"

莉泽尔直起身子踩着踏板。"才不是这个意思。"

他们骑过一座桥，沿着山丘蜿蜒上行，最后来到格兰德街上。那扇窗户依旧敞开着。

他们像上次那样观察了豪宅四周。室内看不太分明，只有楼下大约是厨房的位置亮着一盏灯。一个人影在里面走来走去。

"我们先出去绕几圈，"鲁迪说，"幸好把车子骑过来了，对吧？"

"你可别忘了把车骑回去。"

"真好笑哦，小母猪。它们的个头可比你那双脏鞋子大多了。"

他们绕了大约一刻钟，可是镇长太太还在楼下，离鲁迪的目的地这么近可真让人不放心。她怎么就这么警觉地守在厨房里呢！对鲁迪来说，厨房当然是他的目标。要是他有机会进去，一定会拼命多拿些吃的，然后如果（仅仅是如果）有那么一点点富余的时间，他往外走时会顺便拿本书塞进裤子里，随便什么书都一样。

然而，缺乏耐心正是鲁迪的缺点。"天色不早了，"他一边说着，一边开始往家骑，"你走不走？"

莉泽尔舍不得走。

她犹豫不决。她费了那么大的劲，才把这辆生锈的自行车骑到这里，书没到手，她舍不得就这么回家。她放下自行车，让它靠在水沟旁，四下打量了一番，之后一步步走到窗前。动作要快，但也不必着急。这一回她是用脚脱的鞋，脚尖踩着另一只鞋的鞋后跟，脱下了鞋子。

她用力抓住木窗棂，一下子爬了进去。

这一次落地时，她的脚没那么疼了。时间非常宝贵，她在书架边转来转去，想要找出一本感兴趣的书。有那么三四回，她差点出手。她甚至想过要多拿一本，可是她不想破坏这种隐秘的活动的规矩。就目前来说，一本就足够了。她仔细地查看书架，等候合适的书出现。

愈发浓重的黑暗爬进了她身后的窗户。黄昏和偷盗的气味在背后弥漫，然后，她看到了那本书。

那是一本红色的书，书脊上印着黑色的书名。《送梦人》。她想起马克斯·范登堡和他的梦。里面有内疚，有苟活，有与家人的离别，有与元首的战斗。她还想起了自己的梦——死在列车上的弟弟。那一天，她拐过这个房间，看到弟弟出现在了前门的台阶上，也看到了弟弟的膝盖因为被她推了一把而受伤流血。

她从书架上抽出书，夹在腋下，然后爬到窗棂边跳出来，一连串动作一气呵成。

鲁迪已经拿好她的鞋子，准备好她的自行车。等莉泽尔穿上鞋，他们立马飞一般地骑走了。

"耶稣、马利亚和约瑟啊，梅明格，"这是他第一次管她叫梅明格，"你绝对是个疯子。你自己知不知道？"

莉泽尔拼命地踩着脚踏板，她没有否认："我知道。"

骑到桥上时，鲁迪对下午的行动做了总结。"这家人要么是脑子有毛病，"他说，"要么就是特别喜欢新鲜空气。"

一种可能性

格兰德街上的那个女人，

也许是出于其他原因，才始终开着书房的窗户。

不过也可能是我疑心太重，

或者太过乐观，或者两者都有。

莉泽尔把《送梦人》塞进外套，一回家就迫不及待地开始读。她坐在床边的椅子上，翻开书，轻声诉说。

"马克斯，这是一本新书，只读给你听。"她开始读了，"第一章，在送梦人降生的那一刻，整座小镇碰巧都在沉睡……"

每一天，莉泽尔会朗读两章。早晨上学前读一章，放学回家后马上再读一章。在某些夜晚，当她睡不着的时候，还会给他读上半章。也有的时候，她读着读着就睡着了，身子靠在床边。

这成了她的使命。

她坚持不懈地把《送梦人》读给马克斯听，仿佛单单是这些文字就可以滋养他。一个星期二，她感觉马克斯有了动静。她愿意发誓，马克斯当时睁开了眼睛。可是即便睁开过，也只是片刻光景，何况那多半是她的想象和一厢情愿。

三月中旬，事情开始出现转机。

一天下午，罗莎·胡伯曼——那个擅长应对危机的女人——也在厨房里差点崩溃。她抬高嗓门，又很快将声音压低。莉泽尔放下书，静悄悄地穿过走廊。虽然她站得足够近了，却听不清她的话。终于听明白的时候，她倒希望自己听不清，因为她听到的事情太可怕。那便是现实。

妈妈说的话

万一他醒不了怎么办？

万一他死在这里怎么办，汉西？

告诉我。看在老天爷的分上，我们该怎么处理他的尸体？

我们不能放着不管，臭味会把我们呛死……

我们也不能把他抬出门，拖到大街上。

我们更不能跟人说：

"你怎么也猜不到，今天早上我们在地下室发现了什么……"

他们肯定会把我们抓起来的。

妈妈的话千真万确。犹太人的尸体会惹出大麻烦。胡伯曼一家必须救活马克斯·范登堡，不仅是为了他，也是为了他们自己。连一贯从容自若的爸爸也感觉到了如山的压力。

"听我说，"他的声音安静而沉重，"要是真的走到那一步，要是他真的死了，我们必须想个办法。"莉泽尔敢发誓，她听到了爸爸咽口水的声音，他的嗓门像挨了一拳似的。"我装油漆的车和防尘布说不定能派上用场……"

莉泽尔走进厨房。

"还没到吃饭的时候，莉泽尔。"说话的是爸爸，尽管他没有转过头来。他拿着一把勺子，看着它的背面映出自己歪曲的脸。他的双肘像是陷进了桌子里。

偷书贼没有后退。她继续向前走了几步，坐下来。她冰冷的手掌摸着衣袖，嘴里蹦出一句话："他还没死。"这几个字落到餐桌上，自顾自地停在中央。一家三口就这么盯着它，但是没有人敢多抱一丝希望。他还没死。他还没死。下一个开口的是罗莎。

"肚子饿了没？"

也许只有在吃饭的时候，马克斯的病才不是令人心痛的话题。他们坐在餐桌旁，每个人面前的面包、热汤或土豆的分量都比过去要多。每到这个时候，他们又如何能忽视马克斯的再一次缺席呢。他们都想到了这一点，却没有人开口。

几个小时后，莉泽尔在夜里醒来，思绪在她的心头盘旋。（她从《送梦人》里学会了这句话，它的主题和《吹口哨的人》截然相反，讲的是一位立志成为神父的弃儿的故事。）她坐起身，深吸了一口夜晚的空气。

"莉泽尔？"爸爸翻过身来问道，"怎么了？"

"没什么，爸爸，一切都好。"可就在说完的那一瞬间，她回想起自己在梦中的所见所闻。

梦中的一幕

大体上，梦境还是和以前一样。

列车以同样的速度行驶。

她的弟弟不住地咳嗽。

可是这一次，他的脸没有凝视着地面。

她慢慢俯下身，伸出手，轻柔地抬起他的下巴，
出现在她眼前的却是马克斯·范登堡惊恐的脸。

他盯着她。一根羽毛落在地上。

他的身体随之变大，变得和脸的尺寸相称。

列车发出刺耳的响声。

"莉泽尔？"

"我说了一切都好。"

她被吓傻了，浑身颤抖着爬下床垫，穿过走廊去找马克斯，坐到他身旁。当脑海中的乱象缓和下来，她试图解读这个梦魇。这是在预示马克斯快死了吗？又或者只是对下午在厨房里的对话的反应？如今马克斯是否代替了弟弟在她心中的位置？如果真是这样，她怎能狠心抛弃自己的骨肉至亲？它也许是一个深藏的愿望，她实际上希望马克斯死掉。毕竟，如果弟弟维尔纳只能落得这么个下场，那么这个犹太人也命该如此。

"原来这就是你的真实想法？"她站在床边，低声对自己说，"不是的。"她不敢相信这一点。黑暗逐渐褪去，晨光勾勒出床头柜上大大小小各种物件的形状，那些都是礼物。

"醒来吧。"她说。

马克斯没有醒来。

他还要再沉睡八天。

307

教室里，一阵敲门声响起。

"进来。"奥伦德里希女士说道。

大门开了，教室里所有的孩子都惊讶地看着门口的罗莎·胡伯曼。她的模样让几个孩子倒抽一口气。她的身形犹如小衣柜，涂了口红的嘴唇冷笑着，双眼通红。这副尊容堪称传奇。她穿上了她最好的衣服，头发却乱七八糟，就像一条扎起来的灰色毛巾。

老师显然也有些害怕。"胡伯曼太太……"她有点慌张地扫视着教室，"莉泽尔？"

莉泽尔看了一眼鲁迪，站起身飞快地向门口走去，想尽快结束这尴尬的场面。门在她身后关上，走廊里只剩下她和罗莎。

罗莎脸朝着另外一边。

"你在干吗，妈妈？"

她转过身。"你这头小母猪，还敢跟我说'你在干吗，妈妈'！"妈妈的语速快得让莉泽尔应接不暇。"我的梳子呢？"一串笑声从门缝里钻出来，又立刻消失了。

"妈妈？"

她表情严肃，脸上却露出笑意。"你到底把我的梳子搞到哪里去了，你这头愚蠢的母猪，你这个小贼？我至少跟你说了有一百遍，别动那玩意儿，你有没有耳朵？当然没有！"

妈妈的唾沫星子又飞舞了一分多钟，莉泽尔则绞尽脑汁，试图回忆这把梳子到底在哪里。突然间，妈妈的声音戛然而止，她把莉泽尔拖到身边。即便靠得这么近，她的说话声也小得几乎听不到。"是你让我对你大喊大叫的。你说过，他们都会相信的。"她左看右看，声音细如针线，"他醒了，莉泽尔。他醒了。"她从口袋里掏出那个外表磨损的玩具兵。"他让我把这个交给你。他最喜欢这个礼物。"她把它递到莉泽尔手里，紧紧抓住她的手臂，脸上浮现出笑容。莉泽尔还没来得及回答，她就结束了对话。"哎哟，我说？回答我呀！你真的想不起来把它放在哪里了吗？"

他还活着，莉泽尔心想。"……可我想不起来了，妈妈。对不起，妈妈，我……"

"你到底有什么用？"她松开手，点点头，然后走远了。

莉泽尔在原地站了片刻。走廊显得无比空旷。她仔细端详手里的玩具兵。她本能地想立即回家，但理智不允许她这么做。下定决心后，她把残破的玩具兵塞进口袋里，返回了教室。

大家都在等她。

"蠢母牛。"她压低嗓音骂道。

孩子们再次哈哈大笑。奥伦德里希女士则表情严肃。

"你在说什么？"

莉泽尔高兴过了头，她觉得自己已经刀枪不入。"我说，"她的脸光彩照人，"蠢母牛。"结果话音刚落，一个巴掌就结结实实地扇在她脸上。

"不能这么说你妈妈。"她训斥道，却没有任何作用。女孩只是强忍着没笑，毕竟她连更严重的体罚也能承受下来。"现在回你的座位。"

"好的，奥伦德里希女士。"

她身旁的鲁迪壮着胆子跟她说话。

"耶稣、马利亚和约瑟啊，"他的声音很轻，"你脸上还有手印子呢。一只红红的大巴掌，五个指头印！"

"没事。"莉泽尔说，因为马克斯还活着。

那天下午，等她终于回到家时，马克斯正坐在床上，膝头放着那个

309

瘪掉的足球。茂密的胡须使他下巴发痒，湿润的双眼必须竭力睁开才不至于又合上。礼物旁边摆着一个空空的汤碗。

他们没有相互问好。

问好就太见外了。

门吱呀一声打开，女孩走进来，站在他身前看着汤碗。"是不是妈妈强行给你灌下去的？"

他点了点头，既满足又疲乏。"不过，味道好极了。"

"妈妈的汤？真的假的？"

"谢谢你的礼物。"他没有笑出来，只是微微牵动了一下嘴角，"谢谢你的云。你爸爸给我讲过它的故事了。"

一个小时后，莉泽尔试图道出真相。"万一你真的死了，我们真不知道该怎么办，马克斯，我们……"

他很快就明白过来。"你的意思是，不知道该怎么处理我的尸体？"

"对不起。"

"没关系，"他并没有感觉被冒犯，轻轻地摆弄着那个足球，"你们这么想很正常。在这种情况下，一个犹太人无论是死是活都很危险。"

"我还做了梦。"她手里抓着玩具兵，讲述了梦的细节。她差点又要道歉了，但马克斯及时出言打断了她。

"莉泽尔，"他迎着她的目光，"永远都不要跟我说对不起，该说对不起的是我。"他看着女孩送给他的礼物。"看看这些东西，这些礼物。"他拿起纽扣。"罗莎还告诉我，你每天都为我读两次书，有时候还不止两次。"现在，他把目光转向窗帘，仿佛能透过它看到窗外的景色。他稍微坐直了一些，停顿了好久。一丝忧惧爬上他的面庞，他要向女孩吐露心声。"莉泽尔？"他稍稍向右靠了靠。"我害怕，"他说，"害怕再次睡过去。"

310

莉泽尔非常坚决。"那么，我就读书给你听。如果你开始打盹，我就给你一巴掌。我会合上书摇晃你，直到把你摇醒。"

那天下午，莉泽尔为马克斯·范登堡读书，一直读到深夜。这一次，他醒着，坐在床上听着故事，一直到晚上十点。莉泽尔抬起头来稍作休息，发现马克斯已经睡着了。她紧张地用书将他戳醒。他醒了过来。

他反复睡着了三次，她戳醒了他两次。

接下来的四天里，马克斯每天早上都在莉泽尔的床上醒来。然后，他把床铺搬到了火炉旁。最后，到四月中旬，他又搬回了地下室。他的身体逐渐恢复，胡须已经剃掉了，体重也开始一点点地长回来。

那段时间里，莉泽尔在这个小小的世界里得到了极大的宽慰。可是，外面的世界变得摇摇欲坠。三月末，一个叫吕贝克的地方落下的炸弹像是瓢泼大雨。接下来就该轮到科隆了，很快还有许多德国城市要遭殃，其中就有慕尼黑。

是啊，老板已经站到了我的肩头。

"快点干，快点干。"

炸弹就要来了，我也要来了。

死神日记：科隆

五月三十日，炸弹落下的时刻。

我相信，当一千多架轰炸机飞向一座名叫科隆的城市时，莉泽尔·梅明格正睡得香甜。对我来说，这件事的结果是五百条人命，差不多是这个数。还有五万人在可怕的瓦砾堆之间四处游荡，无家可归，试图分辨这是哪一条路，那片断壁残垣又是谁家的房子。

五百个灵魂。

我把他们拎在手里，像拎着手提箱一样，或者背在肩头。我只会把孩子抱在臂弯里。

等到我干完活，天空是黄色的，像一张燃烧的报纸。如果我凑近一点儿看，就能看清上面的文字，有报纸头条，有新闻评论，都在讲述战争的局势等诸如此类的东西。我多想把它扯下来，将这报纸般的天空揉成一团，扔到一旁。但我的胳膊已经累得酸痛，可不能再烧伤了手指。还有很多工作等着我去干呢。

你可能料到了，很多人一下子就死了。还有些人喘息了片刻。我有好多地方要去，会遇见各种各样的天空，收集许许多多的灵魂。后来，当最后一队飞机离去，我又回到科隆，注意到一件特别的事情。

我怀里抱着一位少女，她的灵魂已经烧焦。我沉重地抬起头，看到一片色如硫黄的天空。附近走来一群十几岁的女孩，其中一个大声喊道：

"那是什么？"

她伸出手臂，指着天空中缓缓飘下的一个黑色物体。一开始，它像一片轻飘飘的黑色羽毛，或是一片灰烬。然后它变得越来越大。那个满脸长着句号一样的雀斑的红发女孩再次开口，这一次加重了语气："那是什么？"

"那是一具尸体。"一个黑发女孩猜测道，她梳着辫子，头顶的中缝歪歪斜斜。

"又是一枚炸弹！"

要是炸弹的话，下落的速度也太慢了。

我怀中少女的灵魂仍旧在灼烧，我跟在她们身后走了几百米。我和女孩们一样，始终注视着天空，再也不想看到怀中少女那张生命力枯竭的脸。这个漂亮的女孩已经被死亡打败了。

我和她们一样，被身后一个粗哑的声音吓了一跳。一位父亲在发火，命令孩子们都回家去。红头发做出了反应。她满脸的雀斑都伸长成了逗号。"可是，爸爸，你看。"

男人向前走了几步，很快就明白过来。"那是燃料。"他说。

"怎么会是燃料呢？"

"燃料。"他重复道，"飞机的燃料罐。"这是一位身穿破烂西装的秃顶男人。"他们用光里面的燃料后，就把空罐子扔下来。你们看，那边还有一个。"

"还有那儿！"

孩子毕竟是孩子，她们开始兴致盎然地翘首期盼，想找到一个落到地上的空燃料罐。

第一个空罐落地时发出砰的一声。

"我们能把它拿回家吗，爸爸？"

"不行。"这位父亲刚刚经历了轰炸，身心饱受摧残，他显然没有一丝兴致，"不能把它拿回家。"

"为什么不行？"

"我要去问问我爸爸，看看能不能把它拿回去。"另一个女孩说道。

"我也要去。"

在科隆的废墟上，一群孩子四处搜集敌人扔下的空燃料罐。我像往常那样收集着死人的灵魂。我累了，可是这一年才过了不到一半。

不速之客

希默尔街的足球队找来了一个新足球。这是好消息。可是也有令人不安的坏消息，一个纳粹党分部正直奔他们而来。

他们翻遍整个莫尔辛，每一条街道、每一栋房子都不放过，如今他们站在迪勒太太的商店门口，在继续干活前飞快地抽上一根烟。

莫尔辛已经有不少防空洞了，但在科隆遭到空袭后不久，政府认为多建几个防空洞总是有备无患。纳粹们要检查每一栋房屋，看看它们的地下室能否用作防空洞。

孩子们远远地观望着。

他们看到人群中升腾起烟雾。

莉泽尔刚刚从家里出来，正朝着鲁迪和汤米走去。哈拉尔德·莫伦豪尔跑去捡球了。"那边发生什么事了？"

鲁迪把手插进口袋。"那些人是纳粹党。"他看着哈拉尔德追着足球，一直追到了霍尔茨埃普费尔夫人家的篱笆前。"他们在检查所有的公寓和房屋。"

莉泽尔立即感到嘴巴发干。"他们要干吗？"

"你难道一点消息都不知道？告诉她，汤米。"

汤米也一头雾水。"可是我也不知道呀。"

"你们俩啊，真是无可救药。他们想要更多的防空洞。"

"难道是……地下室？"

"难不成拿阁楼当防空洞吗？当然是地下室了。耶稣啊，莉泽尔，你这人还真是没心没肺，对不对？"

足球被捡回来了。

"鲁迪！"

他继续踢球去了，莉泽尔仍旧站在原地。她到底该怎样做才能立刻回家，而又不惹人怀疑？迪勒太太商店旁的烟雾已经散尽，人群也开始四散。恐慌来得如此可怕。她喉头发紧，嘴巴干燥。空气仿佛变成了沙子。

快想办法，她的大脑在飞速运转。快点啊，莉泽尔，快动脑筋，动脑筋。

鲁迪进球得分。远处的声音在为他庆贺。

快想办法，莉泽尔……

她想到了。

她打定了主意，这样准行，不过我演得像点儿才行。

纳粹们正沿着街道前进，在某些人家的门上刷上"LSR"这三个字母。足球高高飞起，传到大孩子克劳斯·贝里希脚下。

LSR
Luftschutzraum，德文"防空洞"的缩写

男孩转身运球，莉泽尔直扑过来，他们重重地撞到一起，连比赛都中断了。足球滚到一旁，球员们纷纷跑过来。莉泽尔一手捂着擦伤的膝盖，一手抱着头。克劳斯·贝里希抱着右小腿，疼得龇牙咧嘴，开口咒骂莉泽尔。"她在哪儿？"他啐了一口，"我要杀了她。"

这里并没有发生杀人事件。

事态却变得更加糟糕。

一位和气的纳粹目睹了这起事故。他颇具责任感地向孩子们跑来。"发生什么事了？"他问。

"她是个疯婆娘。"克劳斯指着莉泽尔，让那个人先扶起她来。他满嘴的烟草味在她面前形成了一座烟雾弥漫的沙丘。

"小姑娘，我觉得你现在不能再继续踢球了，"他说，"你家住哪里？"

"我没事，"她答道，"真的没事。我自己能行。"别管我，别管我！

这个时候，鲁迪又出来多管闲事。一个永远都在多管闲事的家伙，他怎么就不能先管好自己？

"真没事，"莉泽尔说，"踢你的球去，鲁迪。我自己能行。"

"不行，不行。"他不为所动。真是个固执的家伙！"送你回家也就是一两分钟的事。"

她又开动脑筋，想出了主意。鲁迪扶她起来，她却故意又一次仰面朝天地摔倒在地。"我爸爸。"她说。她注意到天空无比湛蓝，没有一丝云朵的痕迹。"你能喊他过来么，鲁迪？"

"躺在地上别动，"他朝右边大喊，"汤米，帮我看着她行不行？别让她乱动。"

汤米仿佛突然恢复了行动力。"我会看好她的，鲁迪。"他站在莉泽尔身旁，一边抽搐，一边绷住脸不笑出来。莉泽尔则密切关注着那个纳粹的行动。

一分钟后，汉斯·胡伯曼冷静地站在了她身旁。

"嘿，爸爸。"

他脸上带着混杂着失望的微笑。"我就知道，总有一天会发生这样的事。"

他把莉泽尔抱起来，带她回家。球赛继续进行，还有几扇门，纳粹就要来到她家门前。没有人搭话。鲁迪又在身后大声嚷嚷。

"胡伯曼先生，你需要帮忙吗？"

"不用，不用，你只管踢球去，施泰纳先生。"施泰纳先生。莉泽尔这个爸爸呀，叫人怎么能不爱他。

一回到家，莉泽尔就把消息告诉了爸爸。沉默和绝望蔓延在四周，莉泽尔试探地问道："爸爸？"

"别说话。"

"纳粹。"莉泽尔压低了嗓门。爸爸停顿了下来，抑制住开门往街上瞅瞅的冲动。"他们正在检查各家各户的地下室，要把它们改成防空洞。"

他放下她。"你已经很聪明了。"他说，然后把罗莎喊了出来。

只剩下一分钟了，他们必须争分夺秒地想办法，各种点子层出不穷。

妈妈提议说："我们把他藏到莉泽尔的房间去，藏在床底下。"

"就这么简单？万一他们连卧室都要检查，该怎么办？"

"难道你有更高明的主意？"

应该更正一下，他们连一分钟的时间都没有了。

七下急促的敲门声在希默尔街三十三号的前门响起，像有人在用榔头砸门，做任何安排都来不及了。

叫门声随之响起。

"开门！"

他们的心跳声此起彼伏，节奏杂乱不堪。莉泽尔心急如焚，一句话也说不出来。

罗莎小声地念叨："耶稣、马利亚……"

这个时候，爸爸站了出来。他冲到地下室门口，向台阶下面发出警告，又转身回来，飞快地对他们说："听好了，没时间耍花招了。我们也许有一百种方法来分散他的注意力，但真正的办法只有一个。"他瞥了一眼前门，把办法和盘托出。"那就是什么都不做。"

这可不是罗莎期望的答案。她双眼圆睁，问道："什么都不做？你是不是疯了？"

敲门声锲而不舍地再次响起。

爸爸表情严肃。"什么也不做。我们甚至都不下去，装作一点也不在乎地下室的样子。"

一切似乎都慢了下来。罗莎接受了这个方案。

她忧心如焚，摇了摇头，走过去开门。

"莉泽尔。"爸爸的声音仿佛将她碾成了碎片，"保持冷静，明白吗？"

"明白了，爸爸。"

她试着把注意力集中到还在流血的腿上。

"啊哈！"

门口的罗莎还在询问对方上门有何指教，那个和气的纳粹突然注意到了莉泽尔。

"这不是疯婆子球员吗！"他咧开嘴笑了，"你的膝盖还好吗？"这个纳粹竟如此有兴致，着实令人意外。他进到屋子里来，看样子是要蹲下来检查女孩的伤口。

他到底知不知道，莉泽尔想。他会不会察觉我们藏着一个犹太人？

爸爸从水槽边拿来一块湿布，搭在莉泽尔的膝盖上。"疼不疼？"他银色的眼眸里满是关切和镇定。他眼中透着恐惧，但很容易被当作是对伤者的担忧。

罗莎在厨房里喊道："越疼越好，正好给她个教训尝尝。"

那个纳粹站起来大笑。"我觉得这姑娘可学不到任何教训，太太……"

"胡伯曼太太。"她那张纸板箱一样的脸歪了歪。

"胡伯曼太太，我觉得她倒是给了别人一顿教训。"他给了莉泽尔一个微笑，"给所有男孩一顿教训。姑娘，我说得对不对？"

爸爸把湿布敷在伤口上，莉泽尔疼得哼了一声，没有回答。开口说话的是汉斯，他小声对女孩说了句对不起。

然后是一阵尴尬的沉默，这时候，纳粹才想起他上门的目的。"你们要是不介意的话，"他解释道，"我要检查一下你们的地下室，只需要一两分钟，看看它能不能拿来当防空洞。"

爸爸最后轻轻拍了一下莉泽尔的膝盖。"莉泽尔，待会儿你这儿会肿起来的。"然后，他故作镇定地对身旁的男人说："没问题，右手边第一扇门。不好意思，那底下又脏又乱。"

"脏不到哪里去，再脏的今天我都见过了。是这扇门吗？"

"没错。"

胡伯曼一家有史以来最长的三分钟

爸爸坐在餐桌旁。墙角的罗莎

在默默念诵祷词。莉泽尔饱受煎熬：

她的膝盖、她的胸膛，还有胳膊上紧绷的肌肉都很难受。

我敢说，他们三人都没有想过，

如果地下室变成了防空洞，以后该怎么办。

因为他们首先得挺过这轮检查。

他们聆听着地下室里那个纳粹的脚步声。那里还有卷尺发出的声音。一幅画面在莉泽尔的脑海里挥之不去：马克斯蜷缩在台阶下方，紧紧地把涂鸦本抱在胸口。

爸爸站起身，他想出一个新主意。

他走到走廊里，对着下面大喊："下面情况还好吧？"

回答声顺着台阶传了上来，飘过马克斯·范登堡的头顶："大概还得一分钟！"

"要不要喝杯咖啡，或者喝点茶？"

"不用了，谢谢！"

爸爸转过身来，让莉泽尔赶紧找本书来读，让罗莎开始生火做饭。他认为，他们绝不能摆出一副干坐着着急的样子。他大声说道："动作快点，莉泽尔。我可不管你膝盖疼不疼。你既然说过要读完那本书，就得说到做到。"

莉泽尔极力支撑着，不让自己崩溃。"好的，爸爸。"

"那你还磨蹭什么？"爸爸在拼命向她使眼色，她都看在眼里。

她闪进走廊，差点跟那个纳粹撞个满怀。

"跟你爸爸闹矛盾啦？别放在心上。我跟我家孩子也这样。"

他们分头向不同的方向走去，莉泽尔终于走到自己的房间，她关上门，顾不上可能随之而来的疼痛，扑通一声跪倒在地。她首先听到那个人说地下室太浅，然后便是告别声，其中一句话朝走廊传来。"再见，疯婆子球员。"

她回过神来，说了一句："再见。"

《送梦人》在她手里止不住地发烫。

爸爸后来说，纳粹走后的那个瞬间，罗莎就瘫倒在了炉子旁。他们叫上莉泽尔，一起来到地下室，移开那摆摆放放得很巧妙的防尘布和油漆罐。马克斯·范登堡就坐在台阶下，像握着刺刀那样，举着那把生锈的剪刀。他的腋窝已经被汗水浸透，像受了伤般吐出一句话。

"我不会真的用它伤人，"他低声说道，"我只是……"他用生锈的剪刀柄抵住额头。"我真对不住你们，让你们担惊受怕。"

爸爸点燃一根烟。罗莎拿过剪刀。

"你还活着，"她说，"我们都还活着。"

现在道歉已经太迟太迟了。

男孩的笑

几分钟后，第二轮敲门声响起。

"我的天哪，坏事成双！"

担忧再次袭上心头。马克斯又躲了起来。

罗莎艰难地登上台阶，可是当她打开门时，站在门口的却不是纳粹。除了鲁迪·施泰纳以外，还能是谁呢？这个满头黄发的男孩满脸善意。"我是来探望莉泽尔的。"

听见他的声音，莉泽尔奋力爬上台阶。"这个人我能对付。"

"那是她男朋友。"爸爸对着油漆罐说道，嘴里又吐出一团烟雾。

"他不是我男朋友。"莉泽尔出言反驳，却没有生气。如此千钧一发的危机过后，她又怎么能够生气。"我上去，是因为妈妈随时都可能会大喊大叫。"

"莉泽尔！"

她才上到第五级台阶。"听见没有？"

当她来到门口，鲁迪正不安地挪来挪去。"我只是过来看看……"他突然停住话头，"这是什么气味？"他闻了闻。"难道你刚才在屋子里抽烟啦？"

"噢，我刚刚跟爸爸在一块儿。"

"你手头有没有香烟？也许我们可以卖几根。"

莉泽尔可没心情讨论这种话题。她压低声音，以免被妈妈听到："我可不偷爸爸的东西。"

"可是你会找另外的地方下手。"

"你还能再大点声吗？"

鲁迪笑着说："瞧你吓的，做贼心虚了吧？"

"别说得好像你从来没偷过东西一样。"

"我偷过呀，但你满身散发着小偷的臭味。"鲁迪越说越起劲。"也许根本就不是烟味。"他凑上来笑着说，"明明就是干坏事的味道，我闻得出来。你该好好洗个澡了。"他回过头对汤米·穆勒大声嚷嚷："嘿，汤米，你真该过来闻闻这股味道！"

"你说什么？"汤米真以为他在跟自己说话，"我听不清。"

鲁迪对着莉泽尔摇了摇头。"没用的东西。"

她抬手把门给关上了。"给我滚开，蠢猪，现在我最不想看到的人就是你。"

鲁迪反倒志得意满，转身往街上走去。经过信箱时，他突然想起此行的目的，回过头走了几步。"你还好吗，小母猪？我的意思是，你的伤怎么样？"

那是在六月。那是在德国。事态即将由盛转衰。

莉泽尔对此一无所知。对她来说，地下室里的犹太人没有被发现，她的养父母没有被人带走，而她自己对这两件大事都贡献良多。

"一切都好。"她说，这句话其实和踢球受的伤毫无关系。

她很好。

死神日记：巴黎人

夏天来了。

对偷书贼而言，一切都很顺利。

对我来说，天空是犹太人的颜色。

当他们的躯体不再寻找门上的缝隙时，灵魂便升腾而起。他们抓挠着木板，指甲因为绝望深深嵌进木头里。他们的灵魂向我走来，投入我的怀抱。我们钻出毒气室，来到屋顶上，进入无边的永恒。每一分，每一秒，每一次毒气浴，都有灵魂投入我的怀抱。

我永远都忘不了在奥斯维辛集中营的第一天，也永远忘不了第一次来到毛特豪森集中营目睹的场面。在毛特豪森，随着时间的流逝，我还得来到悬崖下，捡走那些选错逃跑路线的人。亲爱的，那里到处都是尸体和残肢断臂。不过，这样也好过死在毒气室里。有些人跌到半途就被我接住了。我在半空中抱着他们的灵魂，心里想着，被我救下来了吧，至于他们其余的部分——他们的躯壳——则一头栽进泥土。他们都很轻，就像空空的胡桃壳。那里的天空总是烟雾缭绕，弥漫着火炉的气味，却依旧寒冷无比。

每当想起这段往事，我都会浑身颤抖，我也试着不再想起。

我往手里吹着热气，想让他们温暖起来。

可那些灵魂仍在发抖，我的手怎么也暖和不起来。

上帝啊。

每次想到这些场景，我都要呼喊这个名字。

上帝啊。

这个名字又一次从我嘴里冒出来。

我呼喊他的名字，却终究也无法理解这一切。"可是，理解并非你的天职所在。"我只能自问自答。上帝从来不言不语。你是不是以为他唯独忽略了你的祷告？"你的天职是……"我不想再聆听自己的回答，坦白地说，我已经厌倦了自己。每当这么想的时候，我就会精疲力竭，可是疲劳太奢侈，并不是我能享受的。我必须继续工作，因为死神从来不等人。就算这句话不是放之四海而皆准，却也涵盖了大多数情况，况且就算让我等，通常也等不了多久。

一九四二年六月二十三日，在波兰的大地上，一间德国监狱里关押着一批法国犹太人。我带走的第一个人紧紧靠在大门旁边，他的思绪转得飞快，紧接着就放慢下来，然后慢下来，慢下来……

如果我说，那天我像捡起新生儿那样捡起每个灵魂，请你一定相信我。我甚至亲吻了几张中毒的憔悴的脸颊。我倾听他们奄奄一息时的最后的呼号，他们消逝的话语。我看到了他们对爱的憧憬，将他们从恐惧中解放出来。

我把他们全部带走了，我曾经说过，有时候我需要让自己分心，而现在正是时候。在一片荒芜之中，我仰望着天上的世界。我望着天空从银色转为灰色，再变成雨的颜色，甚至连云都想要逃开。

有时候，我想象着云上的世界会是什么样子，虽然心里明白，那里一定阳光灿烂，无边无垠的大气层像一只巨大的蓝眼睛。

他们是法国人，他们是犹太人，他们就是你们。

Chapter 07

第七章

杜登大词典

内容提要

香槟与手风琴

一九四二年夏天，莫尔辛小镇正准备迎接它无法避免的命运。有些人不相信这座位于慕尼黑边陲的小镇会成为盟军的空袭目标，但大多数居民心里明白，空袭迟早要来，只是时间问题。防空洞都做了更明显的标记，每家每户的窗玻璃都被刷成了黑色，防止夜间的灯火成为炸弹的准星。每个人也都清楚可供避难的最近的地下室在哪里。

对汉斯·胡伯曼来说，战事的恶化反倒拉了他一把。尽管时势艰难，粉刷生意却出其不意地开始好转。家里有百叶窗的人都拼命地找上门来，求他上门施工。不过他也遇到了一个问题，黑油漆通常只用于调色，用来加深其他颜色，所以很快就用光了，买也买不到。不过他有着商人的头脑，总能想出许多点子来。他找来煤灰拌进油漆里，以低廉的价格出售。在莫尔辛，他为许多房屋遮蔽从窗户透出的光线，以躲避敌人的视线。

爸爸出门干活的日子，莉泽尔有时会跟在他身边。

他们拉着油漆车穿梭在小镇里，有些街道散发出饥饿的味道，另一些街道则富得令他们摇头。有好几次，汉斯走在回家的路上，那些除了孩子和贫穷便一无所有的女人向他跑来，求他帮忙刷刷窗户。

虽然他会说，"哈拉太太，真对不起，我的黑漆全用光了"，可没走出多远，他就会心软。长街尽头，这个高大的男人承诺道："明天，我先给你家刷。"于是第二天清晨，他就来帮她们刷窗户，却分文不取，最多只拿一片饼干或喝一杯热茶。前一晚，他又想出了新办法，用蓝色、绿色或褐色的油漆调成黑色。他从来不会建议大家用毛毯遮盖窗户，因为这些东西到了冬天就要派上用场。人们甚至听说，他会为了半支香烟帮人刷窗户，完工后和主人坐在大门前的台阶上分享一根烟。烟雾和笑声伴随着交谈升腾而起，抽完后，他和莉泽尔便要赶往下一个工作地点。

我清楚地记得莉泽尔·梅明格动笔时是如何描述那个夏天的。几十年来，许多文字已经褪色，纸也在我的口袋里磨旧了，可是依旧有许多文字永远铭刻在我的心间。

女孩写下的一些文字

那个夏天是新的起点，也是新的终点。

当我回望过去，我记得双手因为油漆而滑溜溜的，

慕尼黑大街上传来爸爸的脚步声，我知道一九四二年的夏天，

至少有一段短短的时间只属于这个男人。

还有谁会为了半根香烟的报酬帮人刷窗户？

那就是爸爸，

他就是这样的人，我爱他。

每一天，他们一起干活的时候，他便给莉泽尔讲自己的故事。故事里有第一次世界大战，有他那手糟糕的字是怎样救了他的命，还有他和妈妈相遇的那天。他说妈妈曾经是个美人，说话轻声细语的。"难

以置信吧。我知道，但这绝对是真的。"他每天都会讲一个故事，要是这个故事之前已经讲过，莉泽尔也不会介意。

有时候，当莉泽尔听得出了神，爸爸会用刷子轻轻点在她的眉心。要是他判断失误，刷子上蘸了太多油漆，便有一道油漆顺着她的鼻子淌下来。她会开怀大笑，试图报仇，可是汉斯·胡伯曼身手敏捷，很难逮到。这种时候，他分外有活力。

每到休息时间，不管是吃饭还是喝水的时候，他都会拉起手风琴，这是莉泽尔记忆里最为鲜活的时刻。每天清晨，爸爸拖着或推着装油漆的小车出门，莉泽尔便抱着这台乐器。"就算忘了带油漆，"汉斯告诉她，"也不能忘了音乐。"停工吃饭时，他切开面包，抹上最后一点限量供应的果酱，或者放上一小片肉，分给莉泽尔。他们一同坐在油漆罐上吃饭，爸爸嘴里还有最后一口没有嚼完，便抹干净手，打开手风琴盒子。

他工装裤的褶皱里有面包屑的痕迹，油漆点点的双手在键钮和琴键上飞舞，间或按出一个长长的音符。他的手臂拉动风箱，给这件乐器输送它赖以呼吸的空气。

每天，莉泽尔都坐在爸爸身旁，双手放在两腿间，沐浴在夕阳中。她总希望太阳永远都不会下山，每当看到黑夜大步走来，她心里都不禁生出失望之情。

至于粉刷工作，莉泽尔觉得调油漆是最有趣的工序。她跟很多人一样，以为爸爸想要什么颜色的油漆，就推着车直接去油漆店或五金店买。她从来没想过油漆竟然是块状的，跟砖头差不多，还得先用香槟酒瓶把油漆碾碎。（汉斯给她解释过，香槟酒瓶是最理想的工具，因为它们的瓶身比普通酒瓶的厚实。）完成这一步后，才能往里面加水、胶粉和白垩粉，这还不算完，调色也是极其复杂的步骤。

原来这个行当还有那么多学问，莉泽尔对爸爸的景仰之情也随之水涨船高。爸爸愿意同她分享面包和音乐，这已经很棒了，但是让莉泽尔明白他能胜任自己的工作有别样的意义，因为有能力的人更有魅力。

爸爸跟她解释过油漆的调配工序之后，又过了几天，一个下午，他们正在慕尼黑大街东部的一户有钱人家里施工。天色还早，接下来他们还要去下一个工作地点。莉泽尔突然听到爸爸在大声喊她，声音大得有点不寻常。

莉泽尔走进那户人家的厨房，两位老妇人和一位老先生正坐在精致奢华的椅子上。两位老妇人衣着华贵，老先生满头白发，两侧的鬓角犹如树篱。餐桌上摆着高脚杯，里面盛着噗噗冒泡的液体。

"那么，"老先生说道，"我们干杯。"

他举起高脚杯，示意其他人一起举杯。

那是一个温暖的午后。高脚杯的凉意令莉泽尔有些迟疑。她向爸爸望去，征求他的同意。他咧开嘴笑了，说道："干杯吧，孩子。"大家碰杯时，杯子发出清脆的响声。莉泽尔刚把杯子举到嘴边，香槟那带着泡沫的甜腻味道就让她打了个激灵。她条件反射般地把酒吐在了爸爸的工装裤上，看着它冒着泡往下流。大家哈哈大笑，汉斯则鼓励她再喝一口。这一次，她终于把酒喝了下去，享受着破戒的美妙滋味。这味道棒极了。泡沫蜇着她的舌头，刺激着她的胃。甚至当他们赶往下一个工作地点时，她依旧能感受到体内犹如针刺般的暖意。

爸爸拖着油漆车，告诉她，那些人说自己没有钱。

"所以你就让他们拿香槟来换？"

"为什么不呢？"他转过脸来，眼里的银色光泽从未如此耀眼，"我不希望给你留下香槟酒瓶只能拿来擀油漆的错误印象。"之后，他提醒她说："不过，别告诉妈妈，好不好？"

"我能告诉马克斯吗？"

"当然，可以告诉马克斯。"

当莉泽尔在地下室里书写自己的人生故事时，她发誓这辈子都不会再喝香槟了，因为它的味道再也不会像那个温暖的七月午后那么美妙。

手风琴也是如此。

有好几次，她都想问爸爸能不能教她拉手风琴，可是不知为什么，总有些事令她没法说出口。也许是某种未知的直觉，令她明白自己永远无法拉得像汉斯·胡伯曼一样好。当然了，即便是世上最伟大的手风琴家也无法与他媲美。爸爸脸上那种随性而专注的表情，谁都无法企及。无论是哪个手风琴手，唇间都不会叼着用粉刷活儿换来的香烟。况且，要是他们出现小小的失误，也不会像胡伯曼那样连笑三声。他们绝对不会像他那样。

有好几次，当她在地下室里醒来，耳边回响着手风琴的音乐，她的舌尖仍会泛起香槟那甜蜜的灼烧感。

有时候，她靠在墙上，渴望油漆的温热触感再次滑过鼻子，或者渴望能再看看爸爸那双犹如砂纸的手。

要是还能那样天真无邪就好了，还能继续一无所知地享受着那份深切的关爱，却以为那只是欢声笑语和散发着果酱香味的面包。

那是她一生中最美好的时光。

可他们还处在空袭地带。

别忘了这一点。

从夏天到秋天，幸福的三部曲肆意而明亮地蔓延。然后，它会戛然而止，因为这明亮为磨难指明了道路。

艰难的日子即将来临。

就像一场游行。

《杜登大词典》第一条释义

幸福：源自形容词"幸福的"，享受愉悦和满足。

近义词：欢欣，欢乐，幸运，顺遂。

三部曲

莉泽尔出门干活的时候，鲁迪总是在跑步。

他在休贝特体育场一圈圈地跑，在街区里飞奔。在从希默尔街的尽头到迪勒太太的商店那段路上，他和所有人都比试过，以各种优势抢先抵达终点。

有那么几次，莉泽尔正在厨房里给妈妈打下手，罗莎望着窗外说道："那头小蠢猪这次又在跟谁赛跑？整天就知道跑跑跑。"

莉泽尔来到窗前。"至少他不会把自己涂成炭那么黑了。"

"那倒是，那副样子可真够瞧的，是不是？"

鲁迪的理由

八月中旬，希特勒青年团

将举行一场狂欢节，

而鲁迪打算拿下四个项目的冠军：一千五百米赛跑、

四百米赛跑、两百米赛跑，当然还有一百米赛跑。

他喜欢新分部的头头们，想要讨他们的欢心，也想向老朋友弗朗茨·道伊彻证明一下自己。

一天下午，莉泽尔和他一起在休贝特体育场跑步。鲁迪对她说："四块金牌，就跟一九三六年的杰西·欧文斯一样。"

"你不会还在为他着迷吧？"

鲁迪的步伐跟随着呼吸的节拍。"也不算是，但能跟他一样也不错，不是吗？可以让那些骂我是疯子的杂种看看。我要让他们好好看看，我可不是蠢货。"

"可你真能赢下四个项目？"

他们渐渐放缓脚步，停在跑道尽头，鲁迪把手叉在腰间。"我非赢不可。"

他训练了整整六个星期。当八月中旬的狂欢节终于到来时，天空中烈日如火，万里无云。草地上挤满了希特勒青年团成员、他们的家长，以及许许多多穿棕色衬衫的头头。鲁迪·施泰纳正处于巅峰状态。

"你看，"鲁迪指了指，"道伊彻在那边。"

在拥挤的人群后边，那个希特勒青年团的金发代表正在向两位部下发号施令。两个部下点着头，时不时地伸个懒腰。其中一个人举着手遮挡阳光，仿佛在行纳粹礼。

"你想过去打招呼吗？"莉泽尔问。

"不用了，待会儿我再跟他打招呼。"

等我凯旋的时候。

这句话没有说出口，但是不言自明，仿佛在鲁迪的蓝眼睛和道伊彻发号施令的手之间回荡。

比赛之前，所有人必须环绕着运动场游行。

广播里播放着纳粹的国歌。

众人高喊"希特勒万岁"。

完成这项仪式后，比赛才能开始。

当鲁迪所在的年龄组按指令来到一千五百米长跑的起跑线上时，莉泽尔以典型的德国人的方式祝他好运。

"摔断脖子和腿吧，蠢猪。"

男孩们在圆形运动场的另一头集合完毕。有些人在做拉伸运动，有些人全神贯注地等待比赛开始，其他人则是迫于无奈才参赛的。

鲁迪的妈妈芭芭拉站在莉泽尔身旁，身边还有她年幼的几个孩子。孩子们裹着一条薄薄的毛毯，坐在稀疏的草地上。"你们有没有看见鲁迪？"她问他们，"他在最左边。"芭芭拉·施泰纳女士是个和善的女人，她的头发看起来总像是刚刚梳过的样子。

"在哪儿呀？"芭芭拉的一个女儿问道，大概是小女儿贝蒂娜，"我根本看不见他。"

"最后那个。不对，不是这边，是那边。"

发令枪砰的一声冒出白烟，可她们还是没有找到哥哥的身影。施泰纳家的孩子们都跑到了围栏边上。

第一圈的时候，领跑的一共有七个人。第二圈就减少到了五个人。第三圈变成了四个人。除了最后一圈，鲁迪一直跑在第四位。莉泽尔右边的人说，那个暂居第二的小伙子实力最强，他的个子也最高。"你等着瞧，"他告诉一头雾水的妻子，"到了最后两百米，他会反超到第一名。"但这个人说错了。

一位身材高大、身穿棕色衬衫的官员站在终点线附近，他显然没有因为配给制度忍饥挨饿。当领跑集团越过终点线时，他大声告诉他们，比赛只剩下最后一圈，但加速的却不是暂列第二的男孩，而是第四名，而且他把冲刺阶段提早了整整两百米。

鲁迪飞奔起来。

每一步，他都不曾回头。

他不断扩大领先优势，拉长与对手之间的距离，直到任何被反超的可能性都消失殆尽。当鲁迪跑进直道时，身后的三名选手只能为了剩下的名次而努力了。最后一百米的跑道上，人们只能看见一头金发和空空的跑道。冲过终点线后，他没有停下脚步，没有举起手臂，甚至不曾弯腰喘息。他继续向前走了二十米，然后回过头，看着其他人跨过终点线。

去见家人的路上，他先是遇见了现在分部的头头，然后又遇到了弗朗茨·道伊彻。他们互相点头致意。

"施泰纳。"

"道伊彻。"

"看起来，我让你跑的圈还是有回报的，嗯？"

"看起来是。"

等到拿下四块金牌，他才会露出笑容。

在此一提

如今，鲁迪不仅成了好学生，

还是个有天分的运动健将。

至于莉泽尔，她在四百米中取得了第七名，然后在两百米预赛中取得了小组第四名。她只能眼睁睁地看着跑在前方的女孩们那健壮的小腿和摆动的马尾辫。在跳远比赛中，比起成绩，她更喜欢双脚踩在沙子里的感觉，而铅球比赛中，她也没有迎来光辉时刻。她明白，这一天属于鲁迪。

在四百米决赛中，他一路领先，然后又以微弱的优势赢得了两百米的比赛。

"你累吗？"莉泽尔问他。此时才刚到下午。

"当然不累。"他正在气喘吁吁地拉伸小腿，"你在胡说些什么，小母猪？你懂什么。"

当万众瞩目的百米赛跑终于到来，他缓缓地起身，和那些少年一起走向赛道。这一次，莉泽尔跟在他身后。"嘿，鲁迪，"她扯了扯他的衣袖，"祝你好运。"

"我不累。"他说。

"我知道。"

他朝她眨了眨眼。他其实累了。

预赛中，鲁迪刻意放慢速度，跑了小组第二。十分钟后，当其他比赛都宣告结束，百米决赛终于到来。有两个男孩看起来实力强劲，莉泽尔心里有一种感觉，鲁迪恐怕赢不了这场比赛。在预赛中跑了倒数第二的汤米·穆勒和她一起站在围栏边。"他会赢的。"他信誓旦旦地说。

"我知道。"

不，他赢不了。

当参加决赛的选手都来到起跑线上，鲁迪蹲下身子，开始用手给自己挖起跑坑。一个穿着棕色衬衫的秃头男子立即向他走来，示意他不要这么做。莉泽尔看到那个大人的手指挥来挥去，她也能看到随着鲁迪搓手的动作，泥土正从他的指间掉落。

当他们都各就各位，莉泽尔紧紧地抓住围栏。一个男孩抢跑了，发令枪还得再开一次。

抢跑的是鲁迪。那位官员又跟他说了几句，男孩也点了点头。如果再次抢跑，他将直接被淘汰出局。

第二次起跑准备就绪，莉泽尔聚精会神地看着，可她怎么也不敢相信自己的眼睛。又有人抢跑了，而且犯规的是同一名运动员。她本来已经构想了一场完美的比赛：鲁迪一路落后，却在最后十米突然发力，拿下了冠军。而在现实中，失去了比赛资格的鲁迪被带到跑道边，被勒令站在那里，而其他男孩继续准备起跑。

他们排成一行，开始飞奔。

一个步幅很大的红褐色头发的男孩，以领先第二名五米的优势拿到了冠军。

而鲁迪留在了原地。

后来，当白日走到尽头，太阳从希默尔街落下后，莉泽尔和她的朋友一起坐在人行道边。

他们谈论着所有的事情，从一千五百米比赛后弗朗茨·道伊彻的脸色，到那个因为铁饼比赛失利大发脾气的十一岁女孩。

各自回家之前，鲁迪悠悠吐出一句话，告诉了莉泽尔真相。这句话起初仿佛停在她的肩头，她想了一阵之后，才终于钻进了耳朵。

鲁迪的话
我是故意的。

当他终于说出实情，莉泽尔只问了一个问题。"可是为什么，鲁迪？你为什么要这么做？"

他一只手叉在腰间，没有作答，只留下一个狡猾的笑容，便优哉游哉地回家去了。他们再也没有谈论过这个话题。

莉泽尔常常会想，如果自己逼鲁迪回答，他会给出怎样的答案。也许三块金牌已经足以证明自己，也许他害怕输掉最后一场比赛。到最后，她只能听从内心一个少年的声音。

"因为他毕竟不是杰西·欧文斯。"

直到起身回家时，她才发现三块仿制的金牌正放在她身旁。她敲响施泰纳家的大门，把金牌拿到他面前。"看你把什么东西忘了。"

"我才没有忘。"说完他便关上了门，莉泽尔只好把奖牌拿回家。她把奖牌拿到地下室，把鲁迪·施泰纳的故事讲给马克斯听。

"他真是个傻瓜。"她最后说道。

"确确实实。"马克斯附和道，不过我怀疑他是在开玩笑。

然后，他们开始各忙各的。马克斯埋首于涂鸦本，莉泽尔开始读《送梦人》。这本小说快要读到结尾了，年轻的神父遇见一位优雅而古怪的女人后，开始怀疑自己的信仰。

她放下书，反扣在膝盖上，马克斯问她什么时候能读完。

"最多再花几天吧。"

"然后再开始读一本新的书？"

偷书贼看着地下室的天花板。"也许吧，马克斯，"她合上书，靠在墙上，"运气好的话，会有一本新书。"

下一本书

你也许以为是《杜登大词典》，

但实际上不是。

338

下一本书不是词典，词典会在三部曲的尾声到来，现在我们才进行到第二部。在这一部里，莉泽尔将读完《送梦人》，然后偷到另一本故事书——《黑暗中的歌》。它像过去的那些书一样来自镇长家。唯一的区别在于，这次她是单枪匹马来到小镇的那座山丘上。那一天没有鲁迪什么事。

那是一个阳光灿烂、满天薄云的早晨。

莉泽尔正站在镇长的书房里，指尖释放着贪婪，嘴边念叨着书名。这一次，她已经能自在地用手指抚摸书脊，这是她先前拜访这里的一个习惯。她的手指在书架上畅游时，口中轻轻呢喃着一本本书的名字。

《樱桃树下》。

《第十个中尉》。

好多书名都诱惑着她。她寻觅了几分钟，才终于选择了《黑暗中的歌》，很可能是因为这本书是绿色的，而她的藏书中还没有这种颜色呢。封面上印着白色的文字，书名和作者的名字之间还有一支小小的长笛。她带着书爬出窗户，离开时说了一句谢谢。

鲁迪不在时，她常常会觉得少了点什么，可在那个早晨，出于某个缘由，偷书贼只想独来独往。她来到安珀河畔，开始读书。这里离维克托·切梅尔和曾经隶属阿图尔·贝格的小喽啰们的临时总部很远。没有人路过，没有人打扰，莉泽尔读了整整四个短短的章节，她很幸福。

这是一次美好的盗窃带来的愉悦和满足。

一个星期后，幸福的三部曲才终于完结。

在八月的最后几天，一份礼物到了，或者说是他们发现了一份礼物。

当时已临近傍晚，莉泽尔在希默尔街上看克里斯蒂娜·穆勒跳绳。

鲁迪·施泰纳骑着哥哥的自行车，在她面前刹住车。"你现在有没有空？"他问道。

她耸了耸肩。"要做什么？"

"我觉得你最好跟我一起来。"他丢下自行车，又回家取来另外一辆。莉泽尔看着眼前的脚踏板快速旋转着。

他们骑车来到格兰德街，鲁迪停下车等着。

"我说，"莉泽尔问，"你到底要干什么？"

鲁迪用手指了指。"你仔细看。"

为了看得更清楚，他们钻到了蓝杉背后。透过扎人的枝叶，莉泽尔看到了一扇紧闭的窗户，以及靠在窗玻璃上的东西。

"那是……"

鲁迪点了点头。

他们讨论了一会儿才同意采取行动。那东西显然是故意放在那里的，但就算是个陷阱，也值得冒险。

莉泽尔站在浅蓝色的树枝中间，说：

"偷书贼会毫不犹豫地出手。"

她扔下自行车，察看了一下周围的街道，然后钻进了院子。一团团云影投射在黄昏的草地上。莫非它们其实是等候猎物的坑洞，还是供人藏身的阴暗角落？她想象自己跌入坑洞，落入了镇长的魔爪。这些思绪令她分了神，她突然发现自己已经走到了窗前。

这一幕又仿佛是在偷《吹口哨的人》。

她掌心的神经在跳动。

她的腋下渗出了汗珠。

她抬起头，看到了那本书的名字——《杜登大词典》。她飞快地回过头，朝鲁迪无声地说，是一本词典。他耸了耸肩，又摊了摊手。

她驾轻就熟地抬起窗户，想象着从屋里目睹这一切会有怎样的感受。她想象着自己鬼鬼祟祟的手伸出来，抬起窗户，让词典落下，会是怎样的场景。词典像是在慢吞吞地投降，像一棵树那样倒了下来。

到手了。

几乎没有任何动静。

这本书径直向她倒过来，被她用另一只手接住。之后，她甚至还关好了窗户，然后转身走过遍地的云朵投下的坑洞般的影子。

"干得漂亮。"鲁迪边说边把自行车交到她手里。

"谢谢。"

他们向街角骑去，这一天最关键的时刻终于到来了。莉泽尔心里明白，那是一种挥之不去的被人监视的感觉。一个声音在她体内盘旋，绕了两圈。

回头看看窗户。回头看看窗户。

她无法抵抗。

就像一处渴望抓挠的痒痒，她心里有一股强烈的欲望要她停下来。

莉泽尔把脚踩在地上，回头望着镇长的宅邸和书房的窗户，她看到了。当然，她本该知道会发生这样的事，可看到窗后的镇长太太，她还是藏不住在心里徘徊的惊讶之情。赫尔曼太太仿佛是个透明人，却的的确确站在那里。她蓬松的头发一如往常，那仿佛受了伤的双眼、嘴巴和表情都一览无遗。

她极其缓慢地举起手，朝街上的偷书贼不易察觉地挥了挥。

受到惊吓的莉泽尔没有对鲁迪说一句话。她只是镇定下来，抬起手，向窗边的镇长太太致谢。

《杜登大词典》第二条释义

原谅：不再生气，不再怨恨，不再抱有敌意。

近义词：宽恕、赦免、宽容。

回家的路上，他们把车停在桥上，查看那本沉甸甸的黑色的书。鲁迪信手翻看，突然在里面发现了一封信。他拿起它，游移不定地看着偷书贼。"信封上写着你的名字。"

河水奔流不息。

莉泽尔接过了信。

一封信

亲爱的莉泽尔：

我知道在你眼里，我既可怜又可憎（要是不认识这个词，你可以查查词典），但是我得告诉你，书房地板上留有你的脚印，我可没笨到连它们都看不见。第一本书消失不见的时候，我以为是我不知道放到什么地方去了，然后有一天，当阳光照进书房，我看到了地板上的脚印。

它们惹我发笑。

我很高兴，因为你取走了你应得的书。但我错误地以为事情将到此为止。

当你再次出现，我本该生气，可我没这么做。最近一次，我还听到了你的动静，但是选择不去打扰你。你每次都只拿走一本书，得偷一千次才能把它们全部偷走。我只希望有一天，你能敲敲门，用更文明的方式进到书房里来。

我们没法继续雇用你的养母，我要再次向你道歉。

最后我希望，在你阅读偷来的书时，这本词典能派上用场。

你真诚的朋友

伊尔莎·赫尔曼

"我们最好先回家。"鲁迪提议，可是莉泽尔一动不动。

"你能不能在这里等我十分钟？"

"当然没问题。"

莉泽尔奋力地骑回格兰德街八号，坐在熟悉的前门台阶上。词典还在鲁迪手里，但是她拿着信，手指摩挲着叠好的信纸，四周的台阶仿佛越来越沉重。她试了四次，想要叩响那扇令人生畏的大门，但是她做不到。她最多只能将指关节抵在木门温暖的表面上。

她的弟弟再次现身了。

他坐在台阶底下，膝盖上的伤口已经愈合，他说："加油，莉泽尔，敲门吧。"

她再次离开，不久就看见了远处桥上鲁迪的身影。风吹过她的头发。她的双脚蹬着踏板，暖洋洋的。

莉泽尔·梅明格是个罪犯。

却不是因为她从一扇敞开的窗户里偷了几本书。

刚才，你应该敲门的，她心想，尽管内心仍旧有愧疚的感觉，却也有新生的愉悦。

她一边骑车，一边告诉自己。

你不配拥有这些快乐，莉泽尔。你不配。

一个人真的能偷到快乐吗？又或者，这只不过是一种自欺欺人的方式？

莉泽尔耸耸肩，甩开了所有思绪。她从桥上骑了过去，告诉鲁迪加快速度，不要把书落下。

他们骑着生锈的自行车回了家。

他们骑了很远很远，从夏天骑到秋天，从宁静的夜晚骑到了慕尼黑遭受轰炸的纷乱时刻。

警报声

汉斯用夏天赚到的一小笔钱买了一台二手收音机。"有了它，"他说，"用不着等到警报声响起，我们就知道空袭什么时候会来了。他们会先播送一段布谷鸟的叫声，然后宣布哪些地区可能遭受空袭。"

他把收音机放在餐桌上，打开开关。为了放给马克斯听，他们还在地下室里调试过收音机，然而它只能发出静电干扰声和断断续续的杂音。

九月，他们并没有在睡梦中被收音机吵醒。

要么是因为收音机太破了，要么是因为它的声响会立即被刺耳的警报声吞没。

莉泽尔在睡梦中感到肩膀被轻轻地推了推。

爸爸的声音紧随而来，听起来他有些害怕。

"莉泽尔，快醒醒。我们得走了。"

刚刚醒来的莉泽尔感到晕头转向，她只能模糊地辨认出爸爸的脸，只有他的声音清晰地传入耳中。

他们在走廊里停下脚步。

"等一等。"罗莎说。

他们摸黑冲进地下室。

煤油灯是亮着的。

马克斯从一堆油漆罐和防尘布后面爬出来。他的脸上透着倦意,大拇指紧张地勾在裤兜里。"你们该走了,对吧?"

汉斯上前握住马克斯的手,拍了拍他的臂膀。"是的,我们该走了。我们回来时再来看你,好吗?"

"当然了。"

罗莎拥抱了他,莉泽尔也拥抱了他。

"再见,马克斯。"

他们早在几个星期前就讨论过,空袭来临时到底是应该一起躲在自家地下室里,还是他们一家三口去街坊菲德勒家避难。马克斯说服了他们。"他们不是说过,这间地下室的深度不够安全。我已经给你们带来了太多风险,不能再让你们为我冒险了。"

汉斯只好点点头。"把你一个人丢在这儿,我们心里过意不去,真是太羞愧了。"

"事情本该如此。"

警报声在屋顶上呼啸,人们都在街上奔走,他们跑出家门,有的拼尽全力奔跑,有的踉踉跄跄,有的畏畏缩缩。黑夜在凝视着他们。有些人望向夜空,试图找到空中呼啸而过的铁皮飞机。

希默尔街上满是乱作一团的人,手里都拿着自己最宝贵的家当——有些人抱着孩子。有些人则把一大摞相册或木盒子揣在怀中。莉泽尔拿的是书,夹在腋下。霍尔茨埃普费尔太太则瞪着眼睛挪着小碎步,在人行道上吃力地拎着手提箱走着。

爸爸好像什么都没带，连手风琴都丢在了家里，他赶忙来到这位太太身旁，从她手里救下手提箱。"耶稣、马利亚和约瑟啊，这箱子里到底放了什么玩意儿？"他问，"铁砧吗？"

霍尔茨埃普费尔太太走在他身旁，说："只是点生活必需品。"

菲德勒家跟他们家隔了五栋房子。一家四口都有小麦色的头发和标准的德国人的眼睛。最重要的是，他们家有个又深又宽敞的地下室，现在里面挤了二十二个人，包括施泰纳一家、霍尔茨埃普费尔太太、普菲夫克斯、一个年轻人以及詹森一家。罗莎·胡伯曼和霍尔茨埃普费尔太太远远地隔开，因为大难当头，为了保持友好的氛围，还是应当尽量避免琐碎的争吵。

一个电灯泡从天花板上垂下来，照亮了这间阴暗寒冷的地下室。凹凸不平的墙面戳痛了那些站着聊天的人的背。模糊的警报声穿过墙壁渗透进来，化作失真的声音钻入他们的耳朵。这令他们担心防空洞到底能不能保护自己，但这至少能让他们听到连续三响的警报，那意味着空袭已经结束。如此一来，政府就不需要专程派人来通知解除空袭警报了。

没过多久，鲁迪就发现了莉泽尔，来到了她身旁。他的头发竖着，直冲着天花板。"这简直太棒了吧？"

她忍不住要讽刺他。"真的好有意思。"

"唉，得了，莉泽尔，别阴阳怪气的。这炸弹还能怎么样，除了把我们压成肉泥，或者炸成碎片，又能坏到哪里去？"

莉泽尔四下张望，打量着人们的脸。她开始罗列一张名单，看看到底哪些人怕得要死。

胆小鬼的名单

1. 霍尔茨埃普费尔太太。

2. 菲德勒先生。

3. 那个年轻人。

4. 罗莎·胡伯曼。

霍尔茨埃普费尔太太吓得双目圆睁。她弓着消瘦的身躯，大张的嘴巴犹如一个圆圈。菲德勒先生忙着到处提问，翻来覆去地揪住一个问题不放，问这些街坊邻居有何感受。那个年轻人叫罗尔夫·舒尔茨，他缩在角落里，对着四周的空气小声说话，仿佛在斥责什么。他的双手插在口袋里不动。罗莎的身子在轻微地前后摇晃。"莉泽尔，"她低声说，"你过来。"她用双臂从背后环着女孩，紧紧地抱住她。她哼起了歌，但是那虚无缥缈的声音让莉泽尔听不分明。音符刚刚随着她的呼吸诞生，便在双唇间消失了。爸爸站在她们身旁，一言不发，一动不动。他抬起温暖的手，放在莉泽尔微凉的头顶上，仿佛在说，你会活下去的。这句话说得没错。

他们左边是亚力克斯和芭芭拉·施泰纳，两个孩子贝蒂娜和艾玛被他们护在身旁。两个女孩都抱着妈妈的右腿。大儿子库尔特像是在参加希特勒青年团的训练，目不斜视地注视着前方。卡琳被他牵在手里，这个七岁的孩子在同龄的孩子中也显得很瘦小。十岁的安娜－玛丽在抠着粗糙的水泥墙壁。

施泰纳一家的左边是普菲夫克斯和詹森一家。

普菲夫克斯一直克制着自己，没有吹口哨。

胡子拉碴的詹森先生紧紧抱着妻子，他们家的两个孩子时而沉默时而吵闹，时不时地招惹对方，但总是在起争执前各退一步。

大约十分钟后，地下室里开始充斥着一种似动非动的氛围。所有人的身体仿佛都焊成了一块，只有双脚在变换位置，轮流承担着身体的重量。他们的脸上凝固着死寂。他们在互相注视着，一同等待着。

《杜登大词典》第三条释义

害怕：一种非常强烈的令人不快的感受，

常常因为预感或意识到危险而产生。

近义词：恐怖、恐惧、恐慌、惊吓、警觉。

在某些防空洞里，人们高唱着《德意志高于一切》，还有些人在彼此污浊的呼吸中争吵不休。菲德勒家的地下室里没有这类事情。这个地方只有恐惧和忧虑，以及罗莎·胡伯曼嘴边那首夭折的歌。

在空袭警报解除之前，亚力克斯·施泰纳（他有一张如木头般纹丝不动的脸）把抱着妻子大腿的两个女儿哄开，自己挤过去拉住儿子一只手。库尔特仍旧坚定地注视着前方，紧紧握着妹妹的手。很快，地下室里的每个人都牵起手来，这群德国人仿佛围成了一个不规则的圆圈。冰冷的手在温暖的手里融化，甚至连脉搏都能穿透苍白僵硬的皮肤，传递到另一只手上。有些人闭上了眼睛，等候着最终的死亡，或者希冀听到空袭结束的信号。

这些人是否应该落得这个下场？

他们中有多少人痴迷于希特勒的眼神，重复着他的话语、演讲和著作，有多少人迫害过身边的人？罗莎·胡伯曼，这个藏匿着犹太人的女人是否也负有责任？而汉斯呢？如果他们死了，是罪有应得吗？那孩子们呢？

每一个问题的答案都令我兴趣盎然，但我绝不容许它们将我引入歧途。我只知道，那天晚上，除了最年幼的孩子，所有人都觉察到了我的存在。我便是这些问题的提示。我便是答案的参考。我虚无的双脚走过厨房，踏进走廊。

读到偷书贼笔下那些人的事迹时，我总会怜悯他们，就像我常常会怜悯其他人一样，尽管这份怜悯之情比不上集中营里的人在我心中引起的触动。地下室里的德国人当然可怜，但他们尚且有一线生机。地下室可不是毒气室。他们又不是来洗毒气浴的。对这些人来说，人生仍然可以继续。

在这个不规则的圆圈里，时间缓缓流逝。

莉泽尔牵着鲁迪和妈妈的手。

只有一个念头令她悲伤。

马克斯。

如果炸弹落到希默尔街，马克斯如何能幸免于难？

她环顾菲德勒家的地下室。比起希默尔街三十三号的地下室，这间地下室更深，也更为坚固。

她向爸爸抛去一个无声的问题。

你是不是也在惦念他？

不知道这个无声的问题有没有被爸爸听到，他只是飞快地向女孩点了点头。几分钟后，连续三响的警报声终于出现，带来了短暂的和平。

希默尔街四十五号的人们都松了口气。

有些人睁开了紧闭的双眼。

一根烟在众人手中传递。

它刚来到鲁迪·施泰纳嘴边，便被他父亲一把夺去。"还轮不到你，杰西·欧文斯。"

孩子们紧紧抱着父母，过了许久，他们才明白自己还活着，而且会继续活下去。此时他们才爬上台阶，来到赫伯特·菲德勒家的厨房。

希默尔街的人们在沉默中走着。许多人抬头望天，感谢上帝饶过他们的性命。

胡伯曼一家三口刚刚到家，就直奔地下室，可是马克斯好像不在那里。小小的煤油灯闪烁着橙色的光芒，他们找不到他，也听不到他的回答。

"马克斯？"

"他消失了。"

"马克斯，你在吗？"

"我在这里。"

他们本以为，这一声回答会从油漆罐和防尘布后面冒出来，第一个看见他的莉泽尔却发现，马克斯就在他们面前。他疲惫的面容就隐藏在那堆油漆和织物中间。坐在地上的他眼里满是惊恐，嘴唇直打哆嗦。

当他们走上前来，他再次开口了。

"我没忍住。"他说。

罗莎回应了他。她蹲下来，和他面对面。"你在说什么，马克斯？"

"我……"他挣扎着回答，"当周围的一切都安静下来，我走上台阶来到走廊里，把起居室的窗帘拉开了一道小小的缝……我看见了外面的景象，怔怔地看了几秒钟。"他已经有二十二个月没见过外面的世界了。

没有人发火，或是斥责他。

爸爸打破了沉默。

"外面看起来怎么样？"

马克斯扬起头，脸上写满了悲伤和震惊。"天上的星星，"他说，"刺痛了我的眼睛。"

他们四个人。

两个人站着。两个人坐在地上。

那天夜里，他们都明白了一些道理。

这个地方才是真正的地下室。那种感受才是真正的恐惧。马克斯振作精神，起身又回到台阶下的防尘布背后。他本想道一句晚安，却没能说出口。妈妈答应莉泽尔，她可以留下来陪马克斯，她读着《黑暗中的歌》，马克斯则在涂鸦本上写写画画，直到清晨。

星星透过希默尔街的窗户，他写道，灼烧着我的眼睛。

偷天贼

事后人们才发现，第一场空袭根本就是子虚乌有。如果他们等着看飞机，那么等上一整夜都不会有结果。难怪收音机里没有播送布谷鸟的叫声。《莫尔辛快报》报道说，某个高射炮塔的操作人员过于紧张，导致了这次误报。他发誓说自己听到了飞机的轰鸣声，看到了它们掠过地平线的身影，便向上级报告了自己的发现。

"他很可能是故意的，"汉斯·胡伯曼认为，"难不成你会愿意守在高射炮塔里，用机枪对付轰炸机？"

马克斯继续在地下室里浏览这篇报道，里面写道，那个异想天开的人已经被撤销了职务。等候着他的命运是被分配到其他地方服役。

"祝他好运。"马克斯说道。他似乎明白了这则报道的含义，读完便玩起了填字游戏。

下一场空袭是真的。

九月十九日夜晚，收音机里的布谷鸟叫了，随之而来的是一个低沉的声音，带来了令人不快的消息——莫尔辛有可能遭受空袭。

希默尔街上再次出现了成群结队的人，爸爸还是没有带着手风琴。罗莎提醒他带上，被他拒绝了。"上次没带，"他说，"我们不就活下来了？"战争模糊了逻辑和迷信之间的界线。

古怪的空气跟着他们进入了菲德勒家的地下室。"我觉得今晚真的要来了。"菲德勒先生说道。孩子们很快就意识到，这一次他们的父母心里更加害怕，他们对此只有一种反应：当整个地下室开始摇晃时，最年幼的几个孩子开始号啕大哭。

即便身处地下室，他们依然能隐隐约约听见炸弹的声音。气浪像塌落的天花板一样袭来，压向地面。莫尔辛空荡荡的街巷从此缺了一块。

罗莎用尽力气，紧紧握着莉泽尔的手。

孩子们的哭闹声在室内回荡不休。

连鲁迪都站得笔直，在紧张的形势中绷紧神经，假装镇定自若。臂膀和手肘在争夺空间，一些大人在安抚孩子，其他人连自己都安抚不了。

"能不能让那个孩子闭嘴！"霍尔茨埃普费尔太太大声叫道，但她的声音只是淹没在了防空洞里的一片混乱中，没能带来任何结果。混浊的泪水从孩子们的眼眸中滑落，四周弥漫着夜晚的气息、人们腋下的汗味和破旧衣服的味道，都在这个如今装满了人类的炖锅里蒸腾和发酵。

尽管莉泽尔紧紧靠在妈妈身边，她还是得提高嗓门喊叫："妈妈？"她又喊了一遍。"妈妈，你把我的手捏疼了。"

"你说啥？"

"我的手！"

罗莎总算松开了手。为了摆脱地下室的嘈杂，也为了让自己好受一些，莉泽尔拿出书开始朗读。最上面的那本书是《吹口哨的人》，她大声读出书名，好让自己集中注意力。第一段的内容连她自己都听不清。

"你在说什么？"妈妈大声咆哮，但是莉泽尔没有理会。她依旧专心致志地读着第一页。

她翻到第二页，这下引起了鲁迪的注意。他发现莉泽尔正在读书，于是拍拍弟弟妹妹，让他们像自己一样保持安静。汉斯·胡伯曼凑近了一些，然后大声招呼大家。很快，沉默在拥挤的地下室里蔓延开来。莉泽尔读到第三页时，大家全都安静下来。

她不敢抬头观望，但能感觉到，在她吐出文字的过程中，所有胆怯的目光都落在她身上。一个声音在她体内弹奏出音符。它说，我就是你的手风琴。

唯有翻页的声音不时打断她读出的文字。

莉泽尔不停地读下去。

她至少读了二十分钟，故事从她嘴里流淌出来。最年幼的几个孩子也被她的声音安抚，人们似乎都看到了吹口哨的人从作案现场逃逸的场面。但这样的场景并没有出现在莉泽尔眼前。她看到了文字的脉络，它们困在纸上，被她不断地抖落下来，让故事继续下去。马克斯竟然也出现在句号和下一句句首那个大写字母之间的空隙里。她还记得他生病的时候，自己曾读书给他听。他现在是不是在地下室里？疑问在她心中升起。他是不是又偷偷出来看天空了？

美妙的想法

一个是偷书贼。

另一个是偷天贼。

每个人都在等候地动山摇的时刻。

这仍然是不可变更的事实，但至少他们现在可以分心去听一个女孩读书。有个小男孩似乎又要哭了，莉泽尔放下书，用了爸爸和鲁迪的办法：她向男孩眨眨眼，然后继续读书。

直到警报声再次渗进地下室，才有人出声打断她。詹森先生说："我们安全了。"

"嘘！"霍尔茨埃普费尔太太说。

莉泽尔抬起头。"这一章只剩下两段了。"她说。于是她不急不躁、不紧不慢地继续朗读。仅仅是读出文字而已。

《杜登大词典》第四条释义

文字：有意义的语言单位／承诺／一段对话、评价或声明。

近义词：用语、名称、词句。

出于尊重，大人们让大家都保持安静，直到莉泽尔读完《吹口哨的人》的第一章。

大家爬上台阶往外走时，孩子们从她身旁冲过去，不过大人们都感谢莉泽尔帮他们消除了恐惧，甚至连霍尔茨埃普费尔太太和普菲夫克斯（想想她读的书名和他多贴切①）也不例外。他们鱼贯而出，来到屋外，看看希默尔街有没有被轰炸过的痕迹。

希默尔街毫发未损。

只有一片由东向西飘去的尘雾显现出战争的痕迹。它在各家窗口越积越浓，想方设法要钻进屋子里去。而且它模糊了人类的轮廓，令他们

_____

① 前文提到过，普菲夫克斯喜欢吹口哨。

仿佛都变成了幽灵。

街上的人消失得无影无踪。

他们现在一个个都有许多传闻可讲了。

回到家，爸爸把所见所闻说给马克斯听。"外面烟雾弥漫，到处都是灰尘，我觉得他们不该这么快就把我们放出来。"他看了一眼罗莎。"我是不是该出去看看？看看有没有哪些被炸弹击中的地方需要帮忙？"

罗莎不以为然。"别傻了，"她说，"你会被灰尘呛死的。绝对不行，蠢猪，你给我老老实实待在家里。"一个念头突然闪进她的脑海。她一脸严肃地看着汉斯。实际上，她脸上满是骄傲的神采。"你就待在家里，给他讲讲莉泽尔干的好事。"她稍稍提高了音量，"给他讲讲她读书的事。"

马克斯凝神听着她接下来要说的话。

罗莎告诉他："《吹口哨的人》的第一章。"她把防空洞里的趣事原原本本讲了一遍。

莉泽尔站在地下室的一角，马克斯一边揉着下巴，一边饶有兴致地注视着她。我认为，他便是在此时此刻构思出了下一本涂鸦书。

《采字人》。

他想象着女孩在防空洞里朗读的模样。在他的脑海里，女孩仿佛真的用手将书中的文字递给了众人。不过，希特勒也像往常那样出现在他的脑海里。他很可能已经听到了希特勒的脚步声，正朝着希默尔街，朝着地下室而来。

在长时间的沉默后，他刚准备开口，不料被莉泽尔抢先了一步。

"今天晚上，你有没有偷偷看天空？"

"除了那天晚上。"马克斯把目光转向墙壁。墙上是他一年多前画的涂鸦和写下的文字——绳索和湿漉漉的太阳。"再也没有了。"他的话戛然而止。再也没有人说话，他们只是沉浸在各自的思绪中。

我不知道马克斯、汉斯和罗莎都在想些什么，但我知道莉泽尔想的是，如果炸弹落在希默尔街上，马克斯比所有人都危险，他会一个人孤零零地死去。

霍尔茨埃普费尔太太的提议

空袭造成的损失在清晨清点完毕。没有人员伤亡，但是有两栋公寓楼变成了瓦砾堆出的金字塔，鲁迪最喜欢的希特勒青年团运动场也被炸出了一个大坑，像是被勺子挖去了一大块。镇上有半数人都站在坑边，人们估算着坑的深度，和自己避难的防空洞作比较。好几个男孩和女孩朝里面吐口水。

鲁迪站在莉泽尔身旁。"看来他们还得再施一遍肥。"

接下来的几个星期没有再发生空袭，生活差一点就回到了正轨。然而，两件大事即将在希默尔街发生。

十月的两件大事
1. 与霍尔茨埃普费尔太太握手言和。
2. 犹太人被游街示众。

她的皱纹仿佛是恶言恶语。她的声音像是用棒子打人。

幸好他们从起居室里看到了她的身影，因为她敲响前门的指节沉重而又坚决。这意味着她有正事要讲。

莉泽尔听到了她最害怕的话。

"你去开门。"妈妈说。女孩非常知趣地照妈妈说的做了。

"你妈在家吗？"霍尔茨埃普费尔太太问。她站在门前的台阶上，满脸的皱纹看起来有五十年的历史，她不时地回头瞅瞅街上。"你妈那头老母猪今天在家吗？"

莉泽尔转身大喊妈妈。

《杜登大词典》第五条释义
机遇：一个获得提高或进步的机会。
近义词：时机、机会、突破。

罗莎立即出现在她身后。"你有何贵干？是不是又想往我家厨房门上吐唾沫啊？"

霍尔茨埃普费尔太太毫不忌惮。"是不是无论谁上门拜访，你都是这么对待客人的？真是个白痴。"

莉泽尔就这么看着，被夹在她们两个中间已经够不幸了。罗莎一把将她拉开。"废话少说，你到底来我家干吗？"

霍尔茨埃普费尔太太又回头瞄了一眼街道。"我有一个提议。"

妈妈换了个姿势。"就凭你？"

"这个提议可不是给你的，"她用仿佛对罗莎耸了耸肩的语气说道，然后把目光转向莉泽尔，"是给你的。"

"那你把我喊出来干吗？"

"因为我至少得征得你的同意。"

圣母马利亚啊，莉泽尔想，我真是受够了。霍尔茨埃普费尔太太到底有什么话要跟我说？

"你在防空洞里读的那本书，我很喜欢。"

没门，我才不会给你。莉泽尔认定她是为此而来。"然后呢？"

"我本想听你在防空洞里把剩下的部分读完，不过看起来危机已经过去了。"她活动了一下肩膀，把后背的褶皱给抻直，"所以我希望你能到我家来，读给我听。"

"你胆子还真不小啊，霍尔茨埃普费尔，"罗莎正犹豫着要不要发火，"如果你以为……"

"我以后再也不往你家门上吐唾沫了，"她打断道，"我还会把我家配给的咖啡送给你。"

罗莎决定不发火了。"再来点面粉？"

"啥？你怎么跟犹太人一样精明。只有咖啡。如果你想要面粉，自己拿咖啡跟别人换就是了。"

成交。

除了女孩之外，谁都没有异议。

"很好，那就这么说定了。"

"妈妈？"

"给我安静点，小母猪。去把书拿过来。"妈妈又对霍尔茨埃普费尔太太说道："你哪天方便？"

"星期一和星期五的下午四点。还有今天，就现在。"

莉泽尔跟着霍尔茨埃普费尔太太古板的步伐，来到她位于隔壁的住处。那里简直跟胡伯曼家一模一样，只是要大上一号。

她在餐桌旁坐下，霍尔茨埃普费尔太太径直坐在她面前，面朝着窗户。"读吧。"她说。

"第二章吗？"

"难不成读第八章吗？当然是第二章了！给我麻利点，不然我就把你扔出去。”

“遵命，霍尔茨埃普费尔太太。”

“别叽叽歪歪的。快把书打开，我可没工夫跟你磨蹭。”

老天爷啊，莉泽尔心想，这肯定是对偷盗的惩罚，到底还是躲不过。

她总共读了四十五分钟，读完第二章后，一袋咖啡落在餐桌上。

“谢谢你，”那女人说道，“故事真不错。”她来到炉子前开始削土豆。紧接着，她头也不回地说：“你还在吗？”

莉泽尔明白过来，这是逐客令。“非常感谢，霍尔茨埃普费尔太太。”来到门口，她看到几张两位身着军装的年轻人的照片，于是她抬起手臂，高喊希特勒万岁。

“真乖。”霍尔茨埃普费尔太太既骄傲又害怕。她的两个儿子都在苏联打仗。“希特勒万岁。”她把水壶放到灶上，甚至还彬彬有礼地把莉泽尔送到门外。“明天见？”

明天是星期五。“好的，霍尔茨埃普费尔太太。明天见。”

莉泽尔后来算了算，在犹太人的队列穿过莫尔辛之前，她一共为霍尔茨埃普费尔太太读了四次书。

他们的目的地是达豪集中营。

还有两个星期，她后来在地下室里写道，还有两个星期，世界将会改变，还有十四天，世界将被毁灭。

走向达豪的漫漫长路

有些人说是因为卡车出了故障，但是我可以作证，这不是真正的原因。我当时就在那里。

事情发生的那一天，天空犹如海洋，云朵就像一顶顶小白帽。

更何况又不是只有一辆车，三辆卡车怎么可能同时出故障。

当士兵们停下车来吃东西和抽烟，去查看运载的犹太人时，一位囚犯因为疾病和饥饿倒下了。我也搞不清这个车队是打哪儿来的，不过此时离莫尔辛还有三英里，离达豪集中营更是还有很长的路要走。

我穿过卡车的挡风玻璃，发现了那个生病的人，然后从车后面跳了下来。他的灵魂骨瘦如柴，他的胡须结成了毛球和锁链。我踩在碎石上，发出很大的声响，但是士兵和囚犯都听不见。不过，他们都能闻出我的味道。

在我的回忆中，我看到卡车后边驮着许许多多的愿望。他们心底的声音对着我大声呼喊。

为什么是他，而不是我？

感谢上帝，幸好不是我。

士兵之间的话题则全然不同。领头的士兵碾灭了香烟，在缭绕的烟雾中向下属提了一个问题："上一回我们放这些老鼠出来透气，是什么时候的事？"

他手下的中尉忍住咳嗽。"正好，他们也该透透气了。"

"那要不就现在吧？时间还富余，对吧？"

"我们有的是时间，长官。"

"再说了，这天气不正适合让他们走走？"

"非常适合，长官。"

"那么你们还在等什么？"

当嘈杂的声响传来时，莉泽尔正在希默尔街上踢足球。两个男孩正在中场抢球，突然间，大家都停下脚步，甚至连汤米·穆勒都听见了动静。"什么东西这么吵？"他站在球门那儿问道。

每个人都转过身望着越来越近的人群，那些人拖着沉重的步伐，发出统一的声响。

"那是一群牛吗？"鲁迪问，"不可能。牛群怎么会发出这种声音？"

一开始，那声响像磁铁一样把街上的孩子吸引过去，一直走到了迪勒太太的店铺门口。时不时地，那声响里面会传来一声呐喊。

慕尼黑大街街角有一座高大的公寓楼，一位老妇人高声向众人宣布这片混乱真正的缘由。在高高的窗户里，她的脸就像一面白色的旗帜，上边有一双雾蒙蒙的眼睛和张得大大的嘴巴。她长着灰头发，眼睛非常非常蓝。她的声音就像一个从楼上跳下来自杀的人，咚的一声落在莉泽尔脚边。

"那是犹太人。"她喊道。

《杜登大词典》第六条释义
苦难：巨大的痛苦、不幸和危难。
近义词：痛苦、折磨、绝望、悲惨、绝境。

街上的人越来越多，汇集了犹太人和其他罪犯的大军就要到来。也许民众并不了解死亡集中营的秘密，但时不时地，他们也能一窥达豪这样的劳改营的"光辉业绩"。

莉泽尔注意到，在街道对面的远处，有个男人正拖着油漆车。他的手正不自然地挠着头发。

"我爸爸，"她指给鲁迪看，"看那边。"

他们一同来到街对面，朝爸爸走去，而汉斯·胡伯曼本想带他们回家。

"莉泽尔，"他说，"也许……"

可是，他发现女孩打定主意要待在这里，也许这是她必须见证的一幕。在秋日的微风中，他站在她身旁，什么都没有说。

他们在慕尼黑大街边看着。

人们从他们面前走过。

他们看着那些犹太人穿过街道，呈现出各种各样的颜色。偷书贼恐怕不会这样描述他们，而我要告诉你，他们就是这副模样，因为他们之中的很多人都要死了。他们见到我时，仿佛见到了最后的挚友，他们的骨头将化作轻烟，将他们的灵魂拖在身后。

当他们都走进希默尔街时，巨大的脚步声摇撼着街道。他们瘦削的脸上几乎只剩一双大大的眼睛。还有污垢。污垢在他们身上结成硬壳。他们被士兵推搡着，走得颤颤巍巍，即便被逼着加快脚步，也很快就变回有气无力的样子。

汉斯个子很高，能越过拥挤的人群看到那些犹太人。我相信那一刻他银色的双眼紧张不安。莉泽尔只能从人群的缝隙里看着他们。

这些穷途末路的男人和女人脸上满是苦难，他们望向人群，并不奢求得到救助（他们已然失去了所有希望），而是想得到一个解释，来减轻心中的困惑。

他们的双脚几乎不曾离开地面。

他们的衬衫上贴着大卫之星，而苦难也同命运一般如影随形。"别忘记你的苦难……"它甚至像藤蔓一样纠缠在这些人身上。

几位士兵走在他们身旁，命令他们加快步伐，不要抱怨个没完。有些士兵还只是孩子，但他们的眼里只有元首。

莉泽尔看着这一切，她敢肯定他们是人世间最可怜的人。在她笔下，他们便是这副模样。他们憔悴的脸上写满了磨难。饥饿在行进的步伐中吞噬着他们。有些人低下头避开道路两旁的目光；有些人可怜巴巴地看着路人，路人则看着他们的惨状，这是他们死亡的序曲；还有些人渴望能有人，随便什么人，能上前一步扶住他们。

所有人都袖手旁观。

无论他们观看这场游街时的心情是骄傲、蛮横还是羞愧，都没有人上前阻拦。现在还没有。

时不时地，会有男男女女（不对，他们不再是男男女女，他们是犹太人）在人群中注意到莉泽尔的脸庞。他们的惨状展现在她面前，而偷书贼无能为力，只能在这个漫长的瞬间看着他们，直到他们移开目光。莉泽尔希望他们能读懂她表情中深切的悲伤，明白它包含着真情实意，绝不是随意敷衍。

我家地下室里就有你们的同胞！她想把这句话说出口。我们还一起堆过雪人！在他生病的时候，我送了他十三份礼物！

但莉泽尔什么也没说出口。

说了又有什么用？

她心里明白，自己对这些人来说完全没有价值。他们不会得救，再过几分钟，她就会看到那些试图帮助他们的人有怎样的下场。

队列中间有一个人，比其他人都苍老许多。

他留着胡须，衣服破烂。

他的双眼透出痛苦的色彩，尽管形销骨立，身体却重得令他的双腿吃不消。

他摔倒了好几次。

每一次，他的半边脸都贴在路面上。

每一次，都有一名士兵高高在上地站在他身旁。"起来！"他冲着老人吼叫，"起来！"

老人勉强撑起身子，双膝跪地，挣扎着站起来。他继续向前走。

每当他终于赶上队伍的尾巴，他又会很快失去力气，开始踉踉跄跄，最后摔倒在地。他的身后还有许多人，足足能装满一卡车的人，他们叫喊着要追上来碾过他。

他试图撑起身体，但手臂的疼痛令他不住地颤抖，那副模样让人不忍直视。他们让开了路，老人站了起来，继续向前走。

他就要死了。

这个人要死了。

用不了五分钟，他必定一头栽进臭水沟里死去。所有人都会见死不救，他们只会看着这一切。

然后，有一个人挺身而出。

他就是汉斯·胡伯曼。

一切发生得太迅速。

老人蹒跚着路过时，汉斯松开了握着莉泽尔的手。她感到自己的手掌落了下来，画出一道圆弧，打在了她的屁股上。

爸爸在油漆车里翻找，拿出一件东西。他从人群中挤出来，走到马路上。

犹太人就站在他前面，本以为会再次受到奚落，可眼前这个男人却在众人的目光中伸出手，像变魔术一样递过来一块面包。

接过面包后，犹太人再也支撑不住，他跪倒在地，抱住了汉斯的小腿。他把脸埋在汉斯的两腿间，感谢他的馈赠。

莉泽尔看见了这一幕。

她眼里噙着泪水，看着老人向前滑了几步，抱着汉斯的脚踝哭泣。

走过他们身旁的犹太人全都注视着这个渺小而徒劳的奇迹。他们像水流一样从两人身边绕过。那一天，有些人将会抵达海洋，分到一顶小白帽。

一位士兵逆着人群冲过来，抵达了犯罪现场。他审视着爸爸和跪在地上的老人，然后把目光转向人群。稍加思考之后，他取出掖在皮带里的鞭子，开始动手。

犹太老人挨了六鞭。鞭子落在他的头上、背上和腿上。"你这个渣滓！你这头猪！"鲜血从他耳朵里滴落下来。

然后轮到爸爸了。

莉泽尔被另一只手牵住了，她害怕地转过头来，看到鲁迪·施泰纳咽了咽唾沫。鞭子也当街落在了汉斯·胡伯曼身上。那声响令她作呕，她觉得爸爸的身上肯定被抽开了几条大口子。他挨了四鞭子就支撑不住，倒在了地上。

当犹太老人最后一次挣扎着站起来，继续前行的时候，他迅速回头看了一眼，朝那个如今也跪倒在地的男人投去最后的悲伤的一瞥。汉斯的膝盖跪得生疼，后背四条鞭痕在火辣辣地疼。虽然老人难逃一死，但是他将怀抱着尊严死去。至少在他自己眼里，他还有人的尊严。

至于我怎么看？

我可说不准这是不是一件好事。

当莉泽尔和鲁迪挤出人群，把汉斯扶起来时，周遭充斥着许多声音。人声和阳光。这便是那一天在她记忆中的模样。太阳在路面上洒下光芒，话语就像一波波海浪一样冲刷着她的后背。直到离开时，他们才注意到那片面包被扔在马路中央，无人问津。

鲁迪弯腰想将它捡起来，却被一位路过的犹太人夺去了，还有两个人也上前抢夺，他们正继续走在前往达豪的路上。

那双银色眼眸挨了一顿痛打。

装油漆的小车被掀翻，油漆在街道上四处流淌。

他们说他同情犹太人。

其他人没有争辩，只是把他扶回了安全的地方。

汉斯·胡伯曼张开双臂撑在一户人家的墙上。他被刚刚发生的一切吓得不知所措。

他眼前飞速地闪过一个鲜活的画面。

希默尔街三十三号——它的地下室。

恐慌的思绪夹杂在费力的呼吸之间。

现在，他们要来了，他们要来了。

噢，基督啊，噢，受难的基督啊。

他看了一眼女孩，然后闭上了眼睛。

"爸爸，你有没有受伤？"

她听到的是一个问题，而不是答案。

"我刚刚到底在想什么？"他闭紧双眼又睁开。他的工装皱巴巴的，双手沾着油漆和鲜血，还有面包屑。那和夏天吃到的面包截然不同。"噢，我的天哪，莉泽尔，我到底做了什么？"

是啊，我也不禁这么想。

爸爸到底做了什么？

安宁

那天夜里刚过十一点，马克斯·范登堡提着一个装着食物和保暖衣物的手提箱，来到希默尔街上。德国的空气被他吸入肺腑。黄色的星辰正在燃烧。当他来到迪勒太太的店铺门口，他最后一次回头，看了看三十三号。他看不见厨房窗户里的人影，但那个人影能看见他。她挥了挥手，但马克斯没有回应。

莉泽尔的额头上还留着他的吻。她能闻出他气息中道别的意味。

"我给你留了一件东西，"他刚才说道，"但必须等到你做好准备，你才能拿到它。"

他转身离开。

"马克斯？"

可是他没有回头。

他走出她的房间，悄无声息地关上门。

走廊里传来窃窃私语的声音。

他已经消失不见。

当她来到厨房，爸爸和妈妈都弯着腰，脸上挂着欲言又止的表情。他们就这样站了半分钟，却仿佛已是永恒。

《杜登大辞典》第七条释义

沉默：没有任何声音或响动。

近义词：安静、冷静、安宁。

多么完美。

安宁。

在慕尼黑附近，一位德籍犹太人正在黑暗中穿行。汉斯·胡伯曼已经做好了安排，将在四天后同他会合（要是汉斯没被抓走的话）。沿着安珀河走上很远才能抵达那个地方，那里有一座残破的桥，横亘在河流和树木之间。

他必须抵达那，但是他又不能久留。

四天后，爸爸来到约定的地点，只在树下的一块岩石底下找到一张字条。字条不知是写给谁的，上面只有一句话。

马克斯·范登堡最后的话
你们为我做得够多了。

希默尔街三十三号变得比以往更加沉默，不免让人觉得《杜登大词典》完完全全错了，尤其是那些近义词。

沉默既不安静也不冷静，沉默让人不得安宁。

傻瓜和穿着大衣的男人

犹太人穿街而过的那个夜晚，有个傻瓜坐在厨房里，灌着霍尔茨埃普费尔太太给的苦咖啡，心痒得很想抽烟。他等候着盖世太保、士兵和警察，无论是谁来将他带走，他都觉得这是他应得的报应。罗莎命令他上床睡觉。女孩在家门口晃荡。他让她们俩都回去休息，自己则抱着脑袋一直坐到清晨，一直在等候。

但谁也没来。

每时每刻，他都觉得即将有人敲门，并对他说出恶狠狠的话。

他们没有来。

唯一的声音是他自己发出来的。

"我到底做了什么？"他又开始喃喃自语。

"上帝啊，我多想抽根烟啊。"他自己回答道。他已经筋疲力尽。

莉泽尔听着这些不断重复的话，却强行忍住冲动，没有打开门朝爸爸走去。她多么想安慰他，可是她从来没有见过如此绝望的人。那天夜里，任何安慰都无济于事。马克斯走了，都是汉斯·胡伯曼的错。

就连厨房的橱柜都仿佛变成了愧疚的形状，而他的双手沾满了关于他所作所为的记忆。那双手肯定汗淋淋的，莉泽尔心想，因为她自己的手就一直湿到了手腕。

她在自己的房间里祈祷。她双手和双膝着地，小臂压在床垫上。

"求你了，上帝，求你保佑马克斯活下来。求你了，上帝，求你了……"

她的双膝难受得很。

她的双脚也疼痛极了。

当第一缕阳光照进房间，莉泽尔醒了过来，起身来到厨房。爸爸靠在桌面上睡着了，嘴角淌出一行口水。咖啡的气味很是刺鼻，汉斯·胡伯曼大发善心干出蠢事的画面还弥漫在空气中。它就像一串号码或一处地址，重复了太多遍，早已挥之不去。

她想把他摇醒，可是爸爸没有任何反应。当她再次摇晃他的肩膀时，他像是吓了一跳，直挺挺地抬起了头。

"他们来了？"

"没有，爸爸，是我。"

他一口喝干了杯里隔夜的咖啡，喉结起起落落。"他们早该来了啊。他们为什么还不来，莉泽尔？"

这简直是一种侮辱。

他们早就应该来了，扫荡整座房子，寻找他同情犹太人或是背叛国家的罪证，可他们压根儿没有出现，而马克斯就这样平白无故地走了。他本来可以好好地睡在地下室里，或者在他的书上写写画画。

"你也不可能预料到他们不会来啊，爸爸。"

"我应该预料到的，我不该把面包递给那个老人。我没有想到。"

"爸爸，你没做错。"

"我不信。"

他起身走出厨房，没有关上房门。这天早晨阳光明媚，反倒令人的心情雪上加霜。

四天终于过去了，爸爸沿着安珀河走了好长一段路。他只带回来一张小纸条，将它放在餐桌上。

又一个星期过去，汉斯·胡伯曼仍旧在等候惩罚降临。他背上的鞭痕正慢慢结成伤疤，而多数时间，他都在莫尔辛街头游荡。霍尔茨埃普费尔太太信守了自己的诺言，不再往胡伯曼家的前门上吐痰。倒是迪勒太太开始朝他脚边吐唾沫，真是旧的才去，新的又来。"我就知道，"店主咒骂他，"你这个同情犹太人的人渣。"

他并不在意，自顾自地继续走路。莉泽尔也常常在安珀河的桥上看见他的身影。他把双臂搭在栏杆上，上半身探出来。孩子们骑着自行车从他身边呼啸而过，或者吵吵嚷嚷地跑来跑去，把木桥踩得嘎嗒作响。他对这一切都无动于衷。

《杜登大词典》第八条释义

后悔：充满渴望、失望和失落的悲伤。

近义词：懊悔、忏悔、哀悼、悲痛。

"你看见了吗？"一天下午，爸爸这样问莉泽尔，当时她正和他一起靠在栏杆上，"河水里有马克斯的影子。"

河水并不湍急。莉泽尔在泛起的涟漪中看到了马克斯·范登堡那张脸的轮廓。她看到了马克斯那羽毛一样的头发，以及整个身子。"以前，他会在咱们家地下室里跟元首打拳击。"

"耶稣、马利亚和约瑟啊。"爸爸紧紧攥住开裂的木栏杆，"我真是个傻瓜。"

不，爸爸。你只是一个普通人。

直到一年后，当她在地下室里写作时，这些话才出现在她脑海中，而她多么希望自己当时能把它们说出口。

"我太傻了，"汉斯·胡伯曼对他的养女说，"太好心了。我是世界上第一等的傻瓜。你知道吗，我希望他们能来惩罚我。无论发生什么，都好过等待的煎熬。"

汉斯·胡伯曼需要解脱。必须得有人告诉他，马克斯·范登堡离开他家是一个明智的选择。

最后，在将近三个星期后，等待终于走到了尽头。

天色已经不早了。

莉泽尔从霍尔茨埃普费尔太太家回来时，突然看到了两个穿着黑大衣的男人，她立即飞奔回家。

"爸爸，爸爸！"餐桌差点被她掀翻，"爸爸，他们来了！"

妈妈抢先发话："你在鬼吼什么，小母猪？谁来了？"

"盖世太保。"

"汉西！"

他已经准备好了。他走出房门迎接他们。莉泽尔也想出去，却被罗莎拦住了，她们透过窗户看着外面。

爸爸站在门口，他心烦意乱。

妈妈紧紧地抓着莉泽尔的胳膊。

但那两个男人走开了。

爸爸惊恐地回头看了一眼窗户，然后夺门而出。他对着他们大喊："嘿！就是我。你们要找的就是我。我就住在这栋房子里。"

两个穿黑大衣男人只是停下来查了查手头的笔记本。"不对，不对。"他们这么告诉他，嗓音低沉而粗哑，"你年纪太大了，不是我们要找的人。"

他们继续向前走，没走多远便停在了三十五号门前，然后径直穿过了敞开的大门。

"您是施泰纳太太？"当前门打开时，他们问道。

"正是。"

"我们要跟您谈谈。"

两个穿黑色大衣的男人就像两根裹着大衣的柱子，立在施泰纳家的门口。

出于某种原因，他们要找的是一个男孩。

穿大衣的男人要找鲁迪。

Chapter 08
第八章

采字人

内容提要

多米诺骨牌与黑暗——想象一下赤身裸体的鲁迪——

惩罚——信守诺言的人的妻子——收尸人——吃面包的人——

树林里的烛火——隐藏的涂鸦书——还有捣乱分子的西装铺

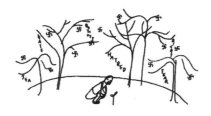

多米诺骨牌与黑暗

用鲁迪两个妹妹的话说，他们家的厨房里坐着两头怪物。怪物不紧不慢地叩响房门时，施泰纳家的三个孩子正在屋子里玩多米诺骨牌。还有三个孩子假装若无其事地在卧室里听收音机。鲁迪盼望着外面两个人和上周学校里发生的事情没关系。他既没有告诉莉泽尔，也不曾在家人面前提起。

一个灰色的午后，学校一间狭小的办公室
三个男孩站成一排，他们的成绩
和身体都接受了全面的检查。

当多米诺骨牌第四次倒下之后，鲁迪又将它们重新立起来，一路排到客厅的地板上。他有一个好习惯，每隔一段都会留出一格空隙，防止淘气的妹妹将他排好的骨牌推倒，对她们来说，这种恶作剧太稀松平常了。

"可以让我来推吗，鲁迪？"

"不行。"

"那我呢？"

"不行。我们一起来好了。"

他排出三条不同的路线，分别通往中间的同一座高塔。他们会一起看着小心摆放的骨牌倒地，一切被摧毁的美景能让他们会心一笑。

厨房里的声音越来越响亮，一声盖过另一声。几个声音争执不休，直到一个原本沉默不语的人也突然开了口。

"不行，"她反复说道，"不行。"其他人又继续争论起来，然后这个声音爆发了，将他们喝止。"求求你们，"芭芭拉·施泰纳央求他们说，"别把我的孩子带走。"

"我们来点根蜡烛怎么样，鲁迪？"

这是父亲常常跟他们玩的游戏。他会关掉灯，点亮蜡烛，让骨牌在烛光中倾倒，令这一幕变得更为精彩，更为壮观。

他的腿已经开始疼了。"那我去找火柴。"

灯的开关在门边上。

他一手拿着火柴盒，一手拿着蜡烛，静静地向开关走去。

房门的另一侧，三个男人和一个女人的争吵已经到了白热化的程度。"他是班上的最高分，"其中一头怪物说道，声音如此低沉，如此干涸，"更别提他的运动天赋了。"该死的，他干吗要在狂欢节上赢得那么多场比赛的冠军。

是道伊彻。

那个该死的道伊彻。

然后他又突然明白过来。

这不是弗朗茨·道伊彻的错，而是他自己的错。他不仅想在曾经折磨过他的人面前展示自己的能力，还要向每一个人证明自己。现在，每一个人都在厨房里了。

他点燃蜡烛，然后关了灯。

"准备好了吗？"

"但我听说过那边的情况。"那是他父亲粗重的声音，绝不会错。

"快点呀，鲁迪，快过来。"

"是啊，可是施泰纳先生，你要明白这一切都是为了一个更宏大的目标。想想你儿子以后会得到多少机会，这真是千载难逢啊！"

"鲁迪，蜡烛在滴油啦。"

他朝她们挥挥手，示意她们不要吵。他在等待亚力克斯·施泰纳讲话。他果然出声了。

"千载难逢？光着脚在雪地里跑算什么千载难逢？从十米跳台跳进一米深的水池里算什么千载难逢？"

鲁迪的耳朵已经贴到了门板上。融化的蜡油流到他手上。

"那是谣言。"一个苍白的声音一本正经地说道，仿佛面对任何问题，它都能抛出答案，"我们的学校是有史以来最好的学校，甚至好过那些世界一流的学校。我们培养的是德国公民中的精英……"

鲁迪再也听不下去了。

灯光从门缝中透进来，鲁迪剥掉手上的蜡油，从门前折返回来。他的动作幅度太大，当他坐下时，蜡烛已经熄灭了。黑暗一拥而入。整个房间只剩下一圈长方形的白色光线，那是厨房房门的轮廓。

他又擦亮一根火柴，将蜡烛重新点燃。空气中飘过火焰和木炭发出的甜香味。

鲁迪和两个妹妹各推倒一列骨牌，他们看着骨牌依次倒下，直到中央的高塔也坍塌下来。女孩们欢呼雀跃。

他的大哥库尔特走进了房间。

他说："这摊东西简直跟尸体一样。"

"你说什么？"

鲁迪仰头看着他那张阴暗的脸，但是库尔特没有回答。他已经注意到了厨房里的争吵声。"厨房里怎么回事？"

最年幼的妹妹贝蒂娜告诉了他，她只有五岁。"厨房里有两头怪物，"她说，"他们要把鲁迪带走。"

人类的小孩再次让我刮目相看。他们比大人聪明多了。

后来，当穿大衣的男人离开时，两个男孩——一个十七岁，一个十四岁——鼓起勇气打开房门。

他们站在门口，灯光刺疼了他们的眼睛。

库尔特开口问道："他们真要把他带走吗？"

母亲把两条胳膊搁在餐桌上，手掌朝上摊开着。

亚力克斯·施泰纳抬起头。

他的头非常沉重。

他的表情锐利而决绝，仿佛是刚刚雕刻出来的。

他那几乎僵硬的手抚过额前的头发，几次试图开口说话。

"爸爸？"

但是鲁迪没有向父亲走去。他坐到了餐桌旁，抓起妈妈的手。

施泰纳夫妇不愿告诉孩子，当多米诺骨牌像尸体一样在客厅里纷纷倒地时，他们到底说了些什么。要是鲁迪坚守在门边，哪怕再多待几分钟该多好……

几个星期后，他告诉自己——实际上是央求自己——如果那天晚上他听到了余下的对话，那么他本该提早冲进厨房。"我愿意去，"他本该这么说，"求求你们，把我带走，我准备好了。"

如果他插手此事，那么一切都将被改写。

三种可能性

1. 亚力克斯·施泰纳可能不会和汉斯·胡伯曼一样受到惩罚。

2. 鲁迪可能会离开家，去那所学校。

3. 他也许会逃过一死，这仅仅是可能而已。

然而，残酷的命运没能让鲁迪·施泰纳在恰当的时机走进厨房。

他回到了两个妹妹和多米诺骨牌旁边。

他坐了下来。

鲁迪·施泰纳哪儿也不会去。

想象一下赤身裸体的鲁迪

有一个女人。

站在角落里。

他从来没见过那么粗的辫子。它垂在背后，偶尔也被她挽过肩头，像一头饱食的宠物般埋伏在她硕大的乳房中间。说实话，她全身上下都硕大无比。比如她的嘴唇，她的大腿，她那口犹如铺路石的牙齿。她嗓门很大，说话直来直去，绝不浪费时间。"过来，"她命令他们，"站到这儿来。"

和她比起来，边上那名医生就像一只秃顶的老鼠，个头矮小，身手敏捷，矫揉造作地在学校办公室里来回踱步，既像发了疯，又像是有什么正经事。他还得了感冒。

如果被命令脱掉衣服，这三个男孩到底谁会最不情愿呢，这件事真不好说。第一个男孩左瞅瞅右看看，目光扫过年老的教师、大块头护士和瘦小的医生。中间那个男孩始终低着头看着自己的脚，而最左边的那个在感谢上帝，庆幸自己身在学校的办公室，而不是黑暗的小巷。鲁迪心想，这个护士可能是专门来吓唬他们的。

"谁先来？"护士问道。

回答问题的是训导老师黑肯施塔勒先生。与其说他是个人，不如说他更像是一套西装。他脸上满是胡须。扫了三位男孩一眼后，他飞快地做了选择。

"施瓦茨。"

倒霉的尤尔根·施瓦茨只好一脸不自在地开始脱衣服。他脱光了衣服，只剩下鞋子和内裤。这个德国男孩的脸上流露出哀求。

"还有呢？"黑肯施塔勒先生问道，"鞋子呢？"

他脱掉了鞋子和袜子。

"还有内裤。"护士说道。

鲁迪和另一个男孩奥拉夫·施皮格尔也开始脱衣服了，可是他们还远远比不上尤尔根·施瓦茨的处境危险。那个男孩正在发抖。他比另外两个男孩都小一岁，个子却高出一截。在这间冰冷狭小的办公室里，当内裤也离他而去时，他只感觉到无助与耻辱。他的自尊心已经摔到了脚下。

护士盯着他看，双臂抱在她那惊人的胸膛前。

黑肯施塔勒先生命令另外两个男孩加快动作。

医生挠了挠头皮，咳嗽了一声。感冒已经快要了他的命。

三个裸体的男孩站在冰冷的地板上接受了检查。

他们用手盖着下身，全身瑟瑟发抖，正像他们飘忽不定的未来。

他们在医生的咳嗽和喘息声中完成了体检。

"吸气。"一声抽鼻子的声音。

"呼气。"又一声抽鼻子的声音。

"现在把手臂张开。"一声咳嗽响起。"我说把手臂张开。"一串剧烈的咳嗽。

男孩们交换着眼色，试图在彼此的脸上寻找同情的神色，可他们只能面面相觑。三个人都极不情愿地把手从生殖器上移走，然后张开了手臂。鲁迪一点也不觉得自己是优等种族的一员。

"我们在逐渐取得成功。"护士对老师说道，"我们快要创造出新的未来了，那将是一个全新的德国阶层，无论在肉体上还是精神上都更为先进。一个军官阶层。"

不幸的是，她没把话说完就被医生打断了，他猛地弯下腰，用尽全身力气对着手帕咳嗽。泪水涌上他的眼眶，鲁迪则止不住地遐想。

新的未来？难道就像医生这副德行？

不过他很聪明，没有把这番话说出口。

体检终于结束了，而他第一次在光着身子的情况下高喊希特勒万岁。他萌生出一种病态的想法，这种感觉好像也没有那么糟糕。

被剥夺自尊之后，男孩们现在可以穿上衣服离开办公室了。他们听到了背后关于他们的讨论。

"他们发育得比同龄的孩子快一些，"医生说，"不过我觉得里面有两个孩子还不错。"

护士表示赞同："第一个和第三个。"

三个男孩站在办公室外面。

第一个和第三个。

"第一个是你，施瓦茨。"鲁迪说道，然后他问奥拉夫·施皮格尔："第三个是谁？"

施皮格尔计算了一番。她到底是指队列里的第三个人，还是第三个被体检的？无所谓了。他知道自己想的是什么。"我觉得，那个人是你。"

"胡扯，施皮格尔，是你才对。"

一个小小的保证

穿黑大衣的男人知道谁是第三个。

那一天，在穿大衣的男人拜访过希默尔街后，鲁迪和莉泽尔一起坐在自家前门的台阶上，向她讲述了整则传奇故事，连最细枝末节的桥段都没有放过。在莉泽尔的追问下，他甚至还把那天他被带出教室后发生的事情讲了出来。那个壮硕如牛的护士和尤尔根·施瓦茨的表情都惹得莉泽尔哈哈大笑。然而，这个故事中仍旧弥漫着焦虑的情绪，尤其是厨房里的对话和尸体一般的多米诺骨牌。

此后的好些天里，一个画面始终盘旋在莉泽尔的脑海中。

那是三个男孩接受体检的画面，但如果她诚实一些，那个画面里其实只有鲁迪。

每当躺在床上，她都会思念马克斯，想知道他现在在哪里，并祈祷他还好好地活着。可在这些思绪之间，始终有鲁迪的身影。

他全身赤裸，在黑暗中发着光。

那场景里最可怕的一幕，就是他被迫把手移开的那个瞬间。它令人惊慌失措，但莉泽尔没法把它赶出脑海。

惩罚

纳粹德国的配给卡上并没有列出惩罚的清单，但惩罚还是会落到每个人头上。对某些人而言，这意味着战死他乡，对另外一些人来说则意味着战后面临的贫穷和愧疚。当已有六百万人变成亡灵的消息传遍欧洲时，很多人必定已经明白，惩罚是迟早的事，但只有极少数的人甘愿受罚。汉斯·胡伯曼便是其中的一员。

你不能在街上向犹太人施以援手。

你的地下室也不能用来藏匿一位犹太人。

一开始，他的惩罚是良心不安。没有找到马克斯·范登堡令他寝食难安。连莉泽尔都能看出爸爸不太对劲，因为他总是坐在餐桌旁，却不吃饭，还常常在安珀河上望着桥下的倒影。他再也不拉手风琴了。他银色眼眸中的乐观因为受挫而暗淡无光。你也许以为这已经够糟糕的了，但惩罚才刚刚开始。

十一月初的一个星期三，真正的惩罚落到了他们家的邮箱里。表面看来，它仿佛是一个好消息。

厨房里的文件

我们很高兴地通知您，

您提交的加入德国国家社会主义工人党的申请书

终于获得批准……

"纳粹党？"罗莎问道，"我还以为他们不想要你呢。"

"他们是不想要我。"

爸爸坐下来，把信又读了一遍。

他没有因为叛国，因为帮助犹太人而遭到流放。汉斯·胡伯曼反而因为某些人的授意获得了嘉奖。怎么会发生这种事？

"事情肯定还没完。"

确实没完。星期五，政府发来公文，通知汉斯·胡伯曼被征召入伍。文件最后写道，纳粹党的成员应当积极响应战事的号召。如果他不从命，必然会招致可怕的后果。

莉泽尔刚从霍尔茨埃普费尔太太家读完书回来。厨房里弥漫着豌豆汤的热气，汉斯和罗莎·胡伯曼的脸上没有任何表情。爸爸坐在椅子上。妈妈站在他身旁，豌豆汤已经烧开了。

"上帝啊，求您不要把我派去苏联前线。"爸爸说道。

"妈妈，汤烧开了。"

"你说啥？"

莉泽尔飞奔过去，把汤锅从炉子上端下来。"汤烧开了。"终于把汤锅救下来之后，莉泽尔转过身看着身后的养父母。他们的脸毫无生气。"爸爸，出什么事了？"

他把信递给她，她读着信，双手开始止不住地颤抖。这些文字力透纸背。

莉泽尔·梅明格的想象

在炮火震天的厨房里，在靠近灶台的地方，

有一台孤独而破旧的打字机。

它放在一间遥远的房间里，里面几乎空无一物。

键盘已经褪了色，一张白纸在固定的位置上耐心等候。

从窗户吹进来的微风吹得它微微颤抖。

茶歇的时间差不多要结束了。

门口还放着一堆纸，

差不多有一个人那么高，极易冒出火苗。

其实莉泽尔很久以后才第一次见到打字机。她想知道，到底有多少封信作为惩罚，被寄给了像汉斯·胡伯曼和亚力克斯·施泰纳这样的德国人。他们只是帮助了那些无助的人。他们只是不愿意放弃自己的孩子。

这些信代表着德国军队不断积累的绝望情绪。

他们在苏联频频失利。

他们的城市正在遭受轰炸。

他们需要人手，需要更多的征兵手段，而那些有过"劣迹"的人往往会被分配到最险恶的岗位上。

莉泽尔读着这张纸，甚至能透过这些被打字机重重敲击出来的文字，看到这张纸底下的木头桌面。"义务"和"责任"这一类字眼仿佛是被用力敲进纸里的。她的嘴里开始生出唾沫，这是想要呕吐的迹象。"这是什么东西？"

爸爸的回答很平静。"我明明教过你认字啊，我的小姑娘。"他的话里没有愤怒，没有讽刺。这是个空洞的声音，与他空洞的表情很相配。

莉泽尔转头看着妈妈。

罗莎右眼下方仿佛出现了一道裂口，不出一分钟，她的纸板箱脸彻底裂开了。裂口不在中间，而是在右侧，在她脸上划出一条弧线，一直裂到下巴。

　　　　　二十分钟后，一个女孩站在希默尔街上

　　　　　　　她抬起头，低声诉说。

　　"马克斯，今天的天空很柔和。云朵也很柔和，很悲伤……"

　　　　　她低下头，将双臂抱在胸前。

　　　　　一想到爸爸即将奔赴战场，

　　　　　她就抓紧了身体两侧的外套。

　　　　　"天很冷，马克斯。很冷……"

　　五天后，莉泽尔还想继续观察天气，却没什么机会再看见天空。

　　隔壁的芭芭拉·施泰纳把头发梳得整整齐齐，坐在自家门前的台阶上。她一边抽烟，一边发抖。莉泽尔路过时，库尔特突然从家里走出来，坐到了母亲身旁。他看到女孩停下了脚步，便大声招呼她过来。

　　"过来吧，莉泽尔，鲁迪很快就出来。"

　　莉泽尔犹豫了片刻，便向台阶走去。

　　芭芭拉在吞云吐雾。一截烟灰在烟头上摇摇晃晃。库尔特拿过烟，弹了弹灰，吸了一口，又还给了她。

　　直到烟抽完，鲁迪的母亲才抬起头。她理了理自己柔顺的头发。

　　"我爸爸也要参军了。"库尔特说道。

　　然后便是沉默。

　　一群孩子在迪勒太太的店铺旁踢球。

　　"当他们上门管你要走一个孩子的时候，"芭芭拉·施泰纳自言自语道，"你应该说，好啊，没问题。"

信守诺言的人的妻子

地下室，上午九点

离告别还有六个小时。

"莉泽尔，今天我拉了手风琴。

那是一台别人的手风琴。"

他闭上了眼睛：

"所有听众都为我欢呼。"

　　如果不算上去年夏天那杯香槟，爸爸已经有十年滴酒不沾了。时间过得很快，转眼就到了他去参加战前训练的前夜。

　　那天下午，他和亚力克斯·施泰纳来到诺勒酒吧，一直坐到傍晚。两个男人没有理会妻子的叮嘱，喝得酩酊大醉。诺勒酒吧的老板迪特尔·韦斯海默为了给他们饯行，分文未取。

　　汉斯还神志清醒的时候，被邀请上台演奏手风琴。他触景生情，演奏了匈牙利那首对自杀的赞美诗《黑色星期天》。这首乐曲中的悲伤被他演绎得淋漓尽致，所有听众都为他欢呼。莉泽尔想象着那时的场景和那首乐曲的调子。每张嘴里都灌满啤酒，空空的啤酒杯里残留着泡沫。手风琴的风箱发出叹息。音乐终于结束，人们起身鼓掌，他们喝着啤酒为他欢呼，欢迎他又一次回到酒吧。

　　当他们终于回到家时，汉斯怎么也没法把钥匙插进门锁里，所以他只好一声又一声地敲门。

　　"罗莎！"

　　他敲错了门。

霍尔茨埃普费尔太太很不高兴。

"你这头猪！你敲错门了。"她从钥匙孔中吼道，"你家在隔壁，你这头蠢猪。"

"谢谢你，霍尔茨埃普费尔太太。"

"你这个混账，你知道比起说谢谢，你更应该干什么吗？"

"你说什么？"

"赶紧回家去。"

"谢谢你，霍尔茨埃普费尔太太。"

"我不是告诉过你，比起说谢谢，你更应该干什么吗？"

"你说了吗？"

（汉斯·胡伯曼竟然能和这位讨人厌的老太太凑出这样一段对话，真是令人啧啧称奇。）

"给我滚开！"

最后，爸爸总算回到了家，他没有上床睡觉，而是来到莉泽尔的房间。他醉醺醺地站在房门口，看着她睡觉的模样。她突然醒过来，一开始还以为站在那儿的是马克斯。

"是你吗？"她问道。

"不是。"他说。他很清楚莉泽尔的所思所想。"是我，爸爸。"

他退出房间，莉泽尔听到他的脚步声沿着台阶走进地下室。

起居室里的罗莎正起劲地打着呼噜。

第二天上午快九点的时候，罗莎在厨房里给莉泽尔下了一条命令："把那边的水桶给我拿来。"

她往里面装满冷水，然后把它提到地下室。莉泽尔跟着她，徒劳地试图阻止她。"妈妈，你不可以这样！"

"我不可以这样？"妈妈在台阶上冲着她说，"我是不是听错了，小母猪？什么时候轮到你来发号施令了？"

她们两个人都纹丝不动。女孩没有回答。

"谅你也不敢。"

她们走下台阶，发现爸爸正仰面朝天躺在几条防尘布上。他大概觉得自己不配睡在马克斯的床垫上。

"现在，我们来看看，"罗莎抬起了水桶，"他是不是还活着。"

"耶稣、马利亚和约瑟啊！"

水迹呈椭圆形，从他的头顶一直湿到胸膛中央。他的头发都被冲到了一侧，甚至连睫毛都在滴水。"你这是要干吗？"

"你这个老醉鬼！"

"耶稣……"

水蒸气竟从他的衣服上冒出来。他的宿醉是那么明显。它甚至跳上来，像一袋湿水泥那样压在他的肩头。

罗莎把水桶换到右手。"出去打仗，算你运气好。"她伸出一根手指，毫不害怕地对他晃了晃，"否则我会亲手杀掉你，你好自为之吧。"

爸爸抹掉脖子上的水渍。"你干吗这么做？"

"我必须这么做。"她开始上台阶，"五分钟内，如果你不上来，还有一桶水等着你。"

地下室里只剩下父女俩，莉泽尔忙着用防尘布擦掉地上的积水。

爸爸开口了。他用湿漉漉的手示意女孩停下来，抓起她的小臂。"莉泽尔？"他的脸几乎紧贴着她的脸，"你觉得他还活着吗？"

莉泽尔坐下来。她把腿交叉起来。

浸了水的防尘布打湿了她的膝盖。

"我希望如此，爸爸。"

这是一句多么愚蠢的话，再明显不过了，但除此以外又几乎无话可说。

为了至少说点有用的话，也为了把注意力从马克斯身上引开，莉泽尔趴在地板上，用手指点着地板上的一小摊水。"早上好，爸爸。"

汉斯用眨眼作为回答。

但它和平常的眨眼不一样。它沉重而笨拙，是马克斯离开之后的版本，是宿醉的版本。他坐起来，跟她讲述了昨晚精彩的手风琴演奏，还提到了霍尔茨埃普费尔太太。

厨房，下午一点

离告别还有两个小时。"求你了，不要走，爸爸。"

她拿着汤匙的手在发抖。"我们先是失去了马克斯，

现在，我不能再失去你了。"

那个宿醉的人把手肘支在餐桌上，用手盖住右边的眼睛。

"莉泽尔，你现在也是半个大人了。"

他差点就哭出来，但还是忍住了眼泪。"照顾好妈妈，好不好？"

女孩只能轻轻点了一下头，答应下来。"我会的，爸爸。"

他带着宿醉，穿着一件外套，离开了希默尔街。

亚力克斯·施泰纳还要再过四天才动身。在汉斯出发去火车站一个小时前，他来到胡伯曼家祝汉斯一路平安。施泰纳一家子都来为汉斯送行。他们同他握手。芭芭拉拥抱了他，亲吻他的脸颊。"活着回来。"

"好的，芭芭拉，"他的话语中透出满满的自信，"我一定会的。"他

甚至挤出一丝笑容。"不过是打一场仗。之前那一场我不也活下来了。"

当他们走过希默尔街时，隔壁那个瘦削的女人走出家门，站在人行道上。

"再见，霍尔茨埃普费尔太太，我为昨晚的事道歉。"

"再见，汉斯，你这头醉醺醺的蠢猪，"不过她也表达了友好，"早点回来。"

"好的，霍尔茨埃普费尔太太，谢谢你。"

她甚至开玩笑说："你知道比起说谢谢，更应该干什么吧。"

他们走过街角时，橱窗后边的迪勒太太一脸防备地看着他们，莉泽尔牵起了爸爸的手。她牵着爸爸，一路走过慕尼黑大街来到火车站。火车已经停在那里了。

他们来到站台上。

罗莎先拥抱了他。

没有人说话。

她的脑袋用力地埋在他的胸膛前，然后分开。

接下来是女孩。

"爸爸？"

没有回应。

不要走，爸爸。真的不要走。留下来，让他们来抓你好了。反正不要走。求你了，不要走。

"爸爸？"

火车站，下午三点

离别的时候已经到了，时间所剩无几。

他抱着她。说点什么，随便什么都行，

他的话落在她的耳边。

"能帮我保管手风琴吗，莉泽尔？我决定不把它带走了。"

现在他终于找到了真正想说的话。

"如果还有空袭，你要继续在防空洞里读书。"

女孩的胸膛正在发育，碰到他的肋骨时有些刺痛。

"好的，爸爸。"

他的衣服离她的眼睛只有一毫米远，她盯着衣服的纹理，

对他说："你回家的时候，还会给我们弹几首曲子吗？"

于是，汉斯·胡伯曼对着女儿笑了，而火车就要开动了。他伸出双手，捧住她的脸蛋。"我向你保证。"说完，他就走进了车厢。

火车驶离车站，他们始终注视着对方。

莉泽尔和罗莎挥着手。

汉斯·胡伯曼变得越来越小，他的手里只有虚无的空气，没有别的东西。

站台上的人慢慢散去，最后所有人几乎都离开了，只剩下一个像衣柜一样壮实的女人和一个十三岁的女孩。

接下来的几个星期里，汉斯·胡伯曼和亚力克斯·施泰纳接受了各种各样的速成训练，而希默尔街已经天翻地覆。鲁迪不再是鲁迪，他不说话了。妈妈不再是妈妈，她不骂人了。莉泽尔也体会到了自己的变化，就算她试图说服自己，偷书能令她快乐，她也生不出这种欲望了。

在亚力克斯·施泰纳离家十一天后，鲁迪再也无法忍耐。他冲出自家大门，叩响莉泽尔家的门。

"来不来？"

"好。"

她不在意他的目的地，也不在意他是如何打算的，但是他不能丢下她一个人去。他们走过希默尔街，沿着慕尼黑大道一路走出莫尔辛。大约一个小时后，莉泽尔才问出了那个关键的问题。而在此之前，她只是偷偷瞥着他坚定的表情，或是打量着他那绷紧的手臂和口袋里握成拳头的手。

"我们这是要去哪里？"

"去哪里不是很明显吗？"

她努力跟上他的步伐。"好吧，说实话，我觉得一点都不明显。"

"我要去找他。"

"你爸爸？"

"是的，"他思考着，"其实不对。我想我要去找元首。"

脚步越来越快。"为什么？"

鲁迪停下来。"因为我要杀了他。"他甚至转过身来，对着整个世界大喊："你们这些杂种，听到了吗？我要杀掉元首！"

他们继续前行，又走了几英里。这个时候，莉泽尔已经想回去了。"天很快就要黑了，鲁迪。"

他自顾自地走着。"那又怎样？"

"我要回去了。"

鲁迪停下脚步，像看叛徒一样看着莉泽尔。"有你的啊，偷书贼。现在就走吧。我敢说如果走到最后能拿到一本破书，你肯定会走下去，对不对？"

他们俩都不说话了，过了一会儿，莉泽尔又拾起话头。"你以为只有你和家人分开了吗，蠢猪？"她转过身，"而且你只失去了父亲……"

"这话是什么意思？"

莉泽尔在心头默默数着。

她的母亲、她的弟弟、马克斯·范登堡、汉斯·胡伯曼，所有人都离开了她。而她从来都没有真正的父亲。

"我的意思是，"她说，"我要回家了。"

她独自走了十五分钟，而当鲁迪气喘吁吁、汗流浃背地小跑着来到她身旁，她有大概一个小时没有再说一句话。他们一起回家，脚酸了，心也累了。

《黑暗中的歌》里有一章的标题就是"心累了"。一位多情的姑娘向一位青年许诺终身，到最后，他却与她的好朋友远走高飞。莉泽尔心想，那一定是第十一章。那姑娘说："我的心已经累了。"她当时坐在礼拜堂里写着日记。

不对，莉泽尔边走边想，真正感到心累的是我。一颗十三岁的心不应该有这种感受。

当他们终于回到莫尔辛时，看到了休贝特体育场，莉泽尔边走边说："你还记不记得，之前我们在那里赛过跑，鲁迪？"

"当然了。我正好也在想这件事情，我们俩都摔得很惨。"

"当时你说，你全身都沾满了屎。"

"那只是泥巴而已。"他终于忍不住笑了，"我在希特勒青年团的时候，才真的有一次全身都沾满了屎。你搞混了，小母猪。"

"我记得清清楚楚，只是把你的话复述给你听。说过的话和做过的事通常是两码事，鲁迪，你这个人尤其是这样。"

这样就好受多了。

当他们又踏上慕尼黑大街的时候，鲁迪看着他父亲店铺的橱窗。亚力克斯离开之前和芭芭拉讨论过，在他走后，她要不要把这家店铺维持下去。不过考虑到近来生意不太景气，纳粹党人也曾经找过店铺的麻烦，他们决定放弃。做生意总有可能招惹是非，况且单单过日子的话，军饷也足够开支了。

橱窗内的栏杆上挂着西装，模特摆出各种奇怪的姿势。看了一会儿，莉泽尔说道："我觉得那玩意儿跟你挺像的。"她用这种方式告诉他，他们该走了。

在希默尔街上，罗莎·胡伯曼和芭芭拉·施泰纳一起站在人行道上。

"圣母马利亚，"莉泽尔说道，"她们是在担心我们吗？"

"她们好像气得要发疯了。"

一顿质问当然少不了，比如说"你们这两个小鬼到底上哪儿去了"，但是怒意很快就消散了，两位母亲都松了口气。

不过芭芭拉还在追究问题的答案。"鲁迪，我问你呢。"

莉泽尔替他回答。"他要杀掉元首。"她说道。鲁迪看起来十分开心，不过也可能是为了讨她欢心。

"再见，莉泽尔。"

几个小时后，客厅里突然传出一阵噪音。它传到莉泽尔的床前，来到她的耳畔。她醒过来，没有动弹，心想可能是幽灵，可能是爸爸，可能是闯入者，或者是马克斯。外面继续传来打开盒子和拖拽东西的声响，之后便是不清不楚的沉默。沉默永远是最大的诱惑。

不要轻举妄动。

这个想法在她脑海里反复盘旋，但她还是毅然采取了行动。

地板吱吱呀呀，仿佛在被她的双脚责骂。

空气涌进她睡衣的衣袖。

她穿过走廊的黑暗，走向那片一度发出过声响的沉默之中，走向起居室中的缕缕月光。她停下脚步，感受着自己光着的脚踝和脚趾，怔怔地看着眼前这一幕。

适应眼前的景象花的时间超出了她的预料，当她终于适应过来，发现眼前的人无疑是罗莎·胡伯曼，她正坐在床沿，胸前抱着丈夫的手风琴。她的手指停驻在琴键旁，一动不动，甚至察觉不到她是否还有呼吸。

这幅画面不由自主地跃入女孩的双眼。

一幅画
罗莎与手风琴。

黑暗中的月光。

五尺一寸 × 乐器 × 寂静。

莉泽尔怔怔地看着。

过了许久，偷书贼想听到的音符依然没有出现，她的耐心就要消磨殆尽。琴键纹丝不动，风箱不曾呼吸。那儿只有一束像裹在窗帘里的长发般的月光，此外便是罗莎。

手风琴依旧挂在她胸前。当她低下头时，琴垂到了她的大腿上。莉泽尔呆呆地看着。她知道接下来的几天里，手风琴的勒痕将一直留在妈妈身上。她也愿意承认，眼前的情景蕴藏着强烈的美感，而她选择不去打搅妈妈。

她回到床上，想着妈妈和沉默的音乐睡着了。后来，她又从习以为常的噩梦中醒来，悄悄地来到走廊里，罗莎还在原处，依然抱着手风琴。

它像船锚一样将她拽向前方。她的身体在下沉。她仿佛已经死了。

莉泽尔心想，她扭成这样的姿势怎么能透得过气。可是走到近处时，她听到了声音。

妈妈又在打鼾了。

有这么一对肺，她想，还要风箱干什么？

最后，莉泽尔回到床上，可是罗莎·胡伯曼和手风琴的形象却挥之不去。偷书贼睁着眼睛，她等待着睡意令自己窒息。

收尸人

汉斯·胡伯曼和亚力克斯·施泰纳其实都没有上战场。亚力克斯去了奥地利，被分配到维也纳城外的一所部队医院里。考虑到他擅长缝纫，军队便为他安排了相关的工作。每个星期，他们运来一车又一车的军装、袜子和衬衫，而他负责缝缝补补的工作。有些衣服破烂得只能改成内衣，分发给正在苏联前线战斗的士兵。

讽刺的是，汉斯一开始去了斯图加特，后来又被派往埃森。他被安排去干后方最没人想干的一种工作。那便是LSE。

必要的解释

LSE

Luftwaffen Sondereinheit. "空袭特勤队"的缩写

空袭来临时，LSE队员必须留守在地面上，负责扑灭大火、支撑建筑墙体，以及解救被困的人。汉斯很快就发现这个缩写其实还有另一层意思。他刚来的那一天，战友就告诉他，LSE 实际上是"Leichen Sammlereinheit"的缩写，也就是"收尸人"的意思。

初来乍到的时候，汉斯很好奇这些战友到底是因为做了什么，才被分配到这种岗位上，他们对他也同样好奇。他们的头头鲍里斯·席佩中士就直截了当地问了他。当汉斯一五一十地把面包、犹太人和挨鞭子的经过讲给他听时，圆脸的中士竟然哈哈大笑，"能活下来都算你运气好了。"他有一双圆眼睛，时常用手去抹，要么是因为痒，要么是因为劳累，也可能是因为眼睛里沾了烟尘。"你只要记住，在这里，敌人可不会跟你面对面。"

汉斯正打算顺着他的话问下去，身后突然传来一个声音。声音的主人是一位脸形瘦长的年轻人，无论怎么笑都像是在冷嘲热讽。他叫赖因霍尔德·楚克尔。他说："我们的敌人可不在山上，也不在任何特定的方向。他们就在我们左右。"他又低下头写手头的信。"你会明白的。"

几个月后，赖因霍尔德·楚克尔将在这个混乱的地方死去。他会死在汉斯·胡伯曼的座位上。

战争愈发猛烈地向德国本土推进，在汉斯眼里，每一次轮班都大同小异。大家在卡车边上集合，听取报告，比如他们休息的时候有哪些地方遭受了空袭，接下来又有哪些地方可能遭受袭击，以及谁和谁分到一组。

即便没有空袭，他们依然有很多事情要忙。他们会驱车穿过满目疮痍的小镇，做一些善后工作。卡车上坐着十二个没精打采的人，随着路面的颠簸起起伏伏。

从一开始，他们每个人都有一个固定的座位。

赖因霍尔德·楚克尔在左边那排中间。

汉斯·胡伯曼的座位在最后面，可以照到一缕阳光。他很快就学会了提高警惕，因为垃圾任何时候都可能从车厢里飞出来。汉斯特别擅长躲烟头，它们飞过时还冒着火星。

一封完整的家书

亲爱的罗莎和莉泽尔：

这里一切都好。我希望你们也过得不错。

爱你们的爸爸

十一月底，他第一次真正品尝到空袭那浓烟滚滚的滋味。卡车被碎石包围，到处都有人在跑、在叫喊。遍地都是熊熊燃烧的大火，被摧毁的建筑堆成如山的废墟。房屋框架歪歪斜斜。冒着烟的炸弹像火柴棍一样立在地上，烟雾塞满了这座城市的肺。

汉斯·胡伯曼被分在一个四人小组里。他们排成一列纵队。鲍里斯·席佩中士站在最前面，他的双臂在烟雾中已经看不分明了。他身后是凯斯勒，然后是布伦讷韦格，最后才是胡伯曼。中士举着水管灭火，后面的两个人负责把水浇在中士身上。为了保险起见，胡伯曼负责往这三个人身上喷水。

他身后的一栋建筑摇摇欲坠，发出可怕的声响。

它轰然倒在了离汉斯的脚后跟只有几米远的地方。混凝土闻起来还是崭新的味道，一道粉尘的高墙向他们直扑过来。

"该死的，胡伯曼！"声音从火焰中挣扎着冒出来。紧跟着，三名士兵也从火中跑了出来。他们的喉咙里灌满了灰尘。就算他们跑过街角，离那片废墟已经很远了，那座倒塌的大楼的烟尘仍然锲而不舍地追上来。这片白蒙蒙的烟尘冒着热气，在他们身后紧追不舍。

他们暂时进入安全地带之后，咳嗽声和咒骂声此起彼伏。中士不断地抹着嘴唇，重复着之前的话："该死的，胡伯曼！刚才那到底是什么鬼东西？"

"有一栋楼刚刚倒了，就在我们身后。"

"这还用得着你说？问题是那栋楼有多高？起码有十层高吧。"

"不，长官，我认为它只有两层。"

"耶稣，"一连串的咳嗽，"马利亚和约瑟啊。"他又伸手揩掉眼眶上汗水和灰尘拌成的泥浆，"那我们就无能为力了。"

一位士兵擦了擦脸说道："看在老天爷的分上，哪天他们轰炸了酒吧，可一定要被我碰上。我好想喝啤酒啊。"

每个人都靠在身后的墙上。

他们仿佛尝到了啤酒的滋味，它浇灭了他们咽喉中的火焰，冲散了缭绕的烟雾。那是一个甜美的梦，一个无法成真的梦。他们心里都很明白，啤酒流到大街上就再也不是啤酒了，会变成奶昔或面糊之类的东西。

四个人身上都沾满了灰白的粉尘。当他们起身继续干活时，身上的军装已经看不出原本的模样了。

中士走到布伦讷韦格跟前，用力掸了掸他的胸膛，又使劲拍了几下。"好多了。刚才你胸前沾了点灰，我的朋友。"布伦讷韦格哈哈大笑。中士转身对新兵说道："胡伯曼，这次你打头阵。"

他们灭了几个小时的火，还找来各种支撑物顶住摇摇欲坠的建筑。某些建筑的外立面被炸毁了，内部的结构像手肘一样伸到外面。这种活儿可是汉斯·胡伯曼的强项。每当他找到冒着火星的椽子或破烂的水泥板，把那些"手肘"托起来的时候，他就由衷地高兴。

他的双手沾满了碎屑，牙上也裹着爆炸的残渣。嘴唇上的灰泥已经结成硬壳，而他的衣服更是连每一个口袋、每一根线头、每一道褶皱都被空气中落下的灰尘覆盖。

但是做这份工作最糟糕的一点，却是看到那么多悲惨的人。

时不时地，大雾中便会冒出一个人，依旧顽强地四处游荡，嘴里常常念叨着一个词。他们总是在呼唤一个名字。

有时候，那个人叫沃尔夫冈。

"你们看到我家的沃尔夫冈了吗？"

他的外套上留下他们的手印。

"斯蒂芬妮！"

"汉西！"

"古斯特尔！古斯特尔·施托博伊！"

当浓雾渐渐散去，这一声声呼唤在残破的街道上艰难地向前移动，有时候以尘土飞扬的拥抱收尾，有时候却以跪倒在地痛哭流涕告终。一个小时又一个小时过去，来这废墟中寻觅的人越来越多，就像等待即将发生的好梦或苦涩的梦。

所有的危险在眼前合而为一。粉尘、浓烟和阵阵烈火。经历磨难的人们。汉斯和战友们都需要一项神奇的技艺，那便是忘记。

"你还行吗，胡伯曼？"中士问道。他的肩头还冒着火星。

汉斯心神不宁地朝队友们点点头。

在执勤过程中，他们看到一位羸弱的老人正在街上蹒跚前行。汉斯固定完一栋建筑后，赶忙追上去拍拍老人的后背，静静地等他转身。老人脸上有一道血污，一直淌到脖子上。他穿着一件衣领已被染成深红色的白衬衫，一条腿被他抱在胸前，仿佛这只是他的一件东西。"能帮我一把吗，小伙子？"

汉斯抱起他，带他走出了这片阴霾。

一则悲伤的笔记

当汉斯·胡伯曼抱着老人走过街道时，

我拜访了这座小城。

天空像白马的皮毛，是灰白色的。

汉斯扶着老人，将他放到落满水泥碎片的草地上时，才发现老人已经死了。

"那是什么？"一位战友问。

汉斯说不出话来，只是指了指。

"噢。"一只手将他拽走了，"胡伯曼，很快你就习惯了。"

余下的时间，他埋头苦干，试着不去理会远方那些不断回响的名字。

大约两小时后，他走在中士和两位战友前面，匆忙地离开一栋建筑。他没有注意路面，突然被什么东西绊倒了。他挣扎着站起来，发现其他人都面带悲痛地看着绊倒他的障碍物，才明白是怎么回事。

那是一具脸朝下的尸体。

它趴在尘埃织就的地毯上，双手捂着耳朵。

那是一个男孩。

大概十一二岁的样子。

他们在街上没走出多远，又注意到一个女人正呼喊着鲁道夫这个名字。她看到汉斯一行四人，便穿过烟雾向他们走来。这个虚弱的女人被担忧压弯了腰。

"你们有没有看见我儿子？"

"他多大了？"中士问道。

"十二岁。"

噢，耶稣啊，噢，受难的耶稣啊。

他们都想到了之前的那个男孩，但是中士没有勇气告诉她，也不敢给她指路。

当女人从他们身边走过时，鲍里斯·席佩将她喊了回来。"我们刚从那条街过来，"他告诉她，"他肯定不在那边。"

佝偻的女人依旧抱着一线希望。她半走半跑，大声呼喊着他的名字。"鲁迪！"

这时，汉斯·胡伯曼想起了另一个鲁迪。希默尔街的那个鲁迪。求你了，他对着远方一片看不见的天空恳求，请一定让鲁迪平平安安。他的思绪自然而然地飘向了莉泽尔、罗莎、施泰纳一家，还有马克斯身边。

当他们对其他人讲起这件事时，他仰面躺在地上。

"外面现在情况怎么样？"有人问道。

爸爸的肺里塞满了远处那片天空。

过了几个小时，当他洗完澡，吃了饭，但又吐出来之后，他试着给家人写一封长信。可双手不听使唤，执意要长话短说。如果实在难以下笔，余下的部分就用嘴巴说吧，如果他还能回家的话。

亲爱的罗莎和莉泽尔，他写道。

光写这几个词就用了好久。

吃面包的人

对小镇莫尔辛来说，这既是漫长的一年，又是多事的一年，不过这一年总算要走到尽头了。

一九四二年的最后几个月，莉泽尔的思绪全然被三个人占据，她管他们叫绝望三人组。她想知道他们都去了哪里，又在做些什么。

一天下午，她把手风琴从琴盒里取出来，用抹布仔细擦拭。在放回原位之前，她做了一件妈妈做不到的事。她把手指放在琴键上，轻柔地鼓动风箱。罗莎说得没错，音乐只会让房间显得更空旷。

每当遇见鲁迪，她都会问亚力克斯有没有托人给他们带去音信。有时候，他会把亚力克斯来信的详细内容讲给她听。相比之下，她爸爸寄来的那一封信是多么让她失望。

至于马克斯，她当然只能全凭自己的想象。

她无比乐观地设想他独自一人走在一条荒芜的路上。有时，她会想象他找到了一个安全的场所，他的身份证总是能骗过那些看门人。

这三个人无处不在。

她会在学校的窗户上看见爸爸。马克斯常常陪伴她坐在炉火旁。每次她和鲁迪骑车经过慕尼黑大街，打量着曾经的裁缝店，亚力克斯·施泰纳便会出现在前方，回头看着他们的身影。

"你看这些西装，"鲁迪趴在橱窗上对她说，"都快变成垃圾了。"

奇怪的是，莉泽尔现在很喜欢去霍尔茨埃普费尔太太家。她们连星期三都安排了朗读活动，已经读完了被河水泡过的《吹口哨的人》，现在正读着《送梦人》。老妇人有时会给她泡壶茶，有时会给她炖碗汤，味道不知比妈妈的豌豆汤好上多少倍，而且没放那么多水。

十月到十二月间又有一次犹太人的游街，接下来还有一次。莉泽尔像上次那样冲到慕尼黑大街上，想看看队伍里有没有马克斯·范登堡的身影。内心有两股互相矛盾的欲望在撕扯着她，她非常想见到他，这说明他还活着，又希望他不在队列里面——缺席意味着许多可能性，其中一种便是他依旧自由。

十二月中旬，一小队犹太人和一些罪犯又走过了慕尼黑大街，向达豪集中营走去。这是第三次游街。

鲁迪另有企图，他回到希默尔街，从三十五号取来了一个袋子和两辆自行车。

"你来吗，小母猪？"

鲁迪袋子里装着的东西

六片不新鲜的面包，

每一片都切成了四块。

他们向着达豪的方向，骑到游街队伍前头，停在一片空旷的路上。鲁迪把袋子递给莉泽尔。"抓一把。"

"我觉得这可能不是个好主意。"

啪的一声，他把几块碎面包甩在她手心里。"这可是你爸爸以前做过的事。"

她还能怎么争辩？就算挨一顿鞭子也值得。

"如果我们动作够快，就不会被人逮到。"他开始撒面包，"赶紧动手，小母猪。"

莉泽尔控制不住自己。当她和最好的朋友鲁迪·施泰纳将碎面包撒在路上时，她脸上不禁流露出笑意。撒完之后，他们收好自行车，躲到了松树背后。

道路阴冷而笔直。没多久，士兵便领着犹太人过来了。

树荫底下，莉泽尔看着这个男孩。他改变了太多，从偷水果的贼变成了施舍面包的人。他金色的头发虽然颜色黯淡了，却像是温暖的烛火。她听到鲁迪的肚子饿得咕咕叫，可是他依旧把面包给了别人。

这还是德国吗？

这还是纳粹德国吗？

走在最前面的士兵没注意到面包，毕竟他不饿，然而走在前面的犹太人注意到了。

他用干瘦的手捡起一小块面包，欣喜若狂地塞进嘴里。

那是马克斯吗？莉泽尔心想。

她看不太清楚，于是想挪个位置，好让自己看得更清楚些。

"嘿！"鲁迪脸色铁青，"别乱动。如果他们发现我们在这里，再把我们跟面包挂上钩，我们就要成为历史了。"

莉泽尔继续观察着。

越来越多的犹太人弯下腰，在路上捡面包，而偷书贼在树边仔仔细细地端详每一个人。里面没有马克斯·范登堡。

但这口气并没有松太久。

一位士兵注意到囚犯正从地上捡面包吃，紧张的气氛立刻升腾起来。士兵命令所有人停下，并仔细检查了路面。囚犯们尽量无声地飞快咀嚼，他们全都在狼吞虎咽。

士兵捡起几块面包，仔细查看道路的两侧。囚犯们的眼睛跟随着他们。

"在那儿！"一位士兵大步向她走来。他也看到了男孩。他们俩分头逃跑。

他们选择了不同的方向，在低矮的枝杈和高大的树冠下穿梭。

"千万别停下来，莉泽尔！"

"自行车怎么办？"

"去它们的，谁还在乎啊！"

他们一路狂奔，但跑了一百米后，士兵们的喘息声越来越近。他已经追到她身旁，莉泽尔等待着随之而来的惩罚。

算她走运。

她只是屁股上挨了一脚，然后被劈头盖脸地骂了一顿。"继续跑啊，小姑娘，这不是你该来的地方！"她继续逃跑，至少又跑了一英里。树枝划伤了她的手臂。松果在她脚下翻滚，而松针的味道在她肺里挥之不去。

她又走了四十五分钟才回到原地，鲁迪正坐在生锈的自行车旁。他把地上剩下的面包都捡了起来，嘴里正嚼着一块又硬又不新鲜的面包。

"我跟你说过别靠太近。"他说。

她背过身给他看。"我背后是不是有个脚印？"

隐藏的涂鸦书

再过几天就是圣诞节了，又一场空袭即将来临，不过小镇莫尔辛完好无损，没有落下一颗炸弹。电台新闻说，大多数炸弹都落在了旷野里。

最重要的是，菲德勒家的防空洞里的气氛不一样了。所有人到齐之后，大家安静下来，开始等候。他们满怀期待地看着她。

爸爸的声音仿佛传入了她的耳朵，十分响亮。

"如果还有空袭，你要继续在防空洞里读书。"

莉泽尔也在等待。她需要确定大家想听她读书。

鲁迪代表大家发话了："读吧，小母猪。"

她翻开书，词句再次流淌出来，流到防空洞里每个人的耳边。

解除警报的声音再次传来，大家随之返回地面，莉泽尔回到家，和妈妈一起坐在厨房里。罗莎·胡伯曼显然心事重重，没过多久，她拿起一把刀走出了厨房。"跟我来。"

她来到起居室，把床单从床垫上扯下来，露出一个缝过的切口。如果事先不知道的话，谁也不可能找到这个机关。罗莎小心地把切口割开，把手伸了进去。当她收回手时，她掏出了马克斯·范登堡的涂鸦书。

"他说要等你做好准备，才能把它交给你。"她说道，"我本想等到你生日那天再给你，然后又打算提前到圣诞节。"罗莎·胡伯曼的表情有些奇怪。那不是骄傲，也许是由于回忆而产生的恍惚与忧伤。她说："我觉得一直以来你都准备好了。从你来到这个家的那天，用手抓着大门不放的时候起，这本书就应该属于你。"

罗莎把书交给她。

封面上写着这么几个字：

《采字人》
献给莉泽尔·梅明格的
一些所思所想。

莉泽尔温柔地捧着它，怔怔地看着。"谢谢你，妈妈。"

她拥抱了妈妈。

她想告诉罗莎·胡伯曼自己有多爱她，可惜她没有说出口。

她想纪念过去的日子，把这本书拿到地下室去读，可妈妈劝她别那么做。"马克斯就是因为在地下室里待久了才生病的，"她说，"我明确地告诉你，孩子，我可不会让你也生病。"

于是，她在厨房里读起来。

炉子中闪烁着红色和黄色的火焰。

《采字人》。

她翻过许许多多的涂鸦和故事，以及配有文字的图画。有一幅画画的是领奖台上的鲁迪，脖子上挂着三块金黄的奖牌，下方写着一行字"柠檬色的头发"。雪人和十三份礼物也出场了，地下室里和炉火旁数不尽的夜晚也不用说，都出现在了书里。

当然，还有许多涂鸦、梦境和所思所想，都与斯图加特、德国及元首有关。里面还有马克斯对家人的回忆。到最后，他忍不住把他们也写进了书里。他不得不这么做。

然后她翻到了第一百一十七页。

《采字人》终于出现在读者眼前。

这是一则寓言，又或者是一篇童话故事，莉泽尔也分不清。几天后，她查了《杜登大词典》，还是搞不清楚这两者到底有什么分别。

马克斯在前一页留下了一段说明。

第一百一十六页

莉泽尔，这个故事我几乎是一口气写成的。我想你可能不适合读这个故事，你稍大了些，但或许没有人适合读它。我想着你和你的书，还有你的话，这个奇怪的故事就自然而然地出现在脑海里。希望这个故事对你有所帮助。

她翻到下一页。

从前有一个奇怪的小个子。他决定自己这辈子必须做到三件事：

1. 他留的分头要跟所有人的方向相反。
2. 他要留一撮奇怪的小胡子。
3. 总有一天，他要统治全世界。

年轻人四处游荡了好些日子，思考着，计划着，到底该怎么把世界收入囊中。然后有一天，他突然想出了一个完美的计划。那天他在路上见到了一位带着孩子散步的妈妈。她不停地斥责小男孩，最后男孩果然被她骂哭了。于是她开始对他轻言细语，没过几分钟，孩子就平静下来，甚至还笑了。

年轻人急匆匆地走上前，拥抱了这位妇女。"文字！"他咧开嘴笑了。

"你说什么？"
可是他没有回答。
他已经转身走了。

是的，元首明白了，他可以用文字统治全世界。"我永远都不会开枪，"他说，"因为根本没有必要。"不过一开始，

他行事非常谨慎。我们至少要承认这一点。他可不是笨蛋。他的第一步进攻计划，是让自己的话在这个国家尽可能多的地方扎根。

他日日夜夜地播种和栽培。

他看着它们成长，最终变成一座文字的森林，覆盖德国上下。这个民族的思想都是他一手栽培出来的。

随着文字的茁壮成长，我们年轻的元首还播下了符号的种子，它们也长势喜人，开出了灿烂的花朵。现在时机已经成熟，元首已经准备好了。

他邀请人民进入自己辉煌的内心，他从森林里挑选出最美好和最丑陋的文字，召唤他们。人们都来了。

他们全都站在传送带上，穿过一台轰鸣的机器，只用了片刻，他们便仿佛过完了一生。文字被灌输进他们的脑海。时间消失了，而他们已经懂得了所有要懂得的东西。他们被催眠了。

接下来，他们被符号武装起来，每个人都高高兴兴的。

很快，对这些美好又丑陋的文字和象征的需求与日俱增，森林不够用了，必须增加更多的人手来保证文字的供应。有些人负责爬上树梢，把文字扔给下面的人。这些文字被直接灌输给元首其余的人民，有些人胃口很大，吃完还会回来要更多的文字。

那些爬上树梢的，便是采字人。

最厉害的采字人都懂得文字真正的力量。他们总能爬到最高处。其中有一个小巧瘦弱的女孩。她是那一带最厉害的采字人，因为她知道人一旦失去文字，会变得多么脆弱。她充满了求知欲，她渴望文字，所以她比别人爬得都高。

有一天，她遇见一个人，虽然这里也是他的祖国，他却像过街老鼠那样，被众人厌弃。他们成了好朋友，当他生病的时候，采字人流下一滴泪水，落到了他的脸上。这滴泪水是用"友谊"（那是一个词儿）做成的，它晒干之后变成了种子。女孩来到森林里，种下了种子。每次过来干活，她都给它浇水。

一开始什么都没有发生。可是一天下午，当她采完一天的文字过来看它，地上冒出了一株小小的嫩芽。她注视了它好久好久。

这嫩芽长得飞快，它长成大树，高过这片森林中所有的树木。每个人都过来看它。他们都在窃窃私语，他们都等候着……元首的到来。

元首气急败坏，他立即宣布要砍掉这棵树。此时，采字人穿过人群。她扑到地上，四肢着地。"求求你，"她哭喊道，"不要砍掉这棵树。"

可是元首不为所动。这棵树绝不能成为例外。采字人被人拖走，元首转过身向助手发号施令："来人，拿斧头来。"

就在这时，采字人挣脱开来。她跑过来爬上树，一直爬到最高的枝干上，就算元首用斧头砍伐树干也不肯下来。叫喊声和砍伐声隐隐传来。云朵像一头长着灰色心脏的白色野兽，从树梢飘过。采字人尽管害怕，但执意要待在树上。她等待着大树倒下。

但是大树纹丝不动。

好几个小时过去了，元首的斧头在树干上连一个小口子都砍不出来。他几近崩溃，命令另外一个人接着砍伐。

好几天过去了。

好几个星期过去了。

整整一百九十六位士兵，都丝毫伤不了采字人的大树。

"可是她怎么吃饭呢？"人们问道，"她怎么睡觉呢？"

他们有所不知，别的采字人会把食物抛给她，女孩只要爬到低处的树枝上，就能把吃的捡过来。

雪来了，雨走了。四季变换流转，采字人始终待在树上。

当最后一个人也放下斧头，他对着上方大喊："采字人，现在你可以下来了。谁也无法伤害你的树。"

采字人只能隐约听清他的话。她小声把回答送过重重树杈。"不用了，谢谢你。"这句话从树上传了下来。

谁也不知道过了多久，可是一天下午，又有一个人背着斧头走进小镇。他的背包看起来重得出奇。他双眼困顿，两条腿累得都快抬不起来了。"那棵树，"他问人们，"那棵树在哪里？"

　　一个爱看热闹的人将他领到树下，白云正笼罩着最高的树杈。采字人听见下面的人说，又来了一位背斧头的人，这回她在劫难逃了。

　　人们说："无论是谁，都没办法让她下来。"

　　可是他们不知道这位手拿斧头的人是谁，也不知道他们的话完全吓不倒他。

　　他打开背包，取出的东西却比斧头小得多。

　　人们笑了。"用这把旧榔头，你怎么可能锤倒那棵参天大树！"

　　年轻人没有理会。他只是在背包里找出几枚钉子。他嘴里衔着三枚钉子，打算把第四枚敲进树干。最矮的树枝如今也很高了，他估计自己要用上四枚钉子，才能踩着它们够到树枝。

　　"你们看看这个傻瓜，"一个围观的人大喊道，"谁也没法……"

　　他突然不说话了。

　　他敲了五下榔头，就稳稳地把第一枚钉子敲进了树干。然后是第二枚钉子，年轻人开始爬树。

钉到第四枚时，他已经离开了地面。他很想大声呼唤，却抑制住了这种冲动。

他感觉一路爬了好几英里，用了好几个小时才爬到最高的树杈上。这时，他看见采字人正裹着毛毯在云朵中睡觉。

他就这样注视着她。

阳光温暖了云中的树冠。

他伸出手碰了碰她的胳膊，采字人醒了过来。她揉揉眼睛，仔细端详着他的脸庞，终于开口说话。

"真的是你吗？"

她心想，我是不是从你的脸颊上采下了那颗种子？

年轻人点点头。

他的心开始摇颤，于是他紧紧地抓住树枝。"是我。"

他们一起待在大树顶端，当云朵散去时，他们能看到一整片森林。

"它们永远都不会停止生长。"她解释道。

"这棵树也一样。"年轻人看着握在手里的枝丫。

当他们看够了风景，聊够了

天，他们便爬到树下，把毛毯和剩下的食物都留在了树上。

人们简直不敢相信自己的眼睛，在采字人和年轻人踩到地面的那一刻，参天大树终于露出了斧头砍伐的痕迹。树干伤痕累累，开始出现裂缝，大地也开始摇晃。

"树要倒啦！"一个年轻的女人高喊，"树要倒啦！"

采字人那棵高耸入云的树开始慢慢地倾倒。它被地心引力往下拽的同时，发出了呻吟。整个世界为之颤抖。当大地恢复平静，大树已经横亘在无边的森林里。

采字人和年轻人爬上倒下的树干。他们朝着树杈的方向往前走。回过头来，他们发现大多数看客开始转身离去，陆续回到各自的去处，回到这里，回到那里，或者去了森林里。

在继续前行的路上，他们也多次停下脚步聆听。他们能听到背后传来的说话声，就在采字人的参天大树上。

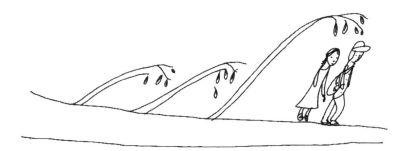

莉泽尔在餐桌前坐了好长时间，她想知道，在外面那片广袤的森林里，马克斯·范登堡究竟在哪里。火光投射在她的四周。她睡着了。妈妈让她回床上去，她把马克斯的涂鸦书抱在胸前，乖乖地照妈妈说的做了。

几个小时后，当她醒来时，问题的答案终于涌上心头。"我当然知道，"她小声说着，"我当然知道他在哪里。"然后她又重新沉入梦乡。

她梦见了那棵大树。

捣乱分子的西装铺

希默尔街三十五号，十二月二十四日
因为两位父亲都上了战场，
施泰纳家便邀请罗莎和特鲁迪·胡伯曼，
还有莉泽尔一起过圣诞节。
客人到来的时候，鲁迪还在解释
他的衣服为什么弄得那么脏。
他看到莉泽尔便立即咧开了嘴，
虽然只是轻轻笑了一下。

一九四二年圣诞节前的那些日子，天寒地冻，还下着大雪。莉泽尔把《采字人》读了好几遍，既阅读故事内容，又细细品味涂鸦和旁边的说明。在平安夜那天，她做了一个与鲁迪有关的决定。至于天黑不能出门的规矩，见鬼去吧。

她在天黑前来到鲁迪家，告诉他自己为他准备了一份圣诞礼物。

鲁迪看看她的手，又看看她脚边。"那礼物到底在哪儿？"

"先别急。"

鲁迪明白了。她这副模样似曾相识。贼溜溜的眼神和跃跃欲试的手指。再明显不过了，她浑身散发着小偷的气息。"这份礼物，"他估摸着说道，"你根本还没有拿到，对不对？"

"是啊。"

"而且你也不打算花钱买吧？"

"当然。你觉得我会有钱吗？"雪花依旧在飘落。草地边上的冰凌就像碎裂的玻璃。"你有钥匙吗？"她问道。

"什么钥匙？"不过鲁迪马上就明白过来。他回到屋子里，很快又出来，模仿着维克托·切梅尔的口吻说："该出门买东西了。"

街上的灯光很快就熄灭了，除了教堂以外，慕尼黑大街上的所有店铺都已经歇业。莉泽尔急匆匆地走着，这样才能赶上这位邻居迈得大大的步子。他们来到事先看中的商店橱窗前。"施泰纳裁缝铺"闲置几个星期后，窗玻璃上已经沾了一层灰泥和污垢。橱窗另一头的假人模特就像犯罪现场的目击证人。它们表情严肃，散发着一股令人发笑的时髦劲儿。它们好像把一切都看在眼里，这种感觉无论如何都挥之不去。

鲁迪把手伸进口袋。

此刻是平安夜。

他的父亲远在维也纳。

鲁迪想，就算他们擅自闯入父亲心爱的店铺，他也不会介怀，因为这是形势所迫。

他们顺利地打开门，闪进店铺。鲁迪本能地想打开灯，却发现店里的电已经被切断。

"有没有蜡烛？"

鲁迪有些不痛快。"我已经把钥匙拿过来了，再说了，这是你想出来的主意。"

话没说完，莉泽尔突然被地板上一块隆起的东西绊倒了，还撞翻了一个假人模特，上面的衣服都落在她身上。"快帮我把它弄开！"假人模特碎成了四块。头和躯干是一块，下肢是一块，还有两条手臂。终于脱身后，莉泽尔站起来气喘吁吁地说道："耶稣和马利亚啊！"

鲁迪捡起一条手臂，用它的手掌拍了拍莉泽尔的肩膀。她吓了一跳，转过头来，他假装友好地说："这位朋友，你好啊。"

他们在店铺狭小的通道里摸索。鲁迪本想走到柜台那边，却踩到一个空盒子跌了一跤。他疼得叫了一声，然后咒骂着回到大门口。"这么干太蠢了，"他说，"你等我一会儿。"莉泽尔便抱着假人的手臂坐下来。没过多久，鲁迪就提着一个教堂里的灯笼回来了。

他的脸上映着一圈烛光。

"那个礼物你吹嘘了那么久，到底在哪里？不要搞了半天，结果是个奇形怪状的假人模特。"

"你把灯笼拿过来。"

当他走到店铺的最左边，莉泽尔一手接过灯笼，另一只手拂过衣杆上的整排西装。她拿下一件，立马又换成另外一件。"不行，还是太大了。"又挑了两件之后，她把一件海军蓝的西装举到鲁迪·施泰纳跟前。"这件衣服的大小是不是差不多？"

莉泽尔坐在黑暗中，鲁迪拉上窗帘，在窗帘后面试西装。店铺外面只能看到一圈烛光和一个正在穿衣服的人影。

鲁迪穿好衣服转过身来，用灯笼照着让莉泽尔看。掀开窗帘后，灯笼的光变成了一条光柱，照在精致的西装上，还照亮了西装底下肮脏的衬衫和鲁迪那双破烂的鞋子。

"看起来怎么样？"他问道。

莉泽尔绕着他，仔细地看着，她耸耸肩说："还不赖。"

"还不赖！我这副样子怎么可能是还不赖！"

"鞋子扣分了，还有你的脸。"

鲁迪把灯笼搁在柜台上，来到莉泽尔面前，装出气鼓鼓的样子。莉泽尔也承认，她的内心正被一种紧张的感受所占据。但鲁迪突然被躺在地上的假人模特绊倒了，莉泽尔这才松了一口气，但也有一点小小的失望。

地板上的鲁迪笑了。

然后他闭上了眼睛，紧紧地闭上了眼睛。

莉泽尔冲过去。

她蹲在他身旁。

亲他，莉泽尔，亲他。

"你没事吧，鲁迪？鲁迪？"

"我好想念他。"躺在地上的男孩翻向一侧，小声说道。

"圣诞快乐。"女孩回答道。她扶起他来，帮他把西装抚平。

Chapter 09

第九章

最后的局外人

内容提要

下一个诱惑

这一次，那个地方有一些点心。

可是它们不太新鲜了。

那是些圣诞节剩下的羊角包，在书桌上放了至少两个星期。它们呈马蹄形，上面撒了一层糖霜，最底下的几个已经粘在了餐盘上，其余的堆成高高的一叠，让人直流口水。莉泽尔的手指紧紧抓住窗棂，她已经能闻到它们的气味了。整个书房散发出白糖和面粉，以及成千上万页纸的味道。

伊尔莎·赫尔曼没有留下任何字条，但莉泽尔很快就明白过来，点心肯定是她故意放在那里的。可是，说不定这些点心不是特意留给她的呢，但莉泽尔一点也不打算考虑这种可能性。她回到窗前，透过窗缝轻轻地呼唤鲁迪的名字。

那一天他们是走过来的，路上太滑，不方便骑车。男孩在窗户下方放风。她话音刚落，他便探出头来。莉泽尔递过餐盘，鲁迪二话不说地接了过去。

他用双眼尽情享用着这些点心，还提了几个问题。

"还有没有别的？有没有牛奶？"

"你说什么？"

"牛奶。"他大声重复了一遍。莉泽尔显得有些不耐烦，要是鲁迪觉察到了莉泽尔口气中的不悦，他就不会这么说了。

偷书贼的脸又在他的上方出现。"你是不是傻？我只会偷书吗？"

"当然不是。我的意思是……"

莉泽尔走向书桌背后最远处的书架。她在最上边的抽屉里找到了一支钢笔和一叠纸，在第一张纸上写下了"谢谢"。

在她右边，有一本书像一块骨头那样突兀。黑色的书名像伤疤一样印在苍白的书脊上——《最后的局外人》。她把书从书架上取下来时，仿佛听到了它的轻声细语。灰尘飞扬着落下。

当她来到窗边正准备出去的时候，书房大门突然吱呀一声开了。

她的膝盖已经抬起，拿着偷来的书的手已经扒在了窗棂上。她回过头来，发现镇长太太正穿着崭新的睡袍和拖鞋站在门口。这件睡袍前襟的口袋上绣着一个"卐"字。纳粹的宣传竟然连浴室都不放过。

她们互相对视着。

莉泽尔看着伊尔莎·赫尔曼的胸口，然后抬起手臂。"希特勒万岁。"

就在她准备离去的时候，一个念头突然将她击中。

那些点心。

它们已经在桌上放了几个星期。

那就意味着，如果镇长用过这间书房，他肯定也见过这些点心。他肯定问过它们为什么一直放在桌上。又或者（当莉泽尔觉察到这个念头时，她心里充满了异样的乐观），这根本就不是镇长的书房，而是她的，是伊尔莎·赫尔曼的书房。

她也不明白为何这个想法如此重要，可是一想到这一屋子的书都属于这个女人，她就为此高兴。一开始就是她将莉泽尔领入这间书房，为她打开了这扇机遇的窗户。如果这本来是她的书房，就再好不过了。一切都显得再妥帖不过。

当她再次打算离去时，她把心里想的一股脑儿说了出来，问道："这是你的书房，对不对？"

镇长太太绷紧了身子。"过去，我跟儿子一起在这里读书。后来……"

莉泽尔在背后摆了摆手。她看到一位母亲坐在地板上，跟一位小男孩一起指点着书上的图画和文字。然后窗玻璃上闪过战争的身影。"我明白了。"

窗外突然冒出一句惊呼。

"你说什么？"

莉泽尔厉声低吼道："给我安静点，你这头蠢猪，看着街上。"然后，她缓缓地对伊尔莎·赫尔曼说："所以这些书都是……"

"它们大多是我的藏书。不过也有一些是我丈夫的，还有一些是我儿子的。"

莉泽尔终于开始感到羞赧了，她的两颊变得红彤彤的。"我一直以为这是镇长的书房。"

"为什么呢？"女人被莉泽尔的想法逗乐了。

莉泽尔发现，她的拖鞋上也绣着"⚡"字。"毕竟他是镇长嘛，我觉得他肯定读过很多书。"

镇长太太把手插进浴袍两侧的口袋。"最近，你才是这间书房的常客呀。"

"你读过这本书吗？"莉泽尔举起《最后的局外人》。

伊尔莎仔细地看了看书名。"我读过。"

"有趣吗？"

"还不赖。"

她心里直发痒，在催促她离开，可是也有一种特殊的责任感在敦促她留下来。她想要开口，但是想说的话实在太多，在脑海中涌现得太快。她几次试着捕捉它们，但镇长太太再次打开了话匣子。

她看到了窗外的鲁迪，或者更准确地说，她看到了他烛光般的头发。"我觉得你还是走吧，"她说，"他在等你呢。"

回家路上，他们吃着点心。

"你确定那里没有别的东西了？"鲁迪问道，"肯定不止这些吧。"

"拿到这些点心已经够幸运了，"莉泽尔看着鲁迪臂弯里的礼物，"现在，你实话告诉我，我出来之前你有没有偷吃？"

鲁迪大为光火。"嘿，今天你才是贼呢，我可不是。"

"别跟我耍花招，蠢猪。我刚才看到你嘴边的糖霜了。"

鲁迪一只手拿着餐盘，另一只手抹了抹嘴角。"我一口都没吃，我发誓。"

走到桥那里之前，点心就被他们吃掉了一半。然后他们把剩下的收起来，打算拿回去和汤米·穆勒一起分享。

点心全吃完后，只剩下一件伤脑筋的事，鲁迪把它说了出来。

"这个见鬼的盘子，我们该拿它怎么办？"

打扑克的人

就在莉泽尔和鲁迪吃点心的时候，空袭特勤队的队员正在休息，在离埃森不远的一座小镇上玩扑克牌。他们刚刚从斯图加特远道而来，正拿香烟做赌注。赖因霍尔德·楚克尔正在发火。

"他作弊了，我发誓。"他嘴里嘟囔道。头顶的棚屋算是他们的营地，汉斯·胡伯曼已经连赢三把。楚克尔一脸嫌恶地丢下扑克牌，用三根脏兮兮的手指捋过油腻的头发。

关于赖因霍尔德·楚克尔的几件事
他才二十四岁，每赢一把牌就洋洋得意，
他会把细长的香烟举到鼻子边上，
用力闻一闻，
然后说："这是胜利的味道。"
对了，还有一件事，
他会张着嘴巴死去。

汉斯·胡伯曼不像这位年轻人，他赢牌时从来不会得意，甚至大方到退给每位战友一支香烟，还给他们点烟。所有人都接受了他的好意，只有赖因霍尔德·楚克尔不买他的账。他拿起烟，扔回中间翻过来充当牌桌的纸盒上。"我可不需要你的施舍，老家伙。"说完，他起身走开了。

"这家伙有什么毛病？"中士问道，可是没人回答他，因为大家都不在乎。赖因霍尔德·楚克尔是个二十四岁的小屁孩，如果那天他不打牌，他的小命大概就能保住了。

要不是因为输牌给汉斯·胡伯曼，他也不会瞧不起汉斯。要不是因为瞧不起汉斯，几个星期后，他也不会在一段看似平安无事的路上，霸占汉斯的座位。

一个座位、两个男人、一段小小的争执，还有我。

有时候，人类的死法实在令我万分难过。

斯大林格勒的雪

一九四三年一月中旬，希默尔街依然阴暗而充满痛苦。莉泽尔关上自家大门，走到霍尔茨埃普费尔太太家门前敲门。出来开门的人让她大吃一惊。

她的第一反应是，这个男人应该是霍尔茨埃普费尔太太的儿子，可他跟门旁相框里的两兄弟都不像。他看起来老得多，但是也说不清到底有多少岁。他脸上点缀着稀疏的胡须，眼神中透着强烈的痛苦，外衣袖子下的胳膊绑着绷带，绷带上渗出樱桃大小的血迹。

"你晚点再过来吧。"

莉泽尔想要越过他，看看他身后。她差点就喊出了霍尔茨埃普费尔太太的名字，却被那个男人拦住了。

"孩子，"他说，"晚点再来。到时候我去喊你。你家住哪儿？"

三个多小时后，希默尔街三十三号的大门响起了敲门声。男人站在莉泽尔面前，绷带上樱桃大的血迹已经扩大，变成了李子大小。

"她现在可以见你了。"

在屋外昏暗的灯光下，莉泽尔没忍住，问男人他的胳膊怎么了。男人从鼻孔里喷出一股气——一个单音节——然后给出了答案："斯大林格勒。"

"不好意思。"他说话的时候吹来了一阵狂风。"我没听清。"

这一次，他给出了更响亮、更完整的回答。"我的伤是在斯大林格勒受的。我肋部中了一枪，还被炸掉了三根手指。这样说你明白了没有？"他把没有受伤的手伸进口袋，在袭来的德国的寒风中不屑一顾地打冷战。

"你觉得这儿冷吗？"

莉泽尔扶着身边的墙壁，她没法撒谎。"当然冷。"

男人笑了。"这可算不得冷。"他从口袋里抽出一根烟塞进嘴里，试着单手擦亮火柴。天气这么糟糕，双手擦火柴都很困难了，一只手怎么可能擦得着呢？他扔掉火柴盒，骂了一句。

莉泽尔把它捡起来。

她取过香烟，塞进自己嘴里，可是怎么也点不着。

"你得用力吸，"男人解释道，"风大的时候，你得用力吸才能点得着，明白吗？"

她又试了一遍，试着回忆爸爸是怎么做到的。这一次，她嘴里灌满了烟。烟雾漫过她的牙齿，抓挠着喉咙，不过她忍着没有咳嗽。

"干得漂亮。"他接过香烟深吸了一口，然后伸出没有受伤的左手，"我叫米夏埃尔·霍尔茨埃普费尔。"

"莉泽尔·梅明格。"

"你是不是过来给我妈读书的？"

罗莎突然出现在他们身后，莉泽尔能感觉到身后的人有多惊讶。"米夏埃尔？"她问道，"真的是你吗？"

米夏埃尔·霍尔茨埃普费尔点点头。"你好，胡伯曼太太，好久不见。"

"你怎么看起来这么……"

"这么老？"

罗莎还没从惊讶中缓过神，不过她还是勉强镇静下来。"要不进来坐坐？我看你已经跟我们家的养女认识了……"她注意到那条渗出鲜血的胳膊，声音变得越来越轻。

"我弟弟死了。"米夏埃尔·霍尔茨埃普费尔说道，这句话像是用剩下的那只手挥出的一记重拳，打得罗莎跟跟跄跄。战争当然意味着死亡，但当你身边某个活生生的人死于战争时，你必然会受到巨大的震撼。罗莎是看着霍尔茨埃普费尔家这两个男孩长大的。

苍老的年轻人鼓起勇气，把当时的情况一五一十地说了出来。"他们把他抬进来的时候，我正在一栋临时医院的大楼里。再过一个星期，我就可以回家了。可那个星期才过了三天，他就在我身旁死了……"

"我为你感到难过。"这些话一点都不像是从罗莎嘴里冒出来的。这天晚上，莉泽尔·梅明格背后仿佛站着另外一个人，但是她不敢回头看。

"求求你，"米夏埃尔制止她说，"别再说了。我能领这个小女孩去读书吗？我怀疑我母亲已经听不进去了，可她说让这孩子过去。"

"好，你领她去吧。"

他们走到半路，米夏埃尔·霍尔茨埃普费尔突然想起一件事，走回了莉泽尔家门前。"罗莎？"等了一会儿，妈妈重新将门打开。"我听说你儿子也在苏联。我在那边遇到了莫尔辛的同乡，他们告诉我的。不过我想你应该早就知道了。"

罗莎试图挽留他。她冲出房门，抓住他的衣袖。"我不知道。有一天他离开了家，再也没回来过。我们试着找过他，可是发生了好多事，接着就……"

米夏埃尔·霍尔茨埃普费尔决心要走。他再也不想听到哭哭啼啼的故事了。他抽出衣袖，说道："据我所知，他还活着。"他回到大门口，想领着女孩离开，可是女孩并没有往这位邻居家走。她注视着罗莎的脸。这张脸竟然能在同一时间提起精神又失魂落魄。

"妈妈？"

罗莎扬起手。"去吧。"

莉泽尔还等在那里。

"我让你过去。"

她追上米夏埃尔的步伐，这个退伍军人试图跟她说说话。他显然很后悔，自己在罗莎面前说错了话，所以想用别的话来掩饰。他举起那条受伤的胳膊，说："我这伤口的血还是止不住。"终于走进霍尔茨埃普费尔太太的厨房了，莉泽尔为此感到庆幸，越早开始读书越好。

霍尔茨埃普费尔太太的脸上满是泪水。

她的儿子死了。

而这只是一半的真相。

她永远都不会知道儿子到底是怎么死的，但我可以自信地告诉你，我知道。每当大雪降临、炮火纷飞、不同的语言相互混杂的时候，我的身影总会出现。

当我从偷书贼的文字中想象霍尔茨埃普费尔太太的厨房时，我的视线里没有炉子，没有木汤勺，没有抽水泵，没有任何这一类的东西。总之，那里不能称为厨房。我的视线中只有苏联的冬天和从天花板上飘落的雪，以及霍尔茨埃普费尔太太的小儿子的命运。

他叫罗伯特，以下是他的遭遇。

战争中的一则小故事

他大腿以下都被炸飞了，

他哥哥眼睁睁地看着他死在一所

冰冷的、臭气冲天的医院里。

那是一九四三年一月五日，在苏联，这不过是又一个冰天雪地的日子。在城市与大雪中，到处都是死去的苏联人和德国人。那些依旧活着的人则对着面前的一片虚空开火。三种语言交织在一起，其中有俄语、子弹的呼啸，还有德语。

当我在摔倒在地的灵魂中间穿行的时候，一个活着的人说："我的肚子好痒。"他反反复复说了好几遍。尽管吓坏了，他还是朝着前方一个伤得不成人形、坐在地上血流不止的身影爬去。腹部受伤的士兵爬到跟前，发现这个人是罗伯特·霍尔茨埃普费尔。他的双手糊满鲜血，正把雪往膝盖部位堆，因为刚才的爆炸将他的小腿炸没了。他的手依旧滚烫，连尖叫声似乎也是血红色的。

水蒸气从地上升腾而起。到处都是雪融化的景象和气息。

"是我，"士兵对他说道，"我是皮特尔。"他又向前爬了一点。

"你是皮特尔？"罗伯特用气息微弱的声音问道。他肯定觉察到了，我已经来到了他身边。

他又问了第二遍。"你是皮特尔？"

出于某种原因，将死之人总是明知故问。也许这样一来，他们至少能死得明明白白。

突然间，周围的声音听起来不再有任何区别。

罗伯特·霍尔茨埃普费尔向右边倒下了，倒在升腾着水蒸气的冰冷的地上。

我敢肯定，在那个时候、在那个地方，他正期待着要与我相见。

可是他没有。

这位年轻的德国人很不幸，我没在那个下午将他带走。我肩头扛着其他可怜的灵魂，跨过他到了苏联人的阵地中。

我来来回回地游荡。

那些支离破碎的人。

我得告诉你，我可不是在滑雪旅行。

正如米夏埃尔对母亲说的那样，在极其漫长的三天后，我终于来到了这位把双腿留在斯大林格勒的士兵身旁。这间临时医院欢迎我的到来，但它的恶臭令我避之不及。

一个手上缠着绷带的男人正在对一位一言不发、满脸惊恐的士兵说，他一定会活下来。"你很快就能回家了。"他向那位士兵保证。

我心想，是啊，可以回家了，永永远远地回家了。

"我会一直等你好起来，"他继续说道，"过完这个星期，我就可以回去了，不过我会一直等你。"

他哥哥这句话刚说到一半，我就带走了罗伯特·霍尔茨埃普费尔的灵魂。

每当在屋里的时候，我都要运用我的能力，透过天花板察看天空的颜色。今天我很幸运，因为这栋大楼的一块屋顶已经被掀飞，我一抬头就能看到天空。在一米之外，米夏埃尔·霍尔茨埃普费尔仍在喋喋不休地说着。我试图专心凝视天空，来排除他的干扰。天空依旧是白色的，但正迅速变得污浊。它一如既往地变成了一块巨大的床单。血在四处流淌，一块块肮脏的云就像正在融化的雪地里的脚印。

脚印？你问道。

是啊，我也在想这到底是谁的脚印。

莉泽尔在霍尔茨埃普费尔太太的厨房里大声朗读。她艰难地读了一页又一页，却没有人在倾听，而苏联的风景在我眼前逐渐模糊，雪花仍旧倔强地从屋顶飘落。水壶上落满了雪，餐桌上落满了雪。那些人类的头顶和肩膀上也盖着一层厚厚的雪。

哥哥在颤抖。

女人在抽泣。

女孩继续朗读，因为这是她留在这里的缘由，在斯大林格勒的大雪之后，尽职尽责地做好一件事情，至少能让她好受一些。

永远长不大的弟弟

再过几个星期，莉泽尔·梅明格就十四岁了。

她爸爸依旧远在他乡。

她给那位心碎的女人又读了三次书。有好多个夜晚，她看见罗莎抱着手风琴，下巴枕在风箱上默默祈祷。

她心想，终于到时候了。通常情况下，偷窃会给她带来快乐，可是今天，她要把东西还回去。

莉泽尔爬到床底下，取出了那个盘子，飞快地在厨房里把它洗干净，然后离开家。她惬意地走在莫尔辛的街道上。空气冷冽又乏味，就像一位施虐成性的老师或修女施加给学生的体罚。她的脚步声是慕尼黑大街上唯一的声响。

当她穿过河流时，云朵后若有若无地透着阳光。

她走上格兰德街八号门前的台阶，把盘子留在门口，然后敲了敲门。前门打开的时候，女孩已经走到街角去了。莉泽尔不曾回头，可她明白，如果回了头，她肯定又会在台阶底下看到弟弟，他的膝盖已经痊愈。她甚至会听到他的声音。

"这么做才对，莉泽尔。"

当她突然意识到弟弟永远都停留在六岁时，巨大的悲伤向她袭来，可是在接纳这个想法的同时，她还是努力地微笑着。

她静静地站在桥上，站在安珀河上，爸爸以前也常常倚在这里的栏杆上。

她笑了又笑，直到心情完全平复，然后便走回了家，而弟弟再也没有出现在她的梦中。她还会用许多方式怀念他，但她不再怀念他盯着列车地板的垂死的双眼，也不再怀念置他于死地的咳嗽声。

那天晚上，偷书贼躺在床上，男孩的身影只在她闭上眼睛前出现。莉泽尔的房间里总是有许多访客，男孩是其中一位。爸爸也会站在床边，说她已经是半个大人了。马克斯在墙角撰写《采字人》。而鲁迪赤身裸体地站在门口。有时候，她的生母会站在床边的火车站的月台上。弟弟维尔纳则在房间另一头，那里好远好远，像跨过大桥来到一座无名小镇一般，而他正在下雪的墓地里玩耍。

隔着一条走廊，罗莎的鼾声像是在为这些幻觉打着节拍。莉泽尔睡不着觉，脑海里回响着最近读过的一本书里的一个句子。

《最后的局外人》第三十八页

这座城市的大街上到处都是人，

可就算街上空无一人，

局外人也不会比现在更孤单。

当晨曦来临，所有幻觉都销声匿迹，她能听到起居室里反复念诵的话语。那是罗莎怀抱着手风琴，在悄声祈祷。

"求求你，让他们活着回来，"她反复祈祷，"上帝啊，求求你。保佑他们所有人。"甚至连她眼角的皱纹都仿佛在双手合十。

手风琴肯定把她硌疼了，可是她不愿意放手。

罗莎永远都不会向汉斯倾诉这些瞬间，但是莉泽尔相信，一定是这些祷告让爸爸安全躲过了空袭特勤队在埃森发生的事故，最终活了下来。就算它们帮不上忙，至少也不会帮倒忙。

事故

那是一个格外晴朗的下午，战友们纷纷爬上卡车。汉斯·胡伯曼坐在自己的指定座位上。赖因霍尔德·楚克尔高高地站在他身旁。

"一边去。"他说。

"你说什么？"

楚克尔只能弓着身子站在车厢里。"我说一边去，混蛋。"油腻的刘海分成几缕挂在他的额头上。"我要跟你换座位。"

汉斯一头雾水。整个车厢里最不舒服的就是后排座位，那儿风最大，也最冷。"为什么？"

"原因重要吗？"楚克尔已经不耐烦了，"也许我就是想第一个下车去撒尿呢。"

汉斯很快就意识到，全车人都看着他们这两个成年人可怜兮兮地争吵。他不想输，但也不想让人觉得自己婆婆妈妈。更何况他们刚刚值完班，现在累得要死，他已经没力气吵了。他弯着腰，挪到车厢中部的空座位上。

"你干吗要向那个白痴服软？"坐在他身旁的人问他。

汉斯擦亮火柴，把烟分给他抽了一口。"那边风太大了，都灌到我耳朵里去了。"

橄榄绿色的卡车行驶在路上，离营地大约还有十英里远时，布伦讷

436

韦格正在讲一位法国女招待的笑话，这时左前轮的轮胎突然被扎破了，卡车失去了控制，翻了好几个跟斗，车厢里的士兵一边在空气、光线、垃圾和香烟中打滚，一边破口大骂。外面的天空时而在上，时而在下，士兵们拼命地想抓住什么东西。

当卡车终于停下来，所有人都挤在车厢右侧，每个人的头都贴在了身旁的人肮脏的制服上。大家互相询问有没有受伤，直到一个叫埃迪·阿尔玛的人突然开始大声喊叫："把这个杂种从我身上挪开！"他连着喊了三遍。他正瞪着赖因霍尔德·楚克尔不再眨动的双眼。

> 在埃森的损失情况
>> 六个人被香烟烫伤。
>>> 两个人折断手臂。几个人折断手指。
>>>> 汉斯·胡伯曼断了条腿。
>>>>> 赖因霍尔德·楚克尔的脖子，
>>>>> 在与耳垂平齐的地方折断了。

他们互相帮忙，从车里钻了出来，直到卡车上只剩下一具尸体。

司机赫尔穆特·布罗曼正坐在地上挠头。"轮胎。"他解释说，"竟然是轮胎爆了。"有些人坐在他身旁，安慰说那不是他的错。其他人来回走动着抽烟，相互询问他们的伤是否严重到可以退伍回家。还有一小群人聚集在卡车后面看着那具尸体。

汉斯·胡伯曼靠在树上，他腿上那条长长的伤口仍旧剧痛难忍。"死的本来应该是我啊。"他说道。

"你说什么？"卡车边上的中士对他大喊。

"他坐的是我的座位。"

赫尔穆特·布罗曼调整好心情后，重新爬回了驾驶室。他平躺着想发动引擎，但卡车没有任何反应。他们只好喊了另一辆卡车和一辆救护车过来。可是救护车没有来。

"你们明白这是什么意思吧？"鲍里斯·席佩说。他们再明白不过。

当他们坐上前来支援的卡车返回营地的时候，每个人都别过头，不想看到赖因霍尔德·楚克尔那咧着嘴冷笑的脸。有人说："我早就跟你们说过了，我们应该把他反过来，让他脸朝下。"好几个人大概忘记了这件事，把脚搁在了尸体上。抵达营地后，谁都不想把他从卡车上拖下来。等事情终于办妥了，汉斯·胡伯曼才拖着疼痛难忍的腿，迈着小步从卡车上下来。

一个小时后，医生检查了他的伤口，告诉他这条腿铁定已经骨折了。中士就在一旁，他脸上禁不住露出了笑容。

"不错啊，胡伯曼。看来你可以逃脱了，不是吗？"他一边吞云吐雾，一边摇晃着那张圆脸，把接下来会发生的事一样样讲给他听，"你可以好好休息休息。他们会问我该怎么给你安排去处。我会告诉他们，你的表现非常出色。"他又吐出一团团烟云。"然后我大概会说，你已经没法继续执行空袭特勤队的任务了，你会被派回慕尼黑，做点办公室工作，或者随便什么需要人手去善后的工作。听起来怎么样？"

汉斯尽管疼得龇牙咧嘴，也忍不住笑出声来，他回答说："听起来棒极了，中士。"

鲍里斯·席佩抽完了烟。"听起来当然他妈的棒极了。胡伯曼，算你走运，不仅因为我看你还算顺眼，还因为你是个好人，在香烟上特别大方。"

隔壁的房间里，他们正为汉斯准备石膏。

苦涩的问题

在莉泽尔过完生日一个星期后，也就是二月下旬，她和罗莎总算收到了一封来自汉斯·胡伯曼的长信。她从门口的邮箱里取完信便狂奔回家，拿给妈妈看。罗莎让她大声朗读出来，当莉泽尔读到汉斯断了一条腿的时候，她们已经抑制不住心中的激动。由于太过惊喜，接下来的那句话她没能读出声来。

"信上说什么了，小母猪？"罗莎追问道。

莉泽尔抬起头，几乎把这个消息喊了出来。中士说到做到。"他要回家了，妈妈。爸爸要回家了！"

她们在厨房里抱在一起，信纸被她们夹在中间揉成了一团。断了一条腿，这可真是一件值得庆祝的事。

当莉泽尔把消息带到隔壁，芭芭拉·施泰纳也欣喜若狂。她揉着女孩的手臂，大声告诉了家里另外几个人。在施泰纳家的厨房里，大家为汉斯·胡伯曼即将返乡的消息欢欣鼓舞。鲁迪的脸上也挂着笑容，不过莉泽尔看得出，这是他努力装出来的，因为她能察觉到鲁迪嘴边那个苦涩的问题。

为什么是他？

为什么是汉斯·胡伯曼，不是亚力克斯·施泰纳？

他这么想也不是没有道理。

工具箱、伤员与泰迪熊

自从去年十月父亲应征入伍，鲁迪心中的怒火便越烧越旺。汉斯·胡伯曼要回家的消息成了压垮骆驼的最后一根稻草。他没有把这件事告诉莉泽尔，没有抱怨这对他而言一点都不公平。他决定采取行动。

他在一个日色昏黄的下午——典型的小偷作案时间——扛着一只工具箱，来到了希默尔街上。

鲁迪的工具箱

这是一个斑驳的红盒子，比鞋盒略大些。

盒子里有如下物件：

生锈的小折刀一把

小手电筒一把

榔头两把（一把中号，一把小号）

毛巾一条

螺丝刀三把（不同尺寸）

滑雪面罩一个

干净的袜子一双

泰迪熊一只

透过厨房的窗户，莉泽尔看见了鲁迪的身影，他的双腿目标明确，表情也很坚定，和他上次出门寻找父亲的时候如出一辙。他用尽全力抓着工具箱的提手，僵硬的动作里透露出愤怒。

毛巾从偷书贼手里掉落下来，她心里只有一个念头。

他要去偷东西。

她连忙跑出去追他。

"鲁迪，你要去哪儿？"

鲁迪自顾自地走路，对着前方冰冷的空气说话。走到汤米·穆勒家所在的街区时，他说道："莉泽尔，你知道我在想什么，你根本就不是贼。"他没给她回答的机会，又说："明明是那个女人放你进去的。她还给你留了圣诞节的点心，我的天哪。我可不觉得那是偷窃。偷窃是军队做的那些事——他们带走了你爸爸和我爸爸。"他踢起一块石头，石头撞在了一扇大门上。他加快了步伐。"所有的钱都在格兰德街、格尔布街和海德大街那些纳粹分子手里。"

莉泽尔拼命地追赶鲁迪，根本顾不上他说了什么话。他们已经走过了迪勒太太的店铺，拐进慕尼黑大街。"鲁迪……"

"不过，那感觉怎么样？"

"什么感觉怎么样？"

"当你从书房里偷书的时候。"

这时，莉泽尔停下了脚步。如果鲁迪想要听到她的回答，他就得回头。"说呀？"不过，莉泽尔根本来不及张嘴，又被鲁迪抢先回答了。"那种感觉好极了，是不是？毕竟可以偷点东西回来。"

莉泽尔看着他手里的工具箱，想转移他的注意力。"这里面到底装了什么？"

他弯下腰，打开手提箱。

每一件工具都各得其所，只有泰迪熊显得格格不入。

他们走在路上，鲁迪详细解释了工具箱里的每一件东西和它的用途。比方说，榔头可以用来敲碎窗户，如果拿毛巾包住榔头，就能消除噪音。

"那泰迪熊呢？"

它是安娜－玛丽·施泰纳的，跟莉泽尔的书差不多大。这只小熊毛发蓬乱，又破又旧。眼睛和耳朵都经过了多次缝补，不过还是显出一副可爱的模样。

鲁迪回答说："这是我的绝招。要是我进别人屋子的时候，突然有孩子进来，我就拿玩具熊哄他们。"

"那你打算偷什么呢？"

他耸了耸肩。"钱、珠宝、食物，偷到什么就是什么。"这计划听起来够简单的。

一刻钟后，莉泽尔看到他的脸色突然平静下来，她才意识到鲁迪不会去偷东西了。他那副毅然决然的表情已经消失。尽管他仍在幻想偷盗的荣耀，但她看得出现在连他自己都不相信了。他只是试图去相信，这可不是什么好迹象。伟大的犯罪事业已经展现在他眼前，可是他们俩放慢脚步看着那些房子的时候，莉泽尔打心底松了口气，心里却又感到悲伤。

那是格尔布街。

那里的房子多半都高大而阴沉。

鲁迪脱下鞋子，用左手拎着，右手则提着工具箱。

月亮从云朵间探出脸庞，洒下一英里长的月光。

"我到底在等什么？"他问道，可是莉泽尔没有回答。鲁迪再次开口，却说不出任何话。他把工具箱放在地上，坐在上面。

他的袜子变得又冷又湿。

"幸亏你在工具箱里还备了一双。"莉泽尔打趣道。她看得出来，他想笑却忍着没笑。

鲁迪挪了挪屁股，朝向另外一侧，这样莉泽尔也可以坐到工具箱上。

偷书贼和她最好的朋友背对背地坐在大街中央一个斑驳的红色工具

箱上。两个人各朝一侧，静静地坐了一会儿。当他们起身准备回家时，鲁迪换了双袜子，把之前穿的那双扔在路上。他要把它当作礼物送给格尔布街。

鲁迪·施泰纳的真心话

我觉得比起偷东西，

我可能更擅长把东西扔在身后。

几个星期后，这只工具箱至少派上了用场。鲁迪拿走了螺丝刀和榔头，把自家值钱的家当放了进去，为下次空袭做好了准备。原来的东西都没了，只剩下那只泰迪熊。

三月九日，警报再次响彻莫尔辛上空，鲁迪提着工具箱冲出家门。

当施泰纳一家狂奔过希默尔街时，米夏埃尔·霍尔茨埃普费尔用力地敲着胡伯曼家的大门。罗莎和莉泽尔来到门口，米夏埃尔给她们出了一道难题。"我妈守在餐桌旁不肯走了。"他说道，绷带上依旧留着李子大小的血斑。

虽然已经过了好几个星期，霍尔茨埃普费尔太太心里的伤口却不曾愈合。每次莉泽尔上门为她读书，她多半时间都盯着窗外发呆。她说话有气无力，几乎一动不动。过去活跃在脸上的无情和刻薄如今都已经离她而去。跟莉泽尔说再见，给她端咖啡，向她表示感谢的人通常都是米夏埃尔。现在居然还出现了这样的事情。

罗莎行动起来。

她吃力地快步穿过大门，站在邻居敞开的房门口。"霍尔茨埃普费尔！"没有任何回应，只有不依不饶的警报声。"霍尔茨埃普费尔，快出来，你这头可悲的老母猪。"处事圆滑从来都不是罗莎·胡伯曼的强项。"如果你不出来，我们大伙儿都要死在大街上了！"她回过头，看着人行道上那两个无助的身影。第一轮警报已经结束。"现在该怎么办？"

米夏埃尔耸了耸肩，不知所措。莉泽尔扔下装着书的口袋，面朝着他。她的喊声与下一轮警报声同时响起。"我能进去试试吗？"她没有等待答案，便径直跑过人行道，从妈妈身旁闪过。

餐桌旁的霍尔茨埃普费尔太太仍旧纹丝不动。

我该怎么劝她？莉泽尔心想。

我该怎么让她出来？

当警报声再次屏住呼吸，她听到了罗莎的叫喊。"别管她了，莉泽尔，我们该走了！如果她想自寻死路，那也是她自个儿的事。"然后，警报再度响起。它们从天而降，淹没了妈妈的话音。

现在，屋里只剩下警报声、女孩和满脸皱纹的女人。

"霍尔茨埃普费尔太太，求你了！"

这个场面就像她拿点心那天和伊尔莎·赫尔曼谈话一样，有许许多多的词句在她的嘴边呼之欲出。唯一的区别在于，今天炸弹就要来了。今天的情形比那一天更危急。

几个选项

"霍尔茨埃普费尔太太，我们必须得走了。"

"霍尔茨埃普费尔太太，待在这里，我们都会丢了小命。"

"你还有一个儿子呢。"

"大家都在等你。"

"炸弹会把你的脑袋炸飞。"

"如果你不走，我再也不来你家给你读书了，

这意味着你会失去唯一的朋友。"

她选择了最后一句话，顶着嘈杂的警报声喊出了口。她的双手摁在餐桌上。

女人抬起头，做出了决定。她依旧岿然不动。

莉泽尔走了。她从餐桌边离开，匆匆地冲出了这座房子。

罗莎帮她拉着大门，其他人开始向四十五号狂奔。米夏埃尔·霍尔茨埃普费尔仍然束手无策地站在希默尔街上。

"快来啊！"罗莎恳求他。那位退伍老兵还在犹豫，他正准备转身回家，突然被罗莎的声音喊住。他残缺的手还扶在大门上，然后他愧疚地松开了手，随罗莎一同离开。

他们都回头看了几眼，霍尔茨埃普费尔太太始终没有出来。

道路显得如此空旷，当最后的警报声在空气中消失，希默尔街上最后三个人也钻进了菲德勒家的地下室。

"你们怎么磨蹭了这么久？"鲁迪问道。他手里正提着工具箱。

莉泽尔把书包放在地上，坐在上面。"我们想劝霍尔茨埃普费尔太太一起过来。"

鲁迪四处张望，问道："她人呢？"

"还在家里，在厨房里。"

米夏埃尔在防空洞的角落里缩成一团，瑟瑟发抖。"我应该留在家里陪她，"他说，"我应该留在家里陪她，我应该留在家里陪她……"他说出的话几乎听不见，但是他双眼中的情绪比以往更加强烈了，在眼眶中喷薄欲出。他只能紧紧捏住受伤的手臂，鲜血从绷带里渗出来。

开口劝阻他的人是罗莎。

"不要这样，米夏埃尔，这不是你的错。"

可是，任何话语都无法安慰这位右手只剩几根手指的年轻人。他蜷缩在罗莎面前。

"拜托你告诉我，"他说道，"因为我真的不明白……"他靠着墙坐下来。"告诉我，罗莎，为什么她坐在那儿，已经准备好了要去死，而我却还想活下来？"鲜血越来越浓稠。"为什么我还想活下来？我不应该有这种非分之想，可我真的想啊。"

年轻人失控地大哭了好一阵子，罗莎把手搭在他肩上，守候在他身旁。其他人都默默看着这一幕。甚至当地下室的大门打开，霍尔茨埃普费尔太太进来的时候，他的眼泪都收不住。

她的儿子抬起头来。

罗莎闪到一旁。

当他们团聚的时候，米夏埃尔道歉说："妈妈，对不起，我应该留在家里陪你。"

霍尔茨埃普费尔太太像没有听到一样，她只是坐在儿子身边，举起他缠着绷带的手臂。"你又开始流血了。"她说道。所有人都坐下来，一起等候空袭结束。

莉泽尔打开书包，在里面翻找。

三月九日至十日，轰炸慕尼黑

充斥着爆炸声和读书声的夜晚十分漫长。

偷书贼的嘴巴很干，

但她坚持读了五十四页书。

大部分孩子都睡着了，没能听到宣布空袭结束的警报。他们的父母纷纷醒来，把他们抱出地下室，回到外面黑暗的世界中去。

火焰在远方燃烧，而我又拾起两百多个蒙难的灵魂。

我待会儿还会再次光临莫尔辛小镇。

希默尔街空无一人。

警报声延绵了好几个钟头，以免空袭再次来临，也好让烟雾扩散到大气中去。

贝蒂娜·施泰纳注意到安珀河畔有火光，一股浓烟冲上天空。女孩指着远方，说："你们看。"

也许这个女孩是第一位目击者，但鲁迪是最先做出反应的人。他匆忙之中也没有丢下手里的工具箱，拎着它飞奔到希默尔街尽头，转进一条小路，之后便闪进一片树林。莉泽尔把书扔给了强烈反对她去的罗莎，立即跑过去追赶鲁迪的身影。还有零星几个从其他防空洞里出来的人，也跟在后面跑了起来。

"鲁迪，等等我！"

鲁迪没有等她。

鲁迪在森林里飞快地前行，向逐渐微弱的火光和被烟雾包围的飞机跑去。莉泽尔只能透过树林的缝隙瞥见他手里醒目的工具箱。浓烟滚滚的飞机落在河畔的空地上。飞行员勉强将它降落在这里。

在离飞机不到二十米远的地方，鲁迪停下脚步。

我也正好抵达了现场，发现男孩正站在那里喘着粗气。

树木在黑暗中伸展着枝丫。

树枝和松针像燃料一样掉落在飞机周围。在他们左边，地上被划出了三道深沟。金属冷却时发出噼啪的声响，让时间流逝得仿佛更快了，似乎他们已经在这里站了几个小时。在他们身后，人群的队伍在不断壮大，他们的呼吸声和说话声仿佛就贴在莉泽尔的后背上。

"喂，"鲁迪说道，"我们该凑近看看吗？"

他穿过残留的一片森林，来到飞机坠落的地方。飞机的机头伸进了河里，两翼则歪歪斜斜地落在了后头。

鲁迪缓缓地绕着它打转，从机尾绕到机身右侧。

"那里有玻璃，"他说，"到处都是挡风玻璃的碎片。"

然后他看到了一个人的身体。

鲁迪·施泰纳从来没有见过如此惨白的面容。

"莉泽尔，别过来。"他说，可莉泽尔还是过去了。

高大的树木在一旁注视着这一切，河流自顾自地流淌着，莉泽尔看见了敌军飞行员那张几乎失去知觉的脸。飞机仿佛又咳嗽了几声，驾驶舱里的那张脸从左边别到右边。他说了些什么，可是他们显然连一个字都听不懂。

"耶稣、马利亚和约瑟啊，"鲁迪轻声说道，"他还活着。"

工具箱撞上了飞机的一侧，引来更多的人声和脚步声。

火光已经熄灭，而晨光依旧昏暗。只有浓烟在顽强地喷涌，不过它很快也要耗尽了。

森林之墙把正在燃烧的慕尼黑隔绝在外。男孩的双眼不仅适应了周围的黑暗，还看清了飞行员的脸庞。那双眼睛就像咖啡渍，他的脸颊和下巴上划出了一道道伤口。皱巴巴的军装歪斜地套在他的胸膛上。

莉泽尔不顾鲁迪的告诫，靠得更近了。我敢向你保证，那一瞬间，我们都认出了彼此。

我记得你，我心想。

曾经有一趟列车和一个咳嗽不止的小男孩。曾经有一片雪地和一个忧心忡忡的女孩。

你长大了，我心想，可我还能认出你。

她没有被吓倒，也没有向我发起抗争，不过我很清楚，女孩知道我就在那里。她是否闻出了我的气息？她是否听见了我那被诅咒的心跳声？它循环反复，像一桩罪孽般在我这死神的胸腔里不住地跳动。我也说不清楚，可是她认出了我，直勾勾地与我对视，不曾转移视线。

天空逐渐泛白，我们都要各自上路了。我们都注视着男孩，他打开工具箱，在几个相框之间翻找，取出了一个黄色的小玩偶。

他小心翼翼地爬向那位奄奄一息的飞行员。

他慎重地把微笑的泰迪熊放到飞行员肩头。小熊的耳朵靠在那个人的脖子上。

垂死的飞行员对着玩具熊吸了口气。他开口用英语说道："谢谢你。"他说话时牵动了那些长长的伤口，一滴鲜血弯弯曲曲地沿着他的脖子流下来。

"什么？"鲁迪问他，"你刚才说了什么？"

鲁迪不太走运，我已经在飞行员回答之前捷足先登。他的死期已经到了，我也钻进了驾驶舱，缓缓地从皱巴巴的军装下抽出飞行员的灵魂，把他从坠毁的飞机中拯救出来。我从人群中穿过的时候，他们一言不发。我终于挤出了人群。

头顶的天空突然发生了日食，有那么一瞬间，黑暗笼罩着整个天幕。我可以发誓，那一刻我在天空中看到了一个"卐"字。这个肮脏的符号在空中游荡。

"希特勒万岁。"我说道，这时我已然走入森林。在我身后，一只泰迪熊正靠在尸体肩头。一个柠檬色头发的孩子像蜡烛一样立在枝丫底下。飞行员的灵魂已被我抱在怀里。

说句公道话，在希特勒统治纳粹德国的年代，没有谁能像我那样尽职尽责地服侍元首。人类的心与我的不同。人类的心是一条直线，而我的心是一个圆环，我有无穷无尽的力量，总能在正确的时间出现在正确的地点。因此，我见过人类最好的一面，也见过他们最糟糕的一面。我见证了他们的美好，也目睹了他们的丑恶。人类怎么能同时具备善与恶呢，这令我诧异。此外，他们还有一项能力令我心生羡慕。人类就算别无长处，至少还能选择死亡。

回家

这是一段由伤员、坠落的飞机和泰迪熊构成的时光，不过对偷书贼而言，一九四三年的第一季度最终以一个乐观的音符结尾。

四月初，汉斯·胡伯曼腿上只剩下膝盖下方还打着石膏，他终于登上了返回慕尼黑的火车。他获准在家休养一个星期，然后将会成为一名文职人员，投身到慕尼黑的工厂、房屋、教堂和医院的善后中去，做一些案头工作。至于他未来会不会被派去从事一线的修复工作，要看他那条腿的恢复情况，以及这座城市的处境如何。

他回到家时，天已经黑了。火车因为空袭的恐慌延误了整整一天，回家的日子比预计的晚了一天。他站在希默尔街三十三号门口，握紧了拳头。

四年前，当莉泽尔·梅明格第一次来到希默尔街，汉斯曾把她哄进这扇大门。马克斯也曾经手握钥匙，在这扇大门前踌躇。现在轮到汉斯·胡伯曼了。他敲了四下门，出来开门的正是偷书贼。

"爸爸，爸爸。"

莉泽尔在厨房里拥抱着爸爸，我感觉她可能把这个称呼喊了一百遍，她不想让爸爸再离开了。

后来，他们吃过饭，在餐桌旁一直坐到深夜，汉斯把发生的一切都告诉了妻子和莉泽尔·梅明格。他讲述了空袭特勤队的工作、浓烟滚滚的街道，以及那些迷失的、在路上游荡的可怜人，还有赖因霍尔德·楚克尔，又蠢又可怜的赖因霍尔德。他一连讲了好几个小时。

凌晨一点，莉泽尔上床睡觉，爸爸像过去那样走进卧室坐在她身旁。她醒了好几次，想看看他是否还陪伴在床边，他始终没有让她失望。

那一夜很宁静。

因为心满意足，她的床铺既柔软又温暖。

对莉泽尔·梅明格而言，那是一个美妙的夜晚，那种宁静、柔软和温暖的感受将陪伴在她身边，还可以持续近三个月。

可是她的故事持续了六个月。

Chapter 10
第十章

偷书贼

内容提要

世界末日——第九十八天——战争制造者——文字之路——
一个发疯的女孩——坦白——伊尔莎·赫尔曼的小黑书——
敞开肚皮的飞机——还有一片瓦砾堆成的小山

世界末日

（上）

　　现在，我要再一次带你领略故事的结尾。这也许是为了缓和结尾可能给你带来的打击，又或许是为了让我自己做好准备，好把故事继续讲下去。无论出于什么目的，我都必须告诉你，当莉泽尔·梅明格的世界末日降临时，希默尔街正下着雨。

　　雨滴从空中落下。

　　就像孩子用尽全力关掉水龙头，却没能拧紧一样。最初的雨滴十分凉爽。我站在迪勒太太的商店门口，感受着它们滴落在我掌心时的凉意。

　　我能听到雨滴从空中飘落的声响。

　　我抬头望着阴郁的天空，看见了好多铁皮飞机。它们敞开肚皮，随意地把炸弹扔下来。它们当然没有击中目标。它们常常打不着目标。

一个悲伤而渺小的希望

应该没有人想轰炸希默尔街。

应该没有人想轰炸一个名叫天堂的地方。

真的有人想吗？真的有人想吗？

炸弹纷纷落下，云朵很快就要烧得通红，冰冷的雨滴就要变作灰尘。灼人的雪花将席卷整片土地。

简而言之，希默尔街将被夷为平地。

房屋的碎块飞到了街道的另一头。一张表情严肃的元首照片落在破碎的地板上，已被砸得稀烂。可他仍然以特有的方式严肃地微笑着。他知道一些我们都不知道的事。可是我也知道一些他不知道的事。这一刻，所有的人都在沉睡。

鲁迪·施泰纳在睡觉。爸爸和妈妈在睡觉。霍尔茨埃普费尔太太、迪勒太太、汤米·穆勒都睡着了，所有的人都快要死了。

只有一个人活了下来。

她能活下来，是因为她正坐在地下室里，读着自己一生的故事，检查里面是否有写错的地方。以前他们曾经认为这间地下室深度不够，可是十月七日那一夜，它的深度却是足够的。这些将城镇变作废墟的炸弹缓缓而至，几小时后，当诡异的沉默笼罩乱成一片的希默尔街时，当地的空袭特勤队员在废墟中听到了某种声响。它仿佛是一种回音，藏在地底下。一个女孩正用铅笔敲打着油漆罐。

他们停下手头的工作，弯下腰聆听。再次听到声响时，他们开始动手挖掘。

人们手中传递的东西
一块块水泥块和屋瓦。

一块墙壁，上面画着一轮湿漉漉的太阳。

一台垂头丧气的手风琴，

从开裂的琴盒里向外窥视。

他们把这一切都扔到了一旁。

又挪开一块断裂的墙壁时，有人看到了偷书贼的头发。

那个人大笑起来，仿佛在给一个新生儿接生。"我简直不敢相信，她还活着！"

喧闹的人群中洋溢着喜悦，我却无法感同身受。

早些时候，我一只手抱着她爸爸，另一只手抱着她妈妈。他们的灵魂都那么柔软。

他们的尸体和其他人的尸体一样，远远地躺在地上。爸爸美丽的银色眼眸已经开始生锈，妈妈两片纸板似的嘴唇半张着，仿佛要发出鼾声。

救援队把莉泽尔拉了出来，帮她把衣服上的灰尘和石屑掸干净。"小姑娘，"他们说，"警报声来得太迟了。你怎么会在地下室里？你怎么知道空袭要来了？"

他们没注意到女孩手里仍旧攥着一本书。她的回答是尖叫声，这是生还者摇撼人心的尖叫。

"爸爸！"

她又尖叫了一声。她的脸皱成一团，音调更高，更加恐慌。"爸爸，爸爸！"

他们抱起尖叫着痛哭流涕的莉泽尔。就算受了伤，她现在也显然没有感觉到，因为她挣脱开来，继续寻找、呼喊、哀号。

她手里依旧攥着那本书。

她拼命地攥着那些救她一命的文字。

第九十八天

一九四三年四月，汉斯·胡伯曼回家后的前九十七天都风平浪静。他偶尔也会挂念远在斯大林格勒作战的儿子，不过他总是希望自己的好运也流淌在孩子的血液里。

回家的第三个夜晚，他在厨房里拉手风琴。说到就要做到。厨房里洋溢着音乐、汤的香味、玩笑，以及一个十四岁女孩的笑声。

"小母猪，"妈妈提醒她，"不要笑得声音那么大。他的笑话哪有那么好笑，而且还非常恶心……"

一个星期后，汉斯重新开始服役，他去了慕尼黑城里，在军队的某个办事处干活。他说那里有好多香烟和食物，有时候还能给家里捎点果酱和点心。时间仿佛又倒回到过去的好日子。五月只发生了一场小规模的空袭。你时不时能听见一声"希特勒万岁"，但一切还算安好。

直到第九十八天。

一位老妇人简短的宣言

她站在慕尼黑大街上说：

"耶稣、马利亚和约瑟啊，我希望他们别再把犹太人

领到镇子里来了。这些卑鄙的家伙，

全身都是霉运。他们是凶兆。

每次见到他们，我们都要遭殃。"

莉泽尔第一次见到犹太人游街的时候，便是这位老妇人宣布他们的到来。这一次站在街上的她，一张脸皱成了梅子干的模样，只不过颜色像纸那么白。她的眼眸是静脉一般的深蓝色，而她的预言一贯准确。

进入仲夏时节，莫尔辛呈现出一副山雨欲来的迹象。最初的景象没什么分别。一群摇头晃脑的士兵把步枪扛在肩头，冲着天空，后面跟着一长串衣衫褴褛、锁链哐当作响的犹太人。

唯一的区别是，这一次他们来自相反的方向。他们被带到附近的小镇内贝林，去那里清扫街道，做军队不愿意做的善后工作。到了晚上，疲惫的他们还得无精打采地回集中营去。

莉泽尔又在人群中寻找马克斯·范登堡的身影，她觉得虽然他不曾在莫尔辛游街，却也有可能已经被抓进了达豪集中营。可是人群中没有他。这一次还是没有。

再耐心等等，因为到了八月里一个炎热的下午，马克斯会跟随游街队伍穿过小镇。但他不像其他人那样只顾低头看路。他绝不会漫无目的地朝着元首的德国大看台张望。

关于马克斯·范登堡的一件事
他在慕尼黑大街的人群中
寻找一个偷书的女孩。

在七月这一天（莉泽尔后来数了数，发现这是爸爸回家的第九十八天），她站在街旁仔细审视这些悲哀的犹太人，从中寻找马克斯的身影。就算一无所获，至少也能缓和只是眼睁睁看着他们走过的痛苦。

"这是一个可怕的想法。"她在希默尔街的地下室里写道，但她也明白这是自己的真实想法。眼睁睁看着他们走过的痛苦。那他们的痛苦该怎么办？那脚步磕磕绊绊的痛苦，承受酷刑的痛苦，被集中营紧闭的大门禁锢的痛苦，又该怎么办？

十天里，他们两次经过莫尔辛小镇，慕尼黑大街上那个脸像梅子干的无名老妇果然没说错。苦难确实降临到了此地，他们也许可以怪罪犹太人，认为这些人是不祥之兆，但实际的原因应该归咎于元首和他入侵苏联的野心。当希默尔街在七月末的一个清晨醒来时，一位退伍军人死去了。他吊死在迪勒太太的商店附近一间洗衣店的房梁上。又一支人类的钟摆，又一座人类的时钟停止了。

粗心的店主在打烊时忘了锁门。

七月二十四日，早上六点零三分
洗衣店很温暖，房梁很结实，
米夏埃尔·霍尔茨埃普费尔
像跳下悬崖一般，跳下了椅子。

在那些日子里，许多人都追着我，呼唤我的名字，央求我把他们带走。还有一小部分人临时把我喊去，用发紧的喉咙对我轻声低语。

"带我走吧。"他们说，谁也阻止不了他们。毫无疑问，他们害怕了，但是他们并不怕我。他们害怕把一切都搞砸，害怕面对自己，面对世界，害怕面对像你这样的人类。

我无能为力。

他们有很多求死的方法，他们的主意实在太多了，而且无论选择怎样的方式，他们的行动都干脆利落。我没法拒绝。

米夏埃尔·霍尔茨埃普费尔知道自己在做什么。

他是无法忍受自己想要苟活的非分之想，才决定自寻死路的。

当然，那一整天我都没有见到莉泽尔·梅明格。那段时间总是这样，我告诉自己，我实在太忙了，没空留在希默尔街继续听人们的尖叫声。如果我被人逮个正着，会是一件非常糟糕的事情，所以我像往常那样离开，回到颜色令人联想起早餐的太阳下去。

后来的许多声音我都没有听到，我没有听到一位老人发现悬着的尸体时的惊叫，也没有听到人们纷纷赶来时匆忙的脚步声和喘气声。我也没有听到一位留着小胡子的瘦削男子的喃喃自语："太可耻了，真是可耻……"

我也没有看见霍尔茨埃普费尔太太，她躺在希默尔街上，胳膊伸展开来，一脸绝望地尖叫。当时我对这一切全不知情，直到几个月后，我故地重游，读到了一本叫《偷书贼》的书，才知道了这些事情。它告诉我，米夏埃尔·霍尔茨埃普费尔最后不是因为残疾的手或者其他伤病才厌倦人世，他自寻短见，是因为承受不住自己活下来的罪恶感。

在他寻死之前，莉泽尔就发现他不再睡觉了，每个夜晚对他来说都像一剂毒药。我常常想象他夜不能寐的模样，在层层白雪之下汗流不止，或者脑海里反复闪现弟弟被炸飞的双腿。莉泽尔在书里写道，有时候她想像跟马克斯倾诉那样，把自己和弟弟的故事讲给米夏埃尔听，但是漫长路途中的咳嗽和炸飞的双腿之间的差别太大了。当一个人目睹过这样的惨状，你又怎么能安慰得了他？难道你能跟他说，元首为他感到骄傲，元首欣赏他在斯大林格勒为国家做出的奉献？这种话你怎么说得出口？你只能由着他向你倾诉。当然，矛盾就在于这类人总把最重要的心里话留到最后，等周围的人知晓时为时已晚。那可能是一张字条，一句话，甚至是一句诘问，也可能是一封遗书，就像一九四三年七月在希默尔街上发生的那样。

米夏埃尔·霍尔茨埃普费尔最后的告别

亲爱的妈妈：

您会原谅我吗？我真的再也无法忍受了。我要去见罗伯特了。我不在乎那些该死的天主教徒会说什么闲话。天堂肯定为像我一样上过战场的人留了一席之地。您可能会以为，我的所作所为表明我不爱您，可是我真的爱您。

您的米夏埃尔

他们让汉斯·胡伯曼去通知霍尔茨埃普费尔太太。当他站在她家门口时，她肯定在他脸上读出了这个噩耗。半年内，她的两个儿子相继离世。

清晨的天空在他身后燃烧，这个瘦削的女人从他身旁跑过。她哭着跑向希默尔街上人群聚集的地方。她恐怕喊了二十几声米夏埃尔的名字，可米夏埃尔已然给出了回答。根据偷书贼的记录，霍尔茨埃普费尔太太把尸体拥在怀里，抱了整整一个小时。当她回到希默尔街令人目眩的烈日下，她突然一屁股坐在地上，没法站起来，也没法走路了。

人们远远地看着。离得远一点，就不会那么悲伤。

汉斯·胡伯曼坐在她身旁。

当她仰面摔倒在坚硬的地面上，汉斯把手放在了她手上。

他任凭她的尖叫响彻整条街道。

过了好久，汉斯小心地送她回去，穿过她家的前门，把她送回了屋子里。有很多次，我尝试换个角度看待这件事，可无论怎么尝试，都无法做到……

在我想象的画面中，有一个伤心欲绝的女人和一个银色眼眸的高大男人，希默尔街三十一号的厨房里还在飘着雪。

战争制造者

空气中飘着新打好的棺材的味道。人们穿着黑色的衣服，眼前是这只巨大的行李箱。莉泽尔和其他人一起站在草地上。那天下午，她还给霍尔茨埃普费尔太太读了书——《送梦人》，这是她的邻居最喜欢的书。

那真是一个忙忙碌碌的日子。

一九四三年七月二十七日

米夏埃尔·霍尔茨埃普费尔下了葬，

偷书贼为失去亲人的人读了书。盟军轰炸了汉堡，

说到这件事，幸好我法力无边。

恐怕除了我，谁也没法

在这么短的时间内带走四万五千人。

再过一百万年，也不会有谁能办到。

战争进行到这个阶段，德国人开始付出惨重的代价。元首那双长着丘疹的膝盖也开始发抖。

然而，我还是会承认他有个长处。

他绝对有钢铁般的意志。

在挑起战争这件事上，他绝不会松懈，在迫害和灭绝犹太人方面，他也绝不会留情。尽管大部分集中营都分布在欧洲各地，但德国境内依

然有几处。

在这些集中营里，许多人依旧被驱赶着出去干苦力，他们还会穿街过巷。

马克斯·范登堡便是其中的一个。

文字之路

马克斯的后续故事发生在纳粹德国腹地的一座小镇上。

更多受苦受难的人被迫在外游荡，其中一小部分如今抵达了此处。

犹太人在慕尼黑的边陲小镇行进，一个小女孩做了一件谁也不敢想的事情，她加入犹太人的行列，与他们走在一起。士兵将她拖出来，推倒在地，可是她又站起来继续走。

那是一个温暖的早晨。

又是一个游街的好日子。

士兵和犹太人走过好几座小镇，如今终于来到了莫尔辛。也许是因为集中营里有更多活儿要做，也许是因为死了好几个囚犯。无论出于什么原因，新的一批疲惫的犹太人如今要步行前往达豪。

莉泽尔像往常那样跑到慕尼黑大街上，和那些总是被游街队伍吸引的看客站在一起。

"希特勒万岁！"

她听到队伍最前头的士兵在高声大喊，她在人群中穿梭，向士兵和游街队伍走去。这个声音令她诧异。它把无尽的天空变成了一块低矮的天花板，仿佛就悬在他的头顶。而那句口号也从天花板上反弹回来，落在一瘸一拐的犹太人脚下。

他们的眼睛。

他们的眼睛盯着眼前的街道，走过一条又一条街。找到一处绝佳的观察地点后，莉泽尔便停下来细细查看。她飞快地看着一张张面孔，想从中找出一个犹太人，他曾经写过《俯视我的人》和《采字人》。

像羽毛一样的头发，她想。

不对，如果他很久没有洗过头，头发应该像一堆枝丫才对。你得留神了，注意乱如枝杈的头发、深如沼泽的双眼，还有茂密的胡须。

上帝啊，队伍里到处都是这样的人。

那么多双行将就木的眼睛和踉踉跄跄的脚。

莉泽尔在他们中间寻找。但让她认出马克斯·范登堡的，并不是他的面部特征，而是他的表情，他也在专心致志地观察人群。莉泽尔觉得自己停了下来，因为她在人群中发现了唯一一张直视德国看客的脸。它目标明确地审视着人群，连偷书贼两旁的人都注意到了他，将他指了出来。

"他到底在看什么？"她身旁的一个男人说道。

偷书贼走到了那条马路上。

从来没有什么举动能如此沉重。女孩的心也从未如此坚定、如此勇敢地在她年轻的胸膛里跳动过。

她向前一步，平静地说："他要找的是我。"

她的声音越来越小，最终消失了。她必须挖掘内心，重新找到那个名字，再次学会呼喊那个名字。

马克斯。

"我在这里，马克斯。"
声音再大一点。
"马克斯，我在这里！"

他听到了她的呼唤。

马克斯·范登堡，一九四三年八月
不出莉泽尔所料，他的头发果然乱如枝丫，
深如沼泽的眼眸在扫视路边，
跨过一个个犹太人的肩膀。
当这双眼睛发现她时，它们在向她祈求。
胡须在他脸上动了动，他颤抖的嘴唇说出了那个词，
女孩的名字。
莉泽尔。

莉泽尔终于从人群中挤出来，冲进如浪潮般涌来的犹太人，在他们中间穿梭，直到用左手抓住他的胳膊。

他的脸庞迎向了她。

她摔倒在地，这位衣衫褴褛的犹太人俯下身扶起她，这几乎用光了他所有的力气。

"我在这里，马克斯。"她又说了一遍，"我在这里。"

"我简直不敢相信……"马克斯·范登堡吐出几个字，"你长大了很多。"他的双眼里流露出强烈的悲伤，越来越激动。"莉泽尔……他们在

几个月前逮住了我。"他磕磕绊绊地说着，却总算让她听清了。"在我去斯图加特的半路上。"

　　她身处犹太人的洪流之中，四周乱糟糟的都是胳膊和腿，每个人的囚服都破烂不堪。莉泽尔暂时还没有被士兵发现，马克斯告诫她说："你现在必须离我远点，莉泽尔。"他甚至要把她推开，可是女孩的力气太大了。马克斯有气无力的双臂没法推开她。她继续走在犹太人的队伍里，和那些肮脏、饥饿又迷茫的人并肩而行。

　　走过长长的一段路后，她才终于被一个士兵发现。

　　"嘿！"他用鞭子指着她，朝她大喊，"嘿，小姑娘，你在干什么？给我出去。"

　　莉泽尔没有理会他，于是士兵伸手分开纠缠不清的人群，把他们推到一边，向女孩走去。高大的士兵阴森森地站在她身前，莉泽尔仍旧挣扎着不肯离去，接着她看到了马克斯·范登堡仿佛被掐住脖子的表情。她见过他害怕的样子，但从没有像这样害怕。

　　士兵将她拽了出来。

　　他的手用力地拽着她的衣服。

　　她能感觉到他的指骨和每个凸起的指节，它们撕扯着她的皮肤。"我说了给我出去！"他命令她。他终于将女孩拖到一旁，把她甩在德国看客围成的人墙上。天气越来越热了，太阳灼烧着她的脸。女孩痛苦地摔倒在地，可是她立即站起来，稍作恢复，等候着时机。然后她重新冲入了游街队伍。

　　这一次，莉泽尔从队伍后面向前挤。

　　她看见了前面那丛独特的枝丫一样的头发，不停地向前走，向它走去。

可是这一次，她没有伸出手，而是放下了手。她心里藏着文字的灵魂。它们钻出来，与她并肩而立。

"马克斯。"她说道。他转过头来，暂时闭上眼睛，让女孩继续说下去。"从前有一个奇怪的小个子，"她说道，双手垂在身侧，但紧握成了拳头，"不过从前也有一位采字人。"

犹太人中的一员在去达豪的漫漫路途中停下脚步。

他一动不动地站在原地，其他人从他身旁匆匆走过。他睁大了双眼，一切是如此简单。女孩把文字交给犹太人，它们攀爬到他身上。

她再次开口时，嘴里涌出了一个个问题。眼泪在她的眼眶里打转，可是她不许它们流出来。一定要坚定而骄傲地站着，将一切都交给文字去表达。"真的是你吗？年轻人问道，"她背诵着，"我是不是从你的脸颊上采下了那颗种子？"

马克斯·范登堡依旧站着。

他没有跪倒在地。

德国人、犹太人和天上的云都停住了。他们全都在看着。

马克斯先把目光投向女孩，然后抬起头望着广阔而壮丽的蔚蓝天空。一束束强烈的阳光肆意地倾洒在路面上。一朵朵云拱起身子，回头望着，然后继续前行。"今天是多么美好的一天。"他的声音仿佛碎成了许多片。一个赴死的好日子。今天真是个赴死的好日子。

莉泽尔向他走去。她勇敢地伸出手，捧住他长满胡须的脸庞。"真的是你吗，马克斯？"

一个如此明媚的属于德国的日子，还有一群看客。

他吻了吻女孩的手掌。"是啊，莉泽尔，是我。"他捧起女孩的手，贴在脸上，在她的指间哭泣。士兵来了，还有一小群粗野的犹太人站在一边看着他们。

鞭子落在他身上。

"马克斯。"女孩的眼泪夺眶而出。

然后她说不出话了，因为她也被士兵拖走了。

马克斯。

犹太拳击手。

她在心里把话都说了出来。

当你在斯图加特的街头跟人打架时，你的朋友都管你叫马克西－塔克西，你还记得吗？那才是真正的你，一个拳头硬气的男孩。而且你也说过，当死神过来找你的时候，他会被你迎头痛击。你还记得吗，马克斯？你告诉过我。你所有的话我都记得……

还记得那个雪人吗，马克斯？

你还记得吗？

就在地下室里？

你还记得有一颗灰色心脏的白云吗？

有时候，元首还会走进地下室，找你打拳。他想念你。我们大家都想念你。

皮鞭不停地飞舞。

士兵手上的皮鞭不断落下，一下下落在马克斯脸上，削着他的下巴，割着他的喉咙。

马克斯倒在地上，士兵把目标转向女孩。他张开嘴，露出一排白牙。

莉泽尔的眼前突然闪过一道光。她想起了自己希望被伊尔莎·赫尔

曼扇耳光的那一天，或者再不济，让罗莎扇耳光也行，可是她们两个都
不愿意动手。这一次，她的对手没有让她失望。

皮鞭掠过她的锁骨，抽中了她的肩胛骨。

"莉泽尔！"

她知道是谁在喊她。

士兵又扬起手，她在人群的缝隙间看见了鲁迪·施泰纳忧伤的身影。
他在呼喊她。她看见了鲁迪扭曲的脸和黄色的头发。"莉泽尔，快出来！"

偷书贼没有出来。

她闭上双眼，身上又挨了火辣辣的一鞭，又是一鞭，直到她摔倒在
热腾腾的路面上。路面灼烧着她的脸颊。

又一句话劈头盖脸地落下来，这一次说话的是士兵。

"起来。"

这句简简单单的话并不是对女孩说的，而是对那个犹太人说的。"起
来，你这肮脏的混账，你这条犹太狗，起来，起来……"

马克斯强撑着起来。

再做一个俯卧撑，马克斯。

再在冰冷的地下室地板上做一个俯卧撑。

他的双腿开始发力。

它们硬拽着他往前走。

他双腿摇摇晃晃，双手抚过鞭打的痕迹，缓解伤口的刺痛。当他试
图寻找莉泽尔的身影时，士兵的双手已经搭在了他血淋淋的肩膀上，推
着他继续往前。

男孩跑上前来。那双瘦长的腿蹲了下来，他对着左边大喊。

"汤米，快出来帮我。我们把她抬起来。汤米，快点！"

他托着偷书贼的腋下。"莉泽尔，振作点，你不能再待在马路上了。"

当她终于能站起来时，她看了看四周瞠目结舌的德国人，离开了人群。她记得自己曾晕倒在他们脚边，虽然只是片刻而已。她倒在地上的时候，一侧脸颊仿佛被火柴灼烧。她的脉搏在激烈地跳动，将这种灼烧感传遍了整张脸。

她抬起头望着路的尽头，只能看见走在队尾的犹太人模糊的小腿和脚后跟。

她的脸火辣辣地疼，胳膊和腿在钝钝地痛，一种混合了疼痛与疲惫的麻木感挥之不去。

她站起身。

她固执地迈开步子，在慕尼黑大街上奔跑起来，试图追赶马克斯·范登堡最后的脚步。

"莉泽尔，你到底在干什么？"

她没有理会鲁迪的话，也没有理会身旁围观的人群。大多数人都沉默不语，像是些徒有心跳的雕塑，或者是马拉松比赛终点线附近的观众。莉泽尔再一次大声呼喊，马克斯却听不见了，只有他的头发还留在她的视线里。"求你了，马克斯！"

跑了大约三十米后，一位士兵回过头来，但女孩已经跌倒在地。住在隔壁的那个男孩从后面将她推倒，把她的双手反扣在背后。他像收下礼物一样忍受着她的拳打脚踢。她干瘦的拳头和手肘打在男孩身上，他却只是发出几句呻吟。他的脸上都是她纷飞的唾沫和眼泪，仿佛这些对他而言是可爱的。然而更重要的是，男孩拦住了她。

慕尼黑大街上，一个男孩和一个女孩缠作一团，七扭八歪，还不肯松手。

两人一同看着周围的人渐渐消失。就像药片溶解在潮湿的空气里，他们也溶解在了空气中。

坦白

犹太人都走远后，缠作一团的鲁迪和莉泽尔才分开，偷书贼什么话也没说。鲁迪的追问得不到任何答案。

莉泽尔也没有调头回家。她绝望地向火车站走去，在那里等爸爸回家，等了好几个小时。一开始，鲁迪还陪在她身旁，可是汉斯还要过大半天才能回来，他便回去喊罗莎。回到希默尔街后，他把发生的事情告诉了罗莎。罗莎来到火车站时，一句话也没问就已经拼凑出了答案，她只是站在莉泽尔身旁，后来劝她坐下来歇一会儿。她们一同等待爸爸。

当爸爸弄明白事情经过后，他丢下背包，对着火车站的空气踢了一脚。

那天晚上，他们谁也没有吃饭。爸爸的手指蹂躏着手风琴，不管他多么努力，都只能把一首又一首的曲子给弹砸。他的手艺回不到从前了。

偷书贼在床上躺了三天。

每天的清晨和午后，鲁迪·施泰纳都会过来敲门，询问她是不是已经康复。但女孩其实并没有生病。

第四天，莉泽尔来到邻居家门前，问他是否愿意和自己再去一次路旁的小树林，去年他们曾躲在这片树林里，看着犹太人捡起地上的碎面包。

"我应该早点告诉你。"她说。

约好后，他们沿着那条通向达豪的路走了很远。他们钻进树林里，这儿到处都是细长的光影。松果像点心一样散落在周围。

谢谢你，鲁迪。

为了你所做的一切。为了你在路上扶我起来，出手阻止我……

可她一句都没说出口。

她把手搭在身旁一根斑驳的树枝上。"鲁迪，如果我告诉你一个秘密，你能保证不对任何人说吗？"

"当然。"他能察觉到女孩脸上的严肃和她声音中的沉重。他倚在身旁的另一棵树上。"到底是什么秘密？"

"你发誓。"

"我已经发过誓了。"

"再发一遍誓。不能告诉你妈妈、你哥哥，还有汤米·穆勒。跟谁都不能说。"

"我发誓。"

莉泽尔靠在树上。

双眼盯着地面。

她几次试图开口，却不知道从哪儿说起，只能对着双脚默念，对着地上的松果和断枝组织语言。

"你还记不记得，我在大街上，因为踢足球受伤的那一次？"

莉泽尔总共花了差不多四十五分钟，才解释清两次世界大战、手风琴、犹太拳击手和地下室的秘密。她当然不会遗漏几天前发生在慕尼黑大街上的事情。

"所以我们把碎面包分给犹太人吃的那天，"鲁迪说道，"你就是因为这个才要凑那么近，看看他是不是混在人群里。"

"是的。"

"受难的耶稣啊。"

"是啊。"

树木非常高大，树冠是三角形的。它们一言不发。

莉泽尔从书包里抽出《采字人》，翻开一页递给鲁迪。那一页上画着一个男孩，脖子上挂着三块金牌。

"柠檬色的头发。"鲁迪大声朗读出来，他的手指触碰着文字，"你跟他提起过我？"

突然间，莉泽尔说不出话来。也许是因为她感到自己对他的爱在心中跳动。难道她一直都爱着他？很可能是这样的。尽管她从来不曾说出口，但她希望他能亲吻自己。她希望他能牵起她的手，一把将她拉过去。嘴巴、脖子或者脸颊，随便亲哪里都没关系。她的皮肤在等待这个吻。

好几年前，当他们在一片泥泞的运动场上赛跑时，鲁迪还是个干巴巴的瘦弱男孩，笑起来既调皮又傻气。可是那天下午，树林里的他已经是一个懂得送给别人面包和玩具熊的男子汉了。他是希特勒青年团运动会的三冠王，也是莉泽尔最好的朋友。而他离自己的死期只剩下一个月的时间。

"我当然对他提起过你。"莉泽尔说。

她正在同他告别，可她甚至对此一无所知。

伊尔莎·赫尔曼的小黑书

八月中旬，她像往常那样，前往格兰德街八号寻求从前那种慰藉。

让自己振作起来。

这便是她的想法。

那是炎热的一天，人们汗流浃背，不过天气预报说，傍晚将迎来一场大雨。《最后的局外人》结尾处有这么一句话。莉泽尔在经过迪勒太太的商店时，想起了它。

《最后的局外人》第二百一十一页

太阳搅拌着土地，

它像在熬汤一样，

一圈圈地搅拌着我们。

当时的莉泽尔只是因为炎热的天气，才想起了这句话。

在慕尼黑大街上，她也想起了一星期前发生的事。她看到犹太人沿着街道向她走来，她看到他们身上的号码和他们的痛苦。她觉得自己引用的那句话里遗漏了一个词。

这个世界是一锅丑恶的浓汤，她心想。

丑恶到连我也无法忍受。

莉泽尔走过安珀河上的那座桥。翠绿的河水映着太阳的光辉，滋养着两岸的草木。她甚至能看到河床上的岩石，听到河水熟悉的歌声。

这个世界不配拥有这样一条河。

她沿着上坡向格兰德大街走去。街道两旁的房屋既可爱又令人生厌。她享受着双腿和肺部轻微的疼痛。加快脚步，她在心里对自己说，她就像从沙堆里冒出来的怪物一样，越走越高。她闻着道旁的青草的气息，那既清新又香甜，翠绿的草尖点着一抹嫩黄。她径直穿过院子，没有丝毫迟疑，也不曾左顾右盼。

那扇窗户。

她双手摁在窗棂上，双腿交叉用力。

然后她的双脚落了地。

这儿是图书的海洋，一个欢乐的地方。

她从书架上抽出一本书，拿着它坐到了地板上。

她是不是在家？女孩心想，但无论伊尔莎·赫尔曼是在厨房里削土豆，还是出门去了邮局，又或者茫然地站在她身旁，观察她到底在读什么，女孩都已经不在乎了。

女孩只是再也不在乎了。

她坐在地上，读了好长一段时间。

弟弟死去时，她的一只眼睛开了，另一只眼还在梦中。她已然与生母告别，想象着她独自等候回家的列车时的落寞。一个满脸皱纹的女人曾经躺在街上，她的尖叫响彻街道，最后像一枚再也滚不动的硬币，落在街道一旁。一位年轻人用斯大林格勒的雪做成的绳索上吊自杀。她见过一位轰炸机飞行员在铁皮飞机里死去。她还遇见过一个犹太人，送给她世上最美丽的两本书，如今他却在游街队伍中向集中营走去。而她在所有这些意象的中心，看见了元首的影子，他大声喊出属于他的文字，将它们四处传播。

这些意象构成了这个世界，当她坐在这里看着这些可爱的书和它们整整齐齐的书名时，这个世界便在她心里煎熬。当她阅读着那些满溢着段落和文字的书页时，这个世界便在她心中酝酿。

你们这些杂种，她心想。你们这些可爱的杂种。

请不要带给我快乐。求求你们了，不要充塞我的头脑，让我以为读书能带来什么好结果。你们看看我的瘀伤，看看我脸上的擦伤。你们能看到我心里的伤口吗？它在你们眼前越扯越大，越裂越深，将我彻底侵蚀。我再也不想抱任何希望了。我再也不想为马克斯或亚力克斯·施泰纳祈祷，祈求他们能平安活下来了。

因为这个世界不配拥有他们。

她从书上扯下一页，把它撕成两半。

然后是整整一章。

很快，她的四周和两腿间就落满了文字的碎片。这些文字，它们到底为什么要存在？没有它们，所有坏事就不会发生了。没有文字，元首便一无是处。世界上也不会再有一瘸一拐的囚犯，也不会有人需要安慰或是文字把戏的慰藉了。

这些文字到底有什么用？

她对着充盈着橘黄色光线的房间，把话说出了口："这些文字到底有什么用？"

偷书贼站起身，小心地向书房大门走去。她没费什么力气就把大门打开了。通风的走廊空荡荡的，空气仿佛已凝滞。

"赫尔曼太太？"

她喊了一声，没有回应，于是又朝大门喊了一次。可是这一声在中途就失去能量，孱弱地落在光洁的木地板上。

"赫尔曼太太？"

除了沉默，没有人回应莉泽尔的呼喊，也许她可以去厨房给鲁迪弄点吃的。可是她打消了这个念头。赫尔曼太太曾在窗户边上给她留下一部词典，再从她家里偷食物就太过分了。更别提莉泽尔刚刚还一页一页、一章一章地毁掉了她的一本书。她已经破坏得够多了。

莉泽尔回到书房，打开了书桌抽屉。她坐了下来。

最后一封信

亲爱的赫尔曼太太：

如您所见，我又偷偷跑进您的书房，还毁掉了一本书。我实在是太生气，太害怕了，我必须毁了那些文字。过去，我偷了您好几本书，现在还损坏了您的财产。我很抱歉。为了惩罚自己，我想我再也不会来了。可是，这真的是一种惩罚吗？我对这个地方又爱又恨，因为这里充满了文字。

尽管我伤害了您，尽管我是那么讨人嫌（这是我从您的词典里查到的词），可您依然把我当朋友，我想从现在开始，我再也不会打搅您了。我为发生的一切向您道歉。

再次谢谢您。

莉泽尔·梅明格

她把信留在书桌上，用手背抚着一排排书脊，在书房里绕了三圈，用这种方式与它道别。尽管现在她讨厌它们，却也抵挡不住这种诱惑。那本名叫《汤米·霍夫曼的法则》的书已经变作碎片，散落一地。窗口吹来微风，扬起了好多纸屑。

书房里依旧洒满了橘黄色的阳光，可是已不如先前那么明亮。她的双手最后一次抓在木窗棂上，跳下去时最后一次体会到胃部下坠的感受，以及双脚着地时的钝疼。

等到她走下山丘，穿过河上那座桥，身后橘黄色的阳光已经隐没。乌云正在侵袭整个天空。

当她走过希默尔街，打头阵的雨点已经落在她身上。再也见不到伊尔莎·赫尔曼了，她心想。但偷书贼未卜先知的能力，显然不如她读书和毁书的能力。

三天后

那个女人敲响了三十三号的大门，

在门口等候答复。

莉泽尔看到赫尔曼太太今天总算穿了件浴袍以外的衣服，觉得别扭极了。这是一身镶着红边的黄色夏季连衣裙，一侧的口袋上有一朵小花，没有"卐"字。她脚上是一双黑鞋子。莉泽尔从来没有注意过伊尔莎·赫尔曼的小腿。她的小腿原来像瓷器一般光洁。

"赫尔曼太太，非常对不起，上一次我在您书房里干了坏事。"

女人安抚了她。她把手伸进挎包，掏出一本小黑书。里面没有故事，只有一页页格子纸。"我在想，如果你再也不想读我的藏书了，你也许会想要自己写一本书。你的信写得……"她用双手把本子递过来，"你肯定能写。你写得不错。"本子很沉，封面的质感和《耸耸肩膀》差不多。"还有，我得请求你，"伊尔莎给了她一个忠告，"不要惩罚自己，别把那句话当真。不要活得像我一样，莉泽尔。"

女孩打开本子，抚摸着本子里的一页页纸。"谢谢您，赫尔曼太太。

我可以给您煮杯咖啡，您想喝吗？要不要进来坐坐？我一个人在家。妈妈在隔壁陪霍尔茨埃普费尔太太。"

"那我们从大门进去，还是从窗户进去？"

莉泽尔心想，这大概是这些年来，伊尔莎笑得最开心的一次。"我们还是从大门进去吧。这样比较方便。"

她们在厨房里坐下。

面前是咖啡杯、面包和果酱。她们试图聊天，莉泽尔察觉到伊尔莎·赫尔曼在紧张地咽口水，不过她们俩一点都不觉得尴尬。莉泽尔甚至喜欢看她朝咖啡吹气，让它稍稍凉一凉的样子。

"如果我真的动笔写书，并且能写完的话，"莉泽尔说，"我会拿给您看。"

"那可太好了。"

镇长太太离开的时候，莉泽尔目送着她离开，看着她的黄连衣裙、黑鞋子和瓷器般光洁的小腿消失在希默尔街远处。

鲁迪站在邮箱旁，问："她是不是我以为的那个人？"

"是啊。"

"你开玩笑的吧。"

"她送了我一份礼物。"

莉泽尔后来才明白，那一天伊尔莎·赫尔曼带给她的不仅仅是一个本子。她还给女孩带来了待在地下室的理由，这是她最爱的地方，一开始跟爸爸在这里学习认字，后来跟马克斯一起相处。她还给女孩带来了记录下自己的文字的理由，让女孩记得正是文字挽救了她的生命。

"不要惩罚自己。"女人的话又萦绕在她耳边，但惩罚和痛苦无可避免，幸福也无可避免。那便是写作。

那天夜里，当爸爸和妈妈都睡着的时候，莉泽尔偷偷地走进地下室，点亮煤油灯。头一个小时里，她除了盯着铅笔和纸之外，什么也没做。她在试图回忆，并且按照她的习惯，直面一切、绝不逃避。

"写吧。"她告诉自己，"写吧。"

两小时后，莉泽尔开始奋笔疾书，虽然她也不知道该怎么写才好。她大概也想不到会有一位死神捡起她的故事，永远把它带在身边。

没人能预料到这样的事情。

他们不可能有这样的计划。

她用一个小油漆罐当椅子，用一个大油漆罐当书桌，手握铅笔，在第一页上落笔。她在这一页的中间位置写下了下面这些内容。

《偷书贼》
一则小故事

莉泽尔·梅明格 著

敞开肚皮的飞机

写到第三页，她的手已经酸了。

文字真的很重，她心想。然而夜越来越深，她最后只写完了十一页。

第一页

我想忘掉它，可我其实明白，

所有故事都始于列车、大雪，还有咳嗽不止的弟弟。

那一天我偷到了第一本书。那是一本传授掘墓技巧的手册。

我在来希默尔街的路上，

把它偷到了手。

然后，她在防尘布铺成的床上睡着了，本子则躺在稍高的油漆罐上，页边打着卷儿。清晨，妈妈站在她身旁，双眼通红地质问她。

"莉泽尔，"她说，"你到底在这底下搞什么鬼？"

"我在写作，妈妈。"

"耶稣，马利亚和约瑟啊。"罗莎大步流星地走上楼梯，"五分钟内给我上来，否则就水桶伺候。明白吗？"

"我明白了。"

每天夜里，莉泽尔都会偷偷来到地下室。她无时无刻不把本子带在身边。她每天夜里花好几个小时，书写十页关于人生的故事。有好多事情需要考虑，有好多事情有可能被漏掉。她告诉自己，要耐心些。随着写完的页数越来越多，她的写作也越来越成熟。她临摹了《采字人》和《俯视我的人》的涂鸦，摘抄了里面的文字，甚至写到了《我的奋斗》的文字常常从油漆底下浮现出来。她一开始在马克斯的书里见到的涂鸦也在她的书里露面，于是故事便从她的记忆里按原样走了出来。

有时，她也会把在地下室里写作时发生的事写进去。在她写好的那部分里，爸爸在教堂的台阶上打了她一巴掌，然后他们一起高喊希特勒万岁。这时，她抬起头，看见爸爸正在收拾手风琴，准备上楼。刚才在莉泽尔写作的时候，爸爸为她演奏了半个小时。

第四十二页

爸爸今晚坐在我身旁。他把手风琴搬进地下室，

坐在马克斯从前坐的位置上。

在他演奏的时候，我常常看着他的手指和脸庞。

手风琴在呼吸。他的脸上有些皱纹，

看着就像是画上去的。

不知为何，每当看到这些皱纹，我都想哭。

但不是因为悲伤或骄傲，我只是喜欢它们变换的样子。

有时，我觉得爸爸就是一台手风琴。

当他看着我，对着我笑，对着我呼吸时，我就能听到音乐。

莉泽尔写了十个晚上后，慕尼黑再次遭到了空袭。她正要开始写第一百〇二页时，在地下室里睡着了。她没有听到布谷鸟的叫声，也没有听到警报声。当爸爸下来把她叫醒时，她手里依旧紧紧地攥着本子。"莉泽尔，快走。"她带上了《偷书贼》和所有的书，他们还接走了霍尔茨埃普费尔太太。

第一百七十五页

一本书顺着安珀河漂流而下。

一个男孩跳进河里奋力追赶，用右手将它捞起来。他笑了。

他站在十二月齐腰深的冰冷河水中。

"换你一个吻怎么样，小母猪？"他说。

十月二日，又一轮空袭来临，莉泽尔的故事已经写完了。本子也仅仅剩下几十页空白的地方。偷书贼开始阅读自己写的东西。这本书分为

十个部分，每一部分都用书名或故事的名字做标题，描写了每本书带给她的影响。

我常常会想，在五个夜晚之后，当我在淅沥的雨声中走过希默尔街，她正读到哪一页呢？而当飞机敞开肚皮，丢下第一枚炸弹的那个瞬间，她又读到了哪一页呢？

在我的想象中，我看见她抬起脸望着马克斯留在墙上的涂鸦，那朵状如绳索的云，那轮湿漉漉的太阳，还有走在云朵上的女孩和犹太人。然后，她把目光转向她学习认字时那些费力的拼写。我看到元首脖子上随意地挂着一副拳击手套，信步走下地下室的台阶。而偷书贼把最后一句话，反反复复、反反复复地读了好几个小时。

《偷书贼》最后一行

我憎恨过文字，我也热爱过文字，

我希望我把文字用在了对的地方。

外面的世界充满了呼啸声。雨滴被玷污了。

世界末日
（下）

现在，几乎所有文字都已经褪色。小黑书经不起我东奔西走的折腾，已经开始散架。这也是我要把这个故事告诉你的原因。早先我们是怎么说的来着？我想只要把故事多重复几遍，你就永远不会忘记了。而且，我还要告诉你，当偷书贼的故事写完之后又发生了些什么，以及我是怎样与这个故事相逢的。事情的经过大概是这个样子。

想象一下，你在黑暗中走在希默尔街上。你的头发被雨水打湿了，而气压突然剧变。第一枚炸弹落在汤米·穆勒家的公寓大楼上。他的脸在睡梦中毫无知觉地抽搐着，而我就跪在他的床边。接着是他的妹妹。克里斯蒂娜的双脚从毛毯底下伸出来。它们和街上跳房子的脚印正好吻合。她可爱的小脚趾。他们的母亲睡在不远处。她的烟灰缸里有四个熄灭的烟头，而被掀开的屋顶已经变成了鲜艳的红色。希默尔街化作一片火海⋯⋯

警报声开始号叫。

"现在再搞这一套演习，"我小声说，"已经晚了。"因为大家被骗了一次又一次。一开始盟军声东击西，佯攻慕尼黑，实际上却偷袭了斯图加特。可是接下来，他们留下了十架飞机。虽然政府也发布了警示，但它们带着炸弹，直奔莫尔辛而来。

被轰炸的街道名单

慕尼黑大街，埃伦贝格街，约翰逊街，希默尔街。

一条主干道，加上小镇相对贫困的三条街道。

不出几分钟，它们全都灰飞烟灭。

一座教堂轰然倾塌。

马克斯·范登堡曾经涉足的土地变成了一片废墟。

在希默尔街三十一号，厨房里的霍尔茨埃普费尔太太好像是在等候我的到来。她面前有一个残破的茶杯，在生命的最后一刻，她的表情像是在质问我，到底为什么磨蹭了这么久才来。

迪勒太太则完全不同，她睡得非常香甜。厚厚的眼镜在床边碎了一地。她的店铺面目全非，柜台飞到了街的另一边，相框里希特勒的照片摔到了地上。他像是遭到了抢劫似的，和玻璃一起碎成了渣。我从屋里出来时，一脚踩在了他的脸上。

菲德勒一家整整齐齐地躺在床上，盖着被子。普菲夫克斯自鼻子以下都被埋在了废墟里。

在施泰纳家，我伸手抚过芭芭拉·施泰纳梳得漂漂亮亮的头发，我抹掉了库尔特睡梦中脸上严肃的表情，我和几个年幼的孩子一一吻别，祝她们晚安。

然后轮到了鲁迪。

噢，受难的耶稣啊，鲁迪……

他和妹妹一起躺在床上。她肯定踢了他一脚，争夺到了大半张床的空间，因为他已经被挤到了床沿，一只胳膊还搂着她。男孩睡着了。他颜色宛若烛光的头发点燃了床铺。我用毯子裹住他和贝蒂娜，把他们一同抱起来。至少他们死的时候没受苦，身子还是温热的。我想，这是那个找到飞机的男孩，那个将玩具熊送给别人的男孩。可是，又有谁来带给他慰藉呢？当他在睡梦中被夺走生命、跌入死亡深渊的时候，又有谁来安慰他呢？

只有我而已。

况且，我也不太擅长安慰人，尤其是床这么温暖，而我的手又那么冰冷。我温柔地扛着他，双眼含泪，心如死灰地走过破败的街道。我在他身上多耽搁了一会儿。我看着他灵魂的内涵，看到一个浑身涂成黑色的男孩，一边呼喊着杰西·欧文斯的名字，一边冲过想象中的终点线。我看见他走入齐腰深的冰冷河水，追逐一本书。我也看到这个男孩躺在床上，想象隔壁女孩的吻会有怎样的滋味。这个男孩每次都让我动容。他做的唯一一件坏事，就是踩在了我的心上，让我为他哭泣。

最后，是胡伯曼一家。

汉斯。

爸爸。

躺在床上的他还是那样高大，我可以透过他的眼睑看到他银色的眼眸。他的灵魂坐起来，与我相见。总有些灵魂会这样，都是些最好的灵魂。他们会在起身后说道："我知道你是谁，我已经做好了准备。当然，我并不想离开，但还是会跟你走。"这些灵魂总是很轻盈，因为他们中的大多数已经找到了归宿。这个灵魂已经被手风琴的呼吸，夏日里香槟独特的味道，还有信守承诺的艺术给带走了。他躺在我的怀里休息。他的肺还痒痒的，想要抽上最后一根香烟；此外还有一股巨大的磁力吸引着他，令他想再去地下室看看，看看那个被他当作女儿的姑娘，他还希望有一天能读到女儿写的那本书。

莉泽尔。

他的灵魂被我扛在肩上时，仍旧在低语。可是莉泽尔不在这间屋子里。至少我这一趟不是为她而来。

然后，就只剩罗莎了，说真的，我捡起她的灵魂时，她恐怕刚好正在打鼾，因为她的嘴张得老大，两片粉色的薄嘴唇还在翕动。如果她看见我，我敢说她肯定会管我叫蠢猪，其实我不觉得这个称呼有多难听。读完《偷书贼》后，我发现她把所有人都叫作蠢猪或母猪，尤其是那些她深深爱着的人。她蓬松的头发铺展在枕头上。衣柜般庞大的身躯与心跳一同起伏。你可别搞错了，这个女人有一颗心，她的心比大多数人想的都要广阔，里面存放了许多东西，高高地搁在你看不见的架子上。你还记不记得那个被长长的月光分割的房间？她就是那个抱着乐器沉默不语的女人。当一位犹太人初来乍到，饥肠辘辘地出现在莫尔辛时，她毫不犹豫地喂饱了他。而且她还把涂鸦书藏在床垫下面，等候合适的时机交给一位十几岁的女孩。

最后的好运

我在几条街道上游荡，
直到最后又回到希默尔街的街尾，
带走一个名叫舒尔茨的人。

他没能在一间倒塌的房屋里坚持下来，当我扛着他的灵魂穿过希默尔街，我发现那些空袭特勤队队员正在欢呼和大叫。

在这片堆积如山的瓦砾中有一个小小的山谷。

火红的天空不住地翻腾，呛人的烟雾开始翻滚。我突然生出好奇心。是的，是的，在故事一开始，我就告诉过你，通常情况下，我的好奇心总会让我目睹人类可怕的哀号。可是这一次，我不得不说，尽管它令我心碎，我却为自己的在场感到庆幸，直到今天也不曾反悔。

他们把她解救出来后，她就开始痛哭，嘴里喊着汉斯·胡伯曼的名字。空袭特勤队队员试图抱住她，却被偷书贼挣脱开来。人类在绝望的时候似乎总是有这样的行为。

她也不知道自己在奔向何方，因为希默尔街已然不复存在。四周是全然不同的末日景象。天空为什么那么火红？天上为什么竟下着雪？还有，为什么落在手臂上的雪花烧得皮肤生疼？

莉泽尔放缓脚步，走得跌跌撞撞，但一门心思地往前走。

迪勒太太的商店怎么没了？她想。还有……

她迷茫地走着，直到有个人找到她，牵起她的手，不住地对她说："小姑娘，你只是被吓坏了，只是被吓坏了。你不会有事的。"

"发生了什么？"她问，"这还是希默尔街吗？"

"是啊。"他的眼中闪过失落的神色。过去几年里，他都目睹过怎样的悲剧？"这就是希默尔街。刚刚发生了空袭，小姑娘。我很抱歉，亲爱的。"

她的身体止步不前，但她的嘴还在迷茫地一张一合。她忘了自己刚才还痛哭着呼喊汉斯·胡伯曼的名字。时间仿佛回到了几年前，轰炸总是让人恍如隔世。她说："我们一定要找到我爸爸和我妈妈。我们要把马克斯从地下室里救出来。如果不在那儿，他肯定在走廊里望着窗外。空袭来临时，他有时候会这么做，他平时没有太多机会看到天空。我要把现在的天色告诉他。他肯定不会相信我的……"

说到这里，她开始摇摇欲坠，空袭特勤队队员将她扶住，让她坐下来。"我们待会儿再把她带走。"他对中士说道。偷书贼看了看自己的手，有一件沉重的东西硌得她手疼。

一本书。

好多文字。

她的指头在流血，跟来到这里的第一天一模一样。

空袭特勤队队员扶起她，想带她离开。一把木勺子着了火。一个人扛着破破烂烂的手风琴盒从她身旁经过，莉泽尔看见了里面的乐器。她看到了白键和夹在中间的黑键。它们在朝她微笑，令她回到现实中来。我们被轰炸了，她心想。她转过身对旁边的人说："那是我爸爸的手风琴。"又重复了一遍，"那是我爸爸的手风琴。"

"别担心，小姑娘，你现在安全了。我们再走远一点。"

可是莉泽尔不肯走了。

她注视着那个扛着手风琴盒的人，跟在他身后。红色的天空依旧在飘落美丽的灰烬，她喊住那个高大的空袭特勤队队员，说道："能不能把它留给我，那是我爸爸的东西。"她小心地从男人手里接过琴盒，抱着它离开。就在此时，她看见了第一具尸体。

琴盒从她手中跌落，发出爆炸似的声音。

地上是霍尔茨埃普费尔太太残破的身体。

莉泽尔·梅明格人生中接下来的几十秒
她踮起脚尖，
向着这条曾经是希默尔街的沟状废墟的远方望去。
她看到两个人正抬着一具尸体，
她便跟在他们身后。

当莉泽尔看到余下的人时，她咳嗽起来。她听到一个人对其他人说，他们在一棵枫树下找到了一具残缺的尸体。

到处都是身穿睡衣、失去意识的人和扭曲的面孔。她最先看到了男孩的头发。

鲁迪？

她先是默念了他的名字，然后大喊出声。

"鲁迪？"

黄头发的他双眼紧闭，躺在地上，偷书贼向他跑去，摔倒在地。她丢下了手里的小黑书。"鲁迪，"她哽咽道，"你醒醒……"她揪住他的衣服，难以置信地轻轻摇晃着他。"醒醒啊，鲁迪。"火热的天空中依旧在飘落灰烬，莉泽尔抓着鲁迪衣服的前襟。"鲁迪，求你了。"泪水奔涌而下。"鲁迪，求你了，醒醒，该死的，醒醒啊，我爱你。振作点，鲁迪，振作点，杰西·欧文斯，你知道我爱你吗，醒醒啊，醒醒啊，醒醒……"

可是没有一点用处。

废墟越堆越高。小山般的混凝土堆蒙上了一层红色。一位美丽的女孩痛哭流涕，摇晃着一具毫无生气的身体。

"振作点，杰西·欧文斯……"

但男孩再也醒不过来了。

莉泽尔不敢相信，她深深地把头埋在鲁迪的胸膛上。她抱起他无力的身躯，徒劳地不想让他倒下，却抱不住他，只能再把他放回这片饱受屠戮的大地上。她的动作十分轻柔。

慢慢地。慢慢地。

"上帝啊，鲁迪……"

她俯下身，看着他毫无生气的脸庞。莉泽尔温柔而真诚地亲吻了挚友鲁迪·施泰纳的双唇，他的嘴唇有尘土的气息和甜味，尝起来像是树荫里的懊悔，像是捣乱分子的西装铺灯下的懊悔。她温柔地吻了他好久。抬起身时，她又用手指触碰他的嘴唇。她的双手在颤抖，她的双唇丰满而柔软。她再次俯下身，这一次她失去了控制。在化为废墟的希默尔街上，他们的牙齿相互碰撞。

她没有说再见。她说不出口。又在他身边待了几分钟后，她勉强让自己站起身来。人类的潜能总是让我吃惊，尽管他们脸上热泪滚滚，却依旧能跌跌撞撞地前行，一边咳嗽，一边寻找，直到找到他们寻觅的东西。

莉泽尔压根儿就没有奔跑，也没有走动。她的双眼在人堆里搜寻着，发现一个高个子和一个像衣柜般的矮个子女人时，她赶忙停了下来。那是我妈妈，那是我爸爸。可是这些话却像钉在她嘴里，怎么也说不出口。

"他们不会动了，"她轻声地说，"他们不会动了。"

也许她在想，只要她一直站在原地不动，爸爸妈妈就真的会爬起来找她，可是无论莉泽尔在那里站了多久，他们都一动不动。这个时候，我突然发现她脚上没穿鞋子。我为什么会注意到这种奇怪的事情呢？也许是因为我在躲避她的脸，因为偷书贼已经心乱如麻、彻底崩溃。

她向前一步，虽然再也不想继续往前走，却依旧迈出了步伐。莉泽尔缓缓地向爸爸妈妈走去，坐在他们两个人中间。她握住妈妈的手，开始对她说话。"还记得我第一次来到家里的时候吗，妈妈？我一边哭，一边抓着大门不放。还记得那一天，你是怎么对街上的人说话的吗？"她的声音在颤抖，"你说：'有什么好看的，你们这些混账！'"她握住了妈妈的手腕。"妈妈，我知道……那天你专门来到学校，告诉我马克斯已经醒了，真的让我特别开心。你知道吗，我见过你抱着爸爸的手风琴的模样？"她用力地握着那只愈发僵硬的手。"我见过你那副模样，你太美了，该死的，你真的很美，妈妈。"

也没办法去看爸爸。

还不行。现在还不是时候。

爸爸有一双银色的眼眸，而不是一双死寂的眼睛。

爸爸是一台手风琴！

但是他的风箱已经空空荡荡。

没有空气进去，也没有气息出来。

她开始前后摇晃。她呜咽似的发出一声压抑的尖叫，终于能转过身去了。

她转向了爸爸。

这个时候，我再也无法克制自己。为了看得更清楚，我换了个位置。当我再次看到她的脸，我立刻明白了，这绝对是她最爱的人。她的目光抚摸着男人的脸，顺着他脸上的皱纹抚摸下去。他曾经和她一起坐在盥洗室里，教会她怎么卷香烟。他曾经把面包施舍给慕尼黑大街上一个行将就木的人，曾鼓励女孩在防空洞里继续为大家朗读。如果没有他，她也许不会在地下室里写她的故事。

爸爸——拉手风琴的人——和希默尔街。

这两者相互依存，因为对莉泽尔来说，它们都是她的家。是的，对莉泽尔来说，汉斯·胡伯曼就意味着家。

她转过身，对空袭特勤队的队员开口了。

"求求你，"她说，"能不能帮我把爸爸的手风琴拿过来？"

那位老兵先是迷惑了一会儿，然后拿来了那个残破的琴盒。莉泽尔打开它，取出已经损坏的乐器，放在爸爸的身旁。"给你，爸爸。"

我可以向你发誓，许多年以后，我才透过偷书贼的想象看到了当时她脑海中的场景。她跪在汉斯·胡伯曼身旁，看着他演奏手风琴的模样。他站起来，在断壁残垣中将手风琴挂在了身上。他的眼眸闪着银光，唇间叼着一根香烟。他甚至弹错了一个音，自己发现后哈哈大笑。风箱在呼气和吸气，这个高大的男人最后一次为莉泽尔·梅明格演奏手风琴，这时，那一锅恶心的炖菜般的天空才被慢慢从炉火上移开。

请一直演奏下去，爸爸。

但爸爸停住了。

他扔下手风琴，他的银色眼眸渐渐腐朽，现在只剩下一具躯壳躺在地上。莉泽尔把他抱起来，紧紧地抱住他。她的泪水打湿了汉斯·胡伯曼的肩膀。

"再见，爸爸，是你救了我。你教会我读书写字。没有人的手风琴比你拉得好。我再也不会喝香槟了。没有人的手风琴比你拉得好。"

她用胳膊抱住他，亲吻他的肩膀，因为她再也不忍心看他的脸。最后，她把爸爸放回地上。

偷书贼不停地啜泣，直到最后被人轻轻地带走。

后来，他们都记得那台手风琴，但没有人注意到那本书。

有太多的事情要忙，有太多的东西要收拾，《偷书贼》被人踩了好几脚，最后收垃圾的人连看都没看一眼，就把它扔进了垃圾车。在卡车发动之前，我匆忙爬上去捡起了它……

幸亏我当时在场。

好吧，我好像又开了个开玩笑？大多情况下我都在场，而在一九四三年，我几乎无处不在。

Epilogue

尾声

最后一抹颜色

内容提要

死神与莉泽尔——热泪——马克斯——还有物归原主

死神与莉泽尔

那段往事已经过去了好多年，不过我手头依旧有忙不完的工作。我向你保证，这个世界就是一座工厂。太阳搅动万物，人类统治大地。而我依旧没法离开。我还得把他们带走。

至于这个故事余下的部分，我不想绕圈子，因为我累了，我已经很累了，我会尽量直截了当地把故事讲完。

> 故事的最后
> 我要告诉你，
> 偷书贼直到昨天
> 才刚刚过世。

莉泽尔·梅明格搬到了离莫尔辛镇和希默尔街的废墟很远很远的地方，一直活到了很老很老的年纪。

她在悉尼的郊区过世。门牌号是四十五号（跟菲德勒家的防空洞一模一样），那里每到下午，天空都是一片湛蓝。她跟她爸爸一样，死后灵魂坐了起来。

弥留之际，她看见了自己的三个孩子、所有的孙辈、她的丈夫，以及那些在人生旅途中与她交汇的人。在他们之中，有罗莎和汉斯·胡伯曼、她的弟弟，还有那个头发永远是柠檬色的男孩，他们都像灯笼一样闪闪发光。

可是她不仅仅看到了这些景象。

请跟我来，我会给你们讲一个故事。

我会给你们讲一个了不起的故事。

午后的木头

当希默尔街清理完毕，莉泽尔·梅明格已经无家可归。他们给她起了个名字，叫作手风琴女孩。她被领到了警察局，警察也在苦恼该怎么安置这个女孩。

她坐在一把硬邦邦的椅子上。手风琴透过琴盒上的洞注视着她。

三个小时后，镇长和一个头发蓬乱的女人才赶到警察局。那个女人说："大家都在说，整条希默尔街，只有一个女孩活了下来。"

警察指了指她。

走下警察局台阶的时候，伊尔莎·赫尔曼想帮她提琴盒，可是莉泽尔紧紧地将它抓在手里。沿着慕尼黑大街走出几个街区后，能看到遭到空袭的区域和幸免于难的区域间有条明显的分界线。

镇长开着车。

伊尔莎和莉泽尔坐在后排座位上。

琴盒摆在两人中间，女孩任凭她握着自己搁在琴盒上的手。

莉泽尔本可以一言不发，反倒轻松一些，但是面对灭顶之灾，她表现出了相反的反应。她坐在镇长家考究的客房里，不停地讲话，不停地自言自语，一直讲到深夜。她只吃了一点点东西，唯一没做的事情就是洗漱。

四天来，她只是把希默尔街的余烬抖落到格兰德街八号的地毯和地板上。她睡得很多，从不做梦。醒过来的时候，她往往感到遗憾，因为只有睡着了，一切才会从眼前消失。

葬礼那天，她还是没有洗澡。伊尔莎·赫尔曼礼貌地询问她是不是要洗个澡。前几天，伊尔莎只是把她领到浴室，递给她一条毛巾。

那些为汉斯和罗莎·胡伯曼举办葬礼的人，嘴里不停地提起旁边那个穿着漂亮裙子，头上却盖着一层希默尔街的灰尘的女孩。那天晚上甚至有传言说，她穿着一身衣服跨进了安珀河，说了些非常奇怪的话。

说什么亲吻。

说什么小母猪。

她到底还要说多少次再见？

时光不停地流逝，她又经历了许多时日和战争。每当深陷悲痛之中，她都会想起自己的书，尤其是那两本专门为她写的书，还有那本救她一命的书。一天上午，从震惊中慢慢恢复过来的她回到了希默尔街，想把它们找回来，可那里已经什么也不剩了。她还不能从变故中恢复过来，还要等上几十年，还要等上漫长的一生。

施泰纳家举行了两场葬礼。第一场在下葬之后。第二场则是在亚力克斯·施泰纳回家时。莫尔辛遭遇空袭后,军队终于准许他休假回家。

自从得到消息,亚力克斯整个人都垮掉了。

"受难的耶稣啊,"他说,"要是我让鲁迪去上那所学校就好了。"

你以为你救了一个人。

实际上,你是害了他。

可是他又怎能未卜先知?

他真正明白的只有一件事,如果给他一个机会,他会倾尽一切,在那天夜里回到希默尔街,这样他就能替鲁迪去死。

他听闻莉泽尔仍旧活着,便匆匆赶到格兰德街八号,在台阶上把这番话告诉了她。

那一天在台阶上,亚力克斯·施泰纳悲痛欲绝。

莉泽尔告诉他,自己亲吻了鲁迪的双唇。这虽然有点难为情,但她觉得亚力克斯听到这句话会高兴的。果然,他木头人般的脸上流下了泪水,同时露出呆板的微笑。我透过莉泽尔的双眼,看到了那片透着光亮的灰色天空。那是一个银色的午后。

马克斯

当战争结束,希特勒也投入我的怀抱时,亚力克斯·施泰纳的裁缝店重新开张了。这门生意其实赚不了几个钱,但是他每天都要在店里忙上几个小时,而莉泽尔常常过去陪伴他。自从达豪集中营被盟军解放后,他们常常结伴前往,却被美国人拒之门外。

最终,在一九四五年十月,一位男人走进了裁缝店,他有着深如沼泽的双眼，羽毛一样的头发，胡须剃得干干净净。他走到柜台前，说："请问这里有没有一个叫莉泽尔·梅明格的人？"

"有的，她在里面。"亚力克斯说道。他生出满满的希望，却还是谨慎地确认道："请问您是哪位？"

莉泽尔从里面出来。

他们拥抱在一起，跌坐在地板上泪流不止。

物归原主

是啊，这个世界上，我见过的事情太多太多了。我经历过最可怕的灾难，也为最可恶的坏人工作过。

可是总有一些瞬间令人过目难忘。

每当我工作的时候，总有几个故事（但前面已经说过，这样的故事不太多），以及数不尽的颜色可以用来分心。这些故事是我在最不幸、最不可能的地方捡拾到的，我把它们铭记在心，以保证在干活儿的时候总能将它们回忆起来。《偷书贼》便是这样一个故事。

当我来到悉尼将莉泽尔带走时，终于做了一件我等待了很久很久的事。我把她放下来，我们一同走过球场边的澳新大道，我从口袋里拿出一本满是灰尘的黑色小书。

老妇人惊讶极了。她伸手接过书，说："真的是那本书吗？"

我点了点头。

她颤颤巍巍地打开《偷书贼》，翻过一页又一页。"我简直不敢相信……"尽管已经有点褪色，但她曾经写下的文字仍旧依稀可辨。她灵魂的手指触摸着这个多年以前在希默尔街的地下室写下的故事。

她坐在路边，而我坐在她身旁。

"你读过吗？"她问道，可是她没有把目光投向我，而是目不转睛地盯着那些文字。

我点了点头。"读了好多次。"

"你读懂了吗？"

那一刻只有长久的沉默。

路上车来车往。开车的司机可能是希特勒们、胡伯曼们、马克斯们，还有那些杀人凶手、迪勒们和施泰纳们……

我有很多关于美好和关于残忍的事想讲给偷书贼听。可是对于那些她并不明白的事情，我又能告诉她什么？我想说，我常常高估也常常低估人类，唯独很少正确地估量他们。我想问她，人类怎么可以如此丑陋又如此美好，他们的文字为何可以毁灭一切，又可以璀璨夺目？

然而，这些话我都没有说出口。

我只能把我唯一知道的真相告诉莉泽尔·梅明格。我告诉了偷书贼，现在我还要告诉你们。

讲故事的人的最后一句话
人类令我百思不得其解。

致谢

首先,我要感谢安娜·麦克法兰(她是个既渊博又温柔的人)和埃琳·克拉克(感谢她的远见和善良,感谢她总能在对的时间提出对的建议)。我还要特别感谢布里·滕尼克利夫,他对我很有耐心,即便我一次又一次没能按时完成修改,他依然信任我。我感激才华横溢的特鲁迪·怀特的慷慨相助。本书能由她绘制插画是我的荣幸。

如果没有凯特·佩特森、尼基·克里斯特、乔·贾拉、安耶兹·林多普、简·诺瓦克、菲奥娜·英格利斯和凯瑟琳·德雷顿的帮助,这本书也绝无可能面世。感谢你们为我和这本书付出的宝贵时间。我对你们的感激之情难以言表。

我还要感谢悉尼犹太博物馆和澳大利亚战争纪念馆,感谢慕尼黑犹太博物馆的多丽丝·赛德尔和慕尼黑城市档案馆的安德勒斯·霍伊斯勒,以及丽贝卡·比勒尔(感谢她向我讲解了苹果树的季节习性)。

我要感谢多米妮卡·苏萨克、金加·科瓦奇和安德鲁·詹森,感谢你们为我加油鼓劲,给予我耐心。最后,我要特别感谢我的父母伊丽莎白和赫尔穆特·苏萨克,感谢那些令我们难以置信的故事,感谢你们为我带来的欢笑,感谢你们带我领略了这个世界的另一面。

图书在版编目（CIP）数据

偷书贼／〔澳〕马库斯·苏萨克著；陶泽慧译.——
北京：北京十月文艺出版社，2018.11（2025.9 重印）
　　书名原文：The Book Thief
　　ISBN 978-7-5302-1834-1

　　Ⅰ.①偷…　Ⅱ.①马…　②陶…　Ⅲ.①长篇小说—澳
大利亚—现代　Ⅳ.①I611.45

　　中国版本图书馆 CIP 数据核字（2018）第 096521 号

偷书贼
TOU SHU ZEI
〔澳〕马库斯·苏萨克 著
陶泽慧 译

出　　版　北京出版集团公司
　　　　　北京十月文艺出版社
地　　址　北京北三环中路 6 号
邮　　编　100120
网　　址　www.bph.com.cn
发　　行　新经典发行有限公司
　　　　　电话 (010)68423599
经　　销　新华书店
印　　刷　河北鹏润印刷有限公司
版　　次　2018 年 11 月第 1 版
印　　次　2025 年 9 月第 23 次印刷
开　　本　880 毫米×1230 毫米　1/32
印　　张　16
字　　数　410 千字
书　　号　ISBN 978-7-5302-1834-1
定　　价　68.00 元
质量监督电话　010-58572393
如有印装质量问题，由本社负责调换

著作权合同登记号　图字：01-2018-2843

Twitter: @Markus_Zusak
Facebook: /markuszusak
Instagram: @markuszusak
Tumblr: http://www.zusakbooks.com
Join in the conversation about *The Book Thief* with #TheBookThief